ESTOY

BIEN

J. J. Benítez

 Planeta

ESTOY

BIEN

J. J. Benítez

Obra editada en colaboración con Editorial Planeta – España

Recursos gráficos: Shutterstock

© 2014, J. J. Benítez
© 2014, Editorial Planeta, S.A. – Barcelona, España

Derechos reservados

© 2014, Editorial Planeta Mexicana, S.A. de C.V.
Bajo el sello editorial PLANETA M.R.
Avenida Presidente Masarik núm. 111, 2o. piso
Colonia Chapultepec Morales
C.P. 11570, México, D.F.
www.editorialplaneta.com.mx

Primera edición impresa en España: marzo de 2014
ISBN: 978-84-08-12016-2

Primera edición impresa en México: febrero de 2014
Tercera reimpresión: julio de 2014
ISBN: 978-607-07-2041-3

Impreso en los talleres de Litográfica Ingramex, S.A. de C.V.
Centeno núm. 162-1, colonia Granjas Esmeralda, México, D.F.
Impreso en México - *Printed in Mexico*

*A Rafael Vite, a Blanca, a Lara, a Fernando Sierra,
a Virgilio Sánchez-Ocejo, a Rosa Paraíso
y al doctor Molina, que aliviaron la pesada
carga de la investigación*

Lo sobrenatural, si ocurre dos veces, deja de ser aterrador.

JORGE LUIS BORGES

Las cosas no necesitan ser explicadas. Se requiere, tan sólo, que sean verdaderas.

ISAAC NEWTON

Es el nacimiento lo que constituye el sueño y el olvido, pues el alma, al nacer en un cuerpo, pasa de un estado de gran conciencia a otro mucho menos consciente y olvida las verdades que sabía en su estado anterior... Por tanto, la muerte es despertar y recuerdo.

PLATÓN

La realidad total no puede terminar donde termina la realidad que experimentamos. El alcance del mundo real debe sobrepasar, en proporciones inimaginables, tanto cuantitativamente como cualitativamente, el horizonte del conocimiento del que ahora disponemos en nuestro actual nivel de desarrollo.

HOIMAR VON DITFURTH

Cuando llegue tu hora, mis ángeles resucitadores te despertarán en un mundo que ni siquiera puedes intuir...

Saidan. Caballo de Troya 3

Palabras de Jesús de Nazaret a Lázaro: «Hijo mío, lo que te ha sucedido, ocurrirá igual a todos los seres humanos, pero despertarán bajo una forma más gloriosa.»

Tras la muerte nos espera un largo recorrido.

Hermón. Caballo de Troya 6

Te levantarás de la muerte como si la vida hubiera sido un sueño. Te despertarás de un sueño para regresar a la realidad... La vida, la auténtica, empieza antes de la vida y continúa después de la vida.

Caná. Caballo de Troya 9

A MANERA DE AVISO

Inicié las investigaciones para el presente libro en el lejano 1968, aparentemente por casualidad. Fueron pesquisas anteriores, incluso, a las llevadas a cabo sobre el fenómeno ovni. No supe por qué lo hacía. Supongo que me llamó la atención. Ahora sé por qué lo hice y por qué he trabajado en ello durante cuarenta y seis años, y en silencio. Nada es casual. Nada es lo que parece...

No pretendo demostrar nada. Los casos aquí expuestos hablan por sí mismos.

Entiendo, eso sí, que la presente información puede rebajar el miedo a la muerte y elevar la esperanza.

Cada suceso es una aproximación a la verdad. No hay palabras para describir lo indescriptible. Nos movemos en cuatro dimensiones y los hechos aquí narrados pertenecen a planos desconocidos, más allá del espacio y del tiempo.

Fui católico, en mi juventud. Hoy sólo practico la religión del arte. Renuncié a la iglesia católica en 2005. Éste no es un libro religioso.

Soy universitario, licenciado en Periodismo por la prestigiosa Universidad de Navarra (España). He publicado cincuenta y seis libros. Éste, sin duda, es uno de los más delicados y trascendentes.

Agradezco la confianza que han depositado en mí los testigos. Por respeto a la intimidad, y por razones de seguridad, algunos nombres, fechas y emplazamientos han sido modificados.

Las experiencias seleccionadas para *Estoy bien* fueron vividas por mujeres y hombres de diferentes clases sociales, edades, creencias religiosas y niveles culturales. Todos tienen algo en común: no mienten.

Ab-bā, 1 de enero de 2013

Conocí a Miguel París en 1968, en Zaragoza (España), cuando me incorporé a la redacción del diario *El Heraldo de Aragón*. Miguel era periodista —un gran profesional— y mejor persona. Hablaba únicamente cuando era necesario. Recuerdo que me infundía un gran respeto. En su mirada se adivinaba mucho sufrimiento.

En cierta ocasión, en una de las largas esperas a las que obliga el periodismo, Miguel me confió algo que, sin duda, cambió la forma de concebir la vida. No sé por qué lo hizo. Quedé desconcertado. Le creí desde el primer instante. Miguel no era hombre dado a fantasías. Después, con el paso de los años, tuve el placer de disfrutar de su amistad. Me contó muchas veces lo que le había sucedido en Rusia. Jamás modificó la versión original.

Miguel París participó como voluntario en la División Azul y luchó valientemente contra el comunismo de Stalin.

Fue condecorado con el Distintivo Individual Especial de Destrucción de Tanques (condecoración alemana).

Pues bien, en síntesis, esto fue lo narrado por el periodista:

—Salimos de España en julio de 1941. Yo tenía veinte años. Permanecimos dos meses y algo en Grah Enver, en una escuela de instrucción alemana. Allí aprendimos el manejo de las armas. Finalmente nos trasladaron al frente de batalla, en Novgorod, al este de Luga y cerca del río Voljov. Me asignaron a la tercera compañía de Zapadores de Asalto.

Para Miguel no era fácil recordar aquellos momentos.

11

Capitanía General de Zaragoza (12 de noviembre de 1943). Miguel París fue condecorado por el general Cremades. (Gentileza de la familia de M. París.)

—Entramos en fuego el 12 de octubre de ese mismo año (1941), día del Pilar.

Y el periodista fue directamente al misterioso suceso:

—Recuerdo muy bien la fecha. Era el 18 de enero de 1942, víspera de mi cumpleaños. Nos encontrábamos en una zona que llamábamos los blocaos de El Alcázar.[1] Eran fortificaciones en mitad de la nada. En esos momentos, la gran llanura en la que se hallaban los blocaos era nieve y hielo. Y me encomendaron una misión: tenía que transportar varios paque-

1. Blocao: del alemán *blockhaus* (casa de troncos). Se trata de fortificaciones de pequeñas dimensiones, fáciles de transportar, que albergan grupos reducidos de tropas.

tes de fulminantes desde el puesto de mando, en Novgorod, hasta el blocao del teniente Garrido, de la segunda sección.

La memoria de Miguel era prodigiosa. Lo recordaba todo.

—Y salí, en solitario. Pero, al poco, mientras caminaba, se desató una fuerte ventisca.

—¿Para qué eran los fulminantes?

—Para los paquetes de trilita. Eran explosivos con los que se practicaban trincheras.

Miguel prosiguió.

—Empecé a tener problemas. La ventisca era cada vez más violenta... Y, en eso, los rusos empezaron a bombardear la zona.

»Fue todo muy rápido.

»Una granada estalló cerca y me hirió en la cara. La metralla y el hielo me dejaron casi sin visión.

»Continué caminando por la nieve, pero sin rumbo. Tro-

Francisco Bacaicoa de Marcos.

Francisco Bacaicoa de Marcos: ¡Presente!

El camarada Francisco Bacaicoa de Marcos, de treinta y un años de edad, agente de Información e Investigación de F. E. T. y de las J. O. N. S., de Zaragoza, ha caído en Rusia. Antes de la iniciación del Alzamiento en Fuenmayor (Logroño), su pueblo natal, se distingue por su actuación contraria al Frente Popular. En las elecciones de febrero del 36 es interventor representante de las candidaturas antimarxistas y colabora intensamente con gran entusiasmo con F. E. T. y de las J. O. N. S. El día 18 de julio del mismo año se encuadra en las milicias y, en septiembre marcha con su unidad a la línea de fuego del Alto de los Leones, donde, en unión de un pequeño grupo de camaradas, resiste durante ocho días un terrible asedio del enemigo hasta alcanzar la victoria. Por orden superior es destinado al Servicio de Información e Investigación de Zaragoza, donde permanece en el desempeño de su cargo durante algún tiempo. Nuevamente va al frente para combatir en los sectores de Levante y Cataluña hasta la terminación de la campaña, en cuya fecha reingresa en su antiguo puesto como agente efectivo. Más tarde es ascendido a jefe de grupo y recibe varias felicitaciones por su competencia e importantes servicios realizados. Su profunda religiosidad le señala el recto camino de su vida, que sigue sin titubeos en ofrenda permanente a la Patria de su brazo y de su aliento. Soldado voluntario de la División Azul, rinde hoy, en última batalla ganada para la gloria de España, el duro tributo de su cuerpo.

Camarada Francisco Bacaicoa de Marcos: ¡Presente!

Diario *ABC* (página 11) (4 de febrero de 1942).

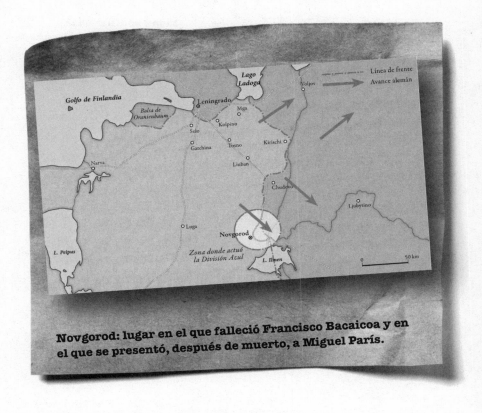

Novgorod: lugar en el que falleció Francisco Bacaicoa y en el que se presentó, después de muerto, a Miguel París.

pezaba y caía. Los rusos seguían atacando. La ventisca me impedía el avance. Me arrastré, como pude. Empecé a sentir miedo. Estaba desorientado. Podía morir. Tenía que salir de allí...

»No sé cuánto se alargó aquella situación. Me pareció una eternidad...

»Caminé y caminé y, de pronto, cuando me hallaba perdido, escuché una voz. Alguien me llamaba por mi nombre: ¡Miguel, Miguel!

»Entonces lo vi. Era Paco Bacaicoa, un compañero de la segunda compañía de Zapadores.

»Y se produjo el siguiente diálogo:

»—¿Adónde vas? —preguntó Bacaicoa.

»—Al blocao —replicó Miguel.

»—Pues ¡hala!, tira por aquí...

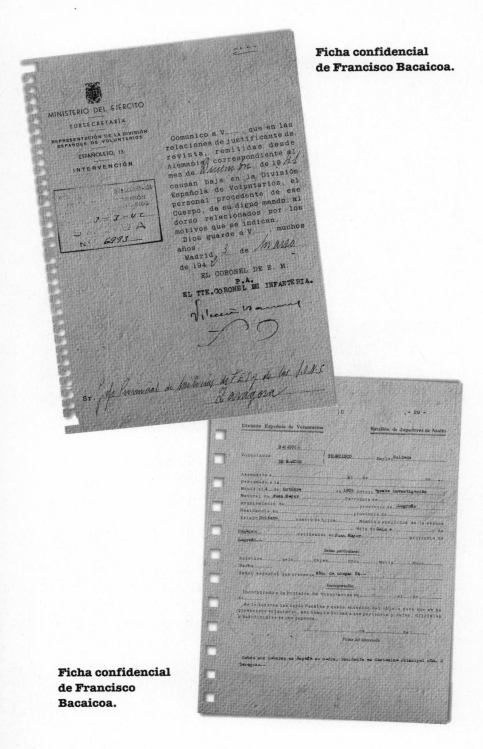

**Ficha confidencial
de Francisco Bacaicoa.**

**Ficha confidencial
de Francisco
Bacaicoa.**

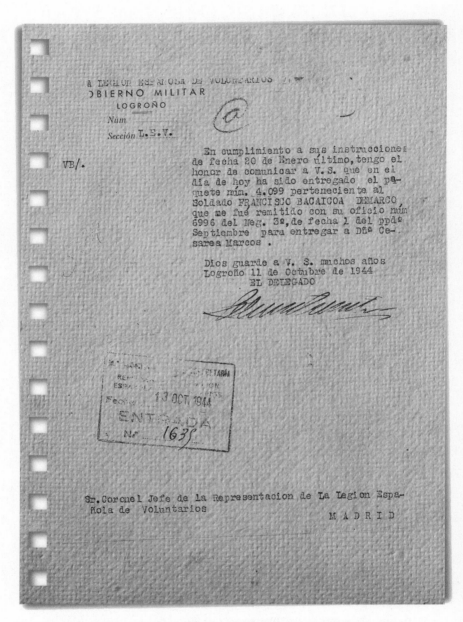

A LEGION ESPAÑOLA DE VOLUNTARIOS
GOBIERNO MILITAR
LOGROÑO

Núm ....
Sección L.E.V.

VB/.

En cumplimiento a sus instrucciones
de fecha 20 de Enero último, tengo el
honor de comunicar a V. S. que en el
día de hoy ha sido entregado el paquete núm. 4.099 perteneciente al
Soldado FRANCISCO BACAICOA DEMARCO
que me fué remitido con su oficio núm
6996 del Neg. 3º, de fecha 1 del ppdº
Septiembre para entregar a Dñª Cesarea Marcos.

Dios guarde a V. S. muchos años
Logroño 11 de Octubre de 1944
EL DELEGADO

13 OCT. 1944
ENTRADA
Nº 1635

Sr.Coronel Jefe de la Representacion de La Legion Española de Voluntarios

M A D R I D

**El paquete, con las pertenencias de Bacaicoa, necesitó tres años
para llegar a manos de la familia, en Fuenmayor. Sin comentarios.**

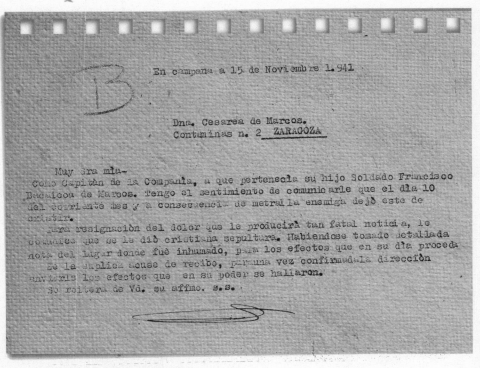

En campaña a 15 de Noviembre 1.941

Dña. Cesárea de Marcos.
Contaminas n. 2 ZARAGOZA

Muy Sra mía.-
Como Capitán de la Compañía, a que pertenecía su hijo Soldado Francisco
Bacaicoa de Marcos. Tengo el sentimiento de comunicarle que el día 10
del corriente mes y a consecuencia de metralla enemiga dejó este de
existir.
Para resignación del dolor que le producirá tan fatal noticia, le
comunico que se le dió cristiana sepultura. Habiendose tomado detallada
nota del lugar donde fué inhumado, para los efectos que en su día proceda.
Se le suplica acuse de recibo, para una vez confirmada la dirección
enviarle los efectos que en su poder se hallaron.
Yo reitera de Vd. su affmo. s.s.

Comunicación a la familia.

»Y continuamos —prosiguió Miguel—. Yo detrás de él.

»Al cabo de un rato se detuvo, indicó el blocao al que me dirigía, y se despidió:

»—Yo continúo...

»Fue así como alcancé el blocao del teniente Garrido. Facilité la contraseña y me atendieron.

—¿Y qué fue de Bacaicoa?

—No lo sé. Como te digo, se despidió, y lo perdí de vista.

A decir verdad, en esos momentos, Miguel París no le concedió demasiada importancia al asunto. Bacaicoa le había salvado la vida pero, inmerso en la guerra, el joven Miguel no se preocupó del suceso. Fue dos meses más tarde, en marzo de 1942, cuando tuvo conciencia de lo sucedido realmente.

—Fui herido de nuevo —explicó París— y me trasladaron

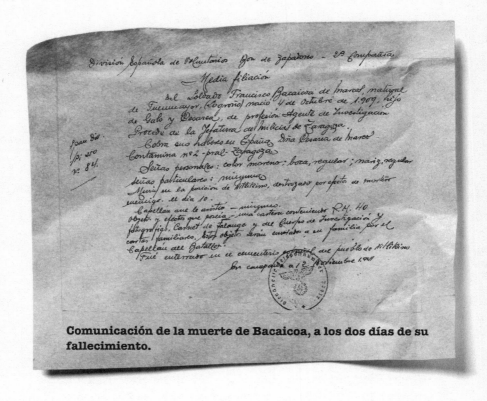

Comunicación de la muerte de Bacaicoa, a los dos días de su fallecimiento.

al hospital de Grigorov. Fue una herida «pasajera». Así llamábamos a las que no tenían gravedad... Pues bien, conversando con los compañeros, recibí la noticia de la muerte de Bacaicoa. Me quedé de piedra: ¡había fallecido el 10 de noviembre de 1941! Lo mató un mortero cuando se encontraba en un nido de ametralladoras, en Nilitkino, cerca de los cuarteles de Dubrovka. Era una cabeza de puente sobre el río Voljov.

Hice cuentas.

Entre el 10 de noviembre y el 18 de enero habían transcurrido 69 días...

—¿Estás seguro de que Francisco Bacaicoa falleció?

—Por completo. Posteriormente visité el cementerio en el que fue sepultado. Con él falleció otro compañero, Durán, también destrozado por el mortero. El lugar se llamaba «La Casa del Señor».

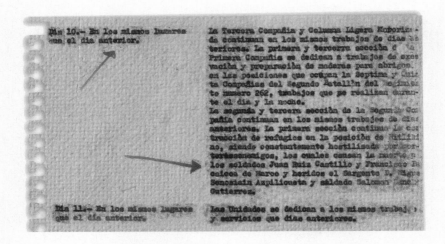

«Relación de acontecimientos (de importancia)», según
el *Diario de Operaciones*. El día 10 de noviembre de 1941
se da cuenta de la muerte de Francisco Bacaicoa. (Gentileza
del Archivo Histórico Militar.)

Según explicó París, Bacaicoa y él hicieron toda la campaña juntos. Se conocían bien. Bacaicoa nació en Fuenmayor (La Rioja), aunque residía en Zaragoza. Estuvieron juntos en la escuela de adiestramiento, en Alemania. No había duda. Y Miguel describió, una vez más, el uniforme que presentaba Bacaicoa en la tarde del 18 de enero de 1942: botas, polainas, abrigo, una manta, casco y una metralleta.

—¿Cuál era el emplazamiento habitual de Bacaicoa?

—Lejos: a cosa de ocho kilómetros del lugar en el que me salió al paso.

—¿Estaba destinado al blocao al que llegaste?

—No.

En otras palabras: Bacaicoa, de haber estado vivo, no debería hallarse en esa posición.

—¿Le tocaste?

—No, en ningún momento. Él se limitó a guiarme.

—¿Qué habría sucedido de no haberse presentado Bacaicoa?

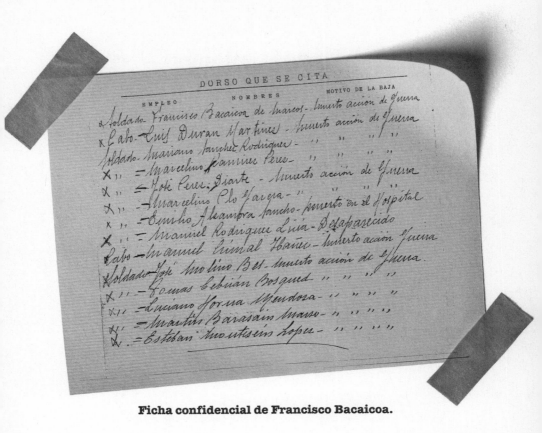

Ficha confidencial de Francisco Bacaicoa.

—Lo más probable es que hubiera muerto congelado (las temperaturas eran de cincuenta y pico grados bajo cero) o que los rusos me hubieran rematado.

Insistí:

—¿Pudo tratarse de un error por tu parte?

—No. Sé que era Paco Bacaicoa. Nos visitábamos con frecuencia. Era su voz. Era él...

—Pero llevaba muerto más de dos meses...

—Lo sé, y ése es el misterio. Como te digo, yo visité su tumba en el cementerio de Grigorov. Cuando me salió al paso estaba muy cerca. Traía la misma dirección. No hubo error.

—Dices que caminaba delante de ti...

—Así fue.

—¿Dejaba huellas en la nieve?

—Sí, y muy profundas. Exactamente igual que yo.

Según los documentos existentes en el Servicio Histórico

Militar (División Azul: legajo 34, carpeta 1, armario 28), Francisco Bacaicoa de Marcos murió el 10 de noviembre de 1941. Junto a él falleció Juan Ruiz Castillo y resultaron heridos el sargento Miguel Senosiain Azpilicueta y el soldado Salomón Sánchez Gutiérrez. Bacaicoa tenía treinta y dos años de edad.

En 1943, Miguel París regresó a Zaragoza. Allí se dedicó a la fotografía y al periodismo.

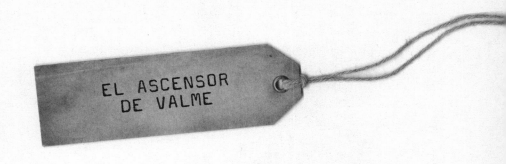

EL ASCENSOR DE VALME

A quel lunes, 22 de diciembre de 2003, a eso de las 13 horas, algo me impulsó a cambiar de planes. Seguí la intuición.

Me dirigía de Cádiz a Sevilla (España), con el fin de proseguir algunas de las investigaciones habituales. Pues bien, como digo, «algo» me obligó a salir de la autopista. Poco después me hallaba frente al hospital de Valme, al sur de la mencionada ciudad de Sevilla.

En esos momentos llevaba entre manos un caso tan espectacular como laborioso,[1] y decidí probar fortuna. Los médicos y enfermeras de aquel hospital tenían que saber algo al respecto.

Y sigo leyendo en el cuaderno de campo: «... Busco en la ter-

---

1. Según mis noticias, años atrás, una vecina del pueblo de Alcalá de Guadaíra, en Sevilla, había protagonizado un suceso intrigante. Al parecer fue trasladada al referido hospital de Valme cuando estaba a punto de dar a luz. Por razones que desconocía en esos instantes, la mujer permaneció en un pasillo (recostada en una camilla), a la espera de que la llevaran a los paritorios. Pero el parto se adelantó. En esos críticos momentos se presentó un médico y ayudó a la mujer a dar a luz. En la bata se leía su nombre: López de la Manzanara. Y el médico desapareció. Pues bien, lo desconcertante es que dicho doctor había muerto tiempo atrás, como consecuencia de un accidente de tráfico. A pesar de mis esfuerzos, no había logrado dar con la mujer en cuestión. La señora no deseaba hablar del asunto. Y lo intenté, como digo, con el personal del centro sanitario. Alguien tenía que saber algo, suponiendo que el caso fuera real.

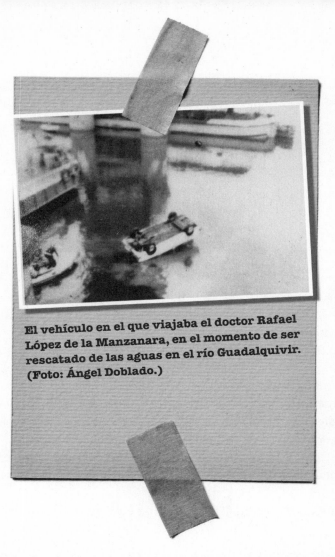

El vehículo en el que viajaba el doctor Rafael López de la Manzanara, en el momento de ser rescatado de las aguas en el río Guadalquivir. (Foto: Ángel Doblado.)

cera planta del hospital (Maternidad)... Pregunto y pregunto. Médicos, enfermeras y supervisores conocían al doctor De la Manzanara, pero no saben nada sobre el asunto del parto... Mala suerte...

»Alguien me sugiere que hable con Isabel Pavón, supervisora.

»La localizo y le explico... Me deja hablar... Niega con la cabeza... Tampoco sabe nada de esa historia, pero sí de otra, no menos intrigante. Me cuenta y me proporciona pelos y señales...»

Fue así como inicié la investigación del caso del «ascensor de Valme».

Días después regresé al hospital y, merced a la mediación

de Gemma Núñez y de la citada Isabel Pavón, tuve acceso finalmente al protagonista del suceso: un supervisor al que llamaré FM.

Los hechos se registraron de la siguiente manera:

En el otoño de 1988, FM se ausentó del hospital para participar en un curso, en la ciudad de Granada (España). Allí permaneció hasta julio de 1989. Después retornó a Valme y reanudó sus tareas como supervisor de planta.

Y llegó el invierno de 1990. FM no recordaba la fecha exacta.

—Ese día me tocó turno de noche... A eso de las once bajó una de las auxiliares de Maternidad y me pidió una pastilla. Hablamos un momento. Comentó que hacía el turno con otra compañera. No recuerdo el nombre...

»Y a eso de la una de la madrugada decidí hacer un alto en el trabajo y subir a la sexta. Necesitaba tabaco...

FM se hallaba en la primera planta.

—Caminé hasta el ascensor, comprobé que estaba activado y pulsé. «Alguien lo ha solicitado», pensé. Pero no...

»Llegó procedente de abajo. No sé si del "cero" o del "-1"...

»Se abrieron las puertas y encontré a Carmen Montero, auxiliar de enfermería... Yo la conocía de años...

En el recuadro (a la derecha), Carmen Montero.

Pulsadores del ascensor que tomó FM.
(Foto: J. J. Benítez.)

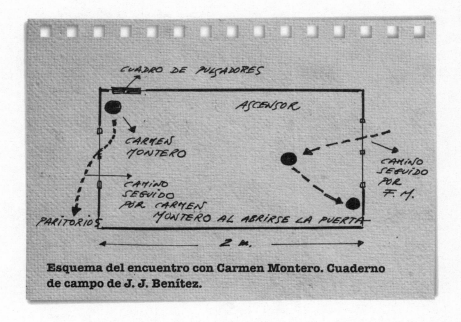

Esquema del encuentro con Carmen Montero. Cuaderno de campo de J. J. Benítez.

»Aparecía recostada en la zona de pulsadores...

»La saludé. Le di las buenas noches, pero no hubo respuesta... No dije nada. Me situé en la esquina opuesta y observé... Parecía cansada. Tenía la mirada fija en la pared. Estaba ausente... Vestía de blanco, sin la credencial.

»No tomé en cuenta la aparente falta de consideración. Era tarde. A esas horas, cada cual anda metido en sus pensamientos...

»Segundos después, las puertas se abrieron y Carmen caminó despacio... Salió del ascensor y dobló a la izquierda, en dirección a los paritorios... Todo normal... Allí trabajaba ella...

FM rectificó:

—Todo normal no... Al salir tampoco saludó...

El elevador se había detenido en la tercera planta (Maternidad).

FM regresó a su despacho y terminó comentando el encuentro con Carmen. Los compañeros quedaron desconcertados. Eso no podía ser. Carmen Montero del Pozo murió en marzo de 1989 en el hospital García Morato, en Sevilla, como consecuencia de un aneurisma de aorta. De eso hacía más de un año.

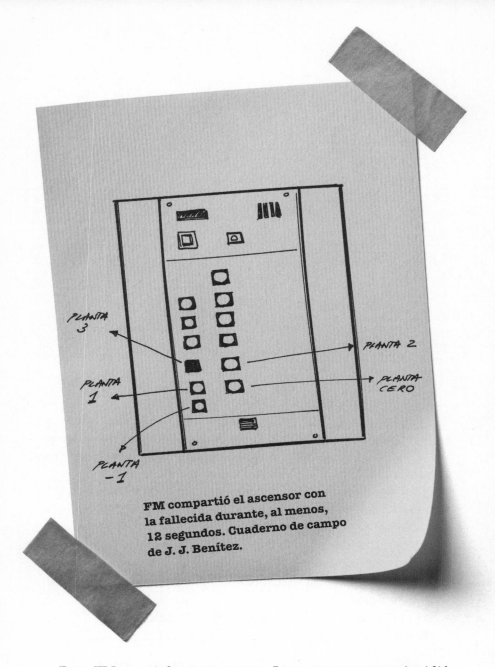

FM compartió el ascensor con la fallecida durante, al menos, 12 segundos. Cuaderno de campo de J. J. Benítez.

Pero FM no estaba en un error. La «persona» que coincidió con él en el ascensor era Carmen. La descripción coincidía con lo que él y los compañeros sabían: rubia, alta, piel clara, ojos azules, fuerte, labios pintados (incluso cuando trabajaba)...

—Carmen era muy vitalista y extrovertida. Le encantaban

las bromas. Siempre estaba de buen humor... Por eso me extrañó que no saludara...

Indagué en el hospital y los datos eran correctos.

FM no supo de la muerte de Carmen Montero porque, como dije, al producirse el fallecimiento, él se encontraba ausente, en la ciudad de Granada. Cuando retornó al hospital de Valme nadie le habló del asunto. Para FM, por tanto, Carmen se hallaba viva cuando coincidió con ella en el elevador.

En opinión de FM, el ascensor podía proceder de la planta «-1». Allí están los vestuarios y el laboratorio. El supervisor pensó que Carmen bajó a la «-1» porque olvidó algo en el vestuario o porque llevó una muestra al laboratorio. Después, obviamente, tuvo que pulsar el botón de la tercera planta. Como se recordará, el elevador se detuvo en dicha planta, pero allí no esperaba nadie. El mecanismo, por tanto, tuvo que ser activado desde el interior del ascensor. En otras palabras: tuvo que ser la fallecida quien lo hiciera.

Según mis cálculos, el elevador necesitaba del orden de seis segundos para desplazarse de un piso a otro. Si la «mujer» (?) pulsó en la planta «-1», y la máquina se detuvo en la tercera, eso quiere decir que Carmen permaneció en el interior del elevador por espacio de 24 segundos, aproximadamente. FM, por su parte, compartió el habitáculo con la «fallecida» durante 12 segundos, más o menos.

Otras personas del hospital de Valme aseguran haber visto a la «rubia» en varios lugares del centro sanitario; en especial en la zona del montacargas. Pero ésa es otra historia...

¿**D**e qué puedo asombrarme a estas alturas de la vida?
Aunque parezca mentira, de mucho...

Y esto fue lo que sucedió cuando escuché a Espe.

Habían transcurrido diez años desde las primeras pesquisas en el hospital sevillano de Valme.

Y el Destino movió los hilos...

Aquel 16 de febrero de 2013 me senté con Esperanza Crespo para hablar de otro asunto. ¿Casualidad? Lo dudo...[1]

Al poco, Espe se refirió a la desagradable experiencia vivida (o sufrida) en uno de los ascensores del hospital Virgen de Valme.

No podía dar crédito a lo que estaba oyendo.

¿Otra vez la rubia del ascensor?

Espe relató lo ocurrido, y con detalle:

Sucedió en febrero de 1991. Yo era celadora...

Recuerdo que eran las tres de la madrugada...

Me hallaba en la puerta de Urgencias...

Era la única mujer celadora en aquel tiempo...

Y en eso llegó una embarazada...

Los compañeros pidieron que la llevara a Maternidad, y así lo hice...

La subí, creo recordar que a la cuarta planta, y la dejé en manos del personal sanitario...

1. La frase me suena... (*N. del a.*)

Y caminé de nuevo hacia el ascensor...

Pulsé y esperé. Estaba sola. Allí, a esas horas, no había nadie...

Llegó, se abrieron las puertas, y entré...

No había nadie en el ascensor...

Me dirigí a los botones y pulsé para bajar a Urgencias...

Y, en eso, entró alguien...

Era una enfermera...

Yo me retiré a la pared situada frente a los botones...

Fue en esos momentos cuando sentí aquel frío...

La enfermera se colocó en la otra pared, frente a mí...

Era alta y rubia...

El frío era intenso y muy raro. La calefacción estaba a tope. De hecho íbamos en manga corta...

No me gustó.

La enfermera me miró, cruzó los brazos sobre el pecho, y frotó las manos contra la chaquetilla, al tiempo que exclamaba:

—Qué frío hace, ¿no?...

Yo respondí:

—Sí...

Fue un «sí» seco y de mala gana. Algo me decía que la situación no era normal...

Espe aclaró:

Era la primera vez que veía a la enfermera. No la conocía de nada...

Llegamos finalmente a la planta «-1» (Urgencias) y las puertas se abrieron...

Yo salí como una bala...

La rubia salió detrás. Escuché los pasos...

Y me dirigí hacia Urgencias...

Entonces oí una voz en la cabeza que decía: «¡Vuélvete!»...

Y me volví...

¡La rubia ya no estaba! Era imposible. No podía haber desaparecido. Me volví en cuestión de segundos...

Estaba muerta de miedo...

Espe Crespo.
(Gentileza de la familia.)

Llegué a mi sitio y allí permanecí, en silencio y descompuesta...

No preguntes cómo pero yo sabía que aquella persona no estaba viva...

Concluida la exposición, Espe se brindó, encantada, a profundizar en los detalles.

Empezó por el vestuario de la enfermera:

—Vestía el uniforme del hospital: chaquetilla, pantalón y zuecos blancos.

—¿Portaba alguna credencial?

—No.

—Descríbela...

—Era alta. Alcanzaba 1,80 metros, como poco. Piel blanca, como los nórdicos. Pelo rubio y fino. Ojos claros. Complexión fuerte. Atlética. El pelo le llegaba a los hombros. Tenía flequillo...

—¿Qué edad aparentaba?

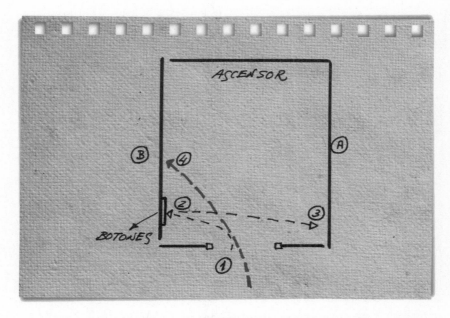

1. **Espe entra en el ascensor. 2. Se dirige al panel y pulsa el botón de Urgencias. En ese momento aparece la rubia y surge el frío. 3. Espe se coloca en la pared «A». 4. La rubia se sitúa frente a Espe, en la pared «B». Cuaderno de campo de J. J. Benítez.**

—Alrededor de treinta años.

Estuve casi seguro. Era la descripción hecha por FM, supervisor del Valme, que vio a Carmen Montero en el invierno de 1990, y también en un ascensor. Entre una aparición y otra transcurrieron varios meses. Carmen, como se recordará, falleció en marzo de 1989 en el García Morato, otro hospital de Sevilla.

Y pasé al capítulo del frío.

—Era febrero de 1991...

—Sí.

—Tú habías utilizado ese ascensor poco antes...

—Sí.

—¿Notaste frío al subir a la Maternidad?

—No. Como te dije, la calefacción, en el hospital, estaba alta. Hacía calor. Íbamos en manga corta.

33

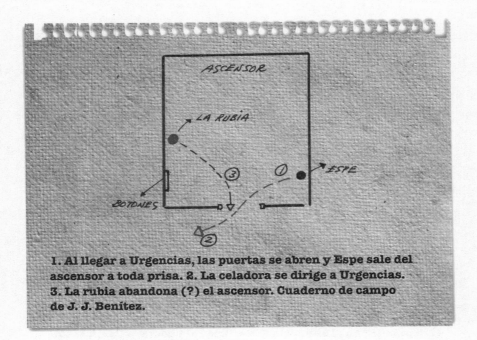

1. Al llegar a Urgencias, las puertas se abren y Espe sale del ascensor a toda prisa. 2. La celadora se dirige a Urgencias. 3. La rubia abandona (?) el ascensor. Cuaderno de campo de J. J. Benítez.

—Tratemos de reconstruir lo sucedido, paso a paso...

Espe asintió.

—Se abren las puertas del elevador... Tú entras...

La muchacha asintió en silencio.

—... Y al entrar en el ascensor, ¿percibes el frío?

—No —replicó Espe con seguridad—. Al entrar todo fue normal. Pulsé y en ese momento apareció ella...

Espe meditó unos segundos y prosiguió:

—Fue al entrar la enfermera cuando se presentó el frío...

—¿Estás segura?

—Completamente.

—En otras palabras: el frío «llegó» con la rubia...

—Así es.

—¿Podrías describirlo?

—Era un frío intenso, de los que se te mete hasta los huesos.

—¿Parecido a qué?

—Quizá al frío de una cámara frigorífica...

—¿Temperatura?

—Por encima de cero porque las paredes del ascensor no estaban empañadas, ni desprendíamos vaho al hablar o al respirar.

—¿Cuánto duró el frío?

—El tiempo que permanecimos en el ascensor.

Eché cuentas.

Espe estuvo en el ascensor, con la rubia, durante 30 segundos, aproximadamente. Después, al salir, la temperatura era la normal en el hospital.

—Háblame de la enfermera...

—No me gustó, como dije.

—¿Te miraba?

—Sí, todo el rato.

—¿Cómo era la mirada?

—Fija... Como perdida. Yo estaba angustiada.

—¿Movió los labios al hablar?

—Sí.

Insistí e insistí:

—¿Por qué dices que la situación no te gustó? Tú no conocías a la enfermera...

—No sé explicarlo, pero no me gustó. Yo sabía que aquella persona estaba muerta...

—No entiendo...

Espe se encogió de hombros y resumió:

—Intuición.

—¿Os despedisteis al dejar el elevador?

—Para nada. Yo salí pitando...

—¿Por qué dices que desapareció?

—Porque no tiene otra explicación. Volví la cabeza en menos de tres segundos y ya no estaba. No pudo marchar hacia ninguna parte, salvo a Urgencias. A esas horas, todo estaba cerrado...

Ante mi asombro, Espe nunca supo de la experiencia de FM. Es ahora cuando ha tenido conocimiento de la identidad y de la suerte que corrió la rubia del ascensor. Por supuesto, FM tampoco supo de la dramática experiencia de Esperanza.

ANTIGUA CASA CUNA

No será el del ascensor de Valme el único caso en el que surge el misterioso e interesante fenómeno del frío, acompañando a alguien que está muerto.

Recientemente me fue relatada una experiencia en la que el frío ocupa un lugar tan destacado como inexplicable.

Procederé a contarla de forma resumida.

El suceso fue protagonizado por un matrimonio de la ciudad de Cádiz (España).

Corría la madrugada del 19 al 20 de agosto de 2001.

Carmen y Antonio vivían en la calle Rosario Cepeda.

A eso de las cuatro, Antonio se levantó al baño. La mujer dormía a su lado.

Al salir del dormitorio sintió algo extraño.

No pudo dar un paso.

Estaba aterrorizado.

Alguien lo observaba por su lado derecho.

Antonio no se atrevió a mirar.

Todo se hallaba oscuro y en silencio.

Finalmente, haciendo un gran esfuerzo, el hombre corrió hasta el cuarto de baño.

Al regresar al dormitorio la situación fue idéntica.

Antonio percibió de nuevo aquella presencia; en esta ocasión por su lado izquierdo.

Tampoco se atrevió a mirar.

Antonio entró en el dormitorio y fue entonces cuando sintió un frío intenso y especial.

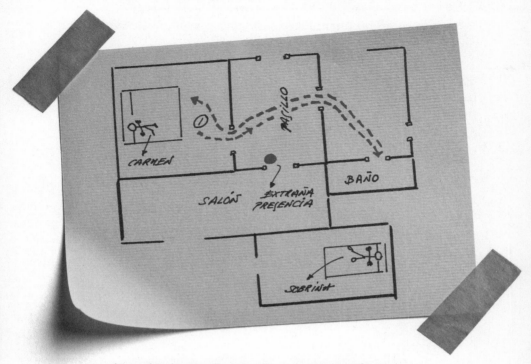

1. Antonio decide ir al baño. Al salir del dormitorio nota una presencia a su derecha, cerca de la puerta del salón. Al regresar, la presencia continúa en el mismo lugar. Al entrar en el dormitorio siente un frío intenso. Cuaderno de campo de J. J. Benítez.

Al meterse en la cama, la mujer comentó que sentía mucho frío.

Pero Antonio, prudentemente, guardó silencio.

Fue al día siguiente cuando el marido relató lo sucedido la noche anterior.

Y Carmen confesó que, de pronto, los pezones se le pusieron duros, experimentando dolor.

Una sobrina del matrimonio, que dormía en la misma vivienda, sintió también el frío intenso.

Fue un frío raro e impropio de esa época del año. Las temperaturas mínima y máxima de ese 20 de agosto, en Cádiz, alcanzaron 21 y 28 grados Celsius, respectivamente. Nada que ver con lo narrado.

Al entrar en el dormitorio, Antonio percibió el vaho de su propia respiración.

El edificio en el que tuvieron lugar los hechos fue construido, en 1960, en un solar en el que se registraron numerosos fusilamientos y en el que, anteriormente, se alzó la Casa de Expósitos Santa María del Mar o Casa Cuna de Cádiz,[1] derribada en los primeros años del siglo xx.

1. Según estudios de Julio Pérez Serrano, la mortandad en la Casa Cuna de Cádiz fue muy notable. Según menciona en *La Casa de Expósitos de Cádiz en la primera mitad del siglo xix*, el 70 por ciento de los infantes allí acogidos no logró sobrevivir. Esto supuso una media de 375 niños fallecidos al año. Los datos existentes en el siglo xviii son escalofriantes. Entre 1785 y 1789, la Casa Cuna recibió 2.067 niños. De éstos, perecieron 1.442. *(N. del a.)*

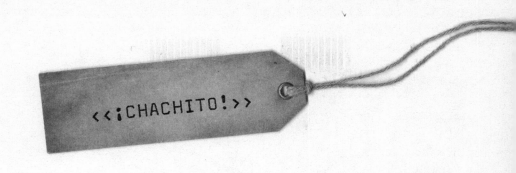

<<¡CHACHITO!>>

E l caso de Renato Martin me ha hecho pensar, y mucho. Conocí a este joven empresario en la ciudad de Lima. Tuvo una singular experiencia con «resucitados» en 2003. He aquí una síntesis de nuestra conversación:

Mi padre se llamaba Juan Manuel Martin Chávez...

Era médico cirujano...

Tenía una hacienda en la sierra de Trujillo, al norte...

Se llamaba y se llama San Felipe, a 3.200 metros de altitud...

Allí pasaba muchas y largas temporadas. Él trabajó en Lima, como médico, pero su gran amor era la tierra...

Acudía a San Felipe cada vez que tenía oportunidad y allí permanecía meses...

El 23 de septiembre de 2003 falleció súbitamente. Sufrió un paro cardíaco. Murió en brazos de mi hermano. Yo estaba ausente. Llegué al poco a la casa...

Tenía setenta y ocho años de edad...

Yo estaba muy unido a él...

Y lo incineramos el día 25...

Al mes siguiente trasladamos las cenizas a la hacienda, en la sierra de Trujillo...

Llegamos a San Felipe el 22 de octubre...

El 23 se ofició una misa...

El 24, mi madre y mi hermano regresaron a Lima. Yo me quedé para depositar las cenizas en la hacienda...

Renato Martín con su padre. (Gentileza de la familia.)

Y esa noche del 24 de octubre de 2003, tras cenar, permanecí un rato con el hombre que cuida del lugar. Hablamos sobre mi padre...

La charla se prolongó hasta las nueve y media o diez de la noche...

Ya oscurecido, me retiré a mi habitación...

Y lo dispuse todo para descansar...

Cerré la puerta con llave y preparé tres velas y dos lamparines, a queroseno...

Renato aclaró:

En la hacienda no había luz. Nos alumbrábamos con candiles...

Los deposité sobre un mueble, al pie de la ventana, y me acosté...

La ventana dispone de rejas y de contraventanas...

Los muros, de adobe, ayudan a combatir las bajas temperaturas de la sierra...

En esa época del año, hacia las diez de la noche, puede oscilar alrededor de los 10 grados Celsius...

Y, de pronto, cuando me hallaba en la cama, empecé a notar aquel frío...

Era muy intenso. Se metía en los huesos...

No lo entendí. Me había acostado vestido...

Llevaba medias de lana, pantalón, camiseta, jersey, casaca acolchada y un poncho...

Y terminé echándome por encima todo lo que tenía a mano...

Pero no remitió. Al contrario...

Empecé a frotar las piernas, pero el frío no desaparecía...

Era más intenso que el de una cámara frigorífica. Puedo calcular unos 10 grados bajo cero...

Nunca he sentido un frío como aquél...

Estaba despierto y perfectamente consciente...

Era un frío muy raro, sí; sólo lo sentía en las piernas...

No tuve miedo. ¿Por qué iba a tenerlo? Todo estaba cerrado...

Recuerdo que miraba hacia la ventana...

Las velas y los lamparines continuaban encendidos...

Entonces escuché pasos...

Sentí el roce de unas zapatillas sobre la madera del piso...

¡Era el típico caminar de mi padre!...

Lo reconocí al instante...

¡Pero mi padre había muerto un mes antes!...

Y pensé a toda velocidad: la puerta estaba cerrada con llave, y por dentro. Nadie podía entrar por la ventana...

No oía el crujir de la madera, pero sí el roce del talón...

Como te digo, mi padre caminaba así...

Quise voltear pero no pude. Me hallaba paralizado...

Lo intenté varias veces. Imposible. Algo me lo impedía...

Yo sabía que mi padre se estaba acercando a la cama...

Y sentí cómo se hundía el colchón...

Mi padre tenía una forma muy peculiar de apoyarse en la cama. Colocaba las rodillas sobre el colchón y así permanecía, de pie, junto a la cama...

Terminé de escuchar los pasos —ocho o diez— y percibí cómo se hundía el colchón...

Estaba muy cerca; quizá a veinte centímetros de mi cuerpo...

Traté de dar la vuelta, pero no lo conseguí...

El frío continuaba, pero no le presté atención...

Fue todo muy rápido...

De pronto oí su voz: «¡Chachito!»...

Así me llamaban en la casa...

Fue una exclamación de sorpresa, como si se hubiera sorprendido al verme...

Y yo respondí: «¡Ay, papito, no sabes cuánto te extraño!»...

En eso, noté cómo se separaba de la cama...

Y escuché nuevamente los pasos, alejándose...

Entonces sí pude voltear y lo vi de espaldas...

De la cintura para arriba era un cuerpo normal (?). Llevaba una camisa afranelada, a cuadros azules y desgastados. El pantalón era de tipo corduroy, a rayas...

Las piernas eran transparentes...

No vi los pies...

El cabello era el suyo, castaño...

Y al llegar a la puerta se esfumó. Desapareció...

Hacienda de San Felipe. La flecha señala la habitación en la que se registró la presencia de Juan Manuel Martin, fallecido un mes antes. (Gentileza de la familia.)

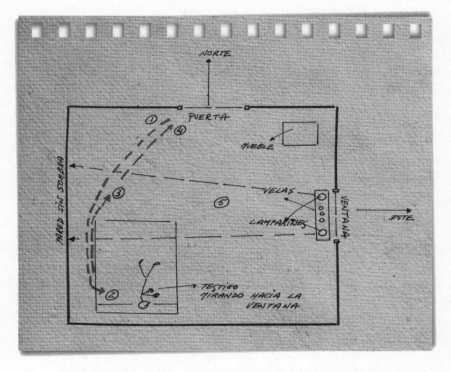

Hacienda de San Felipe. 1. Renato escucha los pasos. 2. El padre se apoya en la cama, con las rodillas. El testigo no puede voltear. 3. Renato escucha los pasos, que se alejan hacia la puerta. 4. El testigo consigue moverse y ve al padre, de espaldas. Éste desaparece junto a la puerta. 5. El «resucitado» no da sombra. Cuaderno de campo de J. J. Benítez.

Me levanté, salí al exterior, lo revisé todo. Nada. Allí no había nadie...

—¿Y el frío?

—Desapareció igualmente.

—¿Qué temperatura se registraba en el exterior?

—Lo dicho: unos 10 grados Celsius.

—¿Qué hiciste?

—Regresé al cuarto e intenté pensar. Quizá mi padre vino a despedirse. En vida no pudo hacerlo...

—¿Por qué sabes que era tu padre?

—Por la forma de caminar. Era inconfundible. También por la voz. Era su voz, pero cuando estaba sano. Y por la manera de apoyarse en la cama... ¡Era él! Ése fue mi sentimiento.

—¿Daba sombra en la pared?

Renato trató de recordar.

—Ahora que lo dices, no. Y debería de haberla dado. Allí seguían las velas y los dos lamparines. La sombra, incluso, tendría que haber sido enorme...

—¿Se produjo agitación en las llamas de las velas?

—No lo recuerdo.

—Cuando pudiste dar la vuelta, ¿a qué distancia se hallaba la figura de la cama?

—Acababa de rebasarla. Podría estar a cuatro o cinco pasos del lateral en el que apoyó las rodillas.

—¿Tuviste miedo?

—No, en ningún momento.

—Háblame del frío...

—No sé explicarlo. Al marcharse mi padre desapareció. Era muy intenso, y sólo lo sentía de las ingles hacia los pies.[1]

—Dices que oías el roce de las zapatillas, pero no el crujir de la madera...

—Sí, y me extrañó.

—¿Por qué?

—Mi padre pesaba en vida unos ochenta kilos. La madera del piso era vieja. Siempre cruje al pasar. La casa fue construida en 1920. Todas las maderas crujen.

—Dices que tu padre le tenía mucho cariño a esa hacienda.

—Sí, él nació allí. Iba a San Felipe siempre que podía.

1. Días antes de celebrar esta conversación con Renato Martin, en Lima, recibí una comunicación de María Adela Martínez Palencia, de la localidad de Tobarra, en Albacete (España), en la que, entre otras cuestiones, daba una posible explicación al frío que acompaña a los «resucitados». Según las leyes de la termodinámica, el muerto no transmite frío. Lo que hace es absorber calor. Con ello, quizá, consigue materializarse (?).

EL HOMBRE DEL CUADRO

E n noviembre del año 2000, cuando trabajaba en la isla de Puerto Rico en diversas investigaciones, tuve conocimiento de un doble caso de «resucitados» (si se me permite la expresión), a cuál más desconcertante, y en el que un ascensor se presentaba de nuevo como el escenario de los hechos.

La información llegó de la mano de Eduardo Lamadrid, asistente del gerente general de *El Mundo*, en San Juan. Él me condujo al lugar y me permitió tomar fotografías.

La primera experiencia fue vivida por la madre de Débora Martorell, una prestigiosa periodista que trabajaba en la Fundación Ángel Ramos, en la citada ciudad de San Juan.

Esa mañana, la madre de Débora acudió a la Fundación. Llevaba la comida de su hija. Subió a la suite 302 y, tras conversar con Débora, se dirigió a la zona del elevador. Fue entonces cuando escuchó los pasos de alguien. Se giró y vio a un hombre maduro, muy elegante, con un traje gris perla y una corbata blanca con «lágrimas» azules. No hablaron. Él le sonrió y, con la mano, le cedió el paso.

La mujer tocó el pulsador de la planta baja y el elevador descendió.

Al llegar al hall, antes de que se abriera la puerta, la mujer quedó espantada: el hombre del traje gris perla estaba a cosa de treinta centímetros del suelo. ¡Levitaba! ¡Y la miraba, sonriente! Era una mirada pícara...

La señora escapó, a la carrera, entre gritos.

Cuadro de Ángel Ramos, que sirvió para reconocer al hombre del traje gris perla. (Foto: J. J. Benítez.)

Cuando el guarda de seguridad entró en el elevador, allí no había nadie.

La testigo reconoció al hombre del traje gris perla en uno de los cuadros que colgaba en la Fundación: era Ángel Ramos, dueño y promotor del imperio «Telemundo». Había fallecido en septiembre de 1960; es decir, treinta años antes del suceso que acabo de relatar...

El segundo incidente fue protagonizado por un guarda de seguridad de la referida Fundación. Lo llamaré Aguilar.

Sucedió al poco del «encuentro» de la madre de Débora con el hombre elegante.

Ése era el primer día de trabajo del guarda en el edificio de El Mundo Broadcasting Corp.

El hombre subió a la tercera planta, con el fin de soltar unos paquetes en el almacén, y sintió ruido. El lugar estaba a oscuras.

Eduardo Lamadrid (izquierda), J. J. Benítez
y Eugenio Roca, de la editorial Planeta. (Foto: Blanca.)

Aguilar alzó la voz y preguntó si había alguien en la habitación. No hubo respuesta. Aparentemente, allí no había nadie.

Pero los ruidos continuaron.

El guarda preguntó por segunda vez, pero tampoco recibió respuesta.

Aguilar salió del almacén y caminó por el pasillo hacia el elevador.

Entonces escuchó pasos. Alguien le seguía.

Entró en el ascensor y pulsó el botón del hall. La puerta, sin embargo, no se cerró.

Aguilar lo intentó varias veces. El elevador no funcionaba.

Entonces vio llegar a una figura. Era un hombre. Se detuvo cerca de la puerta y miró al guarda. Sonreía. Vestía un traje gris perla, una corbata blanca, con «lágrimas» azules, y pañuelo blanco, a juego, en el bolsillo de la americana.

El guarda, espantado, abandonó el elevador y corrió escaleras abajo.

Aguilar reconoció al hombre sonriente: era Ángel Ramos, el del cuadro.

El investigador Jorge Martín (izquierda), Eugenio Roca y Blanca, en el elevador en el que tuvieron lugar los hechos. (Foto: J. J. Benítez.)

Cuando el personal de seguridad acudió al ascensor, éste funcionaba normalmente. En el almacén de la tercera planta no había nadie.

Cuatro años después de estas investigaciones en Puerto Rico, el destacado cirujano Pedro Sarduy, con residencia en Miami, me puso en la pista de otro interesante caso de «resucitado», igualmente relacionado con un cuadro.

El suceso se registró en diciembre de 2004, en la mencionada ciudad de Florida: Miami.

Una ciudadana norteamericana —a la que llamaré Martha— vivía en el centro de la metrópoli. Su vida era apacible. Disfrutaba de varios hijos, todos mayores e independientes.

Pero en 1991, uno de los hijos varones sufrió un problema cardíaco y tuvo que ser hospitalizado. La permanencia en el hospital se prolongó por espacio de cuatro meses. Durante ese tiempo, la madre, solícita, no se apartó del hijo.

Pero el hombre falleció.

Poco tiempo después, el esposo de Martha murió igualmente, víctima de un cáncer.

Y la mujer se refugió en su casa, entre los recuerdos.

Su dolor no tenía límites... Vivía sola.

Entre sus cosas había una especialmente querida por Martha: una fotografía del hijo muerto. La contemplaba a diario. Y le hablaba y le rezaba.

En octubre de 2004, cuando contaba con noventa y dos años de edad, la mujer sufrió un *stroke* (accidente vascular). Quedó muy mermada. Necesitó ayuda para todo. Y los hijos decidieron contratar a una persona que permaneciera con ella las 24 horas del día. Esta señora —a la que llamaré Teresa— se ocupó de Martha en cuerpo y alma. Todo fue bien, pero, en diciembre de ese año 2004, una de las hijas recibió una llamada telefónica de la enfermera y asistenta.

—Teresa —informó la hija— estaba muy alterada. Exigió que fuera de inmediato a la casa. Traté de tranquilizarla, pero fue imposible. No supe qué era lo que ocurría. Hablaba, únicamente, de marcharse... «No puedo quedarme en este lugar —repetía—. Tengo que irme...»

»No la saqué de ahí. Y opté por trasladarme a la casa de mi madre.

Martha y Teresa se hallaban solas. La enfermera temblaba. Casi no podía articular palabra. Estaba preparada para salir de la casa.

—Pero ¿qué pasa? —preguntó la hija—. ¿Por qué tiene que irse?

—Lo siento —clamó la mujer—. No puedo quedarme en esta casa ni un minuto más... No puedo.

Pedro Sarduy. (Foto: Blanca.)

La hija, asustada, exigió una explicación:

—¿Qué ha sucedido?

Y Teresa, señalando la fotografía del hijo muerto, declaró:

—El señor de la foto...

—¿Qué tiene que ver mi hermano?

—Cuando he entrado esta mañana en la habitación de la señora, el señor de la foto estaba ahí, sentado al lado de Martha...

El señor de la fotografía, como dije, era el hijo de Martha, fallecido 13 años antes.

Teresa, por supuesto, tomó sus cosas y desapareció.

Jamás regresó junto a Martha.

SESENTA Y SEIS
ESCALERAS

El 6 de junio de 1986 me presenté en la Ciudad Sanitaria Virgen de las Nieves, en Granada (España). Según mis noticias, meses atrás, en aquel hospital se había registrado un suceso imposible.

Todo comenzó el viernes, 21 de junio de 1985, cuando Almudena Moreno Montero, de cuarenta y tres años, fue operada de histerectomía (extirpación de la matriz).

Al día siguiente, a eso de las cinco de la tarde, cuando Almudena se hallaba en Reanimación, se presentaron en Información (planta baja del hospital) un hombre y una mujer joven. Fueron atendidos por Elena de Teresa Galván, la recepcionista.

—La chica podía tener dieciocho años —me explicó Elena—. Fue raro... Primero preguntaba la mujer y, acto seguido, el hombre formulaba la misma pregunta... Se interesaron por Almudena. No sabían dónde se hallaba. Querían visitarla.

La recepcionista consultó las fichas y confirmó que Almudena Moreno se encontraba en Reanimación.

—¿Dieron el nombre de la enferma?

—Lo hicieron ambos. Primero la chica y después el hombre. Supuse que eran familiares de Almudena. Quizá esposo e hija. El señor parecía de campo. Vestía de negro.

—¿A quién te dirigías?

—Indistintamente, tanto a uno como a otra. Me extrañó el comportamiento, como te digo. Se ignoraban mutuamente. Aquello no era normal.

Elena les informó que sólo podían entrar en Reanimación de uno en uno. Primero la chica y después el supuesto padre.

—Extendí un papel a la mujer y el hombre me miró, extrañado. Entonces, el padre exclamó: «¡Subo!» Les mostré el camino hacia los ascensores y las escaleras y se alejaron. Reanimación estaba en la planta tercera.

Una hora después, aproximadamente, la recepcionista vio regresar a la chica. Llegó sola.

—Me dijo que quería hablar con el médico. Deseaba saber qué le sucedía a la madre. Llamé a Alicia, que se encontraba de guardia, y se presentó al poco.

—¿Qué sucedió con el padre?

—No lo sé. No volví a verlo.

—¿Explicó la mujer si había entrado en Reanimación?

—Dijo que las puertas estaban cerradas y que no pudo hablar con el médico.

»Al llegar la doctora conversamos las tres. Aclaré lo que pretendía la señorita y la médico de guardia se hizo cargo.

—¿Portaba el pase en la mano?

—No lo recuerdo...

Cuando conversé con Alicia, la anestesista se hallaba muy impresionada por lo ocurrido.

—Recuerdo que la acompañé hasta la zona de los ascensores y de las escaleras. Era una chica joven, delgada, con el pelo rizado y castaño. Vestía pantalones vaqueros y una camisa celeste, de manga larga, con bordados. Padecía acné.

»Opté por las escaleras.

»Subimos a la tercera planta y llegué, incluso, a echarle el brazo sobre los hombros, con el fin de consolarla. Parecía preocupada por la madre. Le dije, y le repetí, que la madre estaba perfectamente. La operación había salido bien.

»Se tranquilizó un poco.

»Y al llegar a la puerta de Reanimación sonó el "busca" de nuevo. Me reclamaban en partos.

»Le dije que esperase. No tardaría en volver.

»Y allí se quedó.

Cuando Alicia retornó, la muchacha no estaba esperando en la puerta. La anestesista entró en Reanimación y descubrió

María Elena de Teresa Galván.
(Gentileza de la familia.)

a la joven en los boxes, frente al cristal que separaba la cama número tres.

—Se hallaba de pie, contemplando a la madre. Al verme en el cuarto de monitores, la chica sonrió.

—¿Hablaba con la madre?

—No. Permanecía en silencio.

—¿Estabas cerca?

—Muy cerca. La veía perfectamente.

—¿Había más personal sanitario en los boxes?

—Creo recordar que vi a varias enfermeras. Una de ellas era Toñi López Moreno.

Pudieron pasar unos minutos —no muchos— cuando sonó el teléfono en el cuarto de monitores.

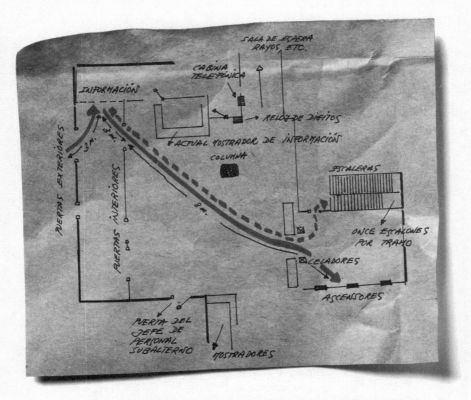

Planta baja del hospital. Marcado con línea continua, el recorrido que efectuaron el padre y la hija. En línea discontinua, el camino llevado a cabo por la médico y la muchacha. En total subieron 66 escalones. Cuaderno de campo de J. J. Benítez.

—Era Elena, de Información. Percibí que había jaleo allí abajo. Alguien gritaba. Se oía muy bien por el teléfono... Y Elena me comunicó que la chica con la que yo había conversado, y a la que acompañé por las escaleras, estaba nuevamente en Información, y muy enfadada. Exigía ver al médico. Quería conocer el estado de la madre. Quedé petrificada...

»—Eso no puede ser —respondí.

»—¿Por qué? —preguntó Elena.

»—Eso es imposible —insistí— porque estoy viendo a la joven..., en estos momentos. Está aquí, en Reanimación. Está delante de la cama de la madre...

»Elena empezó a impacientarse. Y clamó:

»—¡Te digo que está aquí!

Alicia reconoció que estaba aturdida. Ella escuchaba la voz de la muchacha. La joven le gritaba a Elena.

—Se le notaba furiosa —manifestó la anestesista—. Exigía ver a un médico... Pero ¿cómo era posible que estuviera en dos lugares a la vez? Elena la tenía delante, en la planta baja, y yo la estaba contemplando en la tercera...

Ambas —Alicia y Elena— llegaron a pensar que se trataba de una broma o de un caso de gemelas.

Eran las 18 horas y 45 minutos.

Elena preguntó a la enfurecida joven si había venido al hospital con una hermana gemela. La chica respondió que no; lo hizo en compañía del padre. Eso manifestó a la recepcionista.

—La chica sólo se interesaba por la madre —añadió Elena—. Parecía un disco rayado. Era monotemática.

»Finalmente le dije que subiera de nuevo a Reanimación. Allí la esperaría la médico. Y la perdí de vista.

En esos instantes —según Alicia—, la muchacha desapareció de los boxes.

Por supuesto, la jovencita no regresó a la tercera planta. Nadie volvió a verla.

La descripción de la joven, por parte de Elena y de Toñi, fue idéntica a la de la anestesista. Toñi la vio también por los pasillos. «Caminaba ligera.»

Pero la historia no termina ahí.

A los dos días, cuando la madre de la muchacha se encontraba en una habitación, en planta, Alicia, la médico, se interesó por Almudena.

—Al entrar vi una fotografía al lado de la cama de la señora. Era la joven que había acompañado por las escaleras. No tuve duda. E hice un comentario, relacionado con la visita de la chica al hospital... Probablemente actué con torpeza, pero yo no podía saber...

—¿Qué pasó?

—Almudena rompió a llorar y repetía: «¡Mi hija, mi hija!»...

»En la habitación se hallaba un hijo de la enferma. Se

puso violento conmigo. Me obligó a salir al pasillo y pidió explicaciones. Le conté lo sucedido días atrás y declaró, muy enfadado, "que eso eran fantasías". Su hermana se había matado en una moto tres años antes...

Alicia quedó muy afectada.

—¡Yo la toqué! ¡Aquello no era un fantasma! ¡Era de carne y huesos! ¡Subimos por las escaleras! ¡Hablamos! ¡Estaba en dos sitios al mismo tiempo! ¡Otras personas también la vieron! ¡Elena le proporcionó un pase!

Cuando traté de consultar el historial clínico de Almudena Moreno Montero, con el fin de localizarla e interrogarla, fue imposible. A pesar del esfuerzo de los empleados del hospital, que colaboraron conmigo en todo momento, el informe no apareció. Almudena tenía que haber pasado la obligada revisión el 28 de mayo de 1986, pero no se presentó.

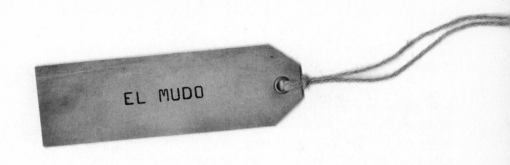

EL MUDO

Diecisiete años después de la «presencia» de la joven muerta en el hospital de Granada (España), a miles de millas, se registró un suceso relativamente parecido.

Era el mes de febrero de 2002. Ciudad: Miami (USA).

Lugar: la clínica CAC, en 10431 SW y 40 St.

Los hechos me fueron narrados por Irene Díaz, testigo de excepción.

—Era un jueves, sobre las diez de la mañana. Yo trabajaba entonces como asistenta del doctor Sánchez López, ortopedista. En esos momentos, el médico atendía a una señora mayor: Anaís Meier —nombre supuesto—. Se trataba de una infiltración de rodillas. Al terminar, el doctor le dijo a la señora: «Quiero que me veas de nuevo dentro de un mes...»

—¿Qué hora podía ser?

—Alrededor de las diez y media.

El médico, entonces, se dirigió a Irene y solicitó que se acercara a recepción, con el fin de materializar la cita para el mes de marzo.

—Así lo hice —prosiguió Irene—. Y me presenté ante la muchacha que atendía en recepción. Anaís caminó conmigo.

—¿Dónde se hallaba ubicada la recepción?

—En la planta baja; la misma en la que estábamos nosotros. Me dirigí a la chica, llamada María Cabrera, y le expliqué lo que había solicitado el doctor Sánchez López. La mujer consultó la computadora y replicó: «No..., el esposo ya sacó la cita.»

Irene Díaz, testigo del
caso del mudo.
(Foto: Blanca.)

»—¿Mi esposo? —preguntó la anciana, extrañada.

»—Sí —contestó María—, acaba de estar aquí...

»—¿Ahora?

»—No hace ni quince minutos...

»—Eso no puede ser...

»Anaís no daba crédito. Y preguntó de nuevo a María Cabrera:

»—¿Cómo era ese señor?

»La recepcionista lo describió:

»—Unos setenta años, de mediana estatura, pelo blanco,
ojos azules, muy llamativos, y una camisa carmelita... Solicitó una cita para usted...

»—Pero...

»—Él aseguró que era el esposo de Anaís Meier —añadió
María con seguridad—. Quería una cita para usted...

»Anaís palideció.

»—No es posible... Mi esposo falleció hace un año...

»La recepcionista volvió a consultar la computadora e insistió:

El esposo de Anaís Meier (fallecido) tuvo que empujar la pesada puerta de entrada a la clínica y recorrer algunos metros hasta el mostrador de recepción (Foto: Virgilio Sánchez-Ocejo.)

»—No, señora... Por aquí pasó un señor, como le he descrito, con el pelo peinado hacia atrás...

»Anaís no le permitió continuar.

»—Mi esposo está enterrado en Miami... Murió hace un año... Yo sólo tengo un hijo y en estos momentos está trabajando en Miami Beach... Tiene que haber un error...

María Cabrera giró la computadora y mostró la pantalla a Anaís y a Irene Díaz.

Allí estaba la cita, perfectamente detallada: nombre, día, mes, hora y doctor. ¡Y fue registrada unos veinte minutos antes de que Irene y Anaís abandonaran la consulta del médico! ¿Cómo podía saber María Cabrera que el doctor Sánchez López solicitaría una cita para Anaís, para el mes de marzo? Obviamente, no lo sabía.

Y la recepcionista añadió:

—Señora, aquí no hay ningún error... Ese señor era mudo. Tomó una pequeña pizarra que llevaba consigo y escribió con un punzón: «Quiero un turno para la señora Anaís Meier, dentro de un mes. Soy su esposo.»

—¿Mudo?

—Así es —replicó la recepcionista—. Cuando leí lo que había escrito, el señor lo borró con un celofán...

Anaís se puso muy nerviosa. Sufrió un ataque de ansiedad y tuvimos que atenderla.

Irene continuó las explicaciones:

—El esposo, en efecto, era prácticamente mudo. Sufrió un cáncer de garganta y tenía que valerse de una pizarrita para comunicarse. Escribía con un punzón y después lo borraba.

Ángel (así se llamaba el esposo) fue paciente de aquella clínica. Todos lo conocían. También Irene.

Cuando traté de localizar a la recepcionista y a la señora Meier, ambas habían abandonado la ciudad. La primera regresó a su país (Nicaragua). La segunda se trasladó a Georgia. Aún sigo buscándolas...

Mostrador al que llegó Ángel, el esposo difunto de Anaís. María Cabrera se encontraba sentada y, por tanto, sólo vio al anciano de cintura para arriba. Delante de la recepcionista se aprecia parte de la computadora. (Foto: Virgilio Sánchez-Ocejo.)

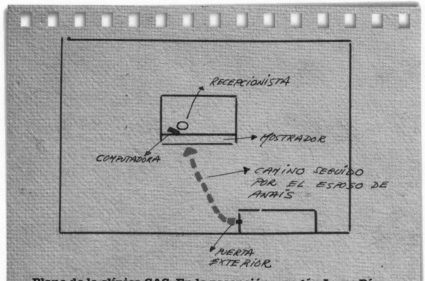

**Plano de la clínica CAC. En la recepción —según Irene Díaz—
siempre se formaba cola. El esposo de Anaís Meier tuvo que
ser visto por más personas. El mostrador tenía 1,10 metros
de altura. Cuaderno de campo de J. J. Benítez.**

LOS <<CAMAREROS>>, DE NUEVO

Y creo que ha llegado el momento de abordar el fascinante y desconocido universo de los sueños; algo mucho más real y tangible de lo que suponemos...

Comparto la opinión que aparece en *Caballo de Troya*: «Los sueños son el patio de atrás de la Divinidad.» El Maestro lo decía con frecuencia: «Busca la perla en los sueños.»

El presente caso fue protagonizado por un abuelo y su nieta, al mismo tiempo, y en circunstancias singulares.

No estoy autorizado a desvelar sus identidades, y bien que lo lamento. Dejaré que sea uno de los hijos de dicho abuelo quien narre lo sucedido. Nos conocemos desde 1974. Lo considero mi hermano mayor. Es una persona brillante y honesta.

El doble suceso tuvo lugar en el País Vasco (España). Mi amigo me lo contó verbalmente y por escrito. La carta decía así:

Querido Juanjo:
Contesto a la tuya del 1-IX-12. La marcha de mi padre de este mundo material sucedió un 22-XI-1978, teniendo setenta y ocho años de edad (iba con el siglo). La otra protagonista del episodio por el que me preguntas no fue, por tanto, mi nieta que ahora tiene cinco añitos, sino mi hija mayor, nacida en 1970 y que contaba, a la sazón, con ocho años de edad.

Recuerdo el episodio con toda exactitud, porque esas cosas no se olvidan. Mi padre era un enfermo de bronquitis crónica de larga evolución que ya se había complicado con un enfisema pulmonar secundario. Llevaba una vida bastante limitada por la dificultad respiratoria y dos o tres ingresos hospitalarios por severos episodios de agudización. Pero también había cumplido una de sus grandes ilusiones: celebrar un mes antes, el 24-X-78, sus bodas de oro (cincuenta años de matrimonio) con mi madre, con una misa celebrada en el salón de su casa y comida, con asistencia de todos sus hijos y nietos. Allí estuvimos todos.

Yo tenía la costumbre de, antes de ir a mi casa por la tarde, después del trabajo, pasar por la de mis padres (vivíamos a la vuelta de la esquina) y ver qué tal estaban, además de charlar un buen rato con ellos.

Una de esas tardes, en su casa, mi padre dijo: «Mira, hijo, te lo digo ahora que me encuentro bien y en pleno uso de mis facultades mentales. No puedo durar mucho tiempo más, pero no importa. He vivido una vida plena, he celebrado las bodas de oro y me encuentro preparado para marchar cuando Dios quiera. Deseo morir en mi casa y en mi cama. No quiero más ingresos hospitalarios. El día que me ponga peor, tú me tratas y lo que hagas estará bien hecho, y si fallezco, será lo normal porque esta situación ya no da más de sí.»

Al cabo de pocos días de esta declaración, volvió a empeorar. Le fui tratando, con altibajos en la evolución y, un día de aquéllos, mi hija mayor (repito, de ocho años en aquel entonces) me dijo: «*Aita*, anoche soñé con *aitite*.» (Como sabes, *aita* y *aitite* significan «padre» y «abuelo» en euskera vizcaíno.) No le di mayor importancia y así quedó la cosa.

Pero, al día siguiente, volví a estar, como de costumbre, con mi padre. Lo encontré en la cama, pero bastante estable. Quería preguntarme algo: «Oye, hijo, ya sabes que al ir ganando años, cada vez duermo menos horas por la noche y a gusto encendería la lamparita de la mesilla de noche y me pondría a leer, pero, por no molestar a tu madre que duerme al lado, me quedo con la luz apagada, recostado, incorporado en un par de almohadones para poder respirar bien (ya empezaba la congestión cardíaca) y me quedo con los ojos abiertos mirando a la oscuridad, muy a gusto y tranquilo. Y aquí es donde he visto algo que me ha sorprendido y te quería consultar por si tuviera relación con alguna de las medicinas que me das y pudieran causar ese efecto secundario. El caso es que estoy viendo personas vestidas de blanco que se acercan a mi cama, me miran y se van. Por cierto, no siento ningún miedo, al contrario, sigo encontrándome muy bien en esos momentos.»

Aquí le aclaré que esto no era efecto de ninguno de los medicamentos, y le pregunté: «¿Conoces a alguna de esas personas?»

«Pues no. No sé quiénes son. Pero anteanoche sí conocí a una. ¡Era tu hija María! Y le dije: "¡Hola, María!" Se quedó mirándome unos instantes, no contestó nada, y luego desapareció. Me dejó un poco extrañado.»

El que se quedó extrañado, y de una pieza, fui yo. Y, nada más llegar a casa, hablé con mi hija:

—María, ¿recuerdas el sueño que tuviste con *aitite* hace un par de días?

—Pues sí. Estaba en mi cama y salí y fui a casa de *aitite*.

—¡Un momento! Quieres decir que te levantaste, te vestiste, saliste de casa, bajaste en el ascensor, fuiste por la acera hasta casa de *aitite*...

Me miró como se mira a alguien que no tiene remedio.

—*Aita!* No se hace así. Se sale flotando a la calle y pasando las paredes se entra en el dormitorio de *aitite*.

—¡Ah! Y, ¿qué viste?

—Vi la cama de *aitite* y en la cama había <u>dos *aitites*</u>. Uno era un *aitite* muy viejo que estaba recostado en unos almohadones. Otro era un *aitite* joven, blanco, que se me quedó mirando y me dijo: «¡Hola, María!»

—Y tú, ¿qué hiciste?

—Nada. Me quedé mirándole y luego volví a la cama.

Dos o tres días después de este encuentro astral, el 22 de noviembre de 1978, a primera hora de la mañana, mi padre tuvo ganas de hacer sus necesidades y pidió ayuda a mi madre para que le acompañara al servicio. Cuando intentó levantarse no pudo hacerlo. Quedó sentado al borde de la cama y se despidió de mi madre: «Adiós. Me voy. Ha sido una alegría haber vivido tantos años contigo.» Y cayó muerto. Cruzó la frontera...

No he podido evitarlo.

El relato de mi amigo me ha hecho recordar otra experiencia, vivida por mi padre cuando estaba a punto de morir. Él también vio gente, y vestida de blanco, alrededor de la cama del hospital:[1]

—... Se presentaron en la noche. No los conocía —aseguró mi padre—. Me miraban y hablaban entre ellos... Parecían camareros... Entonces ocurrió algo extraño. Aquellas personas —los «camareros»— tocaron mi frente y me sentí en paz. Fue una increíble y desconocida sensación. El dolor desapareció y también la angustia. Me sentí feliz... Esa madrugada te hablé e intenté decírtelo.

—No recuerdo —respondí.

—Yo estaba despierto. Tú te aproximaste a la cama y tomaste mi mano entre las tuyas. Sentí tu calor y tu fuerza. Y me dijiste: «Papá, tranquilo.» Yo, entonces, rodeándote con ese inmenso amor que me llenaba, repliqué: «No..., tranquilo tú.» Pero creo que no comprendiste. Después, dulcemente, todo se oscureció. Dejé de oír y de sentir. Fue lo más parecido a un sueño.

—¿Un sueño?

—Así es, un dulce y benéfico sueño.

—¿Y la muerte?

—Eso es la muerte, querido hijo. Te duermes, sin más...

—Parece simple.

—Es que lo es... Tu Jefe (creo que así llamas al buen Dios) es muy discreto... Dios nos entrena todos los días para morir... La muerte es un sencillo mecanismo, necesario para proseguir. Cada noche, al acostarte, ensayas esa última escena. Y lo haces tranquilo y confiado. Pues bien, la única diferencia es que, al morir, despiertas en otro lugar..., y sin pijama.

1. Amplia información sobre la muerte del padre de J. J. Benítez en *Al fin libre*.

El padre de mi amigo falleció en 1978. *Al fin libre* fue publicado en el año 2000. Obviamente, el padre de mi amigo no alcanzó a leer el libro en el que se habla de los «camareros»...

Como decía el Maestro: «Quien tenga oídos que oiga.»

A raíz de la publicación de *Al fin libre* he ido recibiendo muchas cartas y correos electrónicos. Una de estas comunicaciones me dejó perplejo. Procedía de Konstanz, en Alemania. La firmaban dos profesores de la universidad, a los que llamaré Eva y Franc.

El suceso tuvo lugar en 1998.

La carta dice así:

Querido amigo: Permíteme que te hable de tú. Acabo de empezar el libro *Al fin libre* que le has dedicado a Eva y tras leer las primeras hojas, donde hablas de la muerte de tu padre, me ha venido a la memoria un hecho que sucedió hace dos años y que te paso a relatar:

Portada de *Al fin libre*, en el que se narran las experiencias de J. J. Benítez con su padre muerto.

Una amiga de mi madre, muy buena persona ella y cariñosa, comenzó a sentirse muy mal. Después de acudir a varios médicos le diagnosticaron cáncer. El estado de la enfermedad era muy avanzado, de modo que poco hubo que hacer...

Los dolores, al final, eran terribles. Pero un día cesaron. Eso fue poco antes de su muerte.

Lo que ahora sigue es lo que su marido cuenta que sucedió:

«Yo estaba en la habitación y, de repente, la vi mirar al vacío y sonreír. Estábamos los dos solos. Le pregunté por qué sonreía y ella me dijo que unos enfermeros muy guapos, vestidos de blanco, habían estado allí y la habían tocado y pinchado en la lengua y ya no sentía dolor. Pero yo no vi a nadie.»

Esta historia es la que el marido le contó a mi madre cuando ella fue a visitar a su amiga, poco antes del final. Mi madre, no sé por qué, me la contó de inmediato.

Yo no pude ir a verla. No tuve el valor suficiente.

Espero que si los «hombres de blanco» que vio esta señora son los mismos que visitaron a tu padre, mi amiga se encuentre también con el buen Dios.

Un abrazo...

Algún tiempo después, a través de mi página web oficial,[1] recibía una noticia, muy similar a la anterior. Debo aclarar que, hasta el día de hoy, ninguna de estas dos experiencias ha visto la luz. Ni los profesores alemanes sabían de Anita, ni ésta, a su vez, de los amigos de Konstanz.

Pero vayamos a lo que interesa.

La información, como digo, llegó a mi página web en 2008. La firmaba Carlos López Sánchez, arquitecto técnico. Después viajé a Alicante (España) y tuve el placer de conocer a Carlos y a María de la Gracia, su esposa.

Hablamos mucho. Fue realmente interesante...

En síntesis, ésta fue la experiencia vivida por Anita, la madre de María de la Gracia:

—Mi madre —aclaró la hija— era muy especial. Tenía la mente abierta y era sensible y adelantada a su tiempo. Decía

1. Página web oficial de Juanjo Benítez: <www.jjbenitez.com>.

Anita. (Gentileza de la familia.)

que la vida es un sueño. Sólo eso. Hablaba y hablaba del más allá. Repetía que lo había visitado en diferentes ocasiones...

Pero en mayo de 1997, en una revisión rutinaria, detectaron un cáncer en el abdomen de Anita. Tenía setenta y seis años.

La situación cambió la vida de la familia.

Y María de la Gracia se dedicó por entero al cuidado de la madre.

Poco después empezaron los dolores. Eran espantosos y diarios. Aparecían a rachas.

Anita terminó postrada en la cama. No podía caminar.

Pues bien, un mes antes de su fallecimiento ocurrió algo poco común...

—Yo me encontraba en la casa —expuso María de la Gracia—, ocupada en las labores habituales. Quizá fueran las cinco de la tarde. Mi madre estaba en su cuarto, en la cama. Me llamó...

Carlos y María de la Gracia.
(Gentileza de la familia.)

»—¡Mari!... ¡Mari!

»Acudí de inmediato. Pensé que necesitaba algo.

»—¿Qué pasa, mamá?

»—Siéntate, hija, siéntate... Verás... Te voy a contar algo...
Tú sabes que yo no miento, ¿verdad?

»—Claro, mamá... Pero ¿por qué dices eso?

»—Verás, hija... Es que...

»Mi madre, con las manos enlazadas sobre el pecho, du-
daba. No se atrevía a contar lo que le había sucedido. En su
rostro se adivinaba la preocupación. Era la cara de un niño
que se dispone a confesar una travesura...

»—¡Venga, mamá!... ¡Cuéntamelo!

»—Verás, hija... Han venido tres señores... Vestían unas batas blancas... Eran muy altos y delgados... Para mí que eran médicos...

»—¿Cómo?... ¿Tres médicos? ¿Por dónde han entrado? No he oído la puerta...

»—Sí —replicó mi madre—, se acaban de marchar.

»Sinceramente, me sentí confusa. Mi madre no mentía. Nunca lo hizo. Tenía la cabeza en su sitio. Pero, como digo, yo no había abierto la puerta a nadie.

»Me serené y la dejé hablar.

»—Uno de ellos se ha acercado a la cama... Los otros se han quedado algo más atrás, junto a la ventana... El que estaba a mi lado me ha dado masajes en el vientre y en las piernas... Después desaparecieron.

»—¿Han venido a curarte?

»—No, hija, han venido a prepararme. Me queda muy poco tiempo. Han venido para que no sufra.

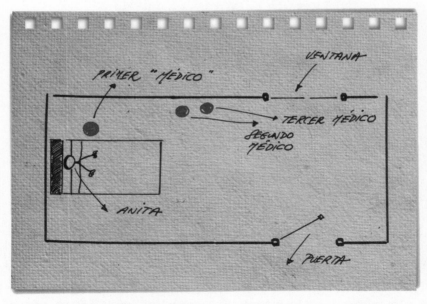

Habitación de Anita y posición de los tres misteriosos «médicos» que la visitaron un mes antes de su fallecimiento. Cuaderno de campo de J. J. Benítez.

»—¿Hablaron? ¿Te dijeron algo?

»—No, sólo miraban... Yo creo que son médicos del cielo.

»No pude arrancarle nada más —prosiguió Gracia—. No recordaba los rostros de los "médicos". Pregunté si había sentido miedo. Negó con la cabeza.

»Los dolores desaparecieron.

—¿No necesitó morfina?

—Nadie llegó a comprender cómo aquella mujer, con un cáncer en estado terminal, no necesitara sedantes.

Un mes después, el 18 de enero de 2000, Anita falleció.

Faltaban trece días para que yo concluyera la redacción de *Al fin libre*.

—¿Cómo murió?

—Feliz. Le pregunté si sentía miedo. Dijo que no. Dijo que sabía que no iba a desaparecer y que conocía el lugar al que se marchaba. «Me voy a mi sitio», manifestó. Sonrió. Cerró los ojos y se fue...

—¿Cómo era ese «más allá» que decía haber visitado?

—Aseguraba que era un mundo paralelo, un sitio al que no tenemos acceso (todavía). Otra dimensión... Decía que, allí, la gente trabaja y estudia. Y afirmaba que los «científicos del cielo» transmiten ideas a los de la Tierra... Hablaba de edificios de cristal y de flores cuyos colores no conocemos. Y ponía cara de chiste cuando mencionaba el «dinero del cielo».

—¿Por qué?

—Porque en el cielo no funcionan con dinero. Eso decía. Ella quería volver a lo que llamaba su hogar, su verdadera patria...

Así era Anita, la mujer que vio a los «médicos del cielo».

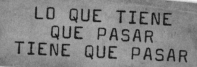

D e momento, la experiencia de María Santos Troyano es la que más me ha impactado. Algo parecido le sucedió a Blanca, mi esposa, cuando escuchó el relato de labios de la propia María.

En esta ocasión fue un sueño. Mejor dicho, dos sueños.

El primero se produjo la noche del 30 de enero de 1978. María se hallaba en la localidad gaditana de Tarifa (España).

Ella lo cuenta así:

—Me vi en una calle ancha, sin edificios, pero con unas paredes muy blancas... No había gente... No sé qué lugar era

**María Santos Troyano.
(Gentileza de la familia.)**

Juana Muñoz, abuela de María.
(Gentileza de la familia.)

ése... Entonces vi a mi abuela, Juana Muñoz Gallardo, ya fallecida, en compañía de Adelaida García, una amiga de mi abuela. Yo la conocía. Era hermana de la consuegra de Juana. También había muerto...

»Fueron aproximándose y, de pronto, mi abuela desapareció.

»Adelaida llegó hasta donde yo estaba y le pregunté:

»—¿Y mi abuela?

»Ella respondió:

»—Ha ido a hablar con alguien importante...

»Ahí terminó el sueño.

—¿Qué aspecto presentaban?

—Mayores.

—¿Aclaró Adelaida a quién fue a ver tu abuela y por qué?

—No dijo nada.

La abuela de María falleció en mayo de 1977, a los setenta y siete años de edad. Adelaida murió poco antes que Juana.

La cuestión es que, al día siguiente, 31 de enero, María tuvo un segundo sueño:

—Me encontraba en la misma calle... Y se repitió la escena. Vi, de lejos, a mi abuela y a su amiga. Caminaban hacia mí.

—¿Podrías ubicar esa calle?

—No. En esa ocasión, mi abuela llegó hasta donde yo estaba. Y le reproché la conducta del día anterior:

»—¿Dónde te metiste ayer?

La abuela confirmó lo que había dicho Adelaida:

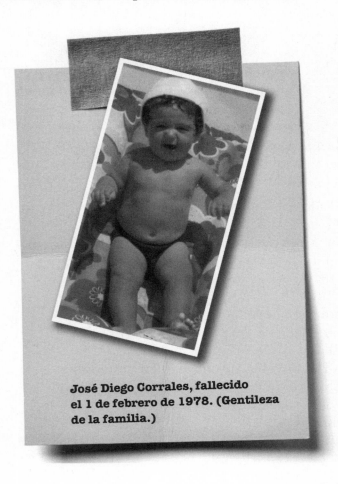

José Diego Corrales, fallecido el 1 de febrero de 1978. (Gentileza de la familia.)

—Hablé con alguien importante, y de algo que te afecta. Yo traté de evitarlo, pero no fue posible... Él me dijo que el asunto no tenía remedio... Lo que tiene que pasar —aseguró— tiene que pasar.

Ahí concluyó el sueño.

Esa mañana del 1 de febrero (1978), María fue despertada por su hijo José Diego Corrales, de 14 meses.

—Vomitaba y se quejaba —manifestó María—... A las doce del mediodía murió... Meningitis... No hubo forma de remediarlo...

Algunos sueños, en efecto, son más que sueños...

TÚ YA LO SABES...

illy Smith era físico nuclear y profesor de la universidad.

Fue un norteamericano honesto al que aprecié sinceramente.

Como buen racionalista no creía en los «sueños informativos»..., hasta que sucedió «aquello».

Nos lo contó el 23 de febrero de 2004, en su residencia, en un lugar de la costa este de Florida (USA). Testigo: Virgilio Sánchez-Ocejo, uno de los veteranos investigadores de Estados Unidos.

Willy relató lo siguiente:

Hace años tuve un sueño...

Soñé que me hallaba en un comedor muy amplio. Parecía un barco...

Y entre la gente vi a un amigo; un viejo amigo de Uruguay...

Me sorprendió porque yo sabía que estaba muerto. Había fallecido años atrás...

Iba en silla de ruedas...

Nos saludamos y me dijo que necesitaba que le hiciera un favor...

—Tú dirás...

—Quiero que le preguntes a mi mujer por qué ha vendido los libros...

Profesor
Willy Smith.
(Foto: Virgilio
Sánchez-Ocejo.)

Aquel amigo —en vida— prometió regalarme sus libros cuando él falleciera... Eran libros valiosos... Había, incluso, incunables... Pero nunca llegaron a mi poder.

Y ahí terminó el sueño.

Llamé a la viuda y le pregunté por los libros... La mujer, al principio, negó que los hubiera vendido... Después terminó reconociéndolo... Lo hizo por dinero... Por eso nunca los recibí...

Y la viuda preguntó quién me lo había dicho.

Yo respondí: «Tú ya lo sabes...»

SUICIDAS

En enero de 1983, un joven al que llamaré IJ, de veintitrés años, se suicidó en una pequeña localidad de Colombia.

Beatriz Merly, sobrina de IJ, tenía entonces ocho años.

La niña se preguntó muchas veces: «¿Por qué lo hizo? Era un muchacho guapo, con futuro... Era brillante... Tenía una bebé... ¿Por qué?»

No obtuvo respuesta a su pregunta hasta mayo de 1993.

—Desde que se suicidó —manifestó Beatriz— yo sentía que veía a mi tío en la casa. Entraba y salía de los cuartos. Pero sólo veía las piernas.

Y un buen día, en la casa de una amiga, en Cali, mientras estudiaban, alguien —medio en broma— sugirió que jugaran a la ouija. Eran cinco chicas.

—Dicho y hecho. Improvisamos un «tablero», a base de papel, y dibujamos los números y las letras... Recuerdo que pintamos también un sol y una luna... Debajo de la mesa colocamos un vaso, con agua... Cuando nos sentamos alrededor de la ouija yo tenía las mismas preguntas en la cabeza: «Por qué lo hizo? ¿Por qué se suicidó?»

»Mis amigas preguntaron tonterías. Yo permanecí en silencio. La moneda que utilizamos se movía sin descanso. Nadie la tocaba.

»Finalmente no pregunté por mi tío.

Beatriz tenía entonces dieciocho años.

Beatriz Merly, en la actualidad. La quemadura que apareció en el brazo izquierdo recordaba los dedos de una mano pequeña. La huella permaneció en el brazo hasta la mañana del día siguiente. (Foto: Blanca.)

Y regresó a su casa con una idea: la ouija podía ser el instrumento para averiguar la verdad.

—En la familia corrían rumores sobre el motivo del suicidio de IJ... Decían que la esposa tenía un amante... Le echaban la culpa de la muerte de mi tío...

Y esa misma semana, Beatriz comentó con su madre el asunto de la ouija.

—Le pedía que asistiera a una sesión y que verificase las respuestas. Ella conocía mejor que yo a IJ y disponía de informaciones a las que yo no tenía acceso.

La madre aceptó y una tarde, a eso de las 14 horas, se sentaron en torno a otro improvisado «tablero» de papel.

—Éramos tres: mi madre, un amigo y yo... Invocamos a un espíritu y se presentó una señora... Dio su nombre. Mi madre dijo que la conocía... Era una vecina que —según mi mamá— la arropaba cuando su madre (mi abuela) intentaba pegarle... Yo no sabía quién era... La mujer murió cuando yo era un bebé...

Entonces sucedió algo desconcertante.

—La moneda dejó de moverse y se presentó un espíritu burlón... Puso la mano en mi brazo izquierdo y me quemó, dejando la huella de los dedos... Paramos un momento... La quemadura me dolía... Después continuamos e invocamos al espíritu de IJ... ¡Y se presentó!.. Hablaba como lo hacía él en vida... Utilizaba una jerga especial... Mi madre lo recordaba perfectamente... Y se asustó...

Beatriz, entonces, empezó a formular preguntas.

—Era yo quien anotaba las respuestas —matizó la muchacha—. Y pregunté por qué se suicidó.

La respuesta fue inmediata: «El papá (ya muerto) se le aparecía y le pedía que se fuera con él.»

Quedé perplejo, pero continué escuchando a Beatriz.

—Mi madre sí sabía de esta circunstancia. Yo no estaba enterada...

»También pregunté por el asunto del supuesto amante. La contestación nos dejó helados: dijo que sí, que era cierto, y dio nombre y apellidos... La esposa, como ya te conté, fue responsabilizada del suicidio y apartada de la familia... Ella

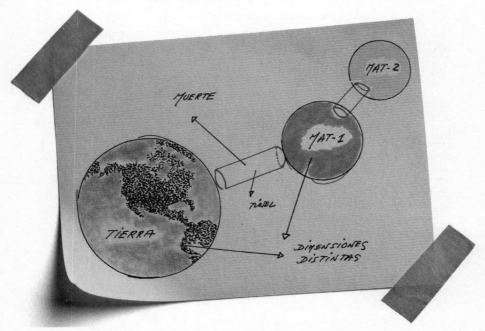

Interpretación del paso a otra dimensión mediante el mecanismo de la muerte. Cuaderno de campo de J. J. Benítez.

tomó a su hija y desapareció... También nos dio otra información: acudió a la ferretería, compró lo necesario para ahorcarse pero, en el último momento, se arrepintió... Trató de aferrarse a la cuerda y se desnucó.

Beatriz interrogó a IJ sobre su abuela, fallecida en 1992.

«La vieja está bien», respondió el supuesto espíritu.

—Era su forma de hablar —añadió Beatriz—. Mi madre, a esas alturas de la sesión, estaba convencida. Era él.

A partir de esos momentos, Beatriz centró las preguntas en el «más allá».

—Quería saberlo todo...

—¿Y qué respondió?

—Lo primero que dijo es que no repitiera la sesión de ouija.

—¿Por qué?

—Afirmó que la ouija es una especie de «portal» que comunica con otra dimensión y que el ser humano no está preparado para eso. Dijo, textualmente, «que Dios no nos había dado el conocimiento para abrir ese canal». Me hizo jurar que no repetiría... Y lo prometí. Después me habló de la muerte... Aseguró que sólo es un paso (mecánico) a otro mundo... Tomé muchas notas.

—¿Un paso mecánico?

—Habló de un mundo físico, pero distinto al nuestro. Allí hay edificios. Dijo que es como una enorme universidad...

—Pero ¿cómo se pasa de un mundo a otro?

—Hay un túnel... Por ahí se conectan los dos planos. Nosotros no lo hemos descubierto..., aún.

»En ese nuevo mundo[1] todo es perfecto. Todo está bien. Todo es superlimpio. No hay enfermedades. No hay muerte... E insistió: "tenemos que estudiar mucho...".

—¿Habló de estudiar?

—Sus palabras fueron: «te levantas estudiando y te acuestas estudiando».

—¿Existen el día y la noche?

---

1. En *Caballo de Troya*, Eliseo denomina ese «nuevo mundo» como MAT-1. (Amplia información en *Hermón. Caballo de Troya 6.*)

—Eso deduje.

Al preguntar por la cuestión del estudio, Beatriz se interesó por su abuela. Era analfabeta.

—¿Ella estudia también? La respuesta fue afirmativa, pero no explicó qué estudiaba.

»Pregunté si IJ estaba cerca de Dios y dijo que sí.

—¿Sin más?

—Sin más...

»Tenía una casa. Dijo que vivía en una ciudad en la que había grandes edificios. E insistió: todo el mundo está bien, todo es perfecto y limpio...

—¿Fue castigado por haberse suicidado?

—Dijo que no. Allí nadie juzga a nadie...

La sesión de ouija se prolongó cinco horas.

La madre de Beatriz preguntó datos concretos sobre la vida de IJ. Las respuestas fueron correctas.

Años después, Beatriz dio con la que fue esposa de su tío. Hablaron y la mujer confesó que se había casado de nuevo.

—Me reveló el nombre y los apellidos del esposo. Me quedé helada.

—¿Por qué?

—Era el hombre que mencionó IJ en la ouija...

—Por tanto, era cierto: tenía un amante.

—Así es...

○

El 22 de noviembre del año 2000, a las doce horas, acudí a la televisión azteca, en el DF mexicano. Era un programa de entrevistas. Se titulaba *Eco* y lo conducía un prestigioso periodista: Ricardo García Sandes.

Hablé sobre la muerte y el más allá.

Ricardo, muy impresionado, esperó a que terminara el programa para narrarme una experiencia vivida por él mismo.

—Sucedió en mi casa, no hace mucho... Una amiga se había suicidado... Yo estaba triste... Y tuve un sueño... Vi a esa amiga... Tenía la cabeza baja... Le pregunté si había visto a Dios... Ella negó con la cabeza... Ahí terminó el sueño...

En esos momentos, la madre de Ricardo, que dormía en un cuarto cercano, escuchó pasos y el crujir de la madera del pasillo.

Creyó que era su hijo, que se había levantado para ir al baño o a la cocina.

A la mañana siguiente medio lo aclararon: Ricardo no se movió de su cama. ¿De quién eran los pasos? En la casa sólo estaban madre e hijo...

○

En esas mismas fechas, el cardiólogo Víctor López García-Aranda, gran estudioso de estos temas, me contó lo siguiente:

Conocí el caso de una señora, cuya identidad no estoy autorizado a desvelar, que vivió también una singular experiencia, y relacionada con otro suicidio...

El marido tomó una escopeta y le disparó dos tiros. Uno le arrancó una mano. El otro le desfiguró la cara...

Acto seguido, el marido se suicidó con la misma escopeta...

Dr. López García-Aranda, veterano estudioso de las experiencias cercanas a la muerte. (Gentileza de la familia.)

La mujer, entonces, vivió una experiencia cercana a la muerte (ECM).

Vio el túnel, la gran luz, los parientes muertos que salían a recibirla...

Y, de pronto, apareció el marido. Se presentó detrás de una reja... Le pidió perdón y ella le perdonó al momento.

Entonces retornó a su cuerpo físico...

En esos instantes, mientras permanecía inconsciente, la mujer no supo que el marido se había quitado la vida. La noticia llegó después.

○

La semana santa de 1987 no será olvidada fácilmente por María José, una enfermera española de dilatada experiencia profesional. Pero antes de narrar lo vivido por esta mujer, bueno será que haga un pequeño preámbulo.

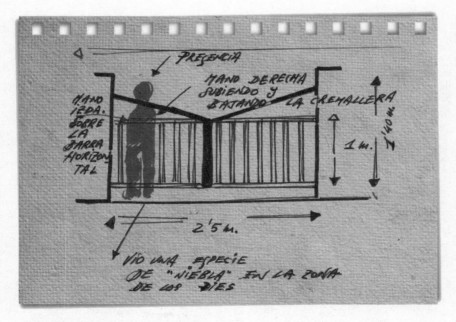

Cuaderno de campo de J. J. Benítez.

84

El joven apareció a la izquierda de la cancela de hierro. A los pies flotaba algo que parecía niebla. (Foto: Blanca.)

María tiene una hermana (a la que llamaré Garfio). En aquellos momentos, Garfio estaba casada con un eminente médico (al que llamaré Campanilla).

Pues bien, meses antes de esa semana santa de 1987, el matrimonio Garfio-Campanilla conoció a un joven, vecino del pueblo sevillano en el que residían. Hicieron amistad. El joven se enamoró de una muchacha, pero el padre la rechazó, amenazando al hijo con desheredarlo. Los problemas se multiplicaron. El joven se enredó en las drogas y la madre —la única que lo protegía— terminó falleciendo. Garfio y Campanilla lo ayudaron hasta donde fue posible.

Un día, tras la visita del padre al centro de desintoxicación en el que se encontraba, el joven se pegó un tiro y perdió la vida. Era el otoño de 1986.

En diciembre de ese año (1986), María, la enfermera, cambió de residencia, trasladándose de Huelva a Sevilla (España).

María nunca conoció al joven que terminó suicidándose.

Cinco meses después del suicidio —en la referida semana santa de 1987—, María se hallaba en su nueva casa. Eran las diez de la mañana, aproximadamente...

—Estaba sola, con la única compañía de un perro. Yo vivía entonces a cien metros del cementerio... Y, de pronto, el perro empezó a ladrar... Se fue hacia la puerta de la casa y allí se mantuvo, ladrando... Deduje que había alguien en el patio o cerca de la cancela de hierro... Tuve una sensación extraña... No me gustó... El perro ladraba y gemía...

En esos instantes —para desconcierto de María—, el grifo del cuarto de baño, próximo a la entrada principal, se abrió misteriosamente.

—Nadie lo manipuló... Acudí al baño, cerré el grifo, y me dirigí a la puerta... El perro ladraba y ladraba, con la vista fija en la madera de la puerta...

—¿Cuánto tiempo pasó desde que empezó a ladrar hasta que abriste la puerta?

—Unos diez minutos...

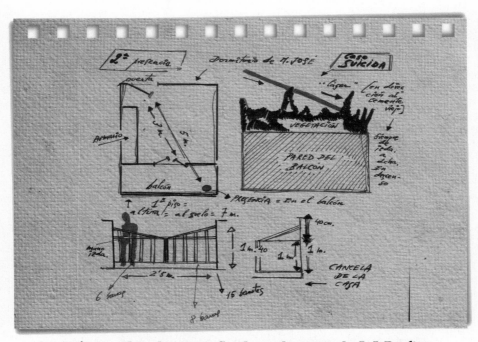

Anotaciones sobre el terreno. Cuaderno de campo de J. J. Benítez.

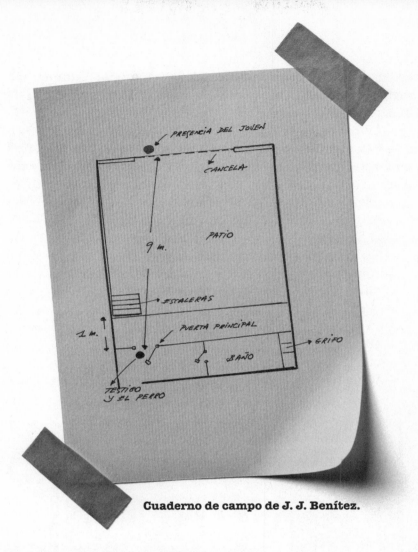

Cuaderno de campo de J. J. Benítez.

María, finalmente, abrió la puerta.

—Entonces lo vi... Era un hombre... Se hallaba al otro lado de la cancela... Tenía la mano izquierda apoyada en los hierros...

Al hacer las mediciones oportunas comprobé que el «hombre» se encontraba a nueve metros de la puerta de la entrada.

—¿Cómo vestía?

—Traía una chamarra marrón, como de ante, y unos vaqueros azules... Con la mano derecha subía y bajaba la cremallera... Lo hacía sin cesar... Y yo le grité: «¿Qué quiere usted?»... Entonces, mirándome, respondió: «¡Campanilla, Garfio..., ayuda!»... Lo repitió tres veces: «¡Campanilla, Garfio..., ayuda!»...

—¿Vio los pies?

—Esa zona la cubría una especie de niebla... Después, tras repetir los nombres de mi hermana y de mi cuñado, desapareció...

—¿Se alejó?

—No, sencillamente dejé de verlo.

—¿Lo conocía?

—No lo había visto en mi vida...

—¿Cuánto tiempo pudo durar la «conversación»?

—Alrededor de uno o dos minutos...

—¿Cómo era el tono de voz?

—Me pareció angustioso...

—¿Era joven?

—Calculé treinta años... Pelo negro, hasta el cuello.

—¿Cuál fue el comportamiento del perro al abrir la puerta?

Segunda presencia del suicida. En esta ocasión, en la pequeña terraza del primer piso. La ventana, en el momento de la aparición, se hallaba cerrada. (Foto: Blanca.)

—Se mantuvo a mi lado todo el tiempo. Al desaparecer el «hombre» dejó de ladrar y regresó conmigo al interior de la casa.

Esa tarde, María fue a visitar a su hermana y comentó lo sucedido. Garfio estuvo segura. La descripción coincidía con la del joven que se había suicidado meses antes. El muchacho tenía un tic: subía y bajaba la cremallera constantemente.

Una semana después volvió a suceder...

María vio de nuevo al suicida en la casa.

—Fue en el primer piso... Al entrar en una de las habitaciones lo vi... Me quedé en la puerta, paralizada por el miedo... Estaba al otro lado de los cristales de un balcón, en una pequeña terraza... Me miraba... Creo que vestía igual... Fue un segundo... Di la vuelta y corrí escaleras abajo, aterrorizada...

Según la testigo, la segunda visión se produjo también por la mañana. El joven se hallaba a dos metros de los cristales, en la esquina izquierda de la terraza. María no sabe si tocaba el suelo o si flotaba. Por supuesto, nadie llamó a la puerta de la vivienda, ni trepó por el exterior de la casa.

María telefoneó de inmediato a su hermana.

Y fue en esos días cuando se registró otro singular fenómeno. María fue el único testigo, que yo sepa.

—Con frecuencia —manifestó la enfermera—, de día o de noche, empecé a ver una luz de color blanco, tipo láser, que bajaba del cielo e impactaba en el cementerio... Llevaba siempre la misma trayectoria: de izquierda a derecha y en descenso...

El cementerio, como dijo María, se encontraba a cien metros de la casa. Era perfectamente visible desde la vivienda.

Y un buen día, intrigados, María, Garfio y Campanilla entraron en el referido cementerio, a la búsqueda de no se sabe qué.

—Fue impactante —resumió María—. Campanilla, de pronto, nos alertó: había descubierto la tumba del joven que se suicidó... ¡Era el lugar en el que desaparecía la luz!... Fue una especie de confirmación.

Trayectoria de la misteriosa luz blanca que impactaba en el cementerio, sobre la tumba del joven suicida. (Foto: Blanca.)

O

En mayo de 2013 recibí la siguiente carta:

Antes de nada me presentaré. Me llamo Charo y soy de Barcelona. Tengo 40 años...

El motivo por el cual le envío esta carta es para contarle algo que me pasó hace mucho tiempo. En realidad son dos historias diferentes.

Primera historia:

Yo tendría unos diez años y, como casi todas las tardes, des-

Charo. (Foto: Blanca.)

pués de hacer los deberes, me puse a jugar con mi hermana, de cinco. Saltábamos de cama en cama y lo dejábamos todo patas arriba. Mi madre renegaba un poco pero nos dejaba hacer.

Montse, que así se llama mi hermana, pasaba muy malas noches en aquel tiempo.

Le hicieron todo tipo de pruebas médicas, pero todo estaba bien.

El caso es que ella no quería dormir en ese lado de la casa.

Esa noche no llegó a meterse en la cama. Se fue a la de mi madre, que está al otro lado de la casa.

Lo hacía con frecuencia, pero no le dábamos mayor importancia.

Esa noche entendí por qué...

Mi madre y mi hermana se fueron a dormir juntas, ya que mi padre trabajaba fuera. Mi otra hermana se encontraba en su habitación.

Me fui a dormir y me quedé profundamente dormida.

No puedo precisar la hora en que desperté, pero era tarde; quizá más de las doce. Lo sé porque el bar existente delante de mi casa estaba ya cerrado.

La cama de mi hermana, en mi habitación, se había quedado sin hacer. Yo no la había arreglado, como siempre, aunque le había prometido a mi madre que lo haría.

Me desperté, aunque no sé por qué. No era normal que me despertase a esas horas.

Y vi una luz blanca, alargada.

No le veía la cara, pero supe que era alguien...

¿Puede imaginar mi miedo?

Y lo más raro es que ese «alguien» se puso a hacer la cama de mi hermana.

Yo me tapé con la sábana y la colcha por encima de la cabeza.

Y me repetía a mí misma: «Es un sueño, es un sueño...»

Llegué a pellizcarme y me dolió.

No estaba dormida...

Y pensé: «Si no te mueves, seguro que pensará que estás dormida.»

Pero lo más curioso es que me arropó.

Tardé mucho rato en asomar la cabecita. Estaba paraliza-da por el miedo, aunque lo que más deseaba era salir corrien-do hacia la cama de mi madre.

Finalmente me venció el sueño.

Por la mañana me levanté y la cama de mi hermana apa-reció hecha.

Yo no entendía nada...

Pregunté a mi madre si había arreglado la cama.

Dijo que no. Ella pensó que había sido yo (cosa rara por mi parte).

Desde ese momento entendí el porqué del miedo de mi hermana...

Se lo expliqué a mi madre, pero dijo que eran imaginacio-nes mías.

Yo sé lo que vi...

Es curioso: poco a poco, mi hermana empezó a dormir mejor y el asunto quedó como una anécdota.

Segunda historia:

Tiene que ver con los sueños. Yo creo que el sueño es un puente hacia un lugar en el que conectamos con otros mun-dos paralelos.

Lo que me dispongo a contarle es más reciente. Sucedió en la noche del 10 de abril de 2008.

Como le decía, no tengo problemas para dormir. Lo hago siempre bien, y profundamente.

Y esa noche me dormí con rapidez.

Y tuve un sueño muy extraño...

En el sueño me hallaba en Pliego (Murcia), el pueblo de mi madre. Allí hemos pasado muchos veranos. Allí conocí al que fue mi primer y gran amor, Manuel. La cosa no funcionó. Él se metió en el mundo de las drogas. Intenté ayudarlo, pero fue imposible. Y la relación se terminó. Dejamos de ser pareja aunque reconozco que le seguía queriendo. La última vez que lo vi estaba destruido. Fue muy doloroso para mí.

Pero volveré al sueño...

Yo caminaba por la plaza Mayor, en dirección a la casa de mi abuela.

Todo estaba en obras. Y me extrañó...

Entonces, al entrar en una de las calles, me lo encontré de frente. ¡Era Manuel! Caminaba con una chica que no conocía.

Al verme se paró y me dijo: «Mira qué bien... No esperaba verte, pero aprovecho para despedirme porque me marcho.»

Manuel.
(Gentileza de la familia.)

Creí que se iba a Sudamérica. Y le respondí: «¿Por qué te vas?... Allí no hay nada.»

Y él contestó en el sueño: «Es que aquí tampoco tengo nada.»

De repente sentí cómo se echaba sobre mí... No fue su cuerpo; fue su energía. Y me dijo: «Dime que me amas.»

Me desperté de un salto. Estaba muy asustada.

Por la mañana pensé que debía llamar a la hermana de Manuel y preguntar si todo iba bien...

Me fui a trabajar y hacia las once me llamó otra amiga del pueblo. Y me dio la noticia: Manuel se había ahorcado la noche anterior.

No me lo podía creer...

Yo me había despedido de él, en sueños. Y justamente esa noche...

Acudí a Barcelona en cuanto tuve ocasión.

Y el 13 de octubre de 2013 mantuve una larga conversación con la amabilísima Charo.

En síntesis, así discurrió la entrevista:

—Hablemos de la primera historia. ¿Identificaste a la «persona» que hizo la cama de tu hermana?

—No, aunque siempre he pensado que era una energía femenina.

—¿Quizá algún pariente, ya fallecido?

—Es posible.

—Segunda historia. ¿A qué hora se suicidó Manuel?

—Tengo entendido que entre las diez y las once y media de la noche del 10 de abril.

—¿Cómo sucedió?

—Subió a la buhardilla para fumar un cigarro, y se ahorcó.

—¿A qué hora te quedaste dormida esa noche?

—Aproximadamente a las once.

—Él estaba en Murcia...

—Sí, en Pliego, y yo en Barcelona.

—¿A qué hora despiertas?

—A las dos de la madrugada. Lo recuerdo bien porque me golpeé la cabeza con la litera. Como te decía, me sobresalté.

Los bares ya estaban cerrados. Y supe, no me digas cómo, que había pasado algo.

—Es decir, cuando despiertas, a eso de las dos, Manuel ya estaba muerto...

—Sí. Podía llevar dos o tres horas fallecido.

—Hablemos del sueño. Dices que la plaza estaba en obras...

—En efecto. Lo curioso es que, un mes más tarde, el 4 de mayo, cuando acudí a Pliego, la plaza aparecía patas arriba, en obras. En el sueño llegué a ver los focos que servían para iluminar los trabajos...

—¿Dónde se produjo el encuentro con Manuel?

—En la calle Posada, muy cerca de la plaza. Supuse que él venía de la calle Aduana. Allí está la casa de mi abuela. Hacia allí caminaba yo...

—¿Había iluminación en la calle Posada?

—No lo recuerdo. Creo que la iluminaban los focos de la obra.

—¿Qué aspecto tenía Manuel?

—El mismo de un año antes, cuando lo vi por última vez.

Plaza Mayor de Pliego (Murcia). Señalado con la flecha, el lugar del encuentro en el primer sueño. (Foto: Charo Alcaraz.)

95

—¿A qué distancia permaneció?

—Muy cerca; a cosa de un metro...

—Háblame de la persona que lo acompaña...

—No la conocía. Era una chica joven, de piel blanca. Parecía peruana, o algo así. Era más baja que Manuel. Él medía 1,80.

—¿Qué dijo?

—Nada. Sólo miraba.

—¿En qué posición estaba?

—A la derecha de Manuel y muy cerca de él.

—¿Te llamó la atención por algo?

—Pensé que era su novia. Tendría unos veinte años y el pelo lacio y oscuro.

—¿Cómo vestía?

—No lo recuerdo.

—¿Puedes reconstruir el diálogo entre vosotros?

—«Qué suerte que te encuentro —me dijo—, porque así puedo despedirme de ti...» ¿Adónde vas?... «Me voy de aquí, porque aquí no tengo nada.»

—¿Por qué pensaste en Sudamérica?

—Por los rasgos de ella.

La animé a continuar.

—Pero allí no hay nada —respondí—. La gente se viene...

—¿Pensaste en el sueño que estaba muerto?

—Para nada.

—¿Y qué sucedió?

—Entonces vi aquella luz blanca, que lo llenaba todo... Y se me echó encima... Era él, lo sé... Y me dijo: «Dime que me amas.»

»Entonces desperté, sobresaltada, y me golpeé con la litera en la cabeza.

Tres años después, poco antes de Semana Santa, Charo tuvo otro sueño...

Me encontraba con Manuel en una especie de gran bañera... No sé explicarlo... Era algo ovalado, muy suave y pulido... Lo toqué varias veces... Estábamos tumbados... Mi cabeza descansaba sobre su pecho... Manuel aparecía muy joven... Aparentaba unos veinticinco años... Y me dijo: «Estoy bien.

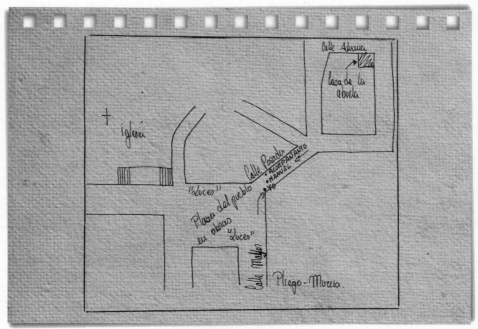

Dibujo de Charo Alcaraz.

Soy muy feliz. Sólo echo de menos tus besos. Me han dejado venir para decirte que estoy bien»... Y yo pregunté: «¿De dónde vienes?»... Pero Manuel no respondió. Se limitó a sonreír... Y yo insistí: «¿Quién te ha dejado venir?»... Silencio... Sólo sonreía... «Vamos a salir de aquí», le dije. Y él replicó: «No puedo salir. No me puedo mover de aquí»... Después desperté y me inundó una gran paz... Estuve varios días flotando.

—¿De qué color era la «bañera»?

—Blanco, purísimo. Parecía como si saliera luz de las paredes.

—¿Qué edad tenía Manuel cuando murió?

—Cuarenta y dos años. En el sueño, sin embargo, presentaba un aspecto más joven.

—Descríbelo...

—Unos veinticinco años. Delgado. Cabello largo y rizado. Voz calmada. Estaba feliz...

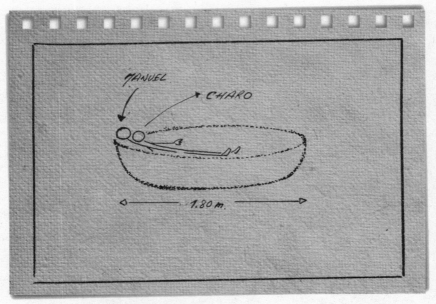

**Representación del óvalo que apareció en el segundo sueño.
Cuaderno de campo de J. J. Benítez.**

—¿Afeitado?

—Sí.

—¿Presentaba en vida alguna cicatriz?

—Sí, en la frente. Se la hizo en un accidente de coche.

Charo se quedó pensativa. Finalmente declaró:

—Pero en la «bañera», como tú la llamas, no tenía ninguna cicatriz.

—¿Estás segura?

—Sí, y tampoco vi unas manchitas que tenía en el ojo izquierdo...

—¿Parpadeaba?

—No lo recuerdo, pero creo que no.

—Dices que te encontrabas con la cabeza apoyada en su pecho.

Charo asintió.

—Y dime, ¿recuerdas si oías el latido del corazón?

—El corazón no latía...

—Volvamos a la «bañera». ¿Te recordó algún material?

—Me apoyé en él y resbalé. Parecía piedra.

—¿Era frío?

—No.

—¿Vibraba o se movía?

Charo negó con la cabeza. Y añadió:

—Sólo puedo decirte que fue una sensación extraña y desconocida, muy agradable.

—¿Por qué me escribiste?

—Fue al leer *Caballo de Troya*. «Algo» me dijo que lo hiciera...

Y Charo y yo continuamos conversando. Para ella —y para mí—, Manuel sigue vivo...

○

El segundo sueño de Charo me recordó lo vivido por Verónica V. García.

He aquí su testimonio:

Espero que pueda leer esta comunicación... Quería comentarle lo siguiente: se trata de unas experiencias que he tenido... Unas experiencias que me han proporcionado una paz y una tranquilidad indescriptibles...

He visto un par de entrevistas en las que hablaba de un libro que va a publicar y en el que narra experiencias de personas que han visto, hablado y tocado a familiares muertos y enterrados... Pues bien, yo he tenido la oportunidad de experimentar eso, pero en sueños... Sin embargo, eran tan reales... No parecían sueños, aunque, como usted dice, los sueños son la antesala de los cielos...

Le contaré algunas:

Una de ellas fue con mis abuelos... En concreto, una vez soñé con mi queridísimo abuelo... Lo adoraba... Cada vez que voy al cementerio (últimamente muy poco) le pido lo mismo: que me visite en sueños... Y, como usted dice, hay que tener cuidado con lo que se desea porque se cumple... Pues bien, una vez soñé con él... Era tan real... Podía tocarle... No sé cómo explicarlo... Me dijo que estaba muy bien... Y recuerdo algo que le pregunté: «¿Por qué no vuelves conmigo?»... Él respondió, textualmente: «No podemos»... Insistí y replicó: «Lo tenemos prohibido»...

Lejos de enfadarme o incomodarme, las respuestas de mi abuelo me produjeron una intensa sensación de paz... Él está en otro lugar, en otro plano, que no puedo describir...

Le contaré una segunda experiencia.

En abril de 2011 falleció un tío mío... Era como un padre para mí... Lo adoraba... Sentí mucho su muerte... Y una noche «vino a visitarme», en sueños... Lo vi genial... Tenía un aspecto inmejorable... Me dijo que se encontraba muy bien... Y le hice la misma pregunta que a mi abuelo: «¿Por qué no vuelves?»... Él respondió: «No podemos»... Me llamó la atención que llevaba un brazo vendado, desde la mano hasta el codo... Creo recordar que era el derecho... El asunto del brazo vendado no parecía tener mucha importancia, hasta que comenté el sueño con un primo mío... Se quedó de piedra... Mi tío falleció por una pancreatitis... Estuvo 17 días en la UCI... Yo no entré a verlo... Falleció allí... Pues bien, como le digo, cuando le conté a mi primo lo del brazo vendado me dijo que lo tuvieron que vendar debido a las vías... Al parecer le provocaron heridas... ¿Cómo iba yo a saber esto?... Nadie me lo había contado...

En fin, yo sé que los que mueren están ahí, vivos... Están en otra dimensión, no sé cómo llamarlo, pero estoy segura de que la vida no termina aquí...

LA CONCHONA

En marzo de 1953, Conchita Antúnez recibió la sorpresa de su vida. Yo, tras conocer la experiencia de labios de la propia Conchita, tampoco he logrado recuperarme del susto... Y dudo que lo consiga.

El suceso me fue narrado por primera vez en septiembre de 2012.

He aquí una síntesis de la conversación:

—Yo tenía doce años —explicó Conchita—. Vivíamos en La Habana Vieja, en el número 10 de Reparto Martín Pérez. No recuerdo el día. Serían las dos o las tres de la madrugada. Todos dormíamos. De pronto me despertó una conversación. Alguien hablaba con alguien. Entonces vi la luz. Era de color amarillo y parecía salir del cuarto en el que descansaba mi abuelo Enrique.

—¿Una conversación?

—Y muy clarita... Creí reconocer la voz de mi abuelo. La otra era de una mujer... Me asusté y corrí al cuarto de mis padres. Los desperté y también vieron la luz y escucharon la charla. Y nos presentamos en la habitación del abuelo.

»Yo me quedé en la puerta, desconcertada...

»Mi padre, al ver aquello, dio media vuelta y salió a la carrera. No volvimos a verlo hasta la tarde-noche de ese día. Estaba aterrorizado.

»Mi madre, más valiente, entró en el cuarto y fue a sentarse en una butaca situada a la izquierda, junto a la cabecera de la cama.

Concha Cervantes Anduiza, *la Conchona*, sosteniendo a su nieta, Conchita Antúnez. La imagen fue tomada poco antes del fallecimiento de la Conchona. (Gentileza de la familia.)

»La luz amarilla lo llenaba todo...

»Mi abuelo estaba tumbado y tapado hasta la cintura.

»Sentada al filo de la cama, a la derecha del abuelo, se hallaba Concha, muerta once años antes. Mi abuelo la llamaba Conchona. Era su esposa.

—¿Muerta?

—Concha falleció en 1942. Yo tenía un año.

—Pero...

—No me pregunte cómo lo hizo. Estaba allí. La vimos los cuatro. Al parecer llevaban un rato hablando. Ella, la Con-

Conchita Antúnez y su madre.
(Gentileza de la familia.)

chona, tenía la mano derecha de mi abuelo entre las suyas. Así se mantuvo todo el tiempo.

—¿Qué aspecto tenía?

—La abuela lucía un color perlado. Llevaba un vestido blanco, de lino. Presentaba un aspecto normal, parecido al que yo conocía por las fotografías.

—¿Y qué sucedió?

—Al ver a mi madre, la abuela dijo:

»—No te asustes. Estoy bien... No te preocupes por la enfermedad que tienes. Morirás de vieja...

Manuel Antúnez, padre de Conchita, también vio a la Conchona. (Gentileza de la familia.)

»Mi madre padecía síndrome de Addison.[1] Y, efectivamente, falleció a los ochenta y tres años.

»—¡Qué alegría verte, mamá! —le dijo mi madre.

—¿Y dice que la Conchona estaba sentada en el filo de la cama?

1. La enfermedad de Addison consiste en una pigmentación bronceada de la piel, postración grave y anemia debida a la hipofunción de las glándulas suprarrenales.

Enrique Portell Díaz, marido de la Conchona, peinado con la raya en medio. En los brazos sostiene a Conchita Antúnez. (Gentileza de la familia.)

—Exacto. Y se notaba cómo se hundía el colchón. La abuela era grande y pesada. Medía cinco pies y algo (casi dos metros) y pesaba 99 kilos. El abuelo también era alto.

—¿Te miró?

—Sí, y me sonrió. Tenía el semblante muy feliz. El abuelo, entonces, preguntó a la Conchona: «¿Cuándo me vienes a buscar?» Y ella respondió: «De un año a año y medio.»

»Y mi madre, de pronto, reaccionó y dijo: "Bueno, mamá, ya está bueno..." Y accionó el interruptor de la luz. Al hacerlo, la abuela desapareció. También la luz amarillenta...

Como digo, no podía dar crédito a lo que oía, pero Conchita Antúnez no mentía.

—¿Cuánto tiempo duró la conversación?

—Quizá cuarenta minutos. Puede que más. Nadie supo

cuánto hablaron la Conchona y el abuelo antes de que apareciéramos en la habitación.

—¿Reveló lo que había hablado con su esposa?

—Nunca, y se lo preguntaron muchas veces. Él se limitaba a sonreír.

El abuelo Enrique era inspector de ferrocarriles en Cuba. La esposa estaba dedicada a la enseñanza (educación especial). Era también maestra de música.

—¿Cómo era la luz?

—Muy tenue, pero llenaba la habitación.

—¿Os miraba a los tres?

—Sí y lo hacía con una paz increíble. El abuelo sonreía. Estaba feliz.

Pasó el tiempo y en noviembre de 1955, cuando el abuelo contaba ochenta y ocho años de edad, tuvo que ser ingresado a consecuencia de un ataque de asma. El hospital se llamaba Quinta Dependiente, en La Habana. Allí sucedió algo no menos sorprendente.

—Mi abuelo tenía cinco hijos y se turnaron a la hora de acompañarlo en el hospital. La situación era grave. Una de aquellas noches le tocó a mi mamá. Todo transcurrió con normalidad. Y a eso de las seis de la mañana, mi madre decidió acudir a la cafetería del hospital. Deseaba que el abuelo desayunara café y una tostada. Lo dejó dormido y con el oxígeno puesto. Según contó, regresó a los veinte minutos; quizá a la media hora, como mucho. Y se llevó una sorpresa: el abuelo estaba sentado en la habitación, aseado, con un pijama limpio, perfectamente rasurado, y muy bien peinado, con la raya en medio, como acostumbraba a peinarlo la Conchona cuando vivía. Ella tenía la costumbre de dejar caer el pelo del abuelo a cada lado de la frente (tipo «media luna»).

»Y mi mamá preguntó: "¿Quién te bañó tan temprano?"

»Él respondió: "Conchona."

»"¿Conchona?"

»"Sí —añadió el abuelo Enrique—. Y a las seis de la tarde vendrá a buscarme."

—¿A qué hora pasaban a bañarlo?

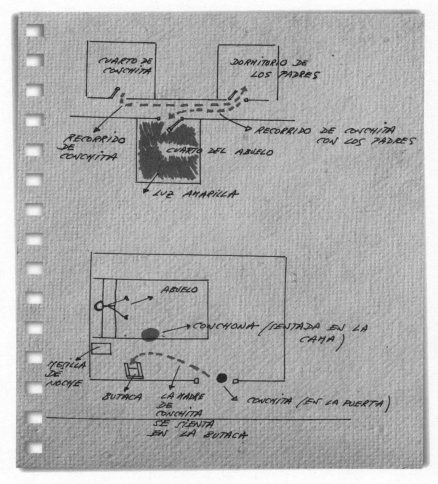

Caso «Conchona». Cuaderno de campo de J. J. Benítez.

—Como muy pronto a las ocho de la mañana. Pero nadie, en el hospital, sabía que la abuela lo peinaba de esa forma.

—¿Y qué fue del otro pijama?

—Según mi madre, apareció en el suelo, en un rincón.

—¿Podía bañarse solo?

—No. Estaba con la mascarilla del oxígeno. No era capaz de moverse de la cama. Necesitaba ayuda para todo.

—¿Había aseo en la habitación?

—En aquel tiempo no. Las duchas y los retretes estaban en el pasillo, a cierta distancia. Él no pudo ir solo, bañarse, afeitarse, peinarse y regresar. Mi madre preguntó, pero nadie, en el hospital, lo había aseado.

—¿Y qué sucedió?

—Mi abuelo empeoró. Y mi madre avisó al resto de la familia. Allí se congregaron todos, y nos despedimos.

—¿Estaba usted delante?

—Sí, yo casi tenía catorce años. Y a eso de las seis de la tarde escuchamos un ruido muy fuerte, como si las vigas del techo se rompieran. Nos asustamos.

»El abuelo murió en esos momentos.

»Un tío mío (Raúl Portell) dijo que, en esos instantes, vio "luces", pequeñas como confetis, que le salían del pecho. Los médicos confirmaron la muerte del abuelo Enrique a las seis de la tarde: ataque al corazón. Fue enterrado en la localidad de Cárdenas.

Como dije, Conchita Antúnez jamás olvidará aquella experiencia. Y yo tampoco...

CARICIAS, ABRAZOS Y BESOS

E l 27 de abril de 2011 llegó a mi página web una extensa carta. La firmaba Paqui Sánchez Roque. He creído que debía publicarla de forma íntegra. He aquí el contenido:

Título del mensaje: La carta que nunca envié.
Cuántas veces me he puesto a teclear el inicio de este escrito...

¡Hola! Mi nombre es Paqui, y he llegado a la conclusión de que, para contar lo que intento contar, lo mejor es transcribir la carta que un día, hace once años, decidí mandar al señor Benítez, y que luego guardé entre las páginas de su libro *Al fin libre*.

¿Por qué tantos años sin contarlo? Creo que por miedo a que me tomen por tarada, loca, etc... Ya se sabe: esa serie de improperios que se maneja tan alegremente cuando se habla de estos temas.

Después de once años, aquí está, en mis manos, sin mandar...

Hoy —¡valiente de mí!— decido compartirlo en este foro. Ignoro si el señor Benítez lo leerá, o se lo harán llegar. Me gustaría... E incluso podría mandárselo a su apartado de Correos... pero no sé. No logro entender por qué no lo hago. Y, sin embargo, hoy me lanzo a ponerlo aquí... Hace cuatro años me registré para hacerlo, pero no me atreví. No sé qué os parecerá lo que os cuento. Sólo espero respeto. Paso a transcribir esa carta, escrita a boli un 11 de agosto de 2000:

Mi querido y apreciado Juan José:

No sé cómo empezar esta carta. Acabo de terminar de leer tu libro *Al fin libre*. Y sólo quiero decirte «GRACIAS».

Necesitaba hablar con alguien que me entendiera...

Pero me asusta este folio en blanco ante mí...

Procedo de una familia normal, de clase media. Somos cinco hermanos (yo ocupo el cuarto lugar, con treinta y cuatro años). Mis padres, fabulosos, como todos los padres, me han educado, cuidado, y dado todo el amor que unos padres pueden dar.

Estoy casada con un hombre maravilloso y tengo una pequeña hija de cinco añitos.

Mi marido dice de mí que soy una persona justa, buena, algo cabezota y que lo que me pierde es la cantidad de vueltas que le doy a las cosas en mi linda cabecita... Aunque también lo agradece, pues gracias a eso, él, muchas veces, ha llegado a ver y a entender lo que no veía en su tozudez.

Voy al grano.

Hace meses (3 de junio de 2000) falleció una prima hermana llamada Lola.

La quería, perdón, la quiero muchísimo, como a una hermana.

Convivió en casa de mis padres, cuando yo aún era soltera, unos años, mientras se preparaba en la academia de Arte Dramático. Compartimos mucho en aquellos años.

Murió después de padecer seis meses angustiosos, luchando contra el cáncer. Tenía treinta y ocho años.

En conversaciones de madrugada, cuando vivíamos en casa de mis padres, alguna vez había salido el tema de la muerte. Ella era muy miedosa, al igual que yo. Pero al morir su padre, hace cinco años, ella me confesó que había perdido un poco el miedo, debido a algunos sucesos que le habían ocurrido, y que no relataré por respeto a ella.

Aun así, el tema de los fenómenos paranormales asociados a espíritus la asustaban. Igual que a mí, aunque en mi caso, y en mi casa, desde que mi hija naciera, se han registrado sucesos de difícil explicación, y que el psiquiatra al que visité se encargó de desenmascarar desacertadamente a base de pastillas... Por supuesto, aquel tratamiento cesó, pero no así los sucesos...

Jamás le conté que mi marido también «padecía» los sucesos que acontecían en mi casa. Habría diagnosticado «histeria colectiva» y mi marido no estaba dispuesto a tomar ninguna medicación, ni estaba de acuerdo con que yo la tomase. Pero yo pensaba que aquellas cosas tenían que tener una explicación, y pensé que estaba enferma.

Aún recuerdo la sonrisa del psiquiatra, burlándose de mí. ¡Qué ignorante!

Vuelvo al tema.

La muerte de mi prima nos sumió a toda la familia en una gran tristeza. Era tan joven... Tan vital... Era la alegría de todas las fiestas familiares... Y cuando nos juntábamos (somos 25 primos), ella era la favorita.

Extrañamente, después de su muerte, me fue imposible comunicarme con sus hermanos. Supongo que respetaba su duelo y, al mismo tiempo, era como si algo se hubiera interpuesto entre nosotros. Una separación ilógica.

A las tres semanas de su muerte, mi hermana me comentó que había soñado con ella, con Lola. Yo envidié su suerte. Ojalá yo pudiera verla, oírla... Aunque no era creyente, ni muy dada a ruegos, le lancé esa petición al cielo.

No se hizo de rogar. Al poco tiempo soñé con ella. Fue un sueño normal. Bueno, no tan normal. De aspecto físico estaba bien, como antes de iniciar la quimioterapia. Había más personas en el sueño. Curiosamente, estábamos montando un Belén. Y hago hincapié en lo del Belén porque, tanto ella como yo, teníamos grandes dudas respecto al tema religioso. ¡Es curioso que estuviéramos montando un Belén!

Cuando terminé de colocar la estrella, al volverme y

mirarla, vi cómo su aspecto ya no era el mismo. La quimio había hecho su trabajo, y llevaba su pañuelito en la cabeza, y su mirada era de ternura. Tenía una sonrisa en la cara.

Desperté muy angustiada. Lloré mucho. Mi marido intentaba consolarme. Tuve la necesidad imperiosa de hablar con mi prima, la hermana de Lola. Desde su muerte no lo había hecho. Así que la llamé. Al otro lado del teléfono su amigo me decía que mi prima no se podía poner en ese momento; no estaba bien. Era un mal momento, decía. «Está llorando... Es que hoy hace un mes que falleció tu prima.»

¡Yo no había caído!

Miré el calendario y, en efecto, hacía un mes de su muerte.

¿Casualidad?

En un mes no había hablado con ellos y se me antoja llamar ese día, justo el del sueño...

Pero éste no es el motivo de mi carta.

La vida continuaba. Y volvió a suceder.

Fue en agosto de 2000.

Un día, como otro cualquiera, llegó la noche. Me acosté y me dormí.

Y, de pronto, algo me despertó. Era una voz suave, que me llamaba: «¡Paqui... Paqui... Paqui, soy yo... Paqui, soy yo!»

Ante mi sorpresa, no me asusté. Empecé a abrir los ojos, con esfuerzo.

«Soy yo, Paqui... ¿No me digas que no me conoces?»

Terminé de abrir los ojos. Estaba amaneciendo. La luz empezaba a entrar en el dormitorio. Mi marido dormía a mi lado. La sensación fue de calma, mucha calma. Ni un ruido. Y digo esto porque vivo al pie de una carretera nacional, con mucho tráfico. El paso de los coches y camiones suele despertarme todos los días, así como el piar de los pocos pájaros que se atreven a vivir en los árboles, al pie de la vía. Insisto: silencio total, y esa LUZ...

«¡Dios mío, Lola...!»

Eso fue lo que pensé. Y repetía en mi mente: «Lola, Lola...»

¡La vi! ¡Estaba allí!

Fue inexplicable.

Lo que más se aproxima a su descripción es ¡LUZ! Todo era luz en la habitación y, en medio, su rostro, flotando en la luz. El cabello era negro, largo y rizado. Presentaba el aspecto que tenía antes de enfermar. Era felicidad y amor. Sé que venía acompañada de otra mujer, pero no supe quién era. Esa «mujer» era una luz más grande y hermosa.

Traté de despertar a mi marido, pero no lo conseguí. Los movimientos eran lentos, muy lentos... Parecía como si estuviera anestesiada.

Lola, entonces, me habló. No movía los labios. Sonreía sin cesar. Y me dijo: «Sólo vengo a decirte que quiero que estéis bien... Tranquilos... Estoy bien... Muy bien... Divinamente.»

Me revolví en la cama. Miré a mi marido, seguía dormido. Quise avisarle de nuevo, pero todo era muy pesado, como a cámara lenta... Casi le toco.

Entonces sentí una gran caricia. Y le oí decir: «¡Chssss, duerme! ¡Duerme tranquila!»

Y caí en un profundo sueño. Tan profundo que ni siquiera sentí a mi marido cuando se fue al trabajo.

Mi despertar fue brusco, como alguien que toma aire después de haber estado sin respiración, o que se está ahogando en el mar. Todo se agolpaba en mi cabeza. Me tapé la cara con las manos y me puse a llorar. Una angustia tremenda se empezó a apoderar de mí. No fue un sueño, lo sé.

Llamé a mi marido al trabajo y, atropelladamente, le conté lo sucedido. Intentó calmarme. Él poco podía hacer desde el trabajo. Me dijo que llamara a mi hermana. Lo hice. Me aconsejó que me tranquilizara. Tenía la sensación de que no entendían lo que trataba de decirles. ¡Se me habían roto los esquemas! ¡Mis esquemas!

Y una pregunta empezó a martillear en la cabeza: ¿A quién se lo cuento? ¿Quién puede ayudarme? Yo siempre

Paqui Sánchez.
(Foto: Blanca.)

me había preguntado qué hay tras la muerte. Y, de pronto, era como tener la respuesta: ¡AMOR!

Estuve todo el día relativamente tranquila, pensando...

Necesitaba hablar con alguien que me «entendiera».

¿Un cura?

¡Noooo!

Lo descarté. Hace muchos años que no piso una iglesia.

¿Volver al psiquiatra?

No estaba dispuesta. ¡Yo no estaba enferma!

Dormí tranquila esa noche. Y a la mañana siguiente recordé un libro de Juanjo Benítez, del que había oído hablar... Pero no recordaba el título. Así que me fui a unos grandes almacenes, en un impulso irrefrenable. Busqué por autores. Nada. No lo encontraba.

De pronto, en la estantería de ciencia ficción (!), allí estaba: *Al fin libre*.

A las cinco de la tarde terminé de leerlo. O de bebérmelo. He de leerlo de nuevo, más despacio... Ahora sólo quiero darle las GRACIAS. He llorado leyendo el libro. Tú sí me has entendido, sin haberme escuchado...

GRACIAS DE NUEVO. Estoy feliz, y quiero «VIVIR». Y me gustaría compartir esto que me ha sucedido, pero... ¿a quién hacer partícipe de esta experiencia? Creo que, de momento, se queda entre tú y yo.

Con mucho cariño: Paqui.

Pues esta carta es la no remitida, y que ahora me atrevo a relataros... Lo que antes me angustiaba, ahora me reafirma en mis ideas... Un saludo a todos.

P. D.: Ya sólo me queda un paso... Darle a enviar.

El 19 de agosto de 2011 tuve oportunidad de conversar personalmente con Paqui y con su marido. Fue así como conocí, de viva voz, estas y otras experiencias. Algún día me ani-

«Estoy bien», manifestó Lola a su prima hermana Paqui. (Gentileza de la familia.)

maré a narrarlas. De momento he preferido hacer públicas las interesantes y significativas presencias de Lola.

○

El caso de Paqui me recordó otro suceso...

Lo protagonizó Ana María Alonso de la Sota, una egiptóloga con la que sostuve una larga y provechosa amistad.

Ana María se fue de este mundo el 30 de diciembre de 2011, a los ochenta y cuatro años de edad.

Una de las hijas me dio la noticia. Y al interesarme por las circunstancias de la muerte, Marina respondió lo siguiente:

Estimado señor Benítez:

Soy Marina, la hija que vivía con ella. Esta carta es muy difícil de escribir, pero intentaré responder a sus cuestiones.

Mi madre llevaba dos meses que no era ella. No tenía ganas de vivir. Siempre estaba dormida. Parece ser que no le llegaba el oxígeno a la sangre, a pesar de que tenía el aparato de oxígeno puesto las 24 horas. En fin, que se había cansado de vivir. A veces me decía: «¡Qué difícil es morirse!»

Ana María Alonso de la Sota, con su esposo.
Ella decía: «La vida cambia, no se pierde.»
(Gentileza de la familia.)

Cuando recibió su último libro se puso muy contenta, metió dentro varios recortes que tenía de las revistas, recortó el sobre, vamos, lo que hacía siempre, pero no le dio tiempo más que para ojearlo. No tuvo fuerzas para leerlo.

El día 24 de diciembre la ingresamos en el hospital Beata María Ana. Parecía que mejoraba. Estaba más animada. Pero la madrugada del 30 le dio un paro cardíaco y descansó.

Como sé que usted también piensa que la muerte no es lo último, le voy a contar lo que me pasó el 29 de enero de 2012. Estaba por la tarde viendo la tele y recordando los últimos momentos que pasé con ella cuando, de repente, noté que me daba un beso en la frente y sentí una paz como no se puede imaginar. La sentí en paz. Sentí que ya se podía ir a un sitio mucho mejor...

Ella le quería muchísimo. Estaba muy orgullosa de sus libros dedicados. Muchas gracias por sus condolencias.

Saludos.

Marina.

Yo también la quería...

○

En 2002, la editorial Planeta me hacía llegar la siguiente misiva:

Valencia, 17 de octubre de 2002.

¡Mi querido y muy admirado Juan José!

Le escribo, sabiendo que lo más probable es que jamás llegue a leer esta carta.

Primero porque no sé cuál es su dirección —sólo sé que vive en Barbate— y segundo porque serán tantas las cartas que reciba que no tendrá tiempo de ojearlas.

De todos modos aprovecho que mi hija de once meses duerme y que mi marido está trabajando para hacer esto, que por otra parte nunca pensé, pues, como le he dicho, no sé ni dónde vive.

El caso es que viendo su foto en la portada del periódico *Enigmas Express* —el que entregan con la revista— he reparado en su mirada. Es una mezcla de pena, duda, desconcierto e, incluso, desencanto. He leído que necesita tiempo para poner en orden sus ideas. Seguramente no esperaba que a usted, un hombre joven, fuerte y sano le pasase algo así.[1] Tal vez ahora le asaltan ciertas dudas, respecto al porqué. ¿Por qué me ha pasado esto? ¿Por qué no vi nada «al otro lado»? ¿Qué tengo que aprender de esta experiencia? ¿Por qué entré tan seguro al quirófano? Etc.

Seguro que estas y otras preguntas se las ha estado planteando. Verá, yo no tengo la respuesta, pero tal vez mi experiencia le sirva de algo.

Mis padres son de su edad, aproximadamente. Mi padre nació en el 43 y mi madre en el 48. Ambos en septiembre, como usted. Él me aficionó a la lectura de sus libros. Corría el año 1985.

¡Cómo hacía pensar a mi padre con sus «teorías»!

Pues bien, mi padre —un hombre de una complexión muy fuerte (era estibador)— era lo que se dice una mole de tío. Toda su vida la pasó cargando sacos en el puerto.

Y el 7 de junio de 1991, en la bodega de un buque congelador, le dio un infarto. Le repitió en la ambulancia, camino del Clínico y, aunque allí intentaron reanimarlo, ya ingresó cadáver. Los médicos lo intentaron todo... Fue inútil.

Tenía cuarenta y siete años.

Yo tenía diecinueve.

Estando en el tanatorio no podía creer que mi padre —el hombre más fuerte que conocía— estuviera muerto. Le miraba a través de un cristal y sólo atinaba a pensar dos cosas:

1. Pobrecito papá...

2. ¿Qué tiene que haber visto para dejarnos? Con lo mucho que nos quiere...

En ese momento, querido Juan José, oí la voz de mi padre sonando en mi cabeza. No en mis oídos. ¡En la cabeza! Y me dijo: «Tranquila, nena... ¿No ves lo bien que estoy, tonta?»

1. Mari Cruz Estors, la amable comunicante, se refiere al «percance» que sufrí en julio de 2002. Como consecuencia de aquel atentado estuve a punto de morir.

Juan Dionisio Estors Leandro, con su hija Mari Cruz. (Gentileza de la familia.)

Seguramente piense usted que fue la tensión del momento o que, tal vez, lo imaginé. No, yo sé que oí esa voz en mi interior.

¿Por qué le cuento todo esto?

Muy sencillo. Mi padre tenía tres costumbres que también tiene usted; más bien, tres amores: la familia, el trabajo y el tabaco.

No tengo ni una foto de mi padre sin el cigarro en la mano, a excepción del DNI. ¿Le suena de algo? En su último libro sale usted muy guapo, dándole un beso en la mano a un niño, pero estaría más guapo si no tuviera el «cigarrito de turno».

Mire, tal vez sea verdad que hay vida antes de ésta y seguramente también la haya después, pero lo único realmente cierto es que tenemos ésta «AQUÍ y AHORA». Puede que ud. eligiese este cuerpo y esta experiencia, pero... ¿y si no fuese así? Piense que su cuerpo es el templo de la «chispa» divina. ¿Por qué se empeña en ahumarle la casa a una parte de Dios?

Cuide su cuerpo. Usted sabe muy bien que sólo tiene ése...

Leí la carta y le di la razón. El tabaco no es bueno.

Y recuerdo que una «fuerza» extraña me obligó a guardarla. Pude destruirla. Diariamente recibo del orden de diez cartas (de media). Pero, como digo, «algo» más poderoso que yo me forzó a conservarla. Y la archivé.

Diez años después (!), al sacar a la luz la documentación que me serviría de base a la hora de redactar *Estoy bien*, apa-

Llegó a mi poder y, milagrosamente, la conservé durante diez años... El Destino es mágico, sí.

reció la carta manuscrita de Mari Cruz. La leí de nuevo y, perplejo, me apresuré a responder. La paciente mujer contestó el 24 de octubre de 2012. ¡Qué paciencia tienen los lectores! Y volvió a narrar la experiencia con su padre muerto.

Las palabras fueron idénticas a las escritas en 2002.

«Tranquila, nena... ¿No ves lo bien que estoy, tonta?»

Y añadía en uno de los párrafos:

«El pasado 9 de octubre me llamó una amiga por teléfono. Estaba histérica. Me dijo que su hija acababa de morir en un accidente de coche. Cuando colgué me sorprendí a mí misma, llorando y rogando a Dios, en voz alta, que no me ocurriera lo mismo con ninguna de mis dos hijas. Y entre sollozos miré a mi hija mayor a los ojos y le dije: "Esto no se puede acabar aquí... Sé lo que oí, sé que no lo imaginé... Me habló después de muerto... Mi padre me habló."»

Mari Cruz —con estas palabras— resumió, a la perfección, el sentido del presente libro.

O

A Irene le asustaba la idea de la muerte. Ya no...

Conozco a Irene de los Ángeles López Reyes desde siempre. Jugábamos en Barbate cuando éramos niños.

Su madre se llamaba Ángela, y también sentía terror ante la posibilidad de morir. Pero un día...

—El 26 de agosto de 2009 —explicó Irene en mi primera entrevista— mi madre tuvo que ser ingresada en el hospital de Puerto Real (Cádiz). Le detectaron un cáncer de páncreas en estado terminal. Tenía ochenta y tres años. Yo la trasladé al hospital y yo recibí la noticia. Fue un chaparrón, no un jarro de agua fría... Estuvimos cuatro días esperando a que muriera, pero resistió. Le practicaron una cirugía menor, para eliminar la bilirrubina. Tenía el cuerpo amarillo. Las enfermeras pedían que rezáramos, para que muriera. Pero, como te digo, salió adelante.

»El mismo día de la operación, por la tarde, se quedó dormida. Al despertar me llamó.

»—Irenilla —me dijo—, he tenido un sueño maravilloso...

»—¿Qué sueño?... No me asustes...

»—No, hija... Verás. Llegué a un sitio que estaba cubierto de flores amarillas, rojas, verdes, rosas... Era una preciosidad.

»—¿Un jardín?

»—Sí, un prado muy grande... Y vi a los abuelos. (Los padres de Ángela, ya fallecidos.)

»—¿Cómo estaban?

»—Muy bien.

»—¿Te dijeron algo?

»—Me hicieron señas, con la mano, para que me fuera...

»—¿Quién te dijo que te marcharas?

»—La abuela...

»—¿Te hablaron?

Ángela, con su hija Irene de los Ángeles. (Gentileza de la familia.)

»—La abuela dijo: "Ahora no, Ángela."

»Y mi madre afirmó algo impensable:

»—No tenía miedo, hija... Si me hubiera muerto en ese momento habría sido la mujer más feliz del mundo.

»La mandé a hacer puñetas.

»Poco a poco se recuperó y tuvimos la suerte de tenerla en casa durante diez meses. Falleció el 26 de junio de 2010, a las seis de la tarde.

»Fue el peor momento de mi vida...

»Y empecé a preguntarme: "¿Cómo estará? ¿Dónde estará?"

»Llegó a convertirse en una obsesión. Y le rogaba: "Mamá, dame una señal... Quiero saber si estás bien."

»Insistía e insistía.

»Al mes de su fallecimiento soñé con ella. Yo estaba en el sofá. Recé y le pedí de nuevo que me diera una señal. "¿Estás bien?" Y me quedé dormida.

»Entonces, supongo que fue en el sueño, apareció a mi lado. Estaba sentada en el sofá. Me miraba. Y le pregunté: "Mamá, ¿estás bien?" Me sonrió.

—¿Qué aspecto tenía?

—Había rejuvenecido quince años.

—¿Y la ropa?

—Vestía una falda negra y una blusa blanca, con cuello. Tenía los labios pintados y aparecía muy bien peinada. Ésa era la ropa que —según decía— quería llevar el día del entierro de su marido.

—¿Te dijo algo?

—No, sólo sonreía. Entonces me abrazó muy fuerte y yo apoyé la cabeza en su pecho, como cuando era pequeña. Interpreté el sueño como la respuesta a mi petición: «Estoy bien... No debes preocuparte.»

Irene, desde entonces, no teme a la muerte.

○

Chuni y Antonio eran amigos míos. En realidad lo son...

Antonio Martínez murió en Málaga (España), como consecuencia de un infarto. Sucedió el 9 de enero de 2012. Tenía cincuenta y nueve años de edad.

Antonio y Chuni.
(Foto: Rosa Paraíso.)

Un mes más tarde, Chuni Sánchez, la viuda, tuvo un sueño poco común.

He aquí una síntesis de dicho sueño:

Me hallaba en casa, en el dormitorio. Llevaba días haciéndome la misma pregunta: «¿Dónde está Antonio?»

Y, de pronto, en el sueño, aparecía en un lugar al aire libre. Era como un colegio o, quizá, como una cancha de baloncesto... Había sillas, escalonadas... Estaban ocupadas... Creo recordar que todos eran hombres...

Y lo vi... Era Antonio... Se hallaba sentado a mi izquierda, entre la gente... Vestía una camisa blanca, de manga corta... Tenía un aspecto más joven que cuando falleció... Aparentaba unos cuarenta años...

Yo estaba en el aire (?), flotando... Quizá a cinco o seis metros del suelo (?)...

Eran filas de sillas de unos diez metros de largo cada una... Había tres filas en cada lado...

Entonces tuve una extraña sensación: yo no debía estar allí...

Y pensé: «¿Qué hace éste aquí?»

La visión de Antonio pudo durar alrededor de seis segundos. Quizá más... Entonces le vi inclinar la cabeza hacia el señor que estaba a su izquierda... El hombre le dijo algo y,

Imagen de Antonio en el sueño. «En otra ocasión —informó Chuni—, mi marido se presentó y dijo: "Chuni, aquí está la Virgen, Jesús y otros... No te lo vas a creer: estoy asistiendo a clase y estudiando... Tengo que marcharme. Ya me están llamando."» (Gentileza de la familia.)

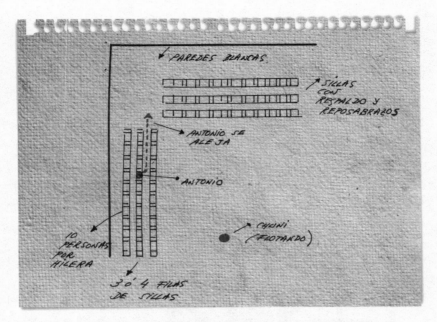

Reconstrucción aproximada del lugar que vio Chuni en el sueño. Cuaderno de campo de J. J. Benítez.

acto seguido, Antonio se levantó y caminó entre la gente, alejándose...

No me miró...

En ese momento sentí una presión en el lado derecho de la cabeza, como si fuera un golpe...

Y escuché la voz de Antonio: «Te quiero.»

Y desperté...

Chuni respondió a mis preguntas, hasta donde fue posible.

—¿Cómo describirías el lugar?

—La visión se presentó de pronto. No sabría decir con exactitud. Era un lugar sin techo, con paredes blancas. Las sillas eran cómodas, con reposabrazos. Yo diría que era un centro en el que se recibía algún tipo de enseñanza o instrucción. Todo el mundo estaba pendiente. Parecían muy atentos...

—¿Cómo vestían?

—Normal.

—Cuando Antonio se levanta y se aleja, en el sueño, ¿qué sensación te dio?

—Que el vecino le había advertido de mi presencia. Por eso pensé que no debía estar allí.

—¿Estás segura de que todos eran hombres?

—Creo que sí.

—Al recibir el «golpe» en la cabeza, ¿reconociste la voz de Antonio?

—Con absoluta claridad. Era su voz.

—¿Solía decirte «te quiero»?

—Sí, a diario.

—¿Cuántas personas podían estar sentadas en ese «centro»?

—No menos de sesenta.

—¿Conociste a alguien más?

—No, a nadie.

LA NUBE

En 2009 recibí un inesperado e interesante manuscrito.

Se titula *Casos sin resolver de Matilda Arenzana*.

Lo leí, asombrado.

En él se narran 17 casos protagonizados por una vecina del País Vasco (España). Reúne sueños, premoniciones y otros hechos asombrosos.

En cuanto me fue posible viajé al norte y conocí a Matilda. Me encontré con una joven llena de vida, amabilísima, y con una capacidad paranormal envidiable.

He seleccionado tres de estas singulares experiencias. Tampoco necesitan comentarios...

El primer suceso tuvo lugar el 25 de febrero de 1992.

Matilda se hallaba en la casa de sus padres. Tenía diecisiete años.

Así lo cuenta ella:

Tenía una vecina —Eva— a la que quería mucho.

Un día me disponía a salir de casa. Abrí la puerta, pero me detuve. Vi gente en la escalera. ¿Qué ocurría?

Eran hombres y mujeres de mediana edad. Hablaban entre ellos... Noté mucho movimiento... Subían y bajaban...

«¡Qué raro!», pensé.

En el rellano de la escalera, cerca de la puerta de mi casa, conversaban dos hombres. Escuché la conversación, sin querer. Aparecían apoyados en la pared, muy relajados.

Quedé desconcertada: hablaban de sus propias muertes.

Volví a mirarlos. Eran normales.

Pero ¿por qué dialogaban sobre sus muertes? Yo los veía vivos y saludables... Vestían como todo el mundo... No se caían a pedazos, como en las películas de terror...

Los miré y los remiré.

¡Eran normalísimos!

Y seguían hablando de sus respectivas muertes. Daban detalles...

Fue entonces cuando me di cuenta: aquella gente estaba muerta. Los que subían y bajaban, y también la pareja del descansillo. ¡Todos muertos!

Entré en la casa, horrorizada.

Y cuando me disponía a cerrar la puerta oí la voz de Eva, mi vecina.

Me llamaba: «¡Matilda, Matilda!... ¡Óyeme!»

Y pensé: «¿Qué hace Eva ahí afuera, con los muertos?»

Quería entrar. Empujé la puerta, asustada, e impedí que entrara.

La mujer gritó: «¡Óyeme, Matilda!... ¡Escucha!... ¡Déjame entrar!... ¡Matilda, por favor!»

Creí que me volvía loca. ¿Era Eva otro de los muertos?

Empujé con todas mis fuerzas y conseguí cerrar.

La vecina, al otro lado, seguía llamándome.

Lloré de rabia y de pena.

¡Eva estaba muerta!

Entonces vi una mano. ¡Atravesó la madera de la puerta! Era una mano muy blanca y muy rara...

Entonces desperté.

Había tenido una pesadilla...

En esos instantes de confusión no supe si Eva estaba muerta realmente. Necesité algunos segundos para reaccionar y recordar que mi vecina seguía viva. Todo, como digo, se debía a un mal sueño...

Sentada en la cama, con la cabeza entre las manos, experimenté una gran angustia.

Aunque sólo fue un sueño, me sentí mal. Me comporté de forma desconsiderada con la pobre Eva. No quise auxiliarla.

Pero ¿por qué huía? ¿Qué pintaban aquellos muertos en la escalera? Nada tenía sentido.

Ese mismo día, a la hora de comer, cuando regresé del instituto, mi madre me dio una noticia muy desagradable:

«Esta mañana me he encontrado con una sobrina de Eva y me ha dicho que está en el hospital. Los médicos han anunciado que es muy probable que se muera en los próximos días, por su grave enfermedad. He pensado que tal vez quisieras venir conmigo a verla.»

No pude pronunciar palabra alguna.

Pensé que se trataba de una estremecedora casualidad. Ahora sé que no fue casual...

Tuve remordimientos. No me porté bien en el sueño.

Matilda Arenzana. (Gentileza de la familia.)

Y todavía me pregunto: ¿Cómo es posible una relación tan directa entre el sueño y la realidad? ¿Fue un aviso?

Debía verla y hablar con ella.

Esa misma tarde acudí al hospital. Sabía que era la última vez que vería con vida a la que fue mi vecina.

La encontré sentada en la cama, con buen humor. No parecía gravemente enferma. Le di dos besos y nos miramos a los ojos.

Eva me habló de sus amigos, de su salud...

Murió al día siguiente, 26 de febrero...

Así consta en el certificado de defunción de Evangelina. Causa del fallecimiento: cáncer de vías biliares.

El Maestro hablaba con razón (como siempre): «Busca la perla en cada sueño.»

La segunda experiencia seleccionada tuvo lugar el 30 de abril de 2001.

Mi madre —Tomi— agonizaba. Un cáncer la estaba derrotando...

Esa mañana, parte de la familia se encontraba en la casa, consciente de la grave situación...

Y a eso de las dos de la tarde colgué el teléfono. Una ambulancia venía de camino. Mi madre sería trasladada al hospital en el que había sido tratada a lo largo del último año...

Me encontraba sentada en el sofá del salón. Intentaba pensar. Deseaba que todo estuviera controlado. Quería anticiparme a cualquier acontecimiento...

Respiré hondo, crucé el pasillo, y me dirigí a la habitación en la que yacía mi madre...

Fue entonces, al ingresar en el cuarto, cuando fui testigo de aquel destello. Mejor dicho: de aquellos destellos...

Quedé confusa...

Me sentí mareada durante un instante...

Eran blancos, muy rápidos. Tipo estroboscópico.[1] Eran

1. El efecto estroboscópico lo provoca un dispositivo óptico que, al girar, da la sensación de movimiento.

Portada del manuscrito (inédito) de Matilda Arenzana.

potentes. Cada «relámpago» podía tener una duración de tres o cuatro segundos...

Traté de hallar una explicación...

El cielo estaba azul. No había tormenta...

Los flashes (?) procedían del interior de la habitación...

No encontré explicación...

En la habitación estaban mi padre, mi hermano y una tía, pero no parecían darse cuenta del extraño fenómeno...

Miraban a mi madre en silencio...

La pobre se moría...

Y pregunté: «¿Alguien ha encendido una luz?»

La lámpara del techo estaba apagada.

—¿Qué? —preguntó mi hermano.

—¿Alguien ha encendido una luz hace un momento? ¿Alguien ha pulsado el interruptor?

— Yo no —intervino mi tía Agustina.

—¿Y tú, papá?

—No —respondió escueto y distraído. Su pensamiento estaba en otra parte.

—Nadie ha dado al interruptor —confirmó mi hermano cuando volví a interrogarlo con la mirada.

Y el asunto pasó...

Mi madre seguía con los ojos cerrados y la boca torcida. La enfermedad no tenía piedad...

Llegó la ambulancia y se llevó a Tomi...

Nunca regresó. Falleció el 10 de mayo...

La tercera experiencia —extraída igualmente del diario de Matilda— me hizo pensar, y mucho...

Ocurrió una noche de invierno...

Tomi, la madre de Matilda.
(Gentileza de la familia.)

Hacía poco más de un año que mi madre había muerto...

Los niños estaban ya dormidos y Diego, mi marido, descansaba en el salón. Veía la tele...

El reloj marcaba las doce. Se había hecho tarde y estaba cansada, pero me propuse terminar la tarea. Sólo quedaba barrer y pasar la fregona al suelo de la cocina...

Cuando estaba acabando, como de costumbre, fui a colocar el cubo con el agua, sobre la alfombrilla, en la entrada de la cocina...

Entonces lo vi...

Era una nube blanquecina. Flotaba en la oscuridad del pasillo...

Me quedé mirando, embobada...

Tendría cuarenta o cincuenta centímetros de diámetro...

Se hallaba quieta, casi en el techo, al otro lado de la puerta de la cocina...

La observé durante un rato...

¿Desde cuándo estaba allí? Nunca había visto nada semejante...

La nube (?) era transparente. Podía ver lo que había al otro lado...

Era como si las partículas de un gas se hubieran reunido, formando un cuerpo etéreo, con un volumen difuso...

Me recordó un globo de gas, sin la cubierta de goma, y al que la gravedad no parecía afectar...

No se trataba de una ilusión. «Aquello» seguía allí, imperturbable...

Vibraba tímidamente...

Decidí ir al baño, con el fin de tirar el agua sucia que había quedado en el cubo...

Y pensé: «Seguramente, cuando regrese, ya no estará ahí...»

Pues no. Al volver, la nube continuaba en el mismo lugar...

Curiosamente no sentí miedo. Sólo asombro...

Y así pasaron unos minutos, contemplando aquello.

Entonces empecé a sentirme cansada...

Pensé que se debía al trabajo de ese día...

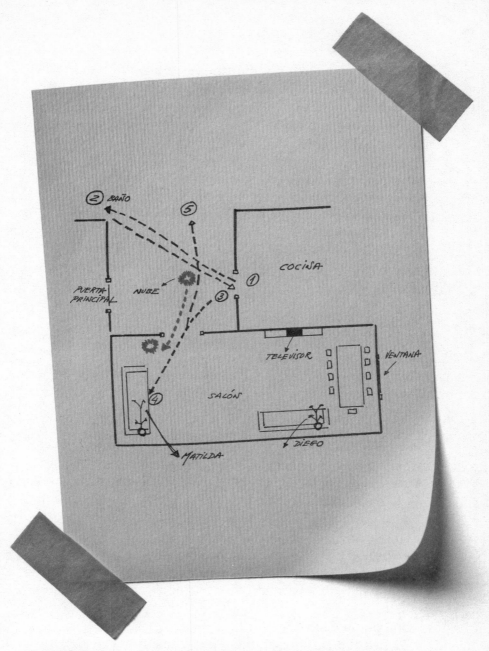

1. Matilda observa la «nube» desde la cocina. Era como niebla y se hallaba a 1,90 metros del suelo. 2. Matilda acude al baño para vaciar el cubo. 3. Al regresar, la «nube» sigue en el mismo lugar. 4. Matilda entra en el salón y se acomoda en el sofá. Comprueba que la «nube» se ha movido. Ahora está dentro del salón, cerca de la puerta. 5. Matilda se dirige al dormitorio. Cuaderno de campo de J. J. Benítez.

Caminé hasta el salón y me tumbé en el sofá, frente a la puerta. De esta forma podía contemplar el pasillo. En el otro sofá se hallaba mi marido, ajeno a lo que sucedía...

Y observé que la nube se había desplazado. Ahora se encontraba en el salón, cerca de la puerta y casi rozando el techo...

Calculé que recorrió unos dos metros...

Me quedé mirando...

La verdad es que no entendía nada...

Y me vi inundada por una gratísima sensación de paz...

«¿Qué era aquello?...»

Cerré los ojos unos segundos...

Quería averiguar si la nube desaparecía al cerrar los ojos. ¡Y desapareció!

Entonces pensé: «Abriré los ojos y habrá desaparecido...»

No fue así...

Al abrir los ojos, la nube seguía en el mismo lugar, con aquella oscilación levísima...

Yo continué mirándola, intrigada. Diego seguía a lo suyo, pendiente del televisor.

Así transcurrieron varios minutos...

La paz me llenó por completo...

Pensé en avisar a mi marido, para que la viera, pero desistí. Me puse en el lugar de la nube y no lo estimé oportuno...

Y recibí un pensamiento que me inquietó: «¿Era mi madre?»

Casi estuve segura. ¡Era mi madre...!

Y alcé un brazo, saludándola. Así permanecí un rato. Quería demostrarle que yo también la quería...

Y pensé: «Mamá, quizá seas tú... Te veo. Quisiera abrazarte... ¡Te quiero!, ¡te quiero!»

—¿Qué haces? —preguntó mi marido al verme con el brazo en alto...

¿Qué podía decir?

—Estiro el brazo —repliqué mientras pensaba en algo más convincente.

—¿Por qué?...

—Tengo agujetas...

Diego no me hizo caso y continuó con la tele. Era obvio que no vio lo que yo veía...

Seguí un rato más, contemplando la esfera flotante...
Después me incorporé y me despedí de los dos...

—Me voy a la cama...

—¡Vale! —respondió mi marido...

Y me fui. La nube se quedó quieta. Yo no quise, ni pude mirar atrás... Mi corazón estaba en paz...

En la mañana del 9 de noviembre de 2012, como digo, tuve ocasión de conversar con Matilda e inspeccionar su casa. También conocí a Diego y a uno de sus hijos.

Interrogué a la mujer hasta el aburrimiento. Matilda se sintió observada todo el tiempo. La experiencia pudo durar media hora. Para ella —sin duda—, aquella «criatura» era su madre.

Como decía el mayor en *Caballo de Troya*: mensaje recibido.

Quizá, algún día, todos seremos igualmente esféricos...

Y abandoné el País Vasco con una idea muy clara: nada es lo que parece...

«SUSO, NO SÉ LO QUE PASA»

El investigador, en ocasiones, puede no estar de acuerdo con lo afirmado por los testigos. Ello no justifica que el caso deba ser ignorado.

Esto es lo que me sucedió al oír el doble testimonio de Jesús Paraíso, especialista en materiales, y residente en Murcia (España).

Jesús, a quien conozco desde hace años, vivió dos extraños sucesos en un plazo de tiempo relativamente corto.

Veamos su testimonio:

—La primera experiencia tuvo lugar en septiembre de 1993. El 23 de ese mes, mi abuelo Braulio Paraíso falleció de forma repentina. Tenía noventa y tres años de edad. El óbito ocurrió en la Residencia Misionera de La Bañeza, en León (España).

»Asistí al entierro, en el cementerio de la localidad, y regresé a mi casa, en Cartagena (Murcia).

»Después de comer me senté en el salón. Necesitaba descansar. Habían sido muchos kilómetros y muchas emociones. Quería mucho a mi abuelo. María, mi compañera, se había acostado y los niños jugaban con sus amigos. Habían salido...

—¿De qué fecha estamos hablando?

—Del 25 de septiembre, hacia las cuatro de la tarde. Mi abuelo llevaba muerto algo más de 48 horas.

—¿Y qué sucedió?

—Trataba de relajarme, como digo, cuando empecé a experimentar una extraña sensación. Todo, a mi alrededor, cambió. El salón se llenó de una luz amarillenta. No podía entender...

»Entonces le vi.

»¡Era mi abuelo!

»Estaba en mitad del salón, a cosa de tres metros, mirándome. Aparecía rodeado, por completo, por la luminosidad amarilla.

»Y oí cómo decía: "Suso, no sé lo que pasa."

»Lo vi encogerse de hombros, ratificando lo que acababa de expresar.

—¿Era un cuerpo físico?

—Así lo entendí. Era el Braulio de siempre. Vestía su traje habitual, con el reloj en el bolsillo del chaleco. Vi también la cadena de plata...

—¿Te produjo miedo?

—Al contrario. Sentí alegría, aunque su expresión era de desconcierto... Y siguió hablando: «No sé lo que tengo que hacer.»

—¿Eso dijo?

—Sí. Entonces la luminosidad amarilla fue desapareciendo y se formó un túnel de luz blanca-azulada a su espalda.

Jesús Paraíso.
(Gentileza de la familia.)

Braulio, abuelo de Jesús Paraíso.
(Gentileza de la familia.)

Corría paralelo al suelo. Al fondo del túnel se veía un círculo blanco, muy intenso. Aquel círculo no deslumbraba. Poco a poco, la luz del túnel fue incrementando la intensidad.

—¿Escuchaste ruido?

—Ninguno.

—¿Qué longitud tenía el túnel?

—Desde donde estaba mi abuelo hasta la pared. Allí se perdía. Quizá sumaba cuatro o cinco metros.

—Y bien...

—Como lo más natural del mundo señalé el túnel de luz y le dije: «Debes ir allí.» La verdad es que no lo entiendo. No sé por qué dije eso...

»Mi abuelo giró la cabeza hacia el túnel. Después me miró de nuevo y observé una expresión distinta en el rostro, como si supiese lo que tenía que hacer. Estaba claro que había comprendido.

»Un momento después dio media vuelta y empezó a caminar por el túnel. Cuando se encontraba casi al final giró la cabeza nuevamente y me dedicó una sonrisa, mirándome con intensidad. Me pareció una sonrisa de gratitud.

»Entonces entró en el círculo blanco y desapareció.

—¿Caminaba?

—Sí, normalmente.

—¿Viste los pies?

—No.

—¿Movía los labios al hablar?

—Sí, y las palabras llegaban nítidas a mi mente.

—¿Gesticulaba al hablar?

—No, pero al girar hacia el túnel sí vi el movimiento de los brazos.

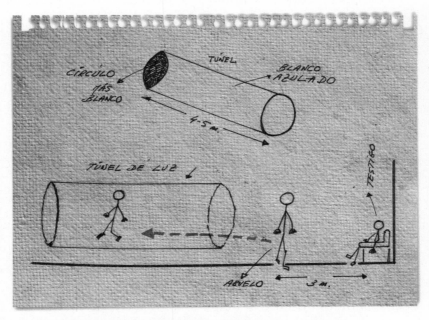

Esquema de lo observado por Jesús Paraíso en su casa, en Cartagena (España). Cuaderno de campo de J. J. Benítez.

—¿Cuánto pudo durar la experiencia, en tiempo real?

—Alrededor de dos minutos.

Y Jesús añadió:

—Aquella tarde dejé de temer a la muerte, tanto a la mía como a la de los demás. Y tuve la certeza de que el camino continúa... Ahora creo entender la vida.

La segunda experiencia de Jesús Paraíso se registró en julio de 1994, a raíz de la muerte de Tomás Gimeno, primo suyo. Así lo narró:

—Nos encontrábamos en el pueblo de mi familia, en Montemayor del Río, en Salamanca (España). Hacía años que no lo visitaba. Y el 28 de julio, al día siguiente de nuestra llegada, recibimos la triste noticia: Tomás, hijo de mi prima Charo, había sufrido un accidente durante la noche, en una carretera cercana a Guijuelo (Salamanca), cuando volvía a Montemayor. Por causas desconocidas, el vehículo se salió de la carretera y Tomás falleció de forma instantánea. Tenía veintiséis años. Era músico y disfrutaba de una vitalidad envidiable.

»Nos desplazamos a Guijuelo y llevamos a cabo las gestiones necesarias para el traslado del cadáver a Montemayor. Al día siguiente, 29, fue sepultado. Tomás era muy querido por todos.

»Esa misma tarde viajé a Madrid, donde pasé la noche.

»Al día siguiente, 30 de julio, por la mañana, emprendí el regreso a mi ciudad, Cartagena (Murcia).

»Me noté cansado y decidí dormir un rato.

»Y a eso de las cinco de la tarde desperté. Me incorporé en la cama y apoyé la espalda en el cabecero. Tomé un periódico y me puse a leer.

»Al cabo de un rato, súbitamente, noté que algo estaba cambiando a mi alrededor...

—¿A qué te refieres?

—La luz de la habitación era otra... Entonces percibí a alguien al pie de la cama... Levanté la vista del periódico y vi a Tomás... Estaba de pie... Me miraba con preocupación... Vestía pantalón oscuro y una camisa blanca de manga larga... No sé cómo expresarlo... Tuve clara conciencia de que me volvía a pasar lo experimentado con el abuelo Braulio...

Tomás Gimeno, muerto el 28 de julio de 1994. (Gentileza de la familia.)

—¿Y qué sucedió?

—Al ver que yo le miraba, Tomás preguntó: «Primo, ¿qué es lo que pasa? Esto es muy raro. No lo entiendo.»

»Deduje que no asumía que estaba muerto...

—¿Movía los labios al hablar?

—Sí, pero la voz sonaba en el interior de mi cabeza; exactamente igual que con mi abuelo. Y respondí: «No te preocupes. Todo está bien... Tú ya sabes lo que tienes que hacer.»

»Y sucedió lo mismo que en la experiencia con Braulio. Apareció un túnel (idéntico), a su espalda. Entonces le expliqué que había tenido un accidente y que tenía que ir hacia

143

la luz. Tenía que caminar por el túnel. Y le indiqué con la mano la dirección a seguir.

»Él decía que no era posible que estuviera muerto. Aún le quedaban cosas por hacer. Habló de su novia. Y dijo que quería seguir haciendo música con su grupo. Le dije de nuevo que no se preocupara y que se limitara a seguir la luz. "La vida continúa", le dije, "el accidente no es el final".

—¿Y qué hizo?

—Se volvió y miró el túnel. Levantó el brazo derecho, en señal de despedida, y se fue internando en la luz. Después desapareció.

—¿Cómo era su aspecto?

—Limpio, bien afeitado y bien peinado. Tampoco vi los pies.

Jesús Paraíso se ha preguntado muchas veces el porqué de esta doble experiencia, pero no tiene respuesta.

Y digo no estar de acuerdo con lo manifestado por el abuelo y el primo porque entiendo, e intuyo, que, tras la muerte, la persona sabe dónde está, qué ha sucedido y qué debe hacer. Al «otro lado», el orden es sagrado y minucioso. Deduzco, por tanto, que el singular comportamiento de Braulio y de Tomás obedeció a razones que se me escapan. ¿Puro teatro?

BRAHMS, HANDEL
Y TANTOS...

Luana Anjos es periodista, editora, experta en marketing y en gestión de empresas. Se trata de una alta ejecutiva brasileña.

La conocí en Barcelona, por razones de trabajo.

Hicimos confianza y me contó su experiencia.

Después volví a verla en São Paulo. Allí la entrevisté de nuevo.

En síntesis, éste fue su relato:

Sucedió en Río de Janeiro. No recuerdo la fecha. Creo que fue en 2003...

Tuve un sueño...

No sé cómo, pero llegué a una casa muy grande, casi un castillo...

Al entrar encontré a un hombre. Parecía el portero del lugar...

Había gente. Todos vestían igual, con túnicas blancas...

Y me dije: «¿Qué hago aquí? ¿Se trata de una fiesta? Pero no veo comida ni bebida...»

La gente «hablaba» telepáticamente...

El portero (?), entonces, se dirigió a mí y me transmitió con la mente: «Puedes entrar... Estás invitada. Aquí sólo entran los que son invitados...»

Y pregunté: «¿Qué hago aquí?»...

Él me miraba con serenidad, como diciendo: «Entra y sabrás...»

Nilda, abuela de Luana Anjos.
(Gentileza de la familia.)

Me puse a caminar y sentí una intensa emoción. En esos momentos no sabía por qué...

La casa era de mármol blanco. Me encontré frente a una escalinata...

Mucha gente subía, a mi lado. Otros bajaban...

Vi grandes ventanales, pero sin cristal. En los muros aparecían finas líneas de oro...

Me asomé a uno de los ventanales y contemplé un jardín, repleto de flores. Era precioso...

A mi lado permanecía el portero. Me iba explicando...

Dijo que me hallaba en un lugar de estudio...

Continué caminando y vi a Lourdes, una tía mía que vivía en esos momentos. A su lado se hallaba Nilda, mi abuela, fallecida en 1986 en Salvador de Bahía (Brasil).

Me aproximé y la abuela me miró con una expresión muy tranquila. La tía me vio...

146

Nilda, entonces, me dijo que estaba muy bien y que no podía quedarse conmigo en aquel espacio...

La abuela presentaba un aspecto muy saludable. Había muerto con ochenta y seis años pero parecía una jovencita...

Sonreía con los ojos...

«Estoy bien», repitió...

Le dije cuánto la quería. Los ojos de Nilda eran pura luz...

Tenía prisa y se fue...

Continué caminando y me asomé de nuevo a otro de los enormes ventanales. En la parte de abajo había barro rojo. Distinguí a tres personas, disfrutando de un baño de barro. Sólo les veía las cabezas...

Pregunté al hombre que me acompañaba y respondió algo que ya sabía: «Es un tratamiento para la piel...»

Luana Anjos.
(Foto: Blanca.)

Fábio Jr, cantante brasileño.

Y pensé: «¿La piel? Se supone que están muertos...»

Seguí caminando por la casa y observé puertas. La gente entraba en las salas, pero cada cual en la que le correspondía. Al acercarse a la puerta, ésta se abría antes de llegar a ella. Si la persona no estaba en el lugar adecuado, la puerta no se abría...

«Zona de estudio», repitió mi acompañante...

Me llamó la atención otro detalle: sólo vi personas adultas. Ningún niño...

Entonces llegamos a un gran salón (?), muy bonito, con hilos de oro en las pilastras y en los zócalos...

Allí vi a un hombre mayor. Yo diría que un anciano. Tenía el cabello blanco, sobre los hombros, y las barbas igualmente largas y blancas. Los ojos azules eran espectaculares. Medía casi dos metros. Las manos eran largas y finas y la piel clara, casi transparente. Vestía una túnica de color beige...

Sus movimientos eran lentos...

No hablaba, pero todo el mundo entendía...

Todo, a mi alrededor, era perfecto; muy bien organizado...

Me acerqué y permanecí detrás de un grupo de personas, observando. Mi acompañante explicó «que aquel anciano estaba allí para enviar mensajes a los humanos»...

Al principio no comprendí...

Los humanos se aproximaban al anciano, uno a uno, y el hombre les decía algo, pero sólo lo oía el interesado...

Fue entonces cuando me fijé en uno de los que hacía cola: ¡era Fábio Jr, un cantante muy famoso en Brasil!...

¿Cómo podía ser? Fábio no estaba muerto...

El portero aclaró que aquel grupo lo formaban personas vivas...

Fabio vestía un elegante esmoquin blanco...

Al llegar frente al anciano, éste susurró (?) algo y Fábio asintió, dándole las gracias...

Y el portero insistió: «Son mensajes de amor para el pueblo de la Tierra»...

Yo estaba fascinada...

Fábio no me vio. Seguí visitando la casa y me hice una

Brahms, al que Robert Schumann llamó «elegido», con razón. (Foto: IGDA.)

pregunta: «¿Recibiría yo, algún día, uno de estos mensajes?» Ahí terminó el sueño...

Un tiempo después hablé con Fábio Jr, en la realidad. Él compone y canta bellísimas canciones de amor...

Le conté el sueño y lloró...

Y reconoció que recibía, a diario, una maravillosa inspiración...

Un día, en otro «sueño», Luana volvió a la presencia del misterioso anciano. Y el hombre de los ojos azules le mostró un pergamino. Una copia de dicho pergamino se encuentra en mis archivos, pendiente de publicación...

La experiencia de Luana Anjos me trajo a la memoria las declaraciones de Johannes Brahms, el célebre compositor y pianista alemán del Romanticismo.[1] A finales del otoño de 1896, en Viena, Brahms aseguró «que él no era el autor de sus sinfonías...». Según declaró, los acordes y las melodías —todos— eran recibidas de una Fuente Superior. Y añadió: «... cuando siento esas vibraciones cósmicas superiores sé que estoy en contacto con el mismo Poder que inspiró a grandes

1. Seis meses antes de su muerte, ocurrida el 3 de abril de 1897, Brahms se reunió con el escritor norteamericano Arthur M. Abell en la ciudad de Viena. Abell entrevistó al músico durante tres horas. Fueron testigos el violinista Joseph Joachim, amigo de Brahms, y un funcionario de la embajada USA en Viena, que actuó como estenógrafo. Brahms exigió al escritor que no publicara aquellas declaraciones hasta pasados quince años después de su muerte. Y así fue. La conversación fue registrada, palabra por palabra, y no salió a la luz hasta 1964, en un libro titulado *Charlas con grandes compositores*. En la entrevista, el compositor y pianista alemán reconoció que la mayor parte de su obra «procedía de lo alto», habiendo sido recibida en estado de trance. En el referido libro —publicado por Schroder-Verlag, en Alemania—, Brahms confesó que «todos los temas que perdurarán en mis composiciones me llegaron de ese modo».

«Fue una experiencia tan sublime —manifestó a Abell— que no me atreví a hablar de ello con nadie. Ni siquiera con Joseph Joachim. Sentí en esos momentos que estaba sintonizando con el Infinito... No hay experiencia que se le aproxime.»

Handel, autor de *El Mesías*, otra obra «transmitida» desde los cielos. (Foto: IGDA.)

poetas como Milton, Goethe y Tennyson, así como a músicos de la talla de Mozart, Beethoven o Bach, entre otros... Las ideas que estaba buscando conscientemente fluyen sobre mí con tal fuerza y tal rapidez que sólo soy capaz de atrapar unas pocas; nunca puedo apuntarlas. Llegan en ráfagas y se desvanecen con la misma rapidez... Todo lo que he escrito ha llegado a mí del mismo modo.»

A Handel, autor de 41 óperas y del célebre *El Mesías*, le sucedió algo parecido. Tras sufrir un infarto, cuando contaba cincuenta y tres años de edad, George F. Handel se encerró en su habitación y, durante 24 días, «recibió la inspiración divina». Así nació *El Mesías*, una de las piezas musicales más gran-

151

diosas de la historia del hombre. Cuando se estrenó en Londres, el público, al escuchar el «Aleluya», se puso de pie...

«Derramé lágrimas —manifestó Handel— cuando escribí la obra. Me sentía electrizado... ¡He visto el Cielo y al mismo Dios!»

En otros sueños, algunas personas hablan también de «bibliotecas celestes», con los libros no publicados aún en la Tierra. Y dicen haberlos ojeado y leído. Y dicen más: esas obras son «trasladadas» a los escritores humanos mediante lo que se ha dado en llamar «inspiración». Y otro tanto sucede con el resto de las artes y con las ideas. Ninguna es nuestra. Ni las buenas ni las aparentemente malas.[1]

1. Entonces comprendí por qué los premios no tienen sentido...

<<ESE HOTEL ES MÍO>>

La protagonista de la presente historia es una popular actriz y cantante mexicana. No desea revelar su nombre. La llamaré Leonor.

Entre los casos de «resucitados», éste, sin duda, ha sido el que más ha llamado la atención de Blanca, mi esposa. Al oírlo comentó: «Entonces era cierto... En el cielo se trabaja.»

Blanca fue testigo de la conversación con Leonor en el Distrito Federal mexicano. La entrevista se registró el 28 de noviembre del año 2000.

En síntesis, éste fue el relato de la actriz:

Tuve un sueño...
En él vi a mi abuelo materno, fallecido tiempo atrás...
Nos hallábamos en un campo muy verde...
Todo era paz...
El cielo era azul, pero no era el azul que conocemos...
Mi abuelo estaba al otro lado de una alambrada...

Quedé desconcertado, pero no la interrumpí. ¿Desde cuándo hay alambradas en el cielo?

El abuelo me llamó —prosiguió Leonor— y me acerqué...
Lo encontré jovencísimo... Aparentaba treinta o cuarenta años... Se veía en forma...
Sonrió con picardía, como si supiera lo que pensaba...
Estoy segura de que leía los pensamientos...

Y exclamó:

—Niña, estoy bien... Estoy muy bien... No temas...

Le dije que no tenía temor y señalé la alambrada. No entendía el porqué de la misma...

Él replicó, sin perder la sonrisa:

—Teatro, niña... Puro teatro...

—¿Teatro?

—Teatro para vosotros, los que continuáis con vida...

No comprendí y seguí preguntando sobre otros asuntos que me interesaban...

Yo sí creí entender el significado de las palabras del abuelo de Leonor. Lo sospechaba hacía mucho...

—Pero tú, abuelo, estás muerto... ¿Qué haces aquí, en un sueño?...

—¿Te parezco muerto?... Los sueños no son un capricho de la naturaleza...

—¿Es esto el cielo?...

—No exactamente...

—¿Y a qué te dedicas?...

—Trabajo...

—¿En el cielo se trabaja?...

Se volvió hacia un edificio de cristal que se levantaba en la lejanía, lo señaló con la mano, y preguntó:

—¿Ves ese edificio?...

Dije que sí...

—Pues es un hotel y es mío...

<<AHÍ ESTÁ MI SALVAORA>>

D iego Alvarado fue un amigo fiel hasta la muerte. Y mucho más, diría yo...

La presente experiencia me la contó Pilar Román, hija de Juan Román Muñoz, patrón de barco.

Juan Román Muñoz.
(Gentileza de la familia.)

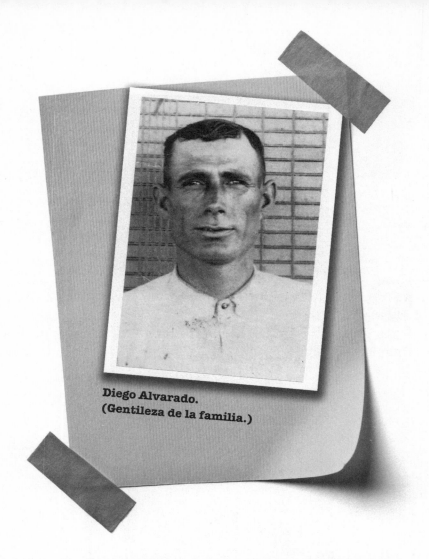

**Diego Alvarado.
(Gentileza de la familia.)**

Juan Román vivió setenta y un años en la localidad costera de Barbate (Cádiz), el lugar en el que me gustaría morir.

Al final de su vida, Juan experimentó los lógicos problemas de amnesia. En ocasiones salía de su casa, en la calle Barberán y Collar, y terminaba perdido. En esos momentos —mágicamente— aparecía Diego Alvarado, su amigo y cuñado, y le ayudaba a regresar al domicilio.

Juan, al ver a Diego, exclamaba: «Ahí está mi salvaora», en alusión a una de las canciones de Manolo Caracol.

El 6 de febrero de 1975 falleció Diego Alvarado. Tenía setenta y dos años de edad.

Su amigo, Juan Román, repetía y repetía «que tenían que hacer el viaje juntos», pero nadie echó cuentas...

Juan Román no tardó en seguir los pasos de Diego.

Llegó el 18 de marzo de ese mismo año (1975) y Juan empeoró de sus males.

—Ese día —contó Pilar—, a eso de las diez de la mañana, sucedió algo extraño. La familia se hallaba en la casa. Mi padre estaba muy malito... Habíamos pasado la noche en vela,

En el centro de la imagen, Antonia Aceretto, esposa de Juan Román. A la derecha, Pilar, hija de Juan Román. A la izquierda de la fotografía, Emilita, hermana de Antonia. Las tres fueron testigos de las últimas palabras de Juan Román y de su muerte, a las once de la mañana. (Foto: J. J. Benítez.)

pendientes... Y, de pronto, como digo, se puso a hablar... Pero lo hacía mirando a la pared... Allí no había nadie...

—¿Qué decía?

—Repetía: «¡Espérate, Diego!... ¡Espérate!»

»Nos miramos, asombrados. Diego, como sabes, era su "salvaora", pero murió 40 días antes.

»No supimos qué hacer ni qué decir.

»Y volvía a hablar, mirando siempre al vacío: "¡Espérate, Diego!... Me voy contigo a las once."

—¿Eran las diez de la mañana?

—Así es. Todos estuvimos de acuerdo: allí estaba Diego, pero sólo lo veía mi padre...

Y ocurrió algo que me recordó el caso de la Conchona.

—Mi padre —concluyó Pilar— falleció a las once de la mañana, en punto, tal y como dijo. Tenía setenta y un años.

UN CURA DE TRACA

Lo sucedido a Martha resulta igualmente inexplicable a la luz de la razón. Y me pregunto: ¿qué importa la razón si el suceso es auténtico?

El hecho me fue relatado por un familiar de Martha y de Celia. Ambas protagonizaron el misterioso suceso.

Martha. (Gentileza de la familia.)

Celia, madre de Martha, falleció en México el 27 de julio del año 2000.

Un par de semanas después del óbito, los hijos de Celia se reunieron para repartirse los efectos personales de la madre.

Martha escogió un par de zapatos finos, que tenía en gran aprecio, así como el bastón que la madre empleaba para apoyarse y caminar. Celia era obesa.

Martha guardó los objetos en el maletero del carro y regresó a su casa.

Pero, una vez en el garaje, no pudo sacar los zapatos y el bastón, ya que llevaba las manos ocupadas con las cosas de su bebé. Pensó que volvería en cuestión de minutos.

Celia. (Gentileza de la familia.)

No fue así...

Se entretuvo y lo dejó para el día siguiente.

Esa mañana, al volver al coche, quedó paralizada.

Junto al carro, de pie, vio a su madre.

¡La difunta estaba viva!

Calzaba los zapatos que Martha había guardado en el maletero y presentaba en la mano el viejo bastón que le perteneció.

Martha dio la vuelta y corrió, aterrorizada, encerrándose en la casa.

Pasaron días hasta que se decidió a volver, y acompañada, sacando los zapatos y el bastón del vehículo. Allí seguían, claro está...

El *shock* fue tal que la mujer terminó acudiendo al cura del pueblo, contándole lo sucedido.

La respuesta del sacerdote fue de traca. La presencia se había producido —afirmó— porque Martha, al quedarse el bastón y los zapatos, impedía que la madre pudiera marchar en paz al «otro lado» (!).

«ABUELO, ¿QUÉ HACES AQUÍ?»

Madeline es una joven sensible y especialmente inteligente. Coincidí con ella en Estados Unidos de Norteamérica.

Al saber que investigaba casos de «resucitados» fue a relatarme una serie de sucesos, protagonizados por ella en la adolescencia.

Primer caso:

Yo tenía quince años. Mi vida se centraba en el colegio y en la casa. Soy la menor de tres hermanos y la única hembra. Mis padres son gallegos, de esa maravillosa generación de emigrantes a la que le tocó pasar por mucho...

Mi abuelo paterno, Camilo, falleció cuando yo tenía trece años. Yo no me encontraba en Caracas cuando sucedió. Ese verano, mamá tuvo que viajar a España para resolver no sé qué papeles importantes, y me pidió que la acompañara. El abuelo ya estaba mal pero el viaje no se podía posponer. Mi padre se quedó con mis hermanos.

Unos días más tarde, estando en Coruña, con mi mamá, me hallaba medio dormida cuando escuché la voz de mi madre, al teléfono. Decía: «Bueno, Senén, tenía que suceder... Él, ahora, está mejor que nosotros... No te preocupes... Yo le digo a Madeline que el abuelo falleció.»

En esos momentos no supe si estaba soñando o si realmente había escuchado la voz de mi mamá. Al rato supe que no fue un sueño. Me levanté y lloré.

El abuelo Camilo siempre estuvo cerca de nosotros. Mi abuela materna murió cuando yo era una niña. Mi abuelo materno falleció antes de que yo naciera. La abuela materna siempre vivió en España. Sólo la veía en verano, y pocos días, cuando mis padres decidían ir a la aldea. El abuelo Camilo, en cambio, siempre vivió en Caracas. Antes de morir pasó algunos meses en casa, con nosotros. Aún lo recuerdo bajando las escaleras mientras lo tomaba del brazo.

Lo cierto es que yo no estaba en Caracas cuando él se fue. No acudí a la funeraria ni tuve conciencia de que aquello había sido real...

Y pasaron dos años...

Ese día me acosté. Fue un día normal. No pasó nada que tuviera relación con el abuelo. No hablamos de él ni yo lo recordé. Entonces tuve un sueño muy extraño...

Me encontraba con mi hermano Álex, el mediano, frente a la casa, en Caracas. Estábamos lavando el Corolla verde militar que tenía Álex. Todas las puertas del carro se hallaban abiertas. Álex estaba cerca —yo lo sabía— pero, en realidad, en la escena, lo único que se veía era el auto y a mí misma...

Volteé hacia la calle para agarrar algo, como para limpiar el carro por dentro, y, al momento, al volver a mirar hacia el coche, ¡allí estaba él!... ¡Era el abuelo Camilo! Lo vi igualito a como lo recordaba, con los ojos azul cielo, los labios delgados, sus pantalones grises, una camisa de manga larga, el bastón y su inseparable boina...

Lo miré con asombro y le dije, como lo más normal del mundo: «Abuelo, ¿qué haces aquí? ¿No estás muerto?»

Él me miró, tranquilamente, y respondió: «Sí, Madeline, estoy muerto... Sólo he venido a decirte que aunque te falta mucho, mucho, para estar con nosotros, quiero que te portes bien..., para que cuando llegue el momento puedas estar con tu abuela y conmigo. Escúchame bien. Te falta mucho, pero te vas a encontrar con situaciones difíciles y yo sólo quiero que te portes bien.»

Por algún motivo, mi hermano Álex me llamó y yo giré de nuevo la cabeza hacia la calle para decirle que esperara, que estaba hablando con el abuelo. No me dio tiempo de nada. Volteé otra vez hacia el Corolla y el abuelo ya no estaba allí...

A la mañana siguiente desperté con un intenso sentimiento de nostalgia. No sabía si contar el sueño a mi padre. Ya habían transcurrido dos años. Decidí contárselo a mamá. Pero ella es una mujer práctica y, aunque se asombró, no quiso dar importancia al asunto. Supongo que para que no me asustara...

Fue un sueño, sí, pero fue algo muy real, muy sentido. Y quedó grabado para siempre en la memoria...

Segundo caso:

Un tiempo más tarde tuve otro extraño sueño. Esta vez fue con Lola, una tía que vivía en Barcelona (España).

Madeline Mazaira Hermida.
(Gentileza de la familia.)

Al igual que a la abuela Ángela, a Lola sólo la veía durante los veranos.

Pues bien, en el sueño se presentó ante mí, muy cerca de mi cara. Sólo podía ver su rostro. La totalidad del sueño se limitó a eso: su cara. Y repetía una y otra vez: «¡Ayúdame, Madeline!... ¡Ayúdame, ayúdame!»

Esta vez me desperté llorando y muy tensa. Acudí a mi madre y se lo conté. Al principio no prestó atención, pero terminó telefoneando a España. La tía Lola estaba hospitalizada...

El abuelo Camilo.
(Gentileza de la familia.)

Tercer caso:

Estaba a punto de cumplir diecisiete años. Mamá tenía una buena amiga que terminó falleciendo de cáncer. Era una mujer muy simpática. Me caía muy bien...

Creo recordar que habían pasado cinco años desde su muerte...

Entonces tuve un sueño. En Caracas hay un centro comercial que, en su momento, era muy frecuentado. Lo llaman Centro Ciudad Comercial Tamanaco (CCCT).

Por alguna razón que ignoro yo estaba allí, caminando en solitario por el CCCT. Y, de pronto, al fondo de uno de los pasillos, vi a esa amiga de mi madre...

Quedé asombrada. ¡Hacía cinco años que había muerto!

Caminaba tan normal, como si nada, y rodeada de niños y niñas de unos siete a nueve años...

Aparecían contentísimos...

Me aproximé y le dije: «Rosita, ¿qué haces aquí? ¿Tú no te moriste?» Y ella respondió, tan tranquila: «Sí, Madeline, pero es que, de vez en cuando, me dan permiso para que venga a pasear a los niños.»

Yo asumí que esos niños eran personas que estaban próximas a nacer. No sé por qué pensé eso...

Y ella continuó: «Vine a decirte que, por favor, le digas a mi hija que deje de llorar... Estoy bien... No tiene que seguir lamentándose porque yo no esté con ella...»

Y repitió: «Estoy bien... Estoy tranquila y feliz.»

En ese momento desperté.

Recordaba perfectamente el vestido rosa, de dos piezas, que llevaba puesto Rosita, y también su cara maquillada, como en vida...

Nuevamente fui donde mi mamá, pero se negó a llamar a la hija. Insistí e insistí y mi madre terminó llamando. La hija reconoció que no podía olvidar a su madre y que lloraba sin cesar...

LA VISITA

Fue Margaret Petch, la traductora del *Caballo de Troya* al inglés, quien nos informó del fallecimiento de su marido, William Harwood Peden. Bill había sido poeta y profesor de literatura en la Universidad de Saint Louis, en Missouri (USA). En los últimos años padeció el calvario del Alzheimer.

William (Bill) Peden. (Gentileza de Margaret Petch.)

El profesor Jerry Costanzo, mostrando el libro que pretendía comprar y que se hallaba en su biblioteca. (Foto: Blanca.)

Bill nació el 22 de marzo de 1913 y murió el 23 de julio de 1999. Fue incinerado en Columbia, a 200 kilómetros al noroeste de Saint Louis.

Pues bien, lo extraordinario de la historia se produjo casi tres meses después de la muerte de Bill. El 19 de octubre, al parecer, fue visto en la ciudad de Pittsburg, en Pennsylvania, a mil kilómetros de donde falleció.

En cuanto fue posible nos trasladamos a Pittsburg. Era el mes de febrero. Nevaba.

Al llegar al hotel Green Tree, el Destino tocó en mi hombro (me suena la frase). Nos hallábamos en el 101 de Radisson Drive. «Buena señal», me dije.

Al día siguiente, sábado, fuimos recibidos en la casa de Jerry Costanzo, también poeta y también profesor de literatura en la Universidad C. Mellon.

Jerry es un hombre apacible y sabio. Vive con su esposa, 10.000 libros y cuatro relojes de pared. Además de profesor, poeta y defensor de poetas, es coleccionista de libros, pero sólo de primeras ediciones. El tictac de los relojes y el silencio de los libros es la atmósfera que se respira en esa casa.

Petch y Blanca fueron testigos de la larga conversación que sostuvimos esa mañana.

He aquí, en síntesis, lo hablado:

—Ocurrió de madrugada —explicó Jerry—. Serían las cinco, poco más o menos. Yo estaba solo en la casa. Mi mujer

Bill, muerto tres meses antes, se presentó de madrugada en la casa de su amigo Jerry Costanzo, también poeta y profesor de literatura. (Foto: Blanca.)

El profesor Costanzo, con la gorra de Bill. A la izquierda, J. J. Benítez. (Foto: Blanca.)

había viajado a Massachusetts... Esa noche, no sé por qué, no pude dormir... Me vine al salón, me hice con un libro, y me senté en este sillón... Había una única lámpara encendida en la sala...

—¿Qué libro eligió?

Jerry lo tenía a mano y nos lo mostró: *A different person*, de James Merrill.

—¿Es normal que se levante de madrugada?

—No, no lo es. Esa noche me hallaba inquieto. No supe por qué... Ahora sí lo sé.

Y Jerry prosiguió:

—Estaba preparando un trabajo sobre poesía y me vino a la mente un libro de Bill, titulado *Twilight at Monticello*. Me pareció fundamental incluirlo en dicha antología. Y pensé en buscarlo y comprarlo... Yo le debía mucho a Bill... Él seleccionó mi libro *In the Aviary* y fui el ganador del premio Devins, de la Universidad de Missouri, en 1974... Mi ilusión era dedicar esa antología a Bill...

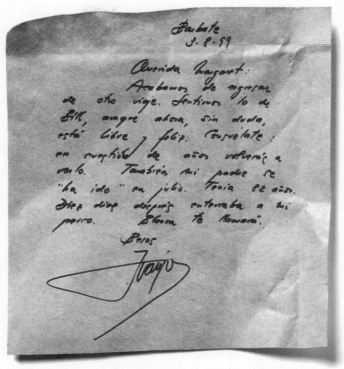

Comunicación de J. J. Benítez a la viuda de Bill.

—¿Estaba usted pensando, en esos momentos, en un libro de Bill?

—En efecto. Mientras leía *Una persona diferente* le daba vueltas en la cabeza al asunto de *Twilight at Monticello*... Fue en esos instantes cuando lo vi...

—¿Qué vio?

—A Bill...

—¿A William Harwood Peden?

—El mismo. Se hallaba de pie, cerca del piano, a cosa de tres metros...

Jerry Costanzo —según aclaró— nunca había visto a Bill. Hablaron telefónicamente y se comunicaron por carta, pero jamás conversaron en persona.

—¿Y cómo supo que era Bill?

—Él se identificó. Me dijo quién era...

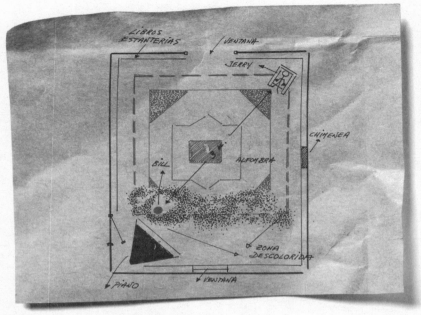

Cuaderno de campo de J. J. Benítez.

—¿Lo vio llegar o abrir la puerta?

—No. Sencillamente se presentó en el salón.

Y Jerry describió a Bill:

—Traía luz...

No entendí y rogué que se explicara...

—Era una figura luminosa... Traía su propia luz... Vestía una chaqueta marrón, con coderas, un pantalón, también marrón, y una camisa blanca, muy almidonada, con corbata... No recuerdo el color de la corbata... Se tocaba con una gorra...

—¿Ropa de verano o de invierno?

—Parecía de lana...

Jerry fue paso a paso:

—Primero me miró. Fue una mirada larga e intensa. Quizá cinco segundos... Se me antojó eterna... No vi los pies. Eso me llamó la atención... Estaba serio...

—¿Le produjo miedo?

—No.

—¿Sabía que Bill había muerto?

172

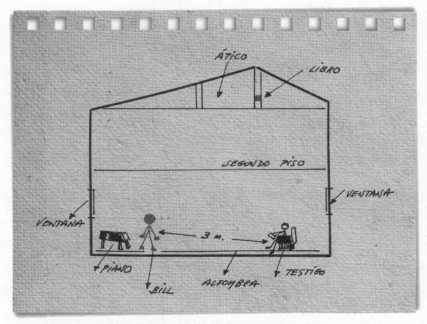

Esquema de la casa del profesor Costanzo. Bill se presentó en el salón, a tres metros de Jerry. El libro del que le habló se hallaba en el ático. Cuaderno de campo de J. J. Benítez.

—Sí, y supe igualmente que no pretendía hacerme daño...

—Dice que lo encontró serio...

—En efecto, pero también percibí tranquilidad. Parecía estar en su elemento... La verdad, me impresionó vivamente.

—¿Los relojes se detuvieron?

—No lo recuerdo, pero creo que no... Entonces me habló, mentalmente... No movía los labios... Me hizo saber quién era y que sabía que yo le estaba agradecido por lo del premio de poesía... Después me animó a seguir con mi trabajo... «Estás haciendo lo que debes», manifestó con seguridad... Se refería a mi labor en favor de los poetas jóvenes... Entonces, de pronto, afirmó: «El libro que buscas..., ya lo tienes.»

Jerry me miró, pálido, y matizó:

—Supe que se refería al que yo pretendía comprar: *Twilight at Monticello*. Y, en efecto, lo tenía en mi biblioteca desde 1978... Lo encontré ese mismo día, en el ático.

173

—¿Le dijo algo más?

—Sí, aunque no recuerdo el orden. Dijo que estaba bien y que se hallaba en el lugar que tenía que estar... No sonrió en ningún momento, pero supe que se encontraba muy bien, tanto física como mentalmente...

—¿Cree que era una imagen con volumen?

—Eso me pareció...

—¿Cuánto tiempo pudo durar la experiencia?

—No sé contabilizarlo.

—Volvamos al asunto del libro. De no haber sido por el aviso de Bill, ¿lo hubiera comprado?

—Supongo que sí. Buscar entre 10.000 volúmenes es complicado...

—¿Cómo consiguió hallarlo?

—Fue como si él me hubiera dirigido... Fui directamente al ático, y allí estaba, mirándome...

Bill fue incinerado en Columbia en julio de 1999. Tres meses después se presentó en la ciudad de Pittsburgh, a mil kilómetros de distancia.

Entonces, según Jerry, terminados estos asuntos, Bill desapareció.

—Fue súbito. No sé explicarlo... Y me quedé con una saludable sensación de paz...

—¿Qué aspecto presentaba Bill?

—Tenía la lámina de un anciano.

Bill falleció con ochenta y seis años de edad.

Pregunté a Jerry por una posible explicación del fenómeno. Se encogió de hombros y añadió:

—No la tengo, sinceramente... Demasiado complejo para mí... Además, no creo en la vida después de la muerte...

En los días siguientes a la «presencia» de Bill en la casa de Jerry, en Pittsburg, el profesor de literatura telefoneó a Petch, la viuda, y le contó lo sucedido. Petch confirmó que ésa era la ropa usada habitualmente por su marido; especialmente la gorra de *tweed* (paño asargado).

—No salía de casa —ratificó Petch— si no la llevaba puesta...

Jerry descubrió también que parte de la alfombra existente en el salón quedó misteriosamente descolorida. Era la zona sobre la que había aparecido Bill.

Jerry no prestó atención a las manos, ni tampoco al posible movimiento de los brazos.

—Bill permaneció siempre quieto.

Insistí en la posible existencia del anillo de casado en la mano derecha de Bill, pero Jerry no supo darme razón. No lo recordaba.

El viejo profesor de la Universidad de Saint Louis utilizaba gafas permanentemente. Jerry, sin embargo, no las vio.

La conversación con Costanzo se prolongó varias horas.

Él tenía entonces cincuenta y tres años. Jamás olvidará la experiencia. Nosotros tampoco...

EL LIMPIABOTAS

A quella mañana, Jorge salió de la casa de su madre, en la ciudad de Cienfuegos, en la provincia de Las Villas, en Cuba. Se proponía hacer diversas diligencias.

El día anterior había llegado de Santiago, la población en la que residía habitualmente. Julia, la madre, se encontraba gravemente enferma.

Corría el año 1950.

Al terminar las diligencias, Jorge se encaminó hacia la casa de Julia, en la que paraba. Serían las dos de la tarde, aproximadamente.

Cruzó el parque y, de pronto, vio a un amigo de la infancia. Jorge era nacido en Cienfuegos.

Era Radison, algo mayor que Jorge.

Se hallaba sentado en un banco.

Se saludaron y se abrazaron.

Hacía mucho que no se veían. Quizá diez o quince años...

En esos momentos, Jorge contaba con cuarenta años de edad.

Radison trabajaba como limpiabotas.

Hablaron unos minutos, recordando los viejos tiempos, y Jorge se percató de las dificultades de su amigo para hablar. Radison aclaró que tenía problemas en la garganta. Jorge, alarmado, sugirió que fuera a ver a su hermano César, otorrino. E insistió. Radison prometió que lo haría; acudiría a la consulta de César.

Se despidieron y Jorge prosiguió hacia las calles Santa Cruz y Tacón, donde se levantaba la casa familiar.

Jorge y su esposa. (Gentileza de la familia.)

Al entrar encontró a tres tíos, hermanos de su madre. Jugaban a las cartas en una saleta. Eran Paco, Pepe y Mario Cuesta, de cincuenta y siete, cincuenta y cinco y cincuenta y dos años, respectivamente.

—Adivinen a quién acabo de encontrar en el parque —comentó Jorge—. Me dio pena —añadió.

—¿A quién? —preguntaron los Cuesta.

—A Radison, el limpiabotas... Casi no podía hablar.

Los tíos maternos no replicaron. Pensaron que Jorge les gastaba una broma.

—Le he recomendado que visite a César...

Finalmente, los hermanos se echaron a reír. Todos conocían a Radison, desde la niñez.

¿A qué venían esas risas?, Jorge no entendía.

Los Cuesta aclararon:

—Eso no es posible... Tú no has podido hablar con el limpiabotas... Radison murió hace un año... y de cáncer de garganta.

La noticia impresionó tanto a Jorge que no volvió a hablar del asunto en mucho tiempo. Finalmente se lo contó a su esposa y también a Nelly, su hija. Ésta, a su vez, me lo contó a mí.

Nelly, hija de Jorge.
(Foto: Blanca.)

—Mi padre —matizó Nelly— estaba cuerdo. No fue un invento. Él llevaba ausente de Cienfuegos muchos años. No sabía que su amigo había fallecido...

Según Nelly, Jorge conversó con Radison durante cinco minutos. El aspecto del limpiabotas era normal. Vestía pantalón y camisa; todo muy limpio...

—Mi padre lo abrazó —insistió la hija—. Y me contó que fue un abrazo fuerte y largo. Hacía mucho que no se veían. Se apreciaban. Habían jugado muchas veces... Era un cuerpo físico, por supuesto.

La madre de Jorge murió ese mismo año (1950).

Pues bien, según Nelly, en el momento de la muerte, Jorge

vio un hilo de humo que se escapaba del pecho. Era un hilo plateado.

Jorge fue apresado por los comunistas de Castro y encarcelado durante ocho años. En dos ocasiones, la madre se presentó a los pies del jergón en el que dormía su hijo. Hacía once años que había muerto.

—Le miraba con pena —manifestó Nelly, quien, a su vez, recibió la información de su padre—. No le dijo nada, pero la mirada era triste. Mi padre decía que Julia presentaba un aspecto joven.

Jorge murió en 1997, a los ochenta y siete años de edad.

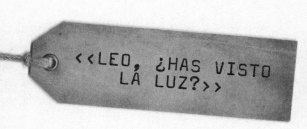

«LEO, ¿HAS VISTO LA LUZ?»

Mi padre también se presentó a Leonor Benítez, su única hermana. Sucedió pocas horas antes del fallecimiento.

Así me lo contó en diferentes oportunidades:

Me encontraba en el dormitorio de la casa, sentada en la mecedora...
Ocurrió por la tarde...
Escuchaba los trinos de los jilgueros...

En su casa, en la población gaditana de Barbate (España), mi tía criaba canarios, jilgueros y «mixtos». Los cantos eran la envidia del barrio.

De pronto se hizo el silencio...
Miré, extrañada, a las jaulas... Algo sucedía...
Fue todo rápido...
Entonces lo vi... Era tu padre...
Estaba de pie, en la puerta. No lo oí llegar...
Yo sabía que, en esos momentos, se hallaba muy grave...
Tenía un aspecto jovencísimo. Vestía el uniforme que aparece en el «folio»,[1] con un número en las manos: el doce...
No le vi la cicatriz en la mejilla izquierda...

1. Folio: libreta de inscripción marítima de la Marina de Guerra Española.

180

Leonor Benítez.

No dijo nada...
Sólo me miró...
Parecía feliz y tranquilo...
Yo supe que había muerto...
Y al instante desapareció...

Mi padre, en realidad, falleció horas después de esta visión: el 2 de julio de 1999 en la ciudad de Pamplona, a 1.200 kilómetros de Barbate.

La fotografía del «folio» fue tomada en enero de 1936, cuando José Benítez Bernal contaba diecinueve años de edad. Ése era el aspecto que presentaba en la visión, según Leonor. Ése era el uniforme que mostró en la calle Colón, en la casa de los jilgueros...

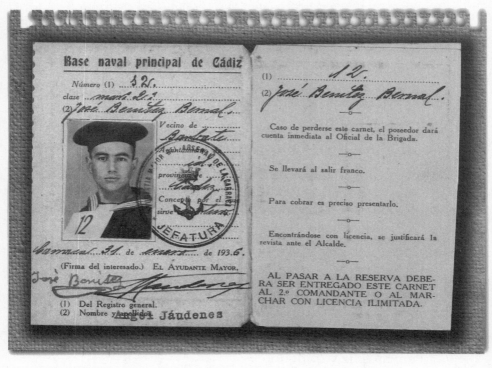

Aspecto que presentaba mi padre en la visión a su hermana. Fotografía que aparece en el «folio».

Horas antes de fallecer, José Benítez fue visto por su hermana, a 1.200 kilómetros de donde agonizaba. En las manos portaba el número «12».

Leonor era una mujer especial. Algún día tendré que hablar de sus percepciones extrasensoriales...

Una de las que me impactó tenía que ver con bolas de luz. Cuando las veía pasar frente a la puerta, alguien de la familia, o del entorno, moría irremisiblemente. Lo dijo muchas veces: «Hoy he visto la luz.» Horas más tarde fallecía un pariente o un amigo.

Le pregunté mucho, y muchas veces, sobre dichas «luces». Las respuestas fueron siempre idénticas: se trataba de bolas luminosas, del tamaño de una naranja, de diferentes colores, aunque lo común era el blanco, y rapidísimas. Volaban a un metro del suelo y se dejaban ver frente a la puerta de la casa de Leo. Ella las espantaba con las manos e, incluso, con la escoba (!). Pero volvían y volvían...

En el barrio era un tema casi familiar. Todo el mundo preguntaba, más o menos temeroso: «Leo, ¿has visto la luz?»

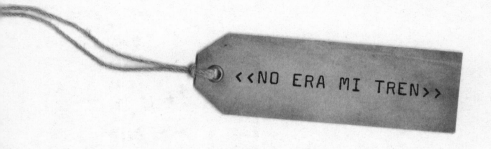

<<NO ERA MI TREN>>

Sabino (nombre supuesto) no olvidará aquel sueño mientras viva. Y no es para menos...

Sabino es médico, aunque yo defiendo que es un renacentista, en el más puro sentido de la palabra. Domina las humanidades y las ciencias. Es admirable, se mire por donde se mire...

El 7 de noviembre de 2009 me envió una carta, en respuesta a un paquete que le hice llegar. Dicho paquete contenía una novela, inédita, en la que había trabajado durante casi dos años. Para mí resultaba importante que Sabino la ojeara y me diera una opinión sincera.[1] Sabino —lo olvidé— es también especialista en las enfermedades del alma.

Reproduciré parte de esa carta.

Dice así:

Querido Juanjo:

Comienzo esta carta en una oscura, larga, fría y lluviosa tarde de otoño, tan típica de aquí... Estaba leyendo, con cierta nostalgia, tu carta del 26 de julio de 2006. Acababas de llegar, desolado, de Israel, donde contabas que sólo habías descubierto avidez por el dinero y deseo de venganza. Tú te-

---

1. La novela en cuestión, titulada *El habitante de los sueños*, forma parte de una tetralogía. Fue enviada también a un alto ejecutivo de la editorial Planeta. El tal CR la rechazó, asegurando «que no era un libro comercial».

nías en mente escribir una novela sobre el amor y esto viene a ser lo mismo que la «restitución» o *tikkún* de la Shejiná, tema del que tanto hemos hablado. El desarrollo de esta trama podía hacerse a través de la peripecia de un «habitante de los sueños», un buscador interior en el sueño que conforma esta aparente realidad en la que vivimos, que trataría de hallar la «perla del sueño» allí escondida, el AMOR con mayúsculas del que brota toda realidad.

Yo te contesté en carta del 10 de agosto de 2006 y ahí se fue gestando el libro que ahora pones en mis manos. Largo ha sido el proceso y muchos los acontecimientos acaecidos en nuestras vidas desde entonces.

Te decía que «en cada sueño humano (no las ensoñaciones de la noche —aunque también— sino el propio transcurrir de nuestras vidas) hay una "perla" engarzada bajo cientos de imágenes turbulentas», y que «la perla del sueño» era el símbolo del alma (Bahir dixit), y que «alimentarse de sueños» tenía como fin la «restauración —*tikkún*— del alma» mediante la intuición con la ayuda del Espíritu.

Estoy leyendo, poco a poco y con atención, el original de tu *Habitante de los sueños* que tuviste la gentileza de enviarme y que ya constituye una realidad.

Es un libro surrealista en el sentido de que, como en alguna película de dibujos animados, mágicamente las cosas y hasta los sentimientos (de las piedras, las nubes, los destellos...) cobran vida propia como símbolos que conducen a descubrir el Espíritu que anida bajo la apariencia de las cosas.

Me impresionó mucho el episodio del tren. ¿Cómo sabes lo de los trenes? Yo he soñado mucho, en ensoñaciones nocturnas, con viajes en tren, aunque siempre apeándome en estaciones intermedias, en pueblos conocidos y familiares en el mundo de los sueños. Pero nunca he llegado a la estación final de la línea.

Creo que éstos son sueños muy comunes, de mucha gente. Pero uno de ellos me impresionó especialmente. Ocurrió en la pasada Navidad de 2008. Tenía yo un amigo, médico y compañero del Hospital... que, a sus cincuenta y nueve años, adquirió una forma de cáncer particularmente maligna que evolucionó a una situación terminal. Perfectamente consciente de su situación quiso acabar sus días en la Unidad de Paliativos de su Hospital de toda la vida, atendido por unas compañeras que son unos auténticos «ángeles de la guarda». Así las cosas fui al Hospital la víspera de la Nochebuena para felicitar las fiestas a todos mis compañeros y, de paso, fui a visitar en su lecho de muerte a ese amigo. Estaba muy mal y así me lo confirmó:

«Me encuentro muy mal... Gracias por tu visita. Creo que los sedantes que me han puesto esta mañana comienzan a hacer efecto, gracias a Dios.»

Salí porque vi que dormía y necesitaba estar tranquilo. Su mujer y su hija estaban con él, con lágrimas en los ojos.

La noche entre la Nochebuena y la Natividad soñé con él. Estábamos los dos y mucha más gente desconocida en el andén de una estación; mejor dicho, no era exactamente una estación de ferrocarril, sino una vía —una sólo— en mitad de un páramo yermo. No había estación propiamente dicha pero todo el mundo sabía que en aquel punto paraba el tren.

Me impresionó el excelente aspecto de mi amigo. Era un tipo joven que contrastaba con el conocimiento por mi parte de su grave enfermedad. Y le pregunté qué tal se encontraba.

«Estoy muy bien», me contestó.

Había una extraña niebla luminosa que desdibujaba e impedía ver el horizonte. Una fila de pálidos seres humanos se disponía paralela a la vía y contemplaba los raíles. Todos estaban quietos, esperando. A partir de la sexta o séptima persona de la fila, el resto se perdía ya en la niebla, por lo que era imposible decir cuántas personas pudieran estar presentes.

El tren llegó entrando de izquierda a derecha con un aspecto de vagones grises como los de los años sesenta o setenta. Sólo se accedía a él por su lado derecho y todos montaron menos yo, que permanecí quieto mientras el tren se alejaba.

Al despertar supe que mi amigo había muerto.

Al rato sonó el teléfono y me lo confirmó el médico de guardia.

A los tres meses me operaron de un cáncer, al parecer con éxito.

Ahora sé por qué no llegué a montar en aquel tren...

Huelga todo comentario. La carta de Sabino es meridiana, como la luz.

«AL MORIR NOS QUEDAMOS AQUÍ, PERO EN OTRA DIMENSIÓN»

M aría de la Luz Rodríguez vive en la ciudad de Cádiz (España).

Me entrevisté con ella el 5 de octubre de 2012. Previamente —doce años antes (!)— me había enviado la siguiente carta:

Cádiz, 5 de junio de 2000

Estimado Sr. Benítez. Por fin puedo dirigirme a usted, pues no sabía cómo hacerlo... Empecé a leerle ¿por casualidad? Una amiga me prestó un libro (me encanta leer). Ese libro era *Caballo de Troya*. Lo leí rápidamente y después lo disfruté lentamente (tengo esa costumbre). Siempre los leo dos veces y me sorprendió bastante al ver que muchas de las dudas que desde pequeña me asaltaban sobre la iglesia, Jesús de Nazaret, María, etc. estaban resueltas en ese libro. Era lo que siempre había pensado...

Ahora me presentaré. Me llamo María de la Luz Rodríguez. Tengo cuarenta y cuatro años y he sido auxiliar de clínica... desde hace diez meses soy viuda. Mi marido falleció el 18 de julio de 1999.

Sé que el caso que le voy a contar ya lo habrá oído en más de una ocasión, pero ahí va.

Mi marido era el administrador de Radio Cádiz (Cadena SER). El 8 de julio del 94 estaba trabajando cuando sufrió un fuerte dolor en la cabeza. Los compañeros lo trasladaron al hospital. Cuando llegué estaba totalmente desorientado. Le fue diagnosticado un tumor cerebral. Antes de operarlo, el

Andrés Rodríguez, padre de María de la Luz. (Gentileza de la familia.)

médico me alertó: la operación era bastante grave; después podía sufrir problemas de carácter y de memoria. Quedaría desorientado. Y así fue. Tras la operación no recordaba que estábamos casados, ni tampoco que teníamos hijos... A veces estaba lúcido y a veces lo olvidaba todo.

Mi sorpresa, en fin, empezó al día siguiente de trasladarlo de la UCI a la habitación. Fue el 17 de julio de 1994. Después de marcharse las visitas de la tarde le hice un comentario:

—¡Cuántos amigos tienes!

Y él respondió:

—¿Y tu padre?

—¿Mi padre?

—Sí, qué bien está, ¿verdad?

Me quedé de piedra. Mi padre había muerto catorce años antes.

**María de la Luz y José Navarro.
(Gentileza de la familia.)**

Y pensé que era otro despiste, tal y como advirtió el médico.

Las preguntas sobre mi padre se prolongaron toda la semana que estuvo ingresado. Decía que lo veía, sentado, entre la cama y la pared.

—¿Es que no lo ves? —repetía—. Yo sí lo veo...

El día que le dieron el alta, mientras esperábamos la ambulancia, me cogió de la mano y preguntó:

—¿Y tu padre?... ¿Por qué no viene a verme?

Entonces se echó a llorar y contó que lo había visto entrar en Urgencias, conmigo. Y explicó que mi padre caminaba todo el tiempo a mi lado. Y dijo que aparecía serio, como preocupado. Y dijo más: el día que lo llevaron al quirófano, para intervenirlo (iba totalmente sedado), vio a mucha gente que entraba y salía de los quirófanos. Dijo que no era personal sanitario. Eran gente —ya fallecida— que acudía a cuidar a sus amigos y familiares. Mi marido aseguró que vio a su abuela materna, a mi cuñado, con una túnica de color naranja, y a mi padre. Y en medio a Jesús, muy moreno, y con una túnica blanca... Todos estaban muertos.

Entonces, ya en el quirófano, dice que se vio en lo alto, flotando cerca del techo. Y vio la mano del cirujano, aspirando con un tubo una mancha blanca que aparecía en la cabeza (su propio cuerpo). Decía que el cráneo se hallaba abierto como un libro... En esos instantes es cuando vio a mi padre y a mi cuñado (fallecido el 5 de noviembre de 1981) y a su abuela, muerta el año 72. Y en mitad de estos familiares, la persona de Jesús de Nazaret. Pero no era el Señor que vemos en las iglesias ni en los cuadros. Era un hombre normal, alto, moreno, con barba y túnica blanca. Mi marido dijo que hubiera deseado irse con ellos, pero le dijeron, mentalmente, que no era su hora. Entonces me vio a mí en la capilla del hospital, llorando y rezando. Y era cierto. Ahí terminaron sus recuerdos.

El médico afirmó que el tumor era maligno y que había metástasis. Entonces empezaron a buscar el primario, pero no dio la cara hasta 18 meses después, en el pulmón. El médico le dio de vida un año o, como mucho, año y medio. El caso es que ha vivido cinco años, sin dolores y sin tomar calmantes. Finalmente falleció el 18 de julio. Se quedó dormido...

Debo decirle que mi esposo, antes de que sucediera todo esto, era casi ateo. No creía en nada, y menos en los curas. Cuando íbamos a una boda o a una comunión, él aguardaba fuera. No entraba en las iglesias. Después de lo que vio llenó la casa de imágenes del Sagrado Corazón.

Y una última cosa. Mi marido, en esos cinco años que alcanzó a vivir, siempre contaba la experiencia de la misma forma. Y aseguraba que, al morir, «nos quedamos aquí, pero en otra dimensión».

Por cierto, *Al fin libre*, maravilloso...

EL HOMBRE
DEL PERRO NEGRO

a Guardia Civil siempre me ha producido gran respeto.

No en vano he vivido dieciocho años en dos cuarteles de la Benemérita, aunque aquéllos eran otros tiempos...

Son profesionales bien informados, de mente fría, y entrenados para cualquier contingencia. La palabra de un guardia civil es sagrada. Eso me lo enseñó mi padre, que sirvió en el Cuerpo durante toda una vida.

Y así es: siempre me fío de la versión dada por un guardia...

Esto es lo que sucedió con el presente caso. Las primeras noticias llegaron de la mano de un cabo de la Benemérita. Y le creí, por supuesto. Después, en marzo de 2012, interrogué a la protagonista de la historia. La llamaré Cari.

El suceso tuvo lugar en el verano de 2009 en una remota aldea, al oeste de Andalucía (España).

Podrían ser las 17.30 horas.

Como era su costumbre, Cari salió de su casa y caminó a la búsqueda de un parque próximo. Era un paseo habitual.

Al llegar a dicho parque vio a un desconocido.

Lo acompañaba un perro grande y negro.

Inexplicablemente, el parque se hallaba desierto. Era verano. Los niños acudían todas las tardes. En esta ocasión no había un alma.

Y Cari se asustó al ver al perro. Pero continuó caminando.

Al llegar a la altura del hombre, la mujer solicitó que sujetara al animal.

192

Camino recorrido por Cari y el hombre del perro grande y negro. (Foto: J. J. Benítez.)

«No le hará nada», replicó el señor.

Y el perro, efectivamente, se mantuvo junto al dueño. «Era dócil», explicó Cari.

Fue así como iniciaron una conversación. Caminaron y ella terminó hablándole de sus problemas. Se encontraba sola. Estaba triste...

—Era extraño —prosiguió Cari—. Yo no lo conocía de nada y, sin embargo, le confesé mis problemas. No sé cómo explicarlo. Irradiaba paz y tranquilidad.

»Total, me harté de llorar...

Y en eso, el hombre del perro negro confesó que su familia también estaba triste. No hacía mucho habían perdido a un hijo en un accidente de tráfico.

—Mi esposa —dijo— está desolada.

Y siguieron caminando.

Él le proporcionó información sobre su familia. Dos de sus hijas veraneaban en esa aldea. Una era maestra.

Recorrieron la totalidad del pequeño parque y, al llegar al final, se despidieron.

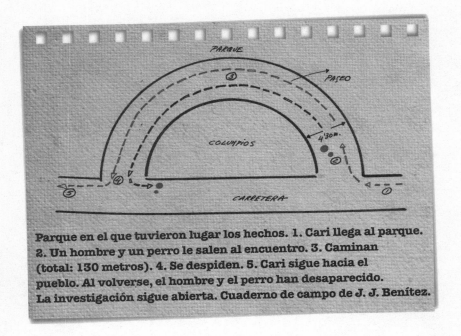

Parque en el que tuvieron lugar los hechos. 1. Cari llega al parque. 2. Un hombre y un perro le salen al encuentro. 3. Caminan (total: 130 metros). 4. Se despiden. 5. Cari sigue hacia el pueblo. Al volverse, el hombre y el perro han desaparecido. La investigación sigue abierta. Cuaderno de campo de J. J. Benítez.

—Nos dimos la mano y cada cual siguió su camino.

Pero Cari, curiosa e intrigada, terminó volviéndose.

¡El hombre y el perro habían desaparecido!

—No podía ser —añadió la mujer—. Me volví a los dos o tres segundos. No tuvieron tiempo de entrar en el pueblo...

Tres semanas más tarde, cuando Cari paseaba por el mismo lugar, vio de nuevo al perro. El animal se hallaba cerca de una joven.

Cari se aproximó y comentó a la muchacha que ella conocía al perro. Y procedió a explicar las circunstancias del encuentro con el hombre y el perro grande y negro.

La joven estaba perpleja.

Cari describió al señor y facilitó la información familiar que le había proporcionado el hombre.

La joven no tuvo duda: era su padre.

Y Cari quedó desconcertada: aquel hombre se había matado, junto a su hijo, en la carretera de Sevilla a Huelva.

Esta vez la que lloró fue la hija...

SALIÓ
POR LA VENTANA

Medina es otro guardia civil al que conozco desde hace tiempo.

Vivía en Marbella (Málaga) cuando tuvo la primera experiencia.

Me la contó el 31 de agosto de 1998.

He aquí una síntesis de la grabación:

—Yo tenía once años. Mi abuelo, Manuel Vaquero, era quien me cuidaba. Él me llevaba al colegio... Estaba todo el día con él. En cierta ocasión viajó a Sevilla, para ver a unos familiares, y cayó enfermo. Murió el 15 de septiembre de 1981. No llegué a verlo cuando falleció. Pues bien, a la semana, el 22 de septiembre, entrada la noche, me encontraba durmiendo en el que había sido su cuarto, en Marbella.

—¿Estabas solo?

—Sí, en su cama. Me estiré y fui a tropezar con un cuerpo.

Medina recordaba el suceso con claridad.

—Me llevé un susto de muerte. Y pensé a toda velocidad: «mis padres estaban en otra habitación...». Abrí los ojos y me encontré a dos palmos del abuelo... Le vi la cara... Estaba tumbado en la cama, sobre su costado derecho, mirándome.

Se tapaba con la manta y la sábana... Sólo se le veía la cabeza.

—¿En qué lugar de la cama?

—Mirando desde los pies, en el derecho. Tenía puestas las gafas de ver, las que usaba a diario. Eso me extrañó. Nunca se las ponía cuando se acostaba...

**Manuel Medina y su abuelo.
(Gentileza de la familia.)**

—¿Y qué sucedió?

—Tenía los ojos muy abiertos... Me miraba con cariño. No pude resistir y grité... Entonces desapareció... Llegaron mis padres y allí no había nadie.

—Pero ¿y la cama? ¿Se notaba que alguien se había acostado en ella?

—No, todo era normal.

—¿Apoyaba la cabeza en la almohada?

—Sí.

Manuel Vaquero murió a los ochenta y un años, como consecuencia de un cáncer de esófago. Fue enterrado en Dos Hermanas (Sevilla).

—¿Qué aspecto presentaba?

—El que yo conocía; el de siempre...

—¿Cuánto duró la experiencia?

—Lo contemplé varios segundos, pero no sé decirte cuánto tiempo llevaba en la cama, tumbado. Me desperté porque, al estirarme, lo toqué.

La traumática experiencia se repitió a las dos semanas.

Fue en octubre del referido 1981.

—Me hallaba en la cama, en la misma habitación. Podían ser las doce de la noche o la una de la madrugada... Estaba totalmente dormido... Y, de pronto, desperté... Entonces vi al abuelo, de nuevo... Entró por la puerta y se detuvo cerca de la cama... Presentaba luz a su alrededor...

Manuel Vaquero, abuelo de Medina. (Gentileza de la familia.)

Solicité detalles y esto fue lo que explicó Medina:

—Era una luz blanca... Él se hallaba en el interior de esa luminosidad... No era muy intensa... Podía contemplarse sin que dañara los ojos... La luz sobresalía unos veinte centímetros del cuerpo...

—¿Incluida la cabeza?

—Sí. Vestía totalmente de blanco... Pantalón y camisa y también zapatos, muy blancos... Me llamó la atención porque él nunca vestía así... Lo normal era ropa oscura... Es más: él no tenía pantalones y zapatos blancos...

—¿Y qué sucedió?

—Sonreía... Le vi mover los labios... Sé que me habló, pero no recuerdo... Llevaba las gafas, las de la primera vez... No se movió... Se mantuvo en la misma posición... Los brazos aparecían desmayados a lo largo de las piernas... Me quedé contemplándolo durante un minuto... Al principio pensé en mi padre. Quizá había encendido la luz... Después comprendí: era el abuelo... ¡Pero estaba muerto!... Y terminé chillando, como en la ocasión anterior... Entonces, el abuelo y la luminosidad se convirtieron en una bola de luz y se dirigió hacia la ventana, desapareciendo...

—¿Estaba abierta?

—No, la ventana estaba cerrada y la persiana había sido bajada. Hacía mal tiempo. Llovía... Mis padres acudieron a la habitación y vimos la ventana abierta y la persiana a media altura... ¿Cómo era posible?...

—¿Había cortina?

—Sí, y aparecía corrida.

—¿En qué momento se transformó en una bola de luz?

—Al gritar. Fue instantáneo.

—¿Te llamó la atención algún otro detalle de su aspecto?

—Sólo la ropa y el hecho de que flotara en el aire...

—No lo entiendo.

—Mi abuelo no era muy alto. Podía medir 1,65 metros. Sin embargo casi tocaba el techo de la habitación. La cabeza estaba a la altura del marco de la puerta; es decir, a 1,80 metros del suelo...

Hicimos cálculos y llegamos a la conclusión de que la figu-

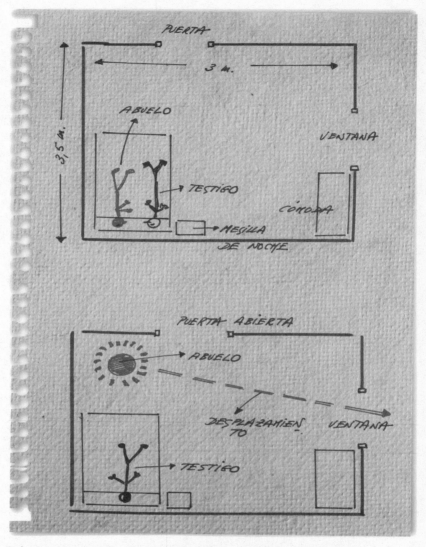

Primera y segunda aparición a Manuel Medina, cuando era niño. Cuaderno de campo de J. J. Benítez.

ra del abuelo se encontraba a 20 o 25 centímetros del piso, flotando.

Insistí en el vestuario y Medina hizo memoria:

—La camisa era de botones y de cuello en pico... Aparecía abrochada en su totalidad... Llevaba cinturón, también blanco... Mi abuelo tampoco disponía de cinturones de color blanco... Manga larga...

El desplazamiento de la «luz» fue vertiginoso, en horizontal y hacia la ventana. Por supuesto, el guardia civil no tiene explicación para ninguna de las presencias. ¿Quién abrió la ventana? ¿Quién levantó la persiana? ¿Quién corrió la cortina?

El joven Medina sufrió otro ataque de nervios, con razón.

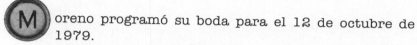

EL GATO DE MORENO

Moreno programó su boda para el 12 de octubre de 1979.

El verano anterior, sin embargo, sucedió algo que le hizo dudar. ¿Era conveniente dicho matrimonio?

Moreno también fue guardia civil. En aquella época prestaba servicio en el cuartel de Arenilla, cerca de Algeciras (Cádiz).

Un día me contó su experiencia; mejor dicho, sus experiencias, a cual más asombrosa...

Fue ese verano de 1979 cuando me puse a trabajar en la preparación de la casa en la que íbamos a vivir... Se levantaba cerca de Pelayo...

Y una noche, ya acostado, noté cómo el colchón se hundía... Allí había alguien...

Moreno es un hombre tranquilo. No se altera con facilidad.

Entonces reconocí a Mimi, mi abuela... La mujer había fallecido el 22 de marzo de 1972, en Cádiz capital... Y me dijo: «¿Para qué te vas a casar si no lo necesitas?»...

¡Era su voz!...

Prendí la luz y ya no estaba...

Yo me hallaba muy unido a ella... Amparo Pérez Castillo, *Mimi*, se hizo cargo de mí a los tres años, cuando murió mi madre...

Ese verano seguí viéndola, sobre todo en el aparcamiento del cuartel... Aparecía y desaparecía dentro de mi coche...

Tenía razón... Me casé y el matrimonio salió mal... Sufrí mucho...

La boda tuvo lugar el 12 de octubre, como estaba previsto... y nos fuimos a vivir a la casa de Pelayo...

Al día siguiente, 13, me tocó servicio...

Mimi, abuela de Moreno. (Gentileza de la familia.)

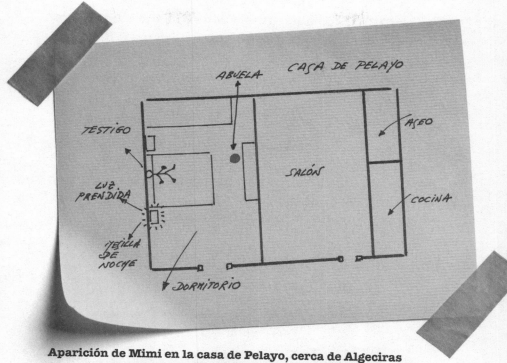

Aparición de Mimi en la casa de Pelayo, cerca de Algeciras (España). Cuaderno de campo de J. J. Benítez.

«¿Te da miedo quedarte sola?», pregunté. Dijo que no y le advertí que no cerrara la puerta con llave. Si lo hacía yo no podría entrar...

Me fui por la noche, a las 22 horas, y regresé a las siete de la mañana...

Cuando volví, la puerta estaba atrancada... Había colocado una mesa, cuatro sillas y un sofá contra la madera...

Mi mujer estaba espantada...

Y me pidió que entrara en el dormitorio...

Así lo hice... Pensé en algún ratón o en una cucaracha...

Nada... Allí no había nada... Me hizo mirar debajo de la cama y en el ropero...

Entonces explicó que, esa noche, se había presentado una mujer en el dormitorio...

Ella se encontraba en la cama, leyendo el *Pronto*...

Sintió frío, levantó la vista, y vio a una mujer mayor, bajita y delgada... Se hallaba entre el comodín y la cama... Presentaba un delantal a cuadritos blancos y negros...

Entonces le dijo: «¿Por qué te has casado con mi nieto?... Le vas a hacer muy desgraciado»...

Era mi abuela...

Pero ¿cómo era posible?... La casa disponía de rejas en todas las ventanas...

Mi mujer, aterrorizada, soltó la revista y salió del cuarto a la carrera...

Ese día tuve que llamar a mi padre para que se quedara en la casa mientras yo me iba de servicio...

Aquel matrimonio duró veintiséis años...

Moreno, un hombre afable y tranquilo. (Gentileza de la familia.)

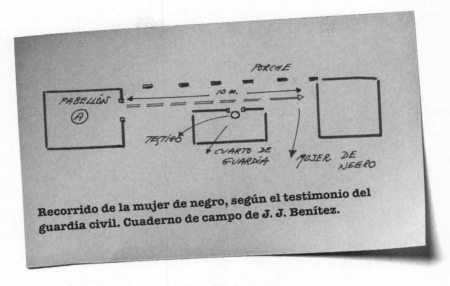

Recorrido de la mujer de negro, según el testimonio del guardia civil. Cuaderno de campo de J. J. Benítez.

Mi abuela acertó... Fue un calvario...

La esposa de Moreno murió en 2005, de infarto. Mimi había fallecido a los ochenta y ocho años de edad.

La segunda experiencia se registró en la madrugada del 12 de mayo de 1996.

Ese día me tocó servicio en el cuarto de guardia del cuartel...

Moreno estaba destinado en esos momentos en el antiguo cuartel de Zahara de los Atunes (Cádiz).

Eran las cuatro de la madrugada... Leía... Y precisamente un libro tuyo: *Caballo de Troya*; el primero de los volúmenes...

Y en eso, por mi izquierda, vi aparecer una mujer alta, vestida de negro...

Llegó a mi altura y escuché su voz... Me dijo: «José Antonio, José Antonio... Tu padre se ha muerto...»

Y desapareció...

Cerré el libro y lo hice por la página 209...[1]

1. Por curiosidad (?), al saber la página por la que Moreno cerró el

Moreno,
con *Miji*.
(Gentileza
de la
familia.)

Aquella voz... Era mi cuñada... Era la única que me llamaba por el nombre de pila... Pero estaba muerta...

A las seis de la mañana terminé la guardia y entré en la
casa... Era el cumpleaños de mi padre y lo dejé dormir... No
quise despertarlo... ¡Pobre de mí!... Probablemente ya estaba

---

Caballo de Troya, hice algunas consultas. El «209», según la Kábala, tiene
el mismo valor numérico que «regresar, volver, llorar, lamentar y marchar». El padre de Moreno, en efecto, «regresó, marchó o volvió» a la realidad. Y Moreno lo «lamentó y lloró».

206

muerto... Al poco, mi mujer lo llamó, felicitándole... No respondió... Cuando me acerqué comprendí que había fallecido... Tenía una maravillosa sonrisa...

Esa mañana trasladamos el cadáver a nuestra casa, en Zahara... Y colocamos el ataúd sobre la cama, en el dormitorio...

En esos momentos tuvo lugar otro suceso que Moreno tampoco supo explicar.

Teníamos un gato muy pequeño, de unos cuatro años...

Lo llamábamos *Miji* (de «mijita»: algo insignificante).

Un día lo recogimos en la calle y se quedó con nosotros...

Tenía la costumbre de tumbarse bajo la silla de ruedas de mi padre. Él lo acariciaba...

Cuando llevaba a mi padre al cuartel, *Miji* nos acompañaba. Caminaba con nosotros. Después regresaba a la casa y entraba por la ventana...

Era blanco y gris, precioso...

Pues bien, al depositar el ataúd en la habitación, entró *Miji*. Se situó al pie de la cama y miró a lo alto. Tenía los ojos muy abiertos. Mi esposa, entonces, le dijo: «Es Manuel...» Y *Miji*, como si hubiera comprendido, dio un salto y se colocó junto a la caja...

Allí permaneció 24 horas, sin moverse...

Al día siguiente, 13, nos llevamos el cadáver y lo enterramos...

Regresamos a la casa hacia las cinco de la tarde, poco más o menos...

Y encontramos al gato sentado en la silla de ruedas... Al principio no le echamos cuenta... Tratamos de darle de comer, pero no quería... Y siguió acurrucado en la silla...

No hubo forma de bajarlo...

Allí permaneció once días, sin comer ni beber, hasta que murió...

Moreno lo enterró en el viejo cuartel. Según el guardia, el gato murió de pena.

CINCO MIL VISITAS Y PICO

Fue otro miembro de la Benemérita quien me puso en la pista de Sonia Gómez Rico, una joven con una capacidad paranormal poco común.

El 31 de agosto de 1995, el sargento José Enrique Soldado (nombre supuesto) me escribía una carta, desde La Rioja (España), en la que decía, entre otras cosas:

Desde hace varios años soy fiel seguidor de sus investigaciones, a través de las obras que ha publicado (de las que hasta el momento sólo he podido conseguir once). Nunca he vivido de cerca ninguna experiencia que pudiera ser digna de mención, salvo algún que otro susto nocturno que, una vez aclarado, distaba mucho de tener un origen extraterrestre.

No obstante, tal vez por aquello de que «nada es azar», he podido conocer a una persona que, a pesar de mantener en silencio sus experiencias durante muchos años, por razones que todavía no puedo explicarme, se ha dignado contármelas y he aquí (¿casualidad?) que yo guardaba un artículo de la revista *Guardia Civil*, del mes de junio de 1992, en el que se le hacía a Vd. una entrevista para dicha publicación, y en el cual se daba su apartado de correos para posibles comunicaciones.

La persona de la que le hablo siempre ha guardado con discreción las frecuentes apariciones de seres que se han producido ante ella. Esto podría parecer, en principio, algún síntoma esquizofrénico, pero lo curioso es que en la mayoría de

Ana, abuela de Sonia.
(Gentileza de la familia.)

las ocasiones tienen por fundamento el anticiparle acontecimientos que, posteriormente, vienen a confirmarse. Dicho de
otro modo: Tales entidades le advierten de cosas que van a
ocurrir.

Un dato curioso, que me llamó la atención, es que cuando
empezó a manifestarme estas inquietudes, entre otras cosas
me comentó que en el cuartel de esta localidad había «algo
raro». Su madre, quien, según su hija, también posee cierta
percepción especial, comentó nada más venir la primera vez:
«Pero... Hija mía... ¿Qué pasa aquí?» Lo que ellas no sabían
es algo que les comenté después y que, según manifestaron,

podría ser la explicación: El cuartel está construido en las inmediaciones de lo que antes era un cementerio. No sé si ese dato podría ser significativo, pero, por si acaso, ahí queda dicho.

No quiero entrar en más detalles sobre los hechos, dado que quizá pudiera introducir apreciaciones subjetivas que, aunque de forma involuntaria, podrían modificar la realidad de las experiencias...

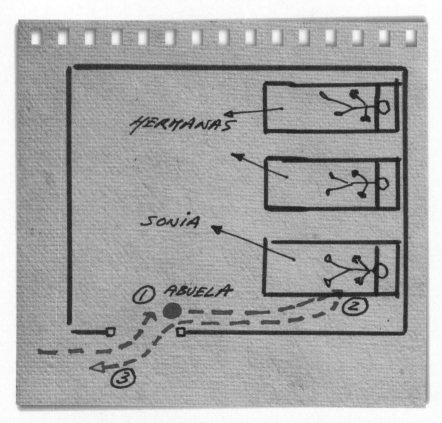

Ana, la abuela de Sonia, fallecida años antes, llegaba a la puerta de la habitación. Allí se detenía un instante, contemplando el cuarto. Después caminaba y se sentaba en el lado derecho de la cama. Permanecía una media hora junto a Sonia y se marchaba. Tanto al aproximarse, como al alejarse, Sonia escuchaba el roce de las zapatillas en el piso. Cuaderno de campo de J. J. Benítez.

Leí la carta con interés y poco faltó para que saliera disparado hacia el pequeño pueblo riojano.

Algo, sin embargo, me detuvo. Y una «voz» familiar, en mi interior, susurró: «Espera... No es el momento.»

Esperé, claro.

Archivé la carta del amable sargento y aguardé ¡diecisiete años!

Cuando llegó el momento, la carta «volvió» a mis pecadoras manos. Localicé al sargento (ya era capitán) y el hombre, con santísima paciencia, prometió localizar a Sonia. La mujer ya no vivía en La Rioja.

Meses más tarde, en diciembre de 2012, me entrevistaba, al fin, con Sonia Gómez Rico, de treinta y nueve años de edad.

Sonia, a pesar de su timidez, me hizo partícipe de algunas de sus experiencias.

Procederé a relatar la primera:

—Desde niña —comentó Sonia—, desde que tenía cuatro o cinco años, veía a mi abuela en el dormitorio, por la noche. Ella falleció cuando yo era un bebé. Se sentaba en la cama y me acariciaba el cabello...

—¿Y cómo sabes que era tu abuela?

—Por las fotografías. Era la misma persona. Vestía una bata gris y un delantal... Se sentaba en mi cama, me contemplaba, me hablaba, y, tras acariciarme, se levantaba y se marchaba.

—¿Qué te decía?

—No he logrado recordarlo...

—¿Pudo tratarse de un sueño?

—No, fue una experiencia real. Y se prolongó durante mucho tiempo...

—¿Cuánto tiempo?

—Desde los cuatro o cinco años hasta que cumplí veinte...

—¿Quince años?

Sonia asintió con la cabeza. E insistió:

—Llegaba al cuarto y se sentaba a mi lado. Noche tras noche...

—¿Dormías sola?

—No, con mis hermanas.

—¿Vieron a tu abuela?

—Que yo sepa no...

Y Sonia fue respondiendo a todas mis preguntas.

—Segundos antes de que apareciera en la puerta del cuarto yo oía el roce de sus zapatillas por el pasillo... Sabía que era ella... Se detenía en la puerta y parecía contemplar la habitación... Después avanzaba hacia mi cama y se sentaba.

—¿Cuánto tiempo permanecía a tu lado?

—No sé calcularlo. Quizá media hora o más...

—¿Tuviste miedo?

—No. Ella sonreía y transmitía una gran paz.

—¿Cómo se despedía?

—Se inclinaba y me daba un beso en la mejilla. Después se marchaba...

—¿Cómo era la espalda?

—Normal.

—¿Caminaba encorvada?

—No.

—¿Cuánto duraban las caricias en el pelo?

—Dos o tres minutos.

—¿Notabas el roce de los dedos?

—Sí.

—¿Sentías el peso del cuerpo? ¿Se hundía el colchón?

—Sí.

—Dices que la presencia se prolongó durante quince años.

Sonia asintió en silencio.

Hice números.

—Eso representa del orden de cinco mil visitas y pico...

La mujer volvió a mover la cabeza, afirmativamente.

—¿Cambió su aspecto en ese tiempo?

—No. Siempre se presentaba con la misma ropa y con el pelo corto.

—¿Recuerdas la última visita?

—Me llamó la atención porque la vi triste. Fue la única vez.

La abuela se llamaba Ana.

«DILE A MI HIJA QUE NO LLORE MÁS»

Y regreso de nuevo a la magia de los sueños.
Me lo contó una dama de la alta sociedad dominicana.
La llamaré Margarita.

Tuve un sueño cuando residía en Santo Domingo...

En dicho sueño se presentó un hombre al que no conocía...

Se identificó como el padre de Carmenchu, una amiga que residía en la ciudad de Oviedo, al oeste de la isla...

Yo había oído hablar de él pero, como te digo, no le conocía en persona...

En la ensoñación llegó con una mujer que tampoco pude identificar...

Sólo habló él...

Y me dijo: «Quiero que le digas a mi hija Carmenchu que no llore más... Estoy bien...»

No dijo nada más...

Y ahí terminó el sueño...

A los pocos días recibí una carta de mi amiga...

En ella me comunicaba la muerte del padre...

Quedé perpleja. La fecha del fallecimiento era la del sueño...

Llamé, desconcertada, a Carmenchu y le informé sobre lo ocurrido...

Me escuchó en silencio. Después rompió a llorar...

Mi amiga, en efecto, se hallaba muy deprimida...

Añoraba de tal forma a su padre que había vendido la casa

Margarita con J. J. Benítez. (Foto: Blanca.)

en la que veraneaba con él... No quería nada que le recordara su presencia...

Lloraba y lloraba...

En cuanto a la mujer desconocida que lo acompañaba en el sueño, a juzgar por su descripción, Carmenchu aclaró

El sueño de Margarita se produjo en Santo Domingo. El padre de su amiga falleció y fue enterrado en Oviedo, a casi 200 kilómetros.

que se trataba de su madre, muerta cuando ella era muy joven...

A raíz de este suceso, Carmenchu enderezó su vida. Y recordé una de las experiencias de Madeline Mazaira.

I sabel es una joven bella y sensible. Vive en Extremadura (España).

En cierta ocasión, hacia el 20 de marzo de 2002, tuvo un sueño, aparentemente absurdo.

Así me lo contó:

... Una noche soñé que llamaban a la puerta de mi casa... Al abrirla encontré a mi padre... Tenía un bebé en los brazos... Recuerdo perfectamente la carita del niño... Me quedé sin palabras... Yo, en el sueño, sabía que mi padre había

Isabel y su hijo, José Antonio, nacido el 8 de enero de 2003. (Gentileza de la familia.)

216

El padre de Isabel. (Gentileza de la familia.)

muerto —el padre falleció el 25 de febrero del año 2000—... entonces me miró y me dijo: «Toma a José Antonio... Para que tengas en qué entretenerte y así poder quitar la tristeza de tus ojos...»

Me entregó el bebé y se fue...

Aquel sueño me impactó, pero mi sorpresa fue mayúscula cuando, días más tarde, me enteré de que estaba embarazada...

Siempre supe que el bebé que esperaba sería un niño y, cómo no, le llamaría José Antonio...

El embarazo transcurrió normal, pero en mi mente siempre aparecía la imagen de aquel bebé, en brazos de mi padre...

Estaba ingresada cuando me puse de parto.

Yo sentía terror pero, en esos momentos, me vi inundada por una gran paz... Fue inexplicable...

Y fue en el paritorio donde noté una presencia...

No veía a nadie, pero esa presencia estaba allí, a mi izquierda, y allí se mantuvo, hasta que nació el niño...

Un «ángel» se presentó ante Elvira Niguerol y le anunció el nacimiento de su nieto. Cuaderno de campo de J. J. Benítez.

Esa presencia me animaba a seguir y me tranquilizaba.

Horas después del nacimiento, ya en la habitación, cuando intentaba dormir, noté esa misma presencia... Salió del cuarto de baño y se colocó al pie de la cama... Yo, entonces, abrí los ojos y la presencia se esfumó... Intenté dormir de nuevo y, al cerrar los ojos, noté cómo la presencia volvía a salir, haciendo la misma operación (esta vez mantuve los ojos cerrados)... La presencia estuvo un rato a los pies de mi cama... Después se dirigió hacia la cuna y observó al bebé durante algunos minutos... Después se fue...

En ese momento comprendí que la presencia que estuvo todo el tiempo conmigo era mi padre...

Como es lógico, mi hijo se llama José Antonio y, efectivamente, tenía la carita de aquel bebé que me entregó mi padre en el sueño.

La carta, escrita el 25 de febrero de 2008, terminaba con las siguientes palabras:

Por último, y ya me despido, le quería comentar cuál fue el motivo por el que decidí escribirle. Un día estaba en mi casa, sola, y comencé a tener una sensación extraña. Era como una vocecita que salía de mi interior y me decía que me pusiera en contacto con usted. Sé que parece irreal, pero puedo asegurar que fue así. No sé por qué me pasó esto. Indagué en Internet y encontré su página web. Ahí tuve la idea de escribirle...

En otras comunicaciones posteriores, Isabel me ha hablado de su hijo. Dice que es un niño muy especial, con una gran sensibilidad. «Es muy cariñoso. Tiene una luz brillante.»

Salvando las lógicas distancias, el sueño de Isabel me recuerda a otros anuncios de nacimientos, llegados igualmente por «conductos extraordinarios». Y pienso en mi querido «socio», Jesús de Nazaret, y en su primo lejano, Yehohanan, y en el bíblico Sansón, y en el renombrado caso de Elvira Niguerol Nieto, en 1934, en las Majaíllas, una finca ubicada a cinco kilómetros de Garganta la Olla, también en Extremadura...[1]

1. Amplia información sobre el suceso en *La quinta columna*.

OTRA VEZ LA MAGIA DE LOS SUEÑOS

Conocí a Juanjo Infante y a Luisa, su esposa, un 15 de febrero... No podía ser de otra forma.[1]

Hablamos mucho.

Me contaron algunas experiencias que no tienen explicación a la luz de la razón. Pero, como dije, qué importa la lógica si la experiencia es real...

Empezaré por uno de los sueños de mi tocayo.

—Sucedió una noche, entre enero y marzo de 2002...

La conversación fue dolorosa, pero Infante y Luisa resistieron.

—En esos momentos —prosiguió Juanjo—, cuando se produjo el sueño, nuestra hija Alba tenía cuatro años... El caso es que llevaba tiempo pidiendo un hermanito... Pero Luisa no se quedó embarazada hasta mayo de 2002.

Las fechas eran importantes y Juanjo solicitó que me fijara en ellas. Así lo hice...

—El sueño tuvo lugar entre enero y marzo de 2002 —repetí— y Luisa quedó embarazada en mayo de ese mismo año...

El matrimonio asintió.

—Pues bien —continuó Juanjo—. Vayamos con el sueño, propiamente dicho. Yo me hallaba sentado en un banco metálico de color verde... Sé que era una estación o, más exactamente, un apeadero...

---

1. En mi próximo libro —*Pactos y señales*— explicaré lo asombroso de esta coincidencia... *(N. del a.)*

Juanjo Infante. (Foto: Blanca.)

—¿En qué lugar?

—Lo ignoro. El banco era parecido a los que había visto en el barrio en el que crecí... Era de día. Lucía el sol. Podía ser mediodía. Recuerdo que me embargaba un sentimiento muy intenso, mezcla de nostalgia, dolor y resignación...

—¿Por qué?

—En el sueño sabía que nuestra hija Alba estaba muerta...

—Pero, en esos momentos, la niña vivía...

—Sí.

Dejé que continuara.

—Yo tenía un bebé entre mis brazos. Se hallaba dentro de

Alba, con Alejandro. (Gentileza de la familia.)

un saquito de punto blanco. Era el mismo que había cubierto a Alba cuando era bebé. Reconocí la prenda...

»No sé cómo explicarlo... En el sueño sentía que quería mucho a aquel niño. Era mío. Mejor dicho, nuestro. Olvidé decir que Luisa, mi mujer, también estaba en el sueño.

Juanjo Infante regresó a los detalles:

—El apeadero no era muy grande. Podía medir treinta o cuarenta metros de largo por cinco o seis de ancho. Disponía de un pequeño porche que proyectaba sombra, justamente sobre nuestras cabezas. La edificación se alzaba a mis espaldas. Era un apeadero típico de los pueblos de la sierra de Sevilla, muy rústico, con los precercos de las jambas de las puertas...

Infante —se notaba— trabaja en la construcción.

—Sólo veía el borde del andén, sin llegar a divisar los raíles. Tampoco vi ningún tren. Enfrente se alzaba un grupo de árboles, altos, y azotados por el viento...

Infante hizo una pausa y comentó, casi para sí:

—No entiendo por qué recuerdo los detalles y, sin embargo, la cara del niño está en blanco... No consigo recordar los rasgos...

—¿Nada?

—Absolutamente nada... Entonces dije algo absurdo: «¡Hay que ver lo que se parece el niño a su hermana! ¿Ves?»

»Ahí terminó el sueño.

—Veamos si lo he entendido. En el sueño, Alba ya estaba muerta...

—Así es, pero la niña falleció realmente meses después: el 15 de febrero de 2003 y de forma repentina e inesperada.

—En cuanto al bebé que sostenías en brazos...

—En el momento del sueño ni siquiera había sido concebido. Luisa, como te dije, quedó embarazada en mayo de 2002.

—¿Cuándo nació el bebé?

—Alejandro vino al mundo el 13 de diciembre de ese año. Alba nos lo había pedido y nosotros lo buscamos durante tres años.

—En esos momentos (enero-marzo de 2002), ¿tenías alguna sospecha sobre la enfermedad de Alba?

—Ninguna. La sepsis estreptocócica que se la llevó se presentó a primeros de febrero de 2003. Mi hija duró diez días. En suma: en las horas previas a la noche del sueño no hubo ningún hecho, circunstancia, película o noticia que hubiera podido afectar mi subconsciente, en el sentido de barruntar su pérdida. El elemento principal de la ensoñación fue el bebé que sostenía en los brazos.

—¿Qué opinas del sueño?

—Fue una doble premonición...

Lo dicho: hay sueños mágicos.

**<<YO CONOZCO A ESE SEÑOR>>**

irgilio Sánchez-Ocejo es un entrañable amigo. Vive en Estados Unidos de Norteamérica. Es cubano. Compartimos una pasión: el estudio y la investigación del fenómeno ovni.

Virgilio me ha enseñado mucho, y siempre con cariño y con una paciencia conmovedora.

El 23 de septiembre de 2012, cuando regresábamos de una de las indagaciones, en Fort Pierce, Florida, mi amigo hizo una confesión. Y me autorizó a hacerla pública, si fuera necesario.

El suceso tuvo lugar en Miami, hacia el año 1997.

—Mi nieto Rigo contaba entonces cinco años de edad —explicó Virgilio—. Era fin de semana. Yo me encontraba en la cama. María Elena, mi esposa, estaba en la planta baja, preparando el desayuno...

»Ese día, no recuerdo por qué, Rigo se hallaba en la casa...

»Y subió al dormitorio principal...

»Entró en la habitación, se quedó mirando una fotografía que teníamos sobre la mesilla de noche, y comentó: "Yo conozco a ese señor..."

»La foto en cuestión es muy antigua. En ella se ve a mi padre y al escritor Ernest Hemingway en un restaurante cubano muy famoso llamado La Floridita. Mi padre conoció a Hemingway en La Habana Vieja. Se veían con frecuencia en dicho restaurante. Allí jugaban al cubilete. Mi padre le presentó a un hermano suyo, Gerardo, gran pescador de pez espada...

»Lo miré, extrañado. Era la primera vez que Rigo veía esa fotografía. Acabábamos de mudarnos a esa casa...

224

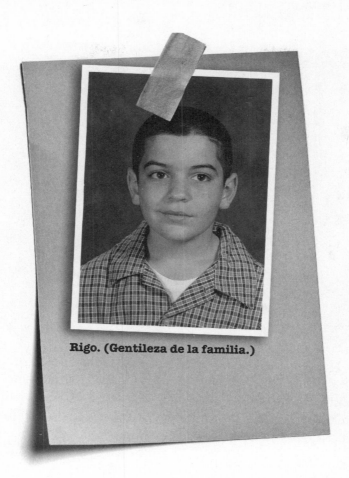

Rigo. (Gentileza de la familia.)

»Y pregunté: "¿Cuál de ellos?"

»Rigo, sin dudarlo, se adelantó y puso el dedo sobre la imagen de mi padre...

»Quedé asombrado.

»Mi padre falleció el 30 de enero de 1990 y Rigo nació el 23 de octubre de 1992...

»No era posible.

»Insistí y mi nieto señaló de nuevo a mi padre.

»Y aclaró:

»"Viene todos los días a jugar conmigo... Es mi amigo."

»Como creo que he dicho, Rigo vivía en otro lugar de la ciudad. Nunca vio esa foto...

—¿Explicó algo más?

Fotografía en la que Rigo identificó a su «amigo», el padre de Virgilio Sánchez-Ocejo (izquierda). A su lado, Hemingway (1957 o 1958), en el restaurante cubano La Floridita. (Gentileza de la familia.)

—No. Dijo, sencillamente, que «el hombre de la fotografía jugaba a diario con él». Ni siquiera sabía que ese «señor» era mi padre...

En la actualidad —quince años después de la referida experiencia—, Rigo no recuerda a su «amigo» de la infancia.

Virgilio Sánchez-Ocejo, entrevistado por J. J. Benítez. (Foto: Blanca.)

DIOS ES AZUL

Curioso. En las mismas fechas en que Virgilio Sánchez-Ocejo vivía la desconcertante experiencia con su nieto Rigo, alguien que no he logrado identificar (y lo he intentado) puso en mis manos las galeradas de un libro que ignoro si ha llegado a publicarse. En él se habla de experiencias cercanas a la muerte (ECM). Pues bien, en la página 67 arranca un caso que me dejó atónito. Era parecido a lo que manifestó Rigo. La experiencia fue vivida por una niña paquistaní. He aquí el texto que, como digo, me fue enviado —misteriosamente— en 1997:

A finales del otoño de 1968 la menor de mis dos hijas, que entonces tenía dos años y medio, murió durante un cuarto de hora. Llevaba varios meses enferma, empeorando progresivamente. Había empezado a quedarse paralítica, y más tarde presentó episodios de vómitos y ceguera. Yo era médico militar y me habían destinado a una pequeña unidad al pie del Himalaya. Llevamos a Durdana al hospital militar, a unos kilómetros de distancia, para que la examinaran, pero los análisis resultaron de poca ayuda. Apuntaron que los síntomas podían ser secuelas de una encefalitis vírica que no hacía mucho había acabado con la vida de varios niños de la región.

Estaba ocupado en mi consulta cuando mi ayudante entró corriendo para decirme que me llamaba mi mujer, que algo le había ocurrido a la pequeña Durdana.

Vivíamos en el recinto de la estación, en una casa contigua a la consulta. Durdana había pasado muy mala noche y, temiendo lo peor, corrí a casa. Mi esposa estaba en el jardín, de pie junto a la cuna de la niña. Tras un breve examen no vi señales de vida. «Ha muerto», dije. Con una expresión casi de alivio, porque la niña había sufrido mucho, mi esposa cogió con delicadeza el cuerpo sin vida y se apresuró a llevarlo dentro. La seguí. Hay ciertas medidas de emergencia, obligatorias según el reglamento militar, y un colega, que me había seguido desde la consulta, salió en busca del equipo necesario.

Mi esposa llevó a la niña a nuestro dormitorio y la tendió en la cama. Tras otro examen procedí a seguir las medidas de emergencia prescritas, sabiendo que era improbable que surtieran efecto. Mientras lo hacía me sorprendí repitiendo medio inconsciente y en voz muy baja: «Vuelve, hija, vuelve.»

Encabezamiento de las galeradas que nadie me envió... Ahora sé por qué tenían que llegar a mi poder.

Como último recurso, mi esposa vertió en la boca de la niña unas cuantas gotas de miketamida, un estimulante del corazón que también le habíamos dado la noche anterior. Un hilito de líquido salió de su boca sin vida y se deslizó por la mejilla. Seguimos observándola con tristeza. Entonces, para nuestro asombro, la niña abrió los ojos y, tras hacer una mueca extraña, dijo muy seria que el medicamento era amargo. Entonces volvió a cerrar los ojos. Me apresuré a examinarla y ella empezó a dar señales de vida, si bien muy débiles al principio.

Pocos días después, cuando Durdana se había recobrado de su «muerte» y mi esposa de su conmoción, madre e hija estaban en el jardín.

—¿Adónde fue el otro día mi pequeña? —preguntó mi mujer.

—Muy lejos, a las estrellas —fue la sorprendente respuesta.

Ahora Durdana es una niña inteligente y que se expresa muy bien; y lo que dice tiene que ser tomado en serio, o se enfada.

—¿Y qué viste allí, cariño?

—Jardines.

—¿Y qué había en esos jardines?

—Manzanas, uvas y granadas.

—¿Y qué más?

—Había riachuelos; un riachuelo blanco, uno marrón, uno azul y uno verde.

—¿Y había alguien allí?

—Sí, mi abuelo estaba allí, y su madre, y otra señora que se parecía a ti.

Mi esposa estaba muy intrigada.

—¿Y qué te dijeron?

—El abuelo dijo que se alegraba de verme, y su madre me sentó en su regazo y me dio un beso.

—¿Y entonces?

—Entonces oí a papá decir: «Vuelve, hija mía, vuelve.» Le dije al abuelo que papá me llamaba y tenía que volver. Él me dijo que debía preguntárselo a Dios. Así que fuimos a ver a Dios y el abuelo le explicó que quería regresar. «¿Quieres volver?», me preguntó Dios. «Sí —respondí—, debo volver; mi

Doce mil kilómetros separan Miami de las Himalayas.

padre me llama.» «Está bien, ve», respondió Dios. Y bajé de las estrellas hasta la cama de papá.

Eso era más que interesante. Durdana había bajado realmente hasta mi cama, donde raras veces estaba, ya que las niñas duermen o juegan en sus camas o en la de su madre, nunca en la mía. Y cuando Durdana volvió en sí no estaba en condiciones para saber dónde se encontraba. Pero mi mujer estaba más interesada en la entrevista de Durdana con el Todopoderoso.

—¿Cómo era Dios? —preguntó.

—Azul —fue la desconcertante respuesta.

—Pero ¿qué aspecto tenía?

—Azul.[1]

1. Del Maestro aprendí que el Número Uno, el Padre, es azul. (Amplia información en *Caballo de Troya*.)

Por mucho que entonces y más tarde intentara lograr que la niña describiera con más detalle a Dios, sólo repetía que era azul.

Poco después llevamos a Durdana a Karachi para someterla a un tratamiento de neurocirugía en el hospital Jinnah. Tras una compleja operación en el cerebro, Durdana empezó poco a poco a recuperarse. Yo volví a mi trabajo, mientras mi esposa permanecía en Karachi con la convaleciente Durdana. Antes de marcharse para reunirse conmigo visitaron a varios parientes y amigos en Karachi. En casa de uno de mis tíos, mientras charlaban tomando una taza de té, Durdana empezó a pasearse por la habitación, apoyándose en los muebles para no perder el equilibrio, porque estaba tan débil después de la enfermedad que todavía no era capaz de permanecer en pie por sus propios medios. De pronto gritó: «¡Mamá, mamá!» Mi mujer corrió tras ella. «Mira —dijo Durdana excitada, señalando la vieja fotografía de la mesa—, ésta es la madre del abuelo. La conocí en las estrellas. Me sentó en sus faldas y me dio un beso.»

Durdana tenía razón. Pero mi abuela había muerto mucho antes de que la niña naciera; sólo había dos fotos de ella, y ambas las tenía mi tío. Era la primera vez en su vida que mi hija visitaba aquella casa, y no podía haber visto esa fotografía antes...

Por supuesto, hasta el día de hoy, ni Rigo sabía de la existencia de Durdana, ni ésta conocía lo sucedido entre Virgilio y su nieto. Por cierto, en Kábala, el número 67, entre otras equivalencias, tiene el mismo valor numérico que las palabras «abuela» y «anciana» (!).

<<NO ME TOQUES>>

E l 24 de septiembre de 2001 recibí una extensa carta. Procedía de Barcelona (España) y la firmaba Dolores Heredia. Me enganchó. En ella contaba parte de las singulares experiencias vividas a lo largo de su vida.

El arranque de la misiva decía así:

Estimado Sr.: tengo la esperanza de haber podido, por fin, contactar con ud.

Asimismo espero que esta carta sea leída por ud. y no por una secretaria.[1]

Creo que alguien que no sea ud. no tendrá la suficiente sensibilidad o agudeza profesional como para entender que lo que quiero, y por algún motivo necesito contarle, es absolutamente cierto.

Actualmente tengo cuarenta y un años y desde los veinticinco trato de ponerme en contacto con ud.

Nunca pude conseguirlo, pero «algo» me hacía insistir de tanto en tanto.

Es sumamente difícil conseguir su dirección en redacciones de revistas. Es imposible, y lo comprendo pero, para mí, era una necesidad conseguirla. Y por fin llega su Apdo. de Correos en su libro *Mis ovnis favoritos*.[2]

---

1. Estimada amiga: nunca he tenido secretaria. Siempre leo las cartas que llegan. Todas. Otra cuestión es que responda.

2. Mi dirección postal es la siguiente: Apdo. de Correos número 141. Barbate (11160). Cádiz (España).

**Dolores Heredia.
(Gentileza de
la familia.)**

Mi padre me lo dio ayer mismo con una sonrisa y me dijo que, al final del libro, me encontraría con una agradable sorpresa largamente esperada.

Después de tantos años queriendo compartir mis experiencias con ud. ahora no me resulta nada fácil empezar...

En la carta, en fin, como digo, Lola hacía un resumen de dichas experiencias. Leí, asombrado y, siguiendo la costumbre, guardé los once folios en la «nevera».[1]

Allí permanecieron once años...

Cuando el Destino lo estimó oportuno —un 14 de octubre de 2012— viajé a Barcelona y me entrevisté con la paciente y bondadosa Lola Heredia. La mujer ratificó, punto por punto, cuanto había escrito con anterioridad.

No tuve duda. Lo narrado por Lola era cierto.

Empezaré por una de las experiencias:

—Yo tenía un tío, hermano de mi padre. Se llamaba Manuel Heredia Sierra. En la primavera de 1980 decidió viajar a Nueva York. Buscaba trabajo. Y se alojó en casa de su hermano Miguel...

---

1. La técnica de la «nevera» es antigua. Al volver a entrevistar al testigo al cabo de un tiempo, si está inventando, resulta difícil que mantenga la primera versión de los hechos. Siempre cambia lo narrado inicialmente.

»Total —prosiguió Lola—, un mal día se subió a una escalera para cambiar una bombilla y le dio algo... Cayó y tuvieron que llevarlo al hospital... dijeron que fue una trombosis. El asunto terminó en muerte cerebral y los médicos aconsejaron que fuera desenchufado de la máquina...

»Así las cosas, en la mañana del 24 de septiembre de ese año, 1980, hacia la una, yo me hallaba en la casa de mis padres, en Hospitalet (Barcelona). Mi madre había salido a comprar... Estaba sola en el piso, con una perrita a la que llamábamos *Laika*... Y sucedió algo raro... *Laika* empezó a ladrar... Yo, entonces, sentí frío... Un frío de nieve, muy intenso...

—¿Era septiembre?

—Sí, el 24... *Laika* dejó de ladrar y saltó a lo alto del sofá... Allí se acurrucó...

—¿Seguía la sensación de frío?

—Sí. Era impropio de esa época del año... Se metía hasta en los huesos... Entonces empecé a ver unas zapatillas deportivas..., en el suelo... Después aparecieron unos pantalones vaqueros y, finalmente, una camisa de manga larga, de color verde, con cuadritos... ¡Era una camisa de mi propiedad! ¡Era mía!... Después vi la cabeza... ¡Era mi tío Manolo!

Manuel Heredia, tío de Lola. (Gentileza de la familia.)

»Traté de levantarme del sofá y él hizo un gesto, con la mano derecha, haciéndome ver que no me acercara.

—¿Cómo fue ese gesto?

—Alzó la mano, deteniéndome... Algo así como si dijera: «No me toques.»

—¿A qué distancia se hallaba?

—Poco más o menos, a tres metros.

—¿Lo veías bien?

—Con total claridad... Y le dije: «Manolo, ¿qué haces aquí?... Tú estás en América, muriéndote...»

»Él respondió: "Tranquila. Estoy aquí para despedirme de ti... ¿Tú me ves muerto?... Estoy vivo... Estoy bien."

»Intenté levantarme de nuevo. Quería abrazarlo y besarlo. Nos queríamos mucho. Nos llevábamos de maravilla...

»No lo permitió. Alzó la mano otra vez y me detuvo.

—¿Retrocedió él?

—No. Siempre permaneció en el mismo lugar. Yo, entonces, le dije:

»—Déjame darte un beso...

»—No, no puedes —respondió.

»—Pues dámelo tú.

»—No puedo. Aún no he llegado donde tengo que ir...

»Y añadió:

»—Quiero despedirme de ti y que sepas que estoy vivo, que estoy bien y tranquilo... No sufras... No llores ni tengas pena... ¡y vive!

»—Pero ya no te veré más...

»—Me verás... Estés donde estés, y con quien estés, siempre estaré contigo... Ahora te quiero más y mejor que antes... No tengo tiempo. Debo irme ya... Debo irme ya...

»Y desapareció... Fue tan real...

—¿Cómo reaccionó la perra?

—Estaba como dormida. No se movió del sofá. Después, al marcharse Manolo, se fue al balcón, su lugar habitual.

—¿Qué aspecto presentaba tu tío?

—Normal. No tuve miedo, inexplicablemente. No sé cómo decir esto: en esos momentos supe que mi tío estaba muerto...

Tumba de Manuel Heredia, en el cementerio Evergreen, en Brooklyn (Nueva York). (Gentileza de la familia.)

Al poco regresó la madre. Lola, nerviosa, contó lo que había visto.

—No me creyó...

Ese 24 de septiembre, hacia las nueve de la noche, sonó el teléfono. Se puso Lola. Hablaban desde Nueva York. El padre le comunicó el fallecimiento de Manolo.

—¿Por qué crees que ordenó que no te acercaras a él?

—No lo sé...[1]

—¿Reconociste la voz?

—Sí, era la suya, y también la mirada y la sonrisa. Habitualmente, en vida, eran pícaras. Esta vez fue una mirada y una sonrisa llenas de paz y de dulzura... Me sentí muy bien.

Según Lola, su tío hablaba, pero no movía los labios. Y recalcó algo que estimó importante:

1. La escena me recordó lo narrado por Juan en su evangelio (20, 17), cuando María, la de Magdala, vio al Maestro, resucitado. «Dícele Jesús: "No me toques, que todavía no he subido al Padre."»

—Puso especial énfasis al pronunciar (?) las palabras «¿Tú me ves muerto?»... «Estoy bien» y «Siempre estaré contigo».

Manuel Heredia Sierra murió a los veintiocho años de edad. Lola, entonces, tenía veinte.

—Pasé meses enfadada con el mundo —prosiguió Lola—. No comprendía nada de nada... Hasta que un día (una noche, para ser exactos) lo vi en sueños. Me llevó lejos... Cada noche lo esperaba, feliz... Pero un día me dijo que no podía volver... Tenía que continuar su camino... Me negué y él replicó: «Ya no soy como era... Debo seguir.» Yo me empeñé en que volviera y entonces escuché su voz, pero rara y lejana. Preguntó: «¿Tendré que mostrarte cómo está ahora quien tú conocías como Manolo?» y su cara fue cambiando...

»Yo insistí: "Por favor, sólo quiero que sigas conmigo."

»La voz repitió: "No puedo. Debo seguir. Lo siento..."

<< ¡HOSTIAS!...
¡QUÉ HOSTIA! >>

L o vivido por Lola Heredia con su tío, fallecido en Nueva York en 1980, podría justificar los no menos extraños sucesos acaecidos meses después, en 1981, y también en Cataluña (España).

Ella me lo contó con detalle:

La primera experiencia —si es que se le puede llamar así— tuvo lugar en el verano de 1981...

Mi tío, como dije, murió el 24 de septiembre de 1980 y yo me casé el 26 de diciembre de ese mismo año...

Vivíamos en la calle o carrera del Clot, 81, en Barcelona...

Era un piso antiguo, de techos muy altos...

Las instalaciones también eran viejas, pero se veían bien conservadas...

Tenía una bañera grande y bonita. Me acostumbré al baño en vez de a la ducha...

Ese día me bañé y, sin secarme, tomé el secador con la intención de secarme el cabello...

Lo encendí y, cuando había pasado un minuto, más o menos, recibí un tremendo bofetón en la mejilla izquierda...

¡Hostias!... ¡Qué hostia!...

Al mirarme en el espejo observé las marcas de una mano en la cara...

Me asusté. En la casa no había nadie...

Dejé caer el secador...

Estaba desconcertada...

Y salí del baño, a ver quién estaba en el piso...

Fue un paseo inútil. En la casa no había nadie y yo lo sabía. Sencillamente, estaba sola...

Volví al baño...

Me miré nuevamente al espejo, perpleja...

Las marcas eran claras...

La bofetada había sido importante...

Descubrí un charco de agua (donde yo me estaba secando el pelo)...

El enchufe, situado cerca del suelo, a la izquierda, soltaba chispazos...

El secador había dejado de funcionar...

Comprendí...

De haber seguido sobre el charco, quién sabe lo que hubiera sucedido...

Y recordé las palabras de mi tío Manolo: «Donde estés, y con quien estés, siempre estaré contigo.»

Mensaje recibido.[1]

El segundo suceso se registró meses después, también en 1981.

Esa mañana salí del mercado, muy cerca de la calle del Clot...

Creo recordar que había comprado tres kilos de naranjas...

Caminé hasta la carrera del Clot y me situé en la acera de la izquierda...

Como era habitual, yo iba pensando en mi querido tío Manolo...

Y al llegar a la altura de la antigua comisaría de Policía quise cruzar a la acera de enfrente...

Supongo que para comprar pan. Allí, frente a la comisaría, se abre una pastelería...

Yo seguía absorta en los pensamientos en los que aparecía Manolo, y en aquella asombrosa presencia...

1. ¿De qué me suena la frase?

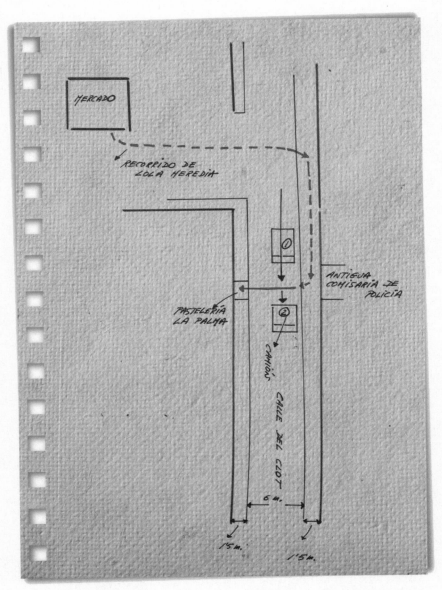

Lola «voló» seis metros. ¿Fue su tío, fallecido un año antes, quien la empujó? Cuaderno de campo de J. J. Benítez.

Fui a cruzar y, de pronto, sentí dos manos en la espalda...

Me empujaron, y lo hicieron con tanta violencia, que volé —literalmente— hasta la otra acera...

Caí de rodillas y de manos...

No me hice daño...

Cuando me incorporé vi un camión, con caja, frenado en mitad de la calle...

Las naranjas corrían, despavoridas, por la calzada...

Y vi a un policía nacional que se acercaba. Estaba pálido...

Pensé que había sido él quien me había empujado y traté de darle las gracias...

La verdad es que no vi el camión...

La sorpresa llegó cuando el policía comentó: «Mira, chica, no sé qué pasó aquí... Sólo vi el camión y a ti, que cruzabas la calle... Y de pronto te vi volar por los aires... Da gracias, pero no a mí... Yo no fui quien te empujó...»

Entonces, ¿quién fue?

Y recordé de nuevo las palabras de mi tío: «Siempre estaré contigo...»

Al hacer las mediciones oportunas comprobé que Lola había «volado» seis metros (distancia entre las aceras).

D igo yo que estaba del cielo...

Aquel miércoles, 1 de julio de 1992, todo, a mi alrededor, conspiró y maniobró para que Domingo Fernández Sandín y yo coincidiéramos...

Había salido en avión desde Bilbao. Aterricé en Madrid a las 11.45 de la mañana. Recuerdo que estaba inquieto. A las 13.30 había concertado una reunión en la embajada rusa. Me esperaban los militares soviéticos para hablar de mi tema favorito: ovnis.

Tomé un taxi y ¡sorpresa!: me vi atrapado en un atasco monumental.

Nadie entendía nada. No era hora punta. No se había registrado ningún accidente. No llovía...

El taxista se encogió de hombros.

Yo miraba el reloj y pensaba en los rusos.

Necesitamos una hora para llegar desde Barajas al hotel Ambassador, en la cuesta de Santo Domingo, en pleno centro de Madrid.

Me registré y abandoné la maleta en la habitación 118.

Volé a la calle y busqué un taxi. La embajada estaba lejos.

Nueva consulta al reloj: señalaba las 13 horas y 1 minuto.

Me sentí perdido.

La información que debían proporcionarme los rusos era importante...

Entonces me di cuenta: había olvidado las gafas de sol en la habitación. Era el mes de julio. El sol brillaba con fuerza. Necesitaba las malditas gafas...

Miré de nuevo el reloj. Las 13 horas y 5 minutos.

Desestimé la idea de entrar en el hotel. Me aguantaría. Inconveniente de tener los ojos tan azules...

Ahora me asombro. Todo obedecía a una razón.

Por fin apareció un taxi.

Me colé en el interior y rogué al taxista que llegara lo antes posible a la sede de la embajada rusa, en la calle Velázquez.

13 horas y 10 minutos.

El taxista miró por el espejo retrovisor y dudó. Un par de segundos después preguntó:

—¿Es usted J. J. Benítez, el escritor?

Asentí con cierto cansancio.

—Conozco un caso que quizá le interese...

—¿Ha visto usted algún ovni?

El hombre se echó a reír.

—Se trata de mi abuelo... Mejor dicho, de mi difunto abuelo...

Y el taxista —Domingo Fernández Sandín— procedió a contar el caso.

Yo no salía de mi asombro.

Al día siguiente hice averiguaciones. ¿Cuántos taxis circulaban por Madrid esa mañana? El número de vehículos ascendía a 12.000. Las licencias eran 15.629.

El taxista, según me comentó, procedía de la ciudad de Los Ángeles, a 12 kilómetros.

—Lo raro —afirmó— es que nadie me haya parado.

Y me pregunto: ¿qué cúmulo de circunstancias tuvieron que encadenarse esa mañana para que yo tomara el taxi de Domingo?

El cálculo de probabilidad matemática para que algo así se materializara me mareó.

Pero sucedió.

El Destino es mágico, lo sé...

Volví a conversar con Domingo, por supuesto. Y me narró dos casos.

Empezaré por el que adelantó cuando circulábamos hacia la embajada rusa en Madrid. En síntesis, ésta es la historia:

Apuntes de Domingo Fernández Sandín y de Juanjo Benítez sobre una factura de Radio Taxi.

El hecho sucedió en Pedralba de Sanabria, en la provincia de Zamora (España)...

Yo tenía un abuelo —Isidro— al que quería mucho...

Isidro tenía un hermano, Antonio, con el que se llevaba a matar. Durante la guerra civil combatieron en bandos opuestos. Al terminar dicha guerra siguieron odiándose, no sólo por las ideas políticas...

En las afueras del pueblo disponían de sendos prados. Era preciso regarlos... Pues bien, noche sí y noche también, el uno le robaba el agua al otro y viceversa...

Así pasaron los años...

Y en febrero de 1973 falleció mi abuelo Isidro...

En el entierro, Antonio se rió de él y comentó que debería haber muerto mucho antes...

Fue el día más amargo de mi vida...

Dos meses más tarde, en abril, Antonio fue a regar por la noche, como tenía por costumbre... Y siguió robando el agua a la viuda de Isidro...

Y ocurrió algo imposible: Antonio recibió la mayor bofetada de su vida. Cayó a tierra y se golpeó con un chopo. Quedó inconsciente...

Allí, en el prado, no había nadie...

Cuando se recuperó dijo que fue un «golpe desatento» y que se lo había propinado su hermano, el muerto...

En la cara aparecían las marcas de la mano...

Nunca más volvió a robar el agua...

El segundo, y no menos curioso suceso, tuvo lugar en 1987.

En esa época me vine del pueblo a Madrid —explicó Domingo—. Tenía posibilidad de trabajar como taxista y no lo dudé...

Decidí comprar un coche, así como la licencia del taxi...

Pero necesitaba dinero y opté por solicitar un préstamo en el banco del pueblo. Allí me conocían. Era más fácil que en Madrid...

Preparé los papeles y lo dispuse todo para viajar a Zamora...

Alquilé un vehículo y, por la noche, abandoné Madrid. Al día siguiente tenía que firmar los documentos...

Y sucedió algo raro...

Tengo una mala costumbre: nunca me pongo el cinturón de seguridad...

Pues bien, nada más entrar en el coche tuve una extraña sensación y me ajusté el dichoso cinturón. Nunca me lo he explicado...

El vehículo era un Fiat Regata Mare...

Esa noche se aliaron velocidad, lluvia e inconsciencia...

En el kilómetro 196 de la carretera de La Coruña sufrí un aparatoso accidente. Circulaba a 185 kilómetros por hora...

Esquivé un camión y me salí de la calzada...

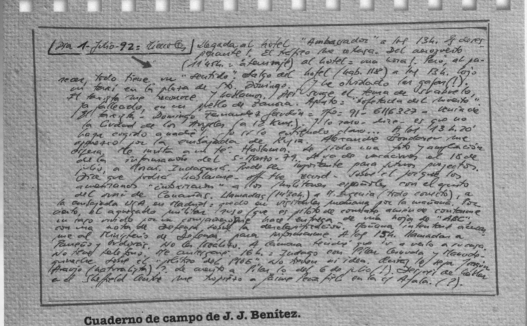

Cuaderno de campo de J. J. Benítez.

El coche dio tres vueltas de campana (de morro) y quedó destrozado...

Saltaron la batería, el electroventilador y la parte trasera del coche...

Y me quedé boca abajo, sujeto por el cinturón de seguridad...

En esos instantes —eternos— vi la figura de mi abuelo Isidro...

Estaba de pie, fuera del coche, sin moverse...

Me miraba. No dijo nada...

Aunque parezca un contrasentido, esos segundos fue lo mejor que me ha pasado en la vida...

Llegaron dos camioneros y me rescataron por la parte de atrás del vehículo...

No sufrí ningún daño. Sólo la rotura de la correa del reloj. También perdí un bolígrafo al que le tenía mucho cariño. Nunca apareció...

Desde entonces me pregunto: «¿Por qué experimenté la extraña sensación al sentarme en el coche? ¿Por qué me ajusté el cinturón? ¿Por qué "vi" a mi abuelo, justo en esos momentos?...»

Sigo sin ponerme el cinturón de seguridad, salvo cuando veo a la Guardia Civil...

En lo de la velocidad sí soy más reposado... entiendo que «Alguien» me proporcionó una segunda oportunidad. He aprendido...

También le diré algo: la visión de mi abuelo fue real. Estaba allí, observando. Al llegar los camioneros desapareció...

Domingo Fernández Sandín me habló de otros casos, ocurridos también en Zamora, pero de eso me ocuparé a su debido tiempo.[1]

---

1. La frasecita me resulta familiar...

EL TÍO BENITO

«La bofetada del muerto» me recuerda siempre otro suceso, ocurrido en la provincia de Murcia (España).

Aquel 29 de noviembre de 2012, jueves, me hallaba en Llano de Brujas, un pueblo de la referida provincia murciana. Me acompañaba Juan Antonio Ros, un joven investigador de la tierra. El objetivo era interrogar a Juan Miguel Cortés, abuelo de Juan Antonio, sobre un misterioso suceso registrado años atrás, y que espero incluir en un futuro libro.[1]

A lo largo de la charla, Juan Miguel Cortés, de ochenta y dos años, hizo alusión al tío Benito...

Indagué y quedé perplejo.

He aquí una síntesis de la conversación:

—El tío Benito —proclamó Cortés— era mi jefe. Él me contrataba. Nos llevábamos muy bien. Pero se murió...

El tío Benito no era tío de Cortés. Se llamaba Benito Martínez Serna. Pero eso, ¿qué podía importar? Todo el mundo lo llamaba así...

—¿Cuándo falleció?

Cortés se encogió de hombros.

—Hace mucho...[2] A lo que iba —prosiguió Cortés—. Una noche salí a regar muy cerca de aquí...

---

1. La historia de Juan Miguel Cortés figura en *Pactos y señales*, un libro de próxima aparición y que, en cierto modo, es consecuencia de *Estoy bien*. (*N. del a.*)

2. Según averiguaciones posteriores de Juan Antonio Ros, Benito Martínez Serna falleció el 14 de julio de 1970, a los ochenta y seis años.

Juan Miguel Cortés: «El tío Benito era alto. Medía 1,80 metros, como poco.» (Foto: Blanca.)

—¿Dónde?

—A cosa de quinientos metros de la casa.

Cortés me miró, extrañado. Lo único que hacía aquel foras-tero era interrumpir. Traté de ser prudente.

—Había luna. Caminé por la senda y entonces lo vi...

—¿Qué hora podía ser?

Cortés meditó.

—Quizá las dos o las tres de la madrugada. No llevaba reloj...

Le animé a seguir.

—Era él, el tío Benito...

—Pero estaba muerto...

—Sí, desde hacía mucho... ¿Quiere que siga?

El tío Benito. (Foto tomada en su tumba por Juan Antonio Ros.)

Comprendí.

—El tío Benito estaba en mitad de la senda, quieto. Me miraba.

No pude contenerme.

—¿Cómo lo reconoció?

—Era él. Era muy alto. Era inconfundible.

Cortés esperó una nueva pregunta. Guardé silencio.

—Entonces seguí adelante... Pasé a su lado, casi rozándolo...

—¿Está seguro de que era el tío Benito?

—El mismo. Vestía la ropa habitual de trabajo.

—¿Le dijo algo?

—No habló en ningún momento.

—Pero estaba muerto...

—Muerto no, muertísimo.

—¿Y qué hizo usted?

—Continué caminando.

—¿Miró atrás?

Cortés me observó, perplejo. Y preguntó, a su vez:

—¿Qué hubiera hecho usted?

—Supongo que correr...

—No, yo no corrí, por dignidad, pero no miré atrás.

—¿Y qué hizo?

—Regué y regresé.

—¿Por el mismo camino?

—Sí, claro. No había otro...

—¿Y el tío Benito?

—No sé... En el camino de vuelta no hacía otra cosa que pensar: «Si lo veo, ¿qué hago?»

El círculo señala el lugar en el que se hallaba el tío Benito. La senda era mucho más estrecha. (Foto: Juan Antonio Ros.)

—¿Sintió miedo?

—Claro, hijo, claro...

—Pero ¿llegó a verlo de nuevo?

—No.

—¿Se movió el tío Benito cuando usted pasó a su lado?

—No lo recuerdo. Creo que no. Sólo me miró.

—Pero...

—¿Quiere que siga?

No era necesario. Nunca olvidaré al bueno y paciente Cortés y, por supuesto, al tío Benito...

NANA

L a historia de Nana me impresionó vivamente.

El hecho tuvo lugar hacia el año 1942, aunque no es seguro.

Nana, o tía Nana, como conocían a Damiana Herrera, vivió en México toda su vida. Quedó huérfana de madre cuando era una niña y tuvo que hacerse cargo de sus cuatro hermanos.

Eran muy pobres.

El padre trabajaba de noche.

Nana fue obrera en la Eagle Pencil Company, sucursal de una multinacional norteamericana en el DF. Su trabajo consistía en revisar —manualmente—, con el tacto, todos los lápices que salían de las máquinas, con el fin de detectar cualquier defecto de fabricación. Era un trabajo agotador y mecánico, como en la película *Metrópolis*, de Fritz Lang. Lo llevó a cabo durante cuarenta años...

Pero el suceso que me impactó sucedió cuando Nana contaba once años de edad.

Los cinco hermanos dormían en la misma habitación.

El padre había salido a trabajar, como de costumbre.

Y bien entrada la noche se declaró un incendio en el lugar.

Nana y los niños seguían durmiendo...

Entonces —según contó Nana— tuvo un sueño. En él vio a su madre. La avisaba para que tomara a sus hermanos y saliera de la casa. Había fuego...

Pero Nana siguió durmiendo.

La madre apareció de nuevo en el sueño y le gritó para que despertara y sacara a los pequeños del cuarto.

Nana. (Gentileza de la familia.)

Nana, sin embargo, continuó plácidamente dormida.

El final del sueño fue diferente.

Nana recibió una bofetada y despertó.

Se dio cuenta del incendio, y del peligro, y sacó a sus cuatro hermanos a la calle.

Fue una vecina la que se percató de las huellas que presentaba Nana en el rostro. Eran los dedos de una mano, como si alguien la hubiera abofeteado.

Y Nana contó el largo y misterioso sueño.

Ella, y sus hermanos, salvaron las vidas gracias al mágico mundo de los sueños.

Como digo quedé perplejo.

Nana murió en mayo de 2002, en el DF mexicano.

Lamenté no haberla interrogado...

«YO NO SÉ QUÉ HACES CON ESE HUEVÓN»

E1 24 de febrero de 1997 fue una fecha especialmente dolorosa para la familia Arriaga, de Maracaibo (Venezuela).

Esa tarde, Orlando, uno de los hijos, de treinta y siete años de edad, falleció en accidente de tránsito. Con él murieron Dulce, su esposa, Oriana, de tres años, y Manuel Orlando, de siete, sus hijos.

Pocos días después del entierro, una de las hermanas de Orlando —Milagro de Luz— tuvo un sueño. Esto fue lo que me contó:

Vi a mi hermano al lado de la cama... A mi izquierda... Estaba de pie...

Presentaba el mismo aspecto que cuando murió...

Y me dijo:

—¡Ey!, dile a mami y a papi que estoy bien.

Y yo pregunté en el sueño:

—¿Dónde estás?

Él respondió:

—Aquí, con ustedes...

Y volví a preguntar:

—¿Qué haces?

—Yo no sé qué estoy haciendo aquí —contestó.

Mis padres estaban muy angustiados... El golpe fue terrible... Yo sé que él, Orlando, quiso consolarlos... Por eso dijo que estaba bien...

Y añadió algo que me dejó de una pieza: «Yo no sé qué haces con ese huevón...»

Flor Arriaga.
(Foto: Blanca.)

Se refería a mi antiguo novio. Nos habíamos reconciliado a raíz de la muerte de Orlando... Él me ayudó en el papeleo y en los trámites del entierro...

«¡Es una basura!», añadió. Y tenía toda la razón...

Ahí terminó el sueño.

Pero la experiencia más dramática, sin duda, la vivió Flor, hermana también de Orlando.

La entrevisté el 2 de diciembre de 2012, en Miami (USA).

—Sucedió al año de la muerte de mi hermano. Estábamos en Maracaibo. Llegamos a la casa hacia las siete de la tarde, más o menos. Cenamos a eso de las ocho y subimos a la primera planta. Allí permanecimos un rato, viendo la televisión. Después nos fuimos a la cama.

Flor hablaba de su marido y de los dos hijos pequeños; uno tenía seis años y el otro estaba recién nacido.

—Entonces, de madrugada, escuché silbar. Acto seguido llamaron a la puerta.

Flor aclaró:

—Mi hermano Orlando tenía una forma peculiar de llamar a la puerta. Primero silbaba, muy fuerte; después golpeaba la madera con los nudillos. Nunca pulsaba el timbre.

—¿Cómo golpeaba la puerta?

—Utilizaba siempre la misma secuencia: «ta-ta-ta... tatá.» Tres o cuatro golpes espaciados y dos o tres más seguidos.

—¿Repitió la llamada?

—Sólo la escuché una vez... Y, medio dormida, salté de la cama y me dirigí hacia la puerta principal. Pensé que era Orlando.

—¿Se despertó tu marido o alguno de tus hijos?

—No, dormían profundamente.

—¿Encendiste la luz?

—No, gracias a Dios... Y pensé, mientras bajaba las escaleras: «¿Qué querrá Orlando a estas horas?»... De repente me di cuenta: ¡Orlando está muerto! Entonces, a punto de abrir la puerta, pensé: «César, mi otro hermano, no puede ser. Él no sabe silbar...»

Orlando silbó y llamó a la puerta de la casa de su hermana, un año después de muerto. (Gentileza de la familia.)

»Fue cuestión de segundos. En eso me llegó un intenso olor a gas...

»¡Dios Mío!

»Salí corriendo hacia la cocina y, efectivamente, la llave del horno estaba abierta.

»Abrí las ventanas... El olor era muy intenso... Subí a los dormitorios, abrí el balcón y desperté a Mario y a los niños... El gas no había llegado aún a esa planta...

»Estaba muy asustada. Afortunadamente no pasó nada.

—¿Estás segura de que oíste el silbido y el repiqueteo sobre la madera de la puerta?

—Totalmente. Por eso me levanté.

—¿Llegaste a abrir la puerta?

—Después sí. Allí, claro, no había nadie.

En opinión de Flor, Orlando les salvó la vida.

—Pudimos morir intoxicados, o algo peor...

—¿Quién pudo dejar abierta la llave del gas?

—No lo recuerdo. Quizá fui yo. La del horno estaba medio estropeada...

La casa de Flor se levantaba en una urbanización cerrada, con guardias de seguridad. Los visitantes tenían que ser autorizados. Por supuesto, nadie entró a esas horas en dicha zona residencial.

EL OTRO JUANJO

 quel 28 de noviembre de 1989 fue una jornada especial.

Me encontraba en Brasil.

Filmábamos trece documentales sobre grandes misterios. Yo acompañaba al añorado Fernando Jiménez del Oso... Y ese día acudimos a la selva con el equipo de televisión.

Apuntes de Juanjo mientras vivía la experiencia de la ayahuasca. El «viaje» se prolongó casi tres horas. Cuaderno de campo de J. J. Benítez.

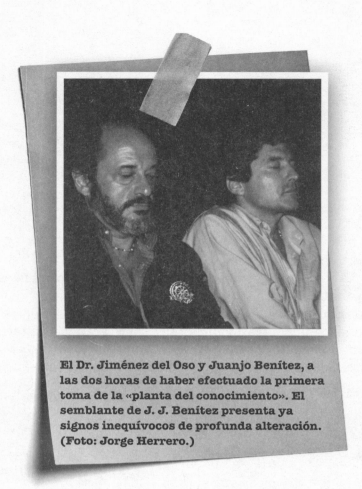

El Dr. Jiménez del Oso y Juanjo Benítez, a las dos horas de haber efectuado la primera toma de la «planta del conocimiento». El semblante de J. J. Benítez presenta ya signos inequívocos de profunda alteración. (Foto: Jorge Herrero.)

Allí me sometí a los efectos de una bebida alucinógena: la ayahuasca o soga del muerto.

Los alcaloides de la ayahuasca tienen la propiedad de alterar la conciencia. Y eso fue lo que sucedió.

Ingerí la repugnante bebida y a eso de las 23 horas (local) sentí cómo abandonaba la choza en la que filmábamos la experiencia.

¡Volaba!, literalmente.

Nunca he logrado explicarlo con satisfacción. Mientras el verdadero (?) Juanjo Benítez permanecía sentado, frente a la cámara de Jorge Herrero, «otro Juanjo» ascendía por los aires, como Supermán. Éramos dos en uno.

Llovía torrencialmente.

Notaba el roce del aire y de la lluvia.

Volé a gran velocidad y crucé la negrura del océano Atlántico. Allí estaban las luces de Lisboa...

¡Era asombroso!

Podía orientarme a la perfección. Yo, que me pierdo en mi casa...

Y tuve conciencia de algo sublime: lo sabía todo. Nunca más me ha sucedido.

Y proseguí el vuelo hacia el norte.

Terminado el primer experimento (previamente pactado) volé hacia Madrid. Y me dispuse para la segunda aventura.

Antes de iniciar la experiencia de la ayahuasca, uno de los miembros del equipo —José Nogueira—, jefe de sonido, me pidió algo.

—¿Podrás pasar por esta dirección, en Madrid, y comprobar qué es lo que le he regalado a esta persona?

Me entregó una nota. Leí, con curiosidad. Era una dirección (no la recuerdo).

Dije que sí, aunque no sabía cómo hacer...

Pues bien, al llegar a la capital de España, no sé cómo ni de qué manera, descendí a la altura de las farolas, y volé directa-

Pepe Nogueira, entre Juanjo Benítez y Gasparetto, en uno de los rodajes de *En busca del misterio.* (Foto: Jorge Herrero.)

mente a la calle en cuestión. Alcancé el número y, como me había sucedido en la experiencia anterior, atravesé las paredes del edificio y entré en la casa. La recorrí despacio y descubrí el regalo de Nogueira. Eran unos palos de golf.

En la casa encontré a dos personas. Las observé con detenimiento. Eran un hombre y una mujer, jóvenes.

No me vieron.

Al terminar y relatar lo que había visto, Pepe Nogueira confirmó, asombrado, que su regalo fue lo que yo acababa de describir. Solicitó más información sobre las personas que vi en la vivienda y se mostró extrañado.

—Eso no puede ser —comentó—. El hombre que dices haber visto es el hermano de la mujer... Pero falleció hace dos años.

Tenía treinta y nueve...

Insistí en la descripción (aspecto, ropas, etc.). Nogueira no podía creerlo. La persona que acompañaba a la mujer estaba muerta.

Aún me dura el susto...

<<RA: TIENE VISITA>>

A quel domingo, a finales de enero de 1998, RA (nombre supuesto) tuvo que interrumpir el partido de pelota que jugaba en la Yarda. Tenía visita. Así lo anunciaron por la megafonía.

Eran las 13 horas.

RA se puso de malhumor. El anuncio le obligaba a regresar al pabellón, a ducharse y a someterse al siempre incómodo registro de los guardias.

Hizo memoria, pero no recordó. Nadie le había anunciado aquella visita.

RA cumplía condena en una prisión federal, en un remoto paraje del estado de Oklahoma (USA).

Acudió al pabellón (Unidad C), en el que se ubicaba la celda, y preguntó a uno de los guardianes. Tenía visita, en efecto.

Se aseó y se encaminó al cuarto de vigilancia. Allí lo registrarían y esperaría a que le dieran la orden para entrar en el salón de las visitas.

Transcurrieron 40 minutos desde el anuncio hasta que RA llegó al referido cuarto de vigilancia.

Fue registrado pero, al entrar en el salón de las visitas, no vio a nadie conocido.

Regresó al cuarto de vigilancia y uno de los guardias —al que llamaré Cubas—, ante la extrañeza de RA, comentó que quizá la persona se había cansado de esperar y optó por marcharse.

RA no quedó satisfecho.

Retornó al pabellón «C» y se dedicó a hacer llamadas a la

263

RA, ya en libertad. (Foto: Blanca.)

familia y a Toribio, un amigo que solía visitarlo con frecuencia.

Nadie sabía nada. Nadie acudió esa mañana a la prisión.

Y en ésas estaba, cavilando, cuando sonó de nuevo la megafonía:

«RA... Tiene visita.»

El anuncio sonó dos veces.

RA se encaminó por segunda vez al cuarto de registro e interrogó a Cubas.

Eran las 14 horas, aproximadamente.

Esta vez no hubo registro. El guardia ordenó que entrara con él en el salón de las visitas y que mirase entre los visitantes.

RA recorrió el salón, mesa por mesa, pero no vio a nadie de la familia, o que estuviera autorizado a visitarle.

Se lo comunicó a Cubas y éste interrogó al personal de control. Los vigilantes mostraron a Cubas una planilla. El funcionario leyó un nombre y preguntó a RA:

—¿Conoces a Rosa Fernández?

—Sí —respondió el interno.

—Pues esa persona ha venido a verte —aclaró Cubas—, pero, al parecer, se ha ido...

RA se puso pálido y manifestó:

—Eso es imposible...

—¿Por qué?

—Rosa Fernández era mi consuegra... Murió hace tres meses...

La primera noticia sobre este desconcertante suceso me llegó en abril de 2004, a través de mi buen amigo Manuel Martínez, escritor y autor de teatro, con residencia en Estados Unidos de Norteamérica.

Rosa Fernández.(Gentileza de la familia.)

VISITING LIST FOR INMATE NAME:
          REGISTER NUMBER: 16338-018   UNIT: C

BLANCO, AMPARO   MOTHER
253 S.W. 29 AVENUE,   US
DATE OF BIRTH: 12-21-1922   PHONE: PREP. DATE: 04-09-1997
APPROVED BY: BLACKMAN   *266-91-28-40*

FERNANDEZ, JESUS   IN-LAW, SON
10500 NW 36TH PL,   US
DATE OF BIRTH: 05-05-1973   PHONE: (305)513-4949   PREP. DATE: 07-18-1997
APPROVED BY: C.A. JULIAN   *264-83-8807*

FERNANDEZ, ROSA   FRIEND
10500 N.W. 36 PLACE,   US
DATE OF BIRTH: 12-01-1938   PHONE: PREP. DATE: 04-09-1997
APPROVED BY: BLACKMAN

MEDINA, JOSE   FRIEND
3480 S.W. 102   US
DATE OF BIRTH: 11-26-1940   PHONE: PREP. DATE: 04-09-1997
APPROVED BY: BLACKMAN

PENA, TORIBIO   FRIEND
2750 N.W. SOUTH RIVER DR. #F-613,   US
DATE OF BIRTH: 04-16-1946   PHONE: (305)633-8259   PREP. DATE: 05-15-1998
APPROVED BY: W. COMPSTON   *265-93-4473*

RAMOS, CARLOS   BROTHER
352 S.W. 29 ST.,   US
DATE OF BIRTH: 02-16-1956   PHONE: PREP. DATE: 06-18-1998
APPROVED BY: G BLACKMAN   *591-09-0448*

RAMOS, DAVID   BROTHER
2352 N.W. 55 STREET,   US
DATE OF BIRTH: 09-28-1939   PHONE: PREP. DATE: 04-09-1997
APPROVED BY: BLACKMAN   *267-95-6370*

RAMOS, ELIZABETH   CHILD, DAUGHTER ADULT
253 S.W. 29 AVENUE,   US
DATE OF BIRTH: 01-21-1972   PHONE: (000)000-0000   PREP. DATE: 04-09-1997
APPROVED BY: BLACKMAN   *265-91-4790*

RAMOS, MARIELA   UNCLE
2352 N.W. 55 ST,   US
DATE OF BIRTH: 07-09-1997   PHONE: PREP. DATE: 07-25-1997
APPROVED BY: G BLACKMAN

VISITING LIST FOR INMATE NAME:
          REGISTER NUMBER: 16338-018   UNIT: C

TORRES, JAYLYN   NIECE
355 S.W. 29 AVE,   US
DATE OF BIRTH: 12-19-1984   PHONE: (305)642-1361   PREP. DATE: 02-05-2001
APPROVED BY: G BLACKMAN   *592-46-7142*

TORRES, JAYMA   NIECE
355 SW 29TH AVE.,   US
DATE OF BIRTH: 08-26-1980   PHONE: (305)642-1361   PREP. DATE: 11-30-1999
APPROVED BY: P PEREZ   *590-12-4285*

TORRES, YOLANDA   SISTER
1355 S.W. 29 AVENUE,   US
DATE OF BIRTH: 11-01-1951   PHONE: PREP. DATE: 04-09-1997
APPROVED BY: BLACKMAN   *266-91-4307*

TOTAL VISITOR(S) FOR THIS INMATE: 12

Relación de personas autorizadas a visitar a RA en la prisión. Rosa Fernández aparece en tercer lugar.

Investigué y, finalmente, el 31 de julio de 2004 fui autorizado a conversar con RA.

En esos momentos había sido trasladado a una granja-prisión (una especie de tercer grado) cuya ubicación no estoy autorizado a desvelar.

RA reconstruyó, paso a paso, y con detalle, cuanto acabo de narrar. No tiene explicación para lo que sucedió.

—Rosa, mi consuegra —aclaró—, era una de las personas autorizadas a visitarme, pero no llegó a pisar la cárcel. Me llamó por teléfono. Nos llevábamos muy bien. Pero falleció de un cáncer de páncreas, y de forma fulminante...

—¿Cuándo murió?

—El 28 de octubre de 1997...

Como había dicho RA, tres meses antes de la «visita».

—Tenía cincuenta y un años de edad.

—¿Fue incinerada?

—Se le dio tierra...

De lo que no cabe la menor duda es de que Rosa estuvo, físicamente, en la cárcel. Las medidas de seguridad, para este

Vista aérea de la prisión en la que se presentó la difunta Rosa.

**RA y Juanjo Benítez, en la granja-prisión.
(Foto: Blanca.)**

tipo de prisiones estatales norteamericanas, son especialmente rígidas.[1] Tuvo que registrarse en dos libros, con letras ma-

1. El personal de la cárcel me facilitó la siguiente información sobre
«procedimientos para las visitas»: «Cuando llegue a la institución (el visitante) debe mostrar un carnet con foto y firmar un registro de visitantes. Su nombre se comprobará nuevamente en la lista de visitantes del
interno... Tendrá que firmar un documento que declare que no porta ningún objeto que pueda ser una amenaza para la seguridad de la institución... El personal permanece en la sala de visitas todo el tiempo, super-
visando cada visita. La sala puede disponer (o no) de cámaras de
seguridad u otros aparatos... Para hacer una visita debe figurar en la
lista aprobada por el interno y por la institución. Dicha lista incluye: familia directa (madre, padre, padrastros, padres adoptivos, hermanos,
hermanas, mujer e hijos. Las parejas de hecho son consideradas familia
directa, siempre y cuando el Estado reconozca estos matrimonios). Otra
familia: abuelos, tíos, tías, cuñados y primos. Amigos y socios: la lista de

268

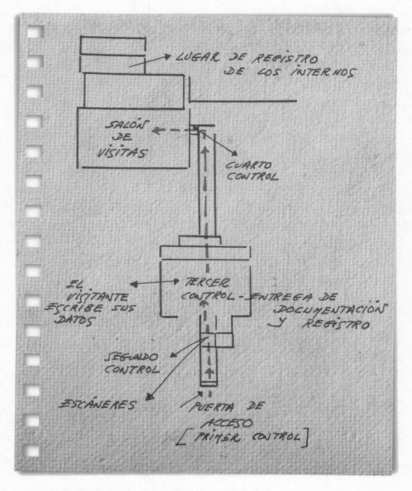

Rosa Fernández tuvo que pasar cuatro controles y dos escáneres. Es probable que las cámaras de seguridad la filmaran. Había fallecido tres meses antes. Cuaderno de campo de J. J. Benítez.

yúsculas, en las que hizo constar su nombre, apellido, identidad del preso, fecha y hora de entrada y también de salida.

En el caso de Rosa Fernández, como en la mayoría de los visitantes, la consuegra de RA tuvo que mostrar la licencia o

---

visitas del interno no debería incluir más de diez amigos o soci os... Hay 117 prisiones federales en USA. Las visitas varían en función del lugar. Cada interno tiene derecho a cuatro horas de visitas al mes.»

permiso de conducir, y depositarla en uno de los controles. A la salida recuperaría dicha licencia.

Pero hay más...

Rosa tuvo que pasar varios escáneres (al menos dos). En total, por tanto, cuatro controles de seguridad y el sometimiento a un arco y a un aparato manual de revisión.

Al entrar, finalmente, en el salón de las visitas, el visitante se sienta en la mesa asignada, y allí espera la llegada del interno.

Para que RA fuera reclamado por la megafonía, Rosa tuvo que anotar sus datos, personalmente, y uno de los guardias comprobó en la computadora que la visitante figuraba en la lista de personal autorizado. Después se enfrentó a nuevos controles. Después..., no se sabe.

Creí que a mis setenta años lo había visto todo, pero no...

La investigación sigue abierta...

EL JOVEN ALONSO

 a mañana del 8 de diciembre de 1960 fue negra y triste para Barbate.

La noticia corrió como la pólvora.

Un pesquero, con base en la pequeña población gaditana, había desaparecido la tarde-noche anterior.

Un fortísimo vendaval se lo tragó.

El suceso se produjo frente a las costas de Marruecos; cerca del cabo Spartel.

Desaparecieron 39 hombres.

Uno de ellos —el timonel— apareció muerto en las playas marroquíes. Del resto, y del barco, nunca más se supo...[1]

1. Relación de marineros desaparecidos en el *Joven Alonso*:

Esteban Mendoza Malía
Francisco Miralles
  Sánchez
José Miralles Sánchez
Francisco Ramos Miralles
Antonio Martín Martínez
Antonio Bravo Meléndez
José González Bosutil
Juan Trujillo Robles
Francisco Bernal Ramos
José Foncubierta Ramírez
Alfonso Doncel-Moriano
  Bermúdez
Francisco López Sánchez
Fernando López Sánchez

Fernando López Infante
José Malía Domínguez
Francisco Domínguez
  Acuña
Sebastián Díaz Barrios
Manuel Muñoz
  Foncubierta
Tomás Hernández Payes
Manuel Ureba Salas
Cristóbal Leal Camacho
Antonio Marín Escámez
Juan Pérez Trujillo
Sebastián Ponce Vélez
Juan Leal Ramírez
Manuel Gallardo Aragón

José Pérez Quintero
Tomás Narváez Muñoz
José Román Rodríguez
Antonio Galindo Sánchez
Manuel Varo López
Manuel Duarte Quiñones
José Tamayo Pérez
José Manzorro Herrera
Joaquín Martín
  Figueroa
Agustín Ramírez Marín
Manuel Pacheco
  Guerrero
Diego Varo Oliva
Juan Pérez Ramírez

Imagen del *Joven Alonso.*(Foto: Riera.)

En el pueblo quedaron cien huérfanos.

Esos días —anteriores y posteriores a la tragedia—, en Barbate se registraron sucesos extraños. Nadie supo explicarlos.

Dediqué mucho tiempo a la investigación de tales hechos, así como a conversar con los familiares y amigos de los tripulantes del *Joven Alonso.* En total, tres años de pesquisas.[1]

He aquí una síntesis de algunos de estos fenómenos inexplicables:

1. La primera pista sobre Rosario Palomar Vila me la proporcionó mi amigo e investigador Rafael Vite, de Vejer de la Frontera. Decía así:

1. Algún día me decidiré a terminar la novela de la tragedia del *Joven Alonso.* Su título es *Viento de levante.* La tristeza pudo conmigo e interrumpí la redacción. Quién sabe... *(N. del a.)*

272

La señora Palomar es persona de religión católica, creyente y practicante. Posee en su vivienda numerosos cuadros de santos, colgados en las paredes, y entre ellos el de la imagen de la Virgen de la Oliva, patrona de Vejer de la Frontera (Cádiz). Según ella, la abuela que la crió era natural de dicha ciudad.

Hace aproximadamente veinticinco años, con ocasión de limpiar el vaso de la mariposa que tenía encendida ante uno de los cuadros, al colocar de nuevo el vaso en su sitio, observó, perpleja, la aparición, de pronto, en el interior del mismo, de la figura de un barco. Tras varios movimientos violentos, dicho barco comenzó a hundirse, hincándose finalmente en el fondo. Y tras producir un gran alboroto de piedras y arena, quedó semisepultado. Agrega que mientras el barco iba hundiéndose, observó cómo una cosa pequeñísima, con la forma de una cerilla, se separaba de la embarcación. Finalmente pudo contemplar, horrorizada, la escena de terror y espanto que tenía lugar en el interior de la nave.

En el círculo, posible zona del hundimiento del *Joven Alonso*.

Esta trágica visión tuvo lugar, al parecer, dos días antes del hundimiento del *Joven Alonso*, barco de pesca matriculado en Barbate.

A partir de entonces, la Sra. Palomar cayó en un estado de depresión y abatimiento que le duró bastante tiempo. Continuamente decía a sus familiares —cuando trataban de animarla— que jamás podría borrar de su mente la trágica escena del interior del barco.

Interrogué varias veces a Rosario Palomar en la ciudad de Cádiz, donde vivía, y siempre respondió con la misma versión:

El barco cayó boca abajo...
Y quedó medio enterrado en la arena y entre las rocas...
Por eso no salió nada...
La visión la tuve el 5 de diciembre de 1960...

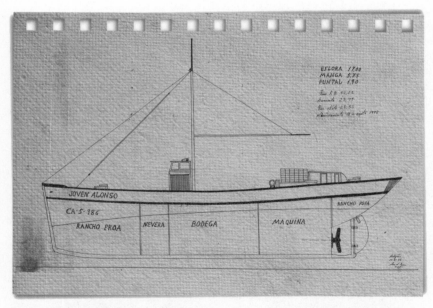

Pesquero *Joven Alonso*. Folio 986 de la tercera lista de la matrícula de Barbate, Cádiz (España). Motor «Laval», de 103,02 CVE. Año de construcción: 1948, en Barbate. Propiedad de Francisco Domínguez y hermanos.

Como reflejó Vite, dos días antes de la desaparición del barco.

Cuando le pregunté por la extraña «cosa» que vio salir de la embarcación hundida, Charo comentó:

Era reluciente, como la luz de una cerilla, pero violeta y muy pequeña. Subió despacio...

Después vi lo que ocurría en el interior del buque... Fue espantoso... La gente trataba de huir, pero no podía... Murieron abrazados unos a otros... Después vi negrura y silencio... Y burbujas que escapaban... Allí quedaron los muertos, con los ojos abiertos y espantados... Y allí siguen...

Efectivamente, a pesar del esfuerzo de las autoridades y de los pescadores de la zona, el *Joven Alonso* desapareció sin dejar rastro.

2. La segunda experiencia relacionada con el barco la vivió Ricardo Romero, hermano de un tío mío.

Ricardo tenía entonces veinte años.

Era tripulante del *Joven Alonso*.

Y esa mañana, cuando se disponían a partir, Ricardo se sintió repentinamente enfermo.

Fue una angustia muy grande —explicó—. No tenía dolor, pero no podía moverme...

Y me hinché a llorar...

No supe qué sucedía... Los nervios me comían...

Me dieron tila, pero la tristeza no desaparecía...

Quisieron llevarme al médico, pero no podía moverme...

Yo vivía entonces en la calle San José, número 3, muy cerca de la casa de Esteban, el patrón del barco... Esteban supo lo que ocurría y le dijo a mi madre que no me preocupara... Me recogerían al volver a Ceuta...

Ricardo Romero se quedó en tierra y se salvó.

**Ricardo Romero se salvó
en el último momento.
(Gentileza de la familia.)**

La angustia desapareció ese mismo día, en cuanto el *Joven Alonso* se hizo a la mar...

Ahora lo comprendo..., a medias.

Y Ricardo y yo seguimos hablando del caprichoso y mágico Destino...

3. Sebastián Díaz Barrios, alias *Chano* o *Chan* fue arriero toda su vida. Y un día decidió irse a la mar. Y se embarcó en el *Joven Alonso*. Fue otro de los marineros desaparecidos.

Pues bien, el tal Chano, una vez muerto, protagonizó varios sucesos extraños en la localidad de Barbate, donde había vivido.

El primero lo vivió Antonia Domínguez, sobrina de Chano.

Esa madrugada del 7 al 8 de diciembre —comentó—, hacia las tres, escuché la voz de mi tío, que me llamaba:

—¡Antoñica!... ¡Antoñica!

La voz sonó tan clara que me levanté de la cama y fui hacia la puerta...

Allí no había nadie...

Al día siguiente me enteré de la tragedia... Yo no sabía que Chano iba en ese barco...

Chano se presentó en sueños a Carmen Varo, su mujer, y le dijo:

—Estoy muy lejos... Estamos todos juntos, trabajando.

Y fue en sueños, igualmente, como vio Antonio a su hermano Chano.

«Estoy bien —me dijo—. No te preocupes.»

En otra ocasión lo vi en un barco de Cádiz... Iba dormido, acurrucado en la cubierta, sobre el arte... Yo traté de acercarme, pero él despertó; me hizo un gesto, para que no avanzara, y comentó: «Gasta cuidado con los temporales.» Al poco sufrimos una vía de agua frente al Arroyo Judío...

Ana Díaz Barrios, hermana de Chano, se hallaba la tarde de la tragedia (7 de diciembre) en el patio de su casa, en Barbate. De pronto, a plena luz del día, ella y una vecina, a la que llamaban la Pirraca, vieron caer algo luminoso del cielo. Se espantaron. Ese «algo» tenía forma de pantalón y se precipitó en el agua de un bidón. Ana y Manuela Escudero, la vecina, se esforzaron por averiguar qué era lo que había caído en el bidón. No encontraron nada.

Horas más tarde llegaba la noticia de la desaparición del *Joven Alonso*.

Poco después, Ana soñó también con el niño Chan, como llamaban a Sebastián Díaz Barrios.

Lo vi en una madrona, enfangado...

Le tendí la mano y le ayudé a salir...

Entonces dijo que venía de muy lejos...

El caso de Juani, hija de Chano, fue también insólito.

Al poco de registrarse la desaparición —comentó—, yo me encontraba en mi casa, pintando el techo. Me había subido a una escalera de tijera...

Me descuidé y, al echarme para atrás, el cuerpo se me fue y caí...

Di un grito y, en ese instante, sentí unas manos en la espalda que me sujetaban...

Esas mismas manos me empujaron y me pusieron nuevamente de pie, sobre la escalera...

Puedo jurarte, por lo más sagrado, que allí no había nadie...

Juani, con el retrato de su padre, Sebastián Díaz Barrios, alias *Chano* o el *niñc Chan*. (Foto: J. J. Benítez.)

Para Juani, la «persona» que evitó la peligrosa caída fue Chano, su padre, recientemente desaparecido.

4. Beatriz Malía Varo, viuda de Francisco Domínguez Acuña, desaparecido también en el *Joven Alonso*, vivió dos experiencias que jamás olvidará.

La primera tuvo lugar a los siete meses del naufragio. Mi hija, Ana María, de cuatro años, se puso enferma...

Pues bien, un día, cuando estaba a punto de entrar en el cuarto de la niña, vi a mi marido, de pie, inclinado sobre la cuna...

Miraba atentamente a su hija...

Cuando quise entrar en la habitación, Francisco desapareció...

La segunda vez que lo vi me encontraba en el dormitorio, durmiendo...

Algo me despertó y lo vi frente a la ventana, mirando a la calle...

Fue un segundo. Después desapareció...

5. El 7 de diciembre de 1960, Loli González Muñoz se hallaba cocinando garbanzos con acelgas.

Podían ser las nueve y media de la noche...

Mi marido —Francisco López Sánchez— estaba navegando. Era uno de los marineros del *Joven Alonso*...

De pronto mi hijo Fernando, que tenía 30 meses de edad, se dirigió a mí y exclamó: «¡Mamá!... ¡Papá cayó!... ¡Pum!... ¡Asco!... ¡Agua!»

Yo no le eché cuenta...

Al día siguiente me enteré de la desaparición del barco...

El naufragio, probablemente, se produjo alrededor de las nueve o nueve y media de la noche del 7 de diciembre...

Francisco López Sánchez. (Gentileza de la familia.)

Loli González Muñoz, viuda de Francisco López Sánchez. (Foto: J. J. Benítez.)

6. José Román Rodríguez, más conocido por *Corre*, fue otro de los tripulantes del *Joven Alonso*. Vivía en Vejer de la Frontera (Cádiz), muy cerca de Barbate. Tenía treinta y un años cuando desapareció. Era una gran persona y muy bromista. Su hermana y la novia me proporcionaron datos sobre él:

Ese día, antes de tomar la bicicleta y bajar al puerto, José permaneció en la puerta de la casa, dudando... No sabía si ir o no ir al barco... Así estuvo media hora... Finalmente se fue... Nunca más volvimos a verlo...

Corre tenía una costumbre. Cada vez que pasaba por la calle en la que vivía su novia le gustaba tirar piedras a la ventana

Juana, hermana de Corre. A la derecha, Antonia Pérez, novia de José Román. (Foto: J. J. Benítez.)

de la habitación de Antonia. Así, día tras día, durante los once años de noviazgo...

El 8 de diciembre de 1960, temprano, la novia escuchó los golpes de las piedrecitas contra el cristal de la ventana.

Se asomó, pero no vio a su novio.

No podía ser —comentó—. Corre estaba en la mar. Se embarcó días antes...

A esas horas, en efecto, el *Joven Alonso* ya estaba perdido.

Y los golpes, en la ventana, se prolongaron varios días...
Yo sé —confesó la novia— que era él...

7. Lo sucedido a Antonia Utrera Domínguez, más conocida en Barbate como *la Carabinera*, tampoco tiene explicación lógica.

La Carabinera.
(Gentileza de la
familia.)

La noche del naufragio —explicó— vi una luz debajo de la cama...

Era pequeña, del tamaño de la llama de una vela...

282

Brillaba mucho, con una luz amarillenta...

De pronto se vino hacia mí y me dio un par de vueltas...

Después volvió al lugar donde la había visto: debajo de la cama...

Me temblaba todo el cuerpo, de puro miedo...

Y, al rato, la luz salió de debajo de la cama y repitió la operación. Giró alrededor de mi cabeza y volvió a su sitio...

Así estuvo dos horas...

De pronto llamaron a la puerta y la luz desapareció...

Alguien trajo la noticia de la pérdida del *Joven Alonso*...

Lo extraño es que en ese barco no iba ningún pariente mío...

EL TUL

 a carta de María V. Almonte me sacudió. La leí de un tirón.

Fue escrita el 29 de julio de 2008.

Decía así:

Estimado Sr. Benítez:

Después de desear que tenga usted un hermoso día junto a sus seres queridos quiero agradecerle el detalle que ha tenido para conmigo y, al mismo tiempo, reiterar el papel tan importante que usted ha jugado en mi vida... Gracias por presentarme a ese Jesús de Nazaret que mi corazón ya intuía y por mostrarme al Padre Azul...

Sin más preámbulo intentaré explicar la experiencia que tuve con mi madre. Por lo cual tendré que hacer un poco de historia para que le pueda encontrar sentido a dicha experiencia.

Soy la menor de siete hermanos, a los que sumo, más tarde, una hermana adoptiva. Nací en el seno de una familia humilde, católica y de padres con ningún estudio. Además no fui una hija deseada ni esperada, ya que mi madre era mayor y menopáusica cuando tuvo la desagradable noticia de un nuevo embarazo. Diríamos que comencé con mal pie.

Desde mi más tierna infancia sabía distinguir la importancia del amor y de la familia. Por eso mi padre se convirtió en una de las personas que más quise. Mi madre se empeñó en lograr que en mí nacieran sentimientos opuestos hacia ella.

Cuando tomé conciencia de la situación me refugié en los estudios y en la lectura y creé un mundo hecho a mi medida para poder llevar el día a día, ya que mi hogar era un campo de batalla un día sí y el otro también. Mi padre adoptó una postura pasiva y dejó a mi madre hacer. Esto provocó la guerra entre hermanos, ya que una parte era blanca (por mi madre) y la otra negra (por mi padre). Nos dividimos en dos bandos. Blancos contra negros.

A pesar del ambiente de violencia y desamor que vivía, yo luchaba para no convertirme en una persona desagradable y amargada.

Al pasar el tiempo y ver que no cambiaba la situación, yo seguía soñando, y guardaba la esperanza de escapar algún día.

Terminé el bachillerato y me puse a trabajar, con el fin de permanecer el menor tiempo posible en la casa. Mi madre había establecido una ley: con ella o contra ella. Mis hermanos eligieron lo más cómodo. Decían sí a todo. Eso me colocó en una postura difícil porque yo seguía solicitando explicaciones a todo. Y la batalla cambió: yo contra todos. Y fue a más. Mi madre siguió aferrada a las normas de la iglesia, y a las suyas propias, y mi situación fue empeorando y empeorando. Pero lo peor estaba por llegar.

Me quedé embarazada, sin buscarlo ni desearlo.

Y me prometí a mí misma que no haría con mi bebé lo que mi madre había hecho conmigo.

Resistí como pude hasta que nació mi niña. Todo iba a peor.

Mi padre, el único que me ayudaba, murió. Y con él desapareció toda esperanza de sobrevivir en esa familia. Con mi padre muerto, sin un padre para mi hija, sin trabajo, y sin familia, un buen día llegó mi madre con la «buena noticia». El cura de la parroquia le había dicho que yo no podía seguir viviendo (en pecado) en esa casa, y mucho menos junto a mi madre, que pertenecía a las hijas de María. Tras una fuerte discusión, a las diez de la noche me vi en la calle y con un bebé.

Le aseguro que odié a la iglesia, a mi madre y a mis hermanos. No podía entender por qué eran tan crueles conmigo. Lo peor es que ella no era así con los demás. Era una mujer maravillosa. Lo daba todo por los vecinos.

Pasaron muchas cosas por mi cabeza, incluido el suicidio.

Pero miré la carita de mi hija y me dije: «No, eso es lo que ellos quieren... Saldré adelante.»

Llamé a una amiga y me acogió en su casa. Ella cuidó de mi hija y me puse a trabajar. Reuní dinero y me fui a Barcelona. No conocía a nadie pero salí adelante. Hoy miro atrás y no puedo creer lo que hice. Pero aquí estoy, con una hija maravillosa y el compañero ideal. Parecía que la vida, al fin, me sonreía. Pero la distancia no logró aplacar a mi familia.

Todo lo contrario. Comenzó el chantaje emocional. Sólo querían dinero. Y yo, como el odio me dura poco, lo dejaba pasar y lo olvidaba. Pero llegamos a una situación insostenible. Me cansé de trabajar para ellos. Me cansé de las mentiras de mi madre. Me cansé de enviar dinero. Un día le dije de todo: ella nunca había sido mi madre; le pedí que me dejara en paz y que se olvidara de mí. Rompí toda relación, aunque continué enviándole dinero a través de una hermana que vive en Nueva York. Mi madre nunca lo supo.

Pero no podía olvidar. Me dolía demasiado lo que había hecho. No entendía. Intenté recuperarme. Fui a los psicólogos. Nada. Tenía un gran vacío en mi vida y no lograba llenarlo. Entonces comencé a buscar a Dios, pero tampoco lo encontraba. No sabía dónde buscar. Escuché a mucha gente que predicaba, y que decía que estaban con Él, pero ninguno me llegó. Mi angustia creció. Sólo hallé alivio en los libros.

Mi marido, como yo, es amante de la lectura. Siempre procuramos tener un par de libros en la reserva... En verano, en el año 2000, vi que empezó a leer un libro. Le pregunté de qué trataba y me lo mostró: *Jerusalén. Caballo de Troya.* Y yo comenté: «Tú y tus gladiadores...» Me habló entonces del contenido del libro, pero no le hice caso. Unas semanas más tarde no tenía nada que leer y eché un vistazo a *Caballo de Troya*... No pude soltarlo. Cuando acudí a la estantería para buscar el segundo, yo sabía que aquellos libros marcarían mi vida... Y así fue... Los «Caballos» me sacudieron. A cada página se fue llenando el vacío que sentía. Lo comprendí todo. Lo había encontrado. Era lo que mi alma necesitaba. Por fin estaba frente al Padre. Sabía que reconocería la verdad cuando la tuviera delante.

Mi vida cambió. Los viejos fantasmas comenzaban a alejarse. Entendí tantas cosas que era imposible asimilarlas de golpe.

Quise enterrar el hacha de guerra con mi familia y, sobre todo, con mi madre. Sentía amor y me veía preparada para entenderla. Pero me equivoqué otra vez. Yo sí había entendido. Ella no. Y volví a poner distancia entre ambas, aunque yo ya no sufría tanto. Yo estaba llena de amor. Estaba en paz. La falta de amor de mi madre fue sustituida por el amor del Padre. Eso es lo más importante. Él me amaba y me amará siempre.

En abril de 2006 recibí una llamada de mi hermana, la que vive en Nueva York. Mi madre había empeorado.

A mediados de agosto de ese año hablé con ella. Su voz había cambiado. Hablamos un rato y, al colgar el teléfono, supe que le quedaba poco.

Hice las maletas y viajé a Santiago, en la República Dominicana. Fue un 28 de agosto de 2006. Al entrar en la que había sido mi casa sentí una extraña sensación. Me encontré frente a mi madre y la miré a los ojos. Supe que era otra mujer. La abracé muy fuerte, y ella a mí. Y lloramos. Por fin me abrazaba mi madre. Se acababa una guerra de muchos años y, sobre todo, el Padre estaba en ella. Los días siguientes los dediqué a llevarla al médico. Y cuidé de ella. Estábamos solas. Mis hermanos se negaron a entrar en la casa porque mi presencia seguía molestándoles.

Una tarde, después de la siesta, nos fuimos al balcón. Preparé café y nos pusimos a conversar. Me preguntó sobre el libro que traía conmigo, y le hablé de él. Era *A 33.000 pies*. Se lo leí entero y me sorprendió: lo entendía, lo razonaba, y nos reímos a carcajadas con las ocurrencias del Abuelo. Para ella fue algo divino saber que existía otra cara de Dios, y le gustaba esa nueva cara. Mi madre, como le dije, era de iglesia, de santos y de rezos diarios.

El cambio que se produjo en ella fue increíble. Mandó tirar los santos y figuras que tenía en la casa. De no haberlo visto no lo hubiera creído.

Insistía para que le hablara de la muerte y del «despertar»,

María V. Almonte. (Gentileza de la familia.)

del que se habla en *A 33.000 pies*. Lo del «gran show» le encantó.

Y esa tarde confesó que había cometido muchos errores y que lo sentía.

Pasamos una semana maravillosa.

Cuando llegó el tiempo de despedirnos le recordé, entre otras cosas, que «para morir sólo se necesita un poco de confianza». Ella sonrió y dijo que sí.

Su salud iba a peor.

El 2 de febrero de 2007 me hallaba en Barcelona. Estábamos comiendo. De pronto oí la voz de mi madre. Me llamaba.

Solté el tenedor y me fui al teléfono. Me puse muy nerviosa. No atinaba con el número. Y comencé a llorar. Mi marido trató de tranquilizarme. Conseguí, al fin, hablar con la casa, en Santiago, y mi cuñada anunció que, en esos momentos, iban para el hospital. Mi madre estaba muy mal.

Llegué a Santiago el 3 de febrero. Le pregunté a mi madre si estaba preparada para el gran momento. Dijo que sí.

A la mañana siguiente, al despertar, anunció que era el día.

Le hice el desayuno. Era la primera vez que estábamos todos los hermanos juntos.

Le pregunté si deseaba un cura. Dijo que no. ¡Santo Dios! Oír algo así de mi madre sí era un milagro.

Hacia las siete de la tarde comprendí que su hora había llegado. Escuché cómo hablaba con sus familiares muertos... Los llamaba por sus nombres y les decía: «Pero ¿qué haces tú aquí?... Tú estás muerto... Sí, claro, lo comprendo... De acuerdo... Sí, lo sé... Muy bien... ¿Y los demás también han venido a eso?»

Después se despidió de todos... Yo le cogí la mano y le dije: «Mamá, ya está todo hecho. No se preocupe y no tema. Él le esperará... Cuando despierte del sueño de la muerte, si ve a papá, dígale que le quiero mucho, y si el Jefe le da permiso, venga y dígame algo... Dígame si mis creencias se acercan un poco a la verdad, si mi forma de ser debo cambiarla... Dígame si debo hacer caso a mi corazón o al cerebro.»

Apretó mi mano y murió.

En todo momento supe lo que tenía que hacer, desde prepararla a maquillarla... Mis hermanas sólo se dedicaron a llorar... Cuando la maquillaba sentí una brisa que pasó por mi cara y por mi cuello...

En el funeral que se hizo en la casa leí un párrafo de *A 33.000 pies*. Mi alma no sentía tristeza. Le canté una canción a todo pulmón y lloré, pero de alegría. Mi madre ya iba hacia el Padre...

Regresé a Barcelona y en marzo de 2008, al año de su muerte, tuve una asombrosa experiencia...

Quizá fue un sueño. No lo sé...

Estaba en la cama, leyendo. Me quedé dormida y, pasados

unos minutos, sentí que alguien se sentaba en la cama... Me sobresalté.

Entonces la vi. ¡Era mi madre!... Estaba hermosísima y muy joven... Emitía una preciosa luz... En sus ojos sólo había paz y amor... Toda ella era luz. Era materia y luz al mismo tiempo... No sé cómo explicarlo...

Y le dije:

—Mamá, ¿qué hace aquí?

Ella replicó, con una sonrisa:

—Tú me dijiste que cuando despertara del sueño de la muerte viniera a verte..., y aquí estoy.

—Está hermosa —le dije. Y pregunté—: ¿Cómo es aquello?

—Sólo estoy autorizada a decirte que donde estoy es parecido a aquí... El amor es diferente... Todo es amor... Pero no es el de aquí...

Y añadió:

—Y sí, la idea que tienes de aquello no es que sea igual, pero sí parecida... No te lo puedes llegar a imaginar... No cambies tu forma de ser... Por ser como eres puedes llegar a comprender muchas cosas... Si hubieras sido como tus hermanos yo no habría comprendido las cosas antes de venir aquí... Ya va siendo hora de que empieces a pensar en ti... Has hecho demasiado por tus hermanos... Ellos tienen que buscar su propio camino. Son ellos los que tienen que dar el paso... Sigue haciéndole caso a tu corazón. Deja que él te guíe... Nunca te engañará...

Entonces se alzó y se fue hacia el espejo del armario. Levantó la mano y dijo:

—La vida es como un espejo... Te devuelve la imagen que pones delante.

Y yo le pregunté:

—Y la muerte, ¿cómo es?

—Parecido a lo que leíste, pero mejor.

Yo había leído la página 107 de *A 33.000 pies*.

Regresó a la cama, se sentó de nuevo y me tomó la mano. ¡Cuánto amor sentí!

Le pregunté por el gran show y recibí la más hermosa de las sonrisas.

**Mónica Consuelo, madre de María.
(Gentileza de la familia.)**

—Dígame por qué nuestra relación fue tan dura.

Y sin cambiar la expresión del rostro aseguró:

—Las cosas siempre pasan por algo... Yo, antes, no lo entendía. Ahora sí. Todo tiene su porqué... Sé que has pensado que no te quería, pero ahora puedes ver que no es así. Quizá mi forma de ser contigo fue la que te empujó a buscar, a aprender a valerte por ti misma y a hacerte cada día más fuerte...

Hablamos de mis hermanos y me hizo varios anuncios.

Después me abrazó con fuerza y dijo que «tenía que irse».

Y se marchó como había llegado.

Desde ese día, mi vida ha cambiado, y mucho. Dejo hacer a mi corazón. Todavía hay muchas cosas que no entiendo,

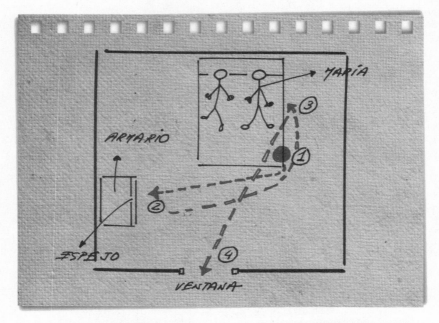

1. La madre de María se presenta y se sienta en el filo de la cama. 2. Se desliza hacia el espejo del armario. 3. Regresa a la cama y se despide de María. 4. Retrocede hacia la ventana, siempre dándole la cara y elevándose en diagonal. Allí desaparece. Cuaderno de campo de J. J. Benítez.

pero confío. Él sabe... La vida ha cobrado otro sentido para mí. Ahora estoy a la espera de las respuestas que me quiera ofrecer el Padre. Trato de dar lo mejor de mi vida sin esperar nada. Ése es el secreto...

Cuatro años después me entrevisté con María, y con su esposo, en la ciudad de Barcelona. Sostuvimos una larga conversación y ella confirmó todos y cada uno de los extremos de su carta.

Me emocionó vivamente.

He aquí una síntesis de la charla:

Por mis libros sabes hasta qué punto me interesan los detalles...

María sonrió y asintió.

—Pues bien, vayamos a los detalles del sueño. ¿O fue una experiencia real?

María, como decía en su carta, no lo tenía claro.

—En esos momentos, cuando mi madre se sentó en el filo de la cama, Santiago, mi marido, despertó y preguntó: «¿Con quién hablas?»

—¿Tú la oíste hablar?

Santiago respondió afirmativamente, y aclaró:

—Pero yo no vi a mi suegra. Lo único que percibí, con claridad, fue el hundimiento de ese lado de la cama...

—¿Como si alguien se hubiera sentado?

—Eso es.

—Días antes —intervino María— ya tuvimos otro susto. Mi hija salió corriendo de su habitación, gritando. Decía que había visto a la abuela...

—Vayamos con el aspecto de Mónica. ¿Qué edad tenía cuando falleció?

temas de hoy.

J. J. Benítez
A 33.000 pies*

*Con la colaboración
de Dios,
supongo...

Portada de *A 33.000 pies*. Según la madre de María, la muerte, aquí descrita, es parecida a la realidad.

—Murió con ochenta y siete años —aclaró María—. Cuando se presentó, en cambio, estaba guapísima.

—¿Qué edad representaba?

—Unos cuarenta años... No tenía arrugas. El pelo le llegaba por los hombros.

—¿Tenía canas?

—Ni una.

—¿Qué hiciste al verla?

—Me incorporé y me senté en la cama.

—¿De qué murió?

—Del corazón. Al fallecer presentaba el vientre muy hinchado... Ahora, en cambio, aparecía muy delgada.

María intentó buscar las palabras. No era fácil.

—... Era un cuerpo traslúcido... Se veía a través de ella, pero no con claridad...

María se excusó:

—No sé explicarlo... Era luz y materia al mismo tiempo... Parecía humo condensado... Era un humo (?) blanco que irradiaba, pero no era luz, exactamente, y tampoco humo... Era mi madre la que emitía luz... Presentaba una especie de aura... Todo era blanco mate, pero, al mismo tiempo, brillaba...

—¿Cómo vestía?

—Llevaba un vestido blanco, sin mangas, hasta las rodillas. Pero lo que más me impresionó fue una capa, como un tul, que la cubría por completo. Esa especie de «impermeable» tenía las mangas largas y llegaba a los tobillos. Era igualmente blanco, de la misma naturaleza, eso me pareció, que el cuerpo.

—¿La capa (?) y el cuerpo eran similares?

—Sí, como un humo blanco y concentradísimo. Era un material que no sé describir.

—¿Cómo fue la comunicación?

—La oía. Movía los labios. Pero, si no hubiera hablado, la información habría llegado a mi cabeza de la misma forma.

—¿Qué fue lo que más te impresionó de su aspecto?

—La belleza y la serenidad del rostro. Mi madre era una mujer irascible y amargada. En esta ocasión fue todo lo contrario. Su cara parecía de porcelana e irradiaba luz y amor.

También me impresionó el «tul»... Tenía la forma de un sari, pero mi madre nunca usó ese tipo de prenda...

—¿Observaste maquillaje?

—No.

—¿Anillos, cadenas, pendientes...?

—Tampoco. Nada.

—¿Sonreía?

—Todo el tiempo. Era una sonrisa hermosísima e impropia de mi madre.

—¿Tuviste miedo?

—En ningún momento.

—Hay otra cuestión que me intriga. Dices que dijo que sólo estaba autorizada a decirte...

—Así fue. Entendí que habló de lo que le permitieron. Afirmó que el lugar en el que estaba era parecido al nuestro y que el amor era diferente. Se detuvo unos instantes, como si buscara las palabras exactas. Finalmente aseguró que «ni remotamente podría imaginar cómo era aquel sitio».

—¿Respondió a todas las preguntas?

—No. En ocasiones se limitaba a sonreír. Por ejemplo, cuando pregunté si había visto al abuelo. Sonrió, sin más.

—Dices que se levantó y caminó hacia el armario...

—No caminó —matizó María—. Era como si la empujaran. No movía los pies ni las piernas. Se deslizaba.

—¿Tenía volumen?

—Pienso que sí.

—¿Se reflejaba en el espejo?

—Eso fue curioso. Yo veía los muebles y a mí misma en el espejo. Ella, en cambio, no se reflejaba.

—Pero estaba frente al espejo...

—Sí. Llegó a cosa de un metro, extendió la mano izquierda y el «tul» (?) se abrió... Entonces mencionó lo de la vida.

—¿Podría tratarse de lo que entendemos como holograma?

—A mí me lo pareció. Tampoco movía los brazos al caminar. Permanecían a lo largo del cuerpo. No era normal...

—Y bien...

—Ella regresó al filo de la cama, pero no se sentó. Exten-

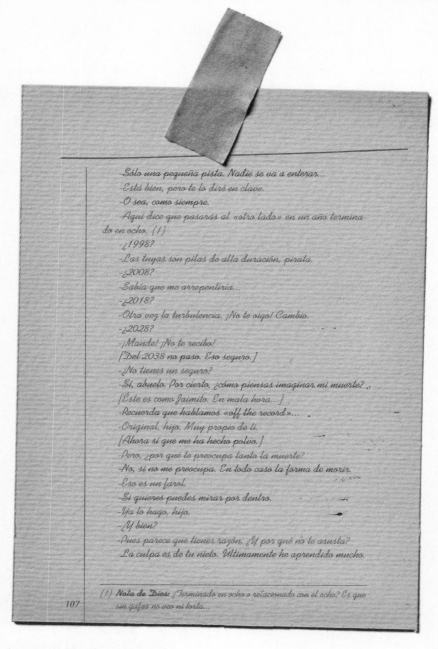

—Sólo una pequeña pista. Nadie se va a enterar...

—Está bien, pero te lo diré en clave.

—O sea, como siempre.

—Aquí dice que pasarás al «otro lado» en un año terminado en ocho. (1)

—¿1998?

—Las tuyas son pilas de alta duración, pirata.

—¿2008?

—Sabía que me arrepentiría...

—¿2018?

—Otra vez la turbulencia. ¡No te oigo! Cambio.

—¿2028?

—¡Mande! ¡No te recibo!

[Del 2038 no paso. Eso seguro.]

—¿No tienes un seguro?

—Sí, abuelo. Por cierto, ¿cómo piensas imaginar mi muerte?

[Este es como Jaimito. En mala hora...]

—Recuerda que hablamos «off the record»...

—Original, hijo. Muy propio de ti.

[Ahora sí que me ha hecho polvo.]

—Pero, ¿por qué te preocupa tanto la muerte?

—No, si no me preocupa. En todo caso la forma de morir.

—Eso es un farol.

—Si quieres puedes mirar por dentro.

—Ya lo hago, hijo.

—¿Y bien?

—Pues parece que tienes razón. ¿Y por qué no te asusta?

—La culpa es de tu nieto. Últimamente he aprendido mucho.

(1) **Nota de Dios:** ¿Terminado en ocho o relacionado con el ocho? Es que
sin gafas no veo ni torta...

107

Página 107 de _A 33.000 pies._

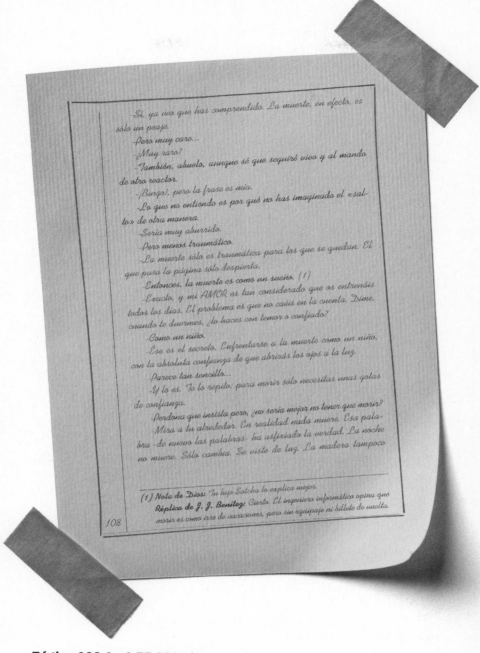

—Sí, ya veo que has comprendido. La muerte, en efecto, es sólo un peaje.

—Pero muy caro...

—¿Muy raro?

—También, abuelo, aunque sé que seguiré vivo y al mando de otro reactor.

—¡Bingo!, pero la frase es mía.

—Lo que no entiendo es por qué no has imaginado el «salto» de otra manera.

—Sería muy aburrido.

—Pero menos traumático.

—La muerte sólo es traumática para los que se quedan. El que pasa la página sólo despierta.

—Entonces, la muerte es como un sueño. (1)

—Exacto, y mi AMOR es tan considerado que os entrenáis todos los días. El problema es que no caéis en la cuenta. Dime, cuando te duermes, ¿lo haces con temor o confiado?

—Como un niño.

—Ese es el secreto. Enfrentarse a la muerte como un niño, con la absoluta confianza de que abrirás los ojos a la luz.

—Parece tan sencillo...

—Y lo es. Te lo repito, para morir sólo necesitas unas gotas de confianza.

—Perdona que insista pero, ¿no sería mejor no tener que morir?

—Mira a tu alrededor. En realidad nada muere. Esa palabra -de nuevo las palabras- ha asfixiado la verdad. La noche no muere. Sólo cambia. Se viste de luz. La madera tampoco

(1) **Nota de Dios:** Tu hijo Satcha lo explica mejor.
Réplica de J. J. Benítez: Cierto. El ingeniero informático opina que morir es como irse de vacaciones, pero sin equipaje ni billete de vuelta.

108

Página 108 de *A 33.000 pies.*

dió la mano izquierda y yo le di mi derecha... Entonces sentí una enorme energía.

—¿Apretó tu mano?

—Sí. Y me dijo: «Hasta pronto... Sigue tu camino.» La sonrisa era increíble y permanente... Mi madre nunca sonreía. Entonces habló de mis hermanos y anunció algunos hechos.

—¿Se han cumplido?

—Hizo diez anuncios y se han cumplido la mitad.

—¿Cómo desapareció?

—Empezó a retroceder, sin dejar de mirarme...

—¿Te daba la cara?

—Sí. Y se fue alejando hacia la ventana. Entonces me di cuenta: era más alta. En vida podía medir 1,60 metros. Ahora lo superaba. Conforme se alejaba fue ascendiendo. Al llegar a la ventana se esfumó.

La vivienda de María se hallaba en un noveno piso y la ventana estaba cerrada.

—¿Qué fue lo que más te impactó?

—Era amor puro. Lo contrario a lo que había sido.

—¿Cuánto pudo durar la experiencia?

—Para mí fue eterna y brevísima. En tiempo real, quizá diez minutos.

María, ahora, está segura: la muerte es un puro «trámite administrativo».

TRIDIMENSIONAL
Y TRANSPARENTE

El 2 de agosto de 1987 falleció en España el padre de una distinguida dama norteamericana a la que llamaré Cruz.

El dolor la destrozó.

Pues bien —según me relató— a los cinco días del entierro, cuando caminaba por la calle Reina Mercedes, en Sevilla (España), sucedió algo para lo que no tiene explicación.

Vi a mi padre, entre la gente...

Sólo vi la cabeza...

Flotaba a escasa distancia...

La gente la atravesaba...

Yo, entonces, estaba muy atormentada. No lograba superar la muerte de mi querido padre...

Él me miraba con mucha intensidad. Sus ojos eran muy penetrantes...

Era una cabeza tridimensional, con volumen, y algo más grande de lo normal...

Entonces me dijo: «Estoy bien... Estoy bien.»

A partir de ese momento dejé de sufrir...

Ahora lo sé: mi padre sigue vivo...

«TENGO QUE IRME»

La segunda experiencia de Sonia Gómez Rico, a la que me he referido en páginas anteriores, sucedió en la calle Virgen de la Luz, en la ciudad de La Línea, en Cádiz (España), en 1986.

Así me la relató:

Yo tenía trece o catorce años...
Era temprano. Quizá las siete de la mañana...
Me hallaba estudiando en el salón de mi casa...
Recuerdo que tenía la luz encendida. Era invierno...
De pronto vi cómo se movían las cortinas del balcón...
Me extrañó. Todo estaba cerrado...
Entonces lo vi...
Era el abuelo de Natalia, una amiga mía. Se llamaba Enrique Garralón.
Yo lo conocía. Lo había visto muchas veces en la casa de al lado. Allí vivía un hijo de este hombre.
Estaba de pie, a cosa de metro y medio del sofá donde me encontraba...
Era transparente. Podía ver a través suyo...
No llevaba su habitual bastón. En la casa del hijo se sentaba y apoyaba las manos sobre un bastón...
Vestía pantalón oscuro y chaqueta...
Y me dijo: «He venido a despedirme... Tengo que irme. Adiós...»
Y desapareció...

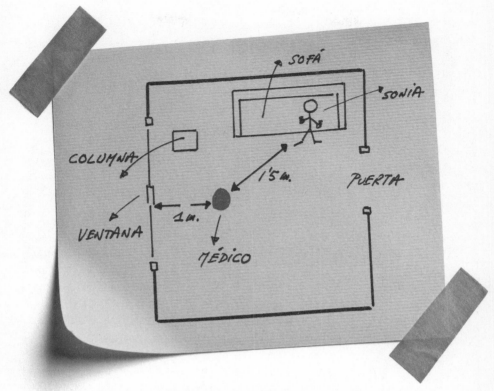

Sonia se encontraba en el sofá del salón, estudiando, cuando se presentó el médico. Cuaderno de campo de J. J. Benítez.

Era médico...

Sólo lo veía hasta las rodillas. No vi el resto del cuerpo...

Me dio la sensación de que tenía prisa...

Me levanté. Miré las cortinas y el balcón, pero todo estaba bien. No había ninguna corriente de aire...

Y seguí estudiando...

Esa mañana, hacia las ocho, Sonia comentó lo ocurrido con su madre. Y la muchacha dijo:

—El abuelo de Natalia está muerto.

Sonia se fue al colegio y la madre hizo averiguaciones.

Sonia Gómez Rico.
(Foto: Blanca.)

El abuelo se había puesto malo la noche anterior. Murió a las 7.15 de esa mañana; justamente a la hora en que fue visto por la joven.

Insistí en el tema de la transparencia y Sonia se reafirmó una y otra vez:

—Vi el cuerpo, pero hasta las rodillas. El resto no existía...

Al parecer, nada, en el salón, quedó afectado por la presencia. La familia no observó quemaduras en las cortinas o en los muebles de las proximidades. Todo aparecía normal.

El médico, según el testimonio de Sonia, no se presentó a ningún miembro de su verdadera familia.

—Yo lo había tratado desde que era una niña. Sentía un gran aprecio hacia él...

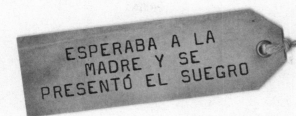

ESPERABA A LA MADRE Y SE PRESENTÓ EL SUEGRO

El presente caso no ha sido investigado por mí. Lo hizo, en su momento, mi admirado Luis Ramírez Reyes, un veterano investigador mexicano. En uno de mis viajes a México me lo contó.

La experiencia la vivió una mujer a la que llamaremos Claudia. Intenté conversar con ella, pero declinó la invitación. Quería olvidar...

Esto fue lo que contó a Ramírez Reyes:

Yo tenía problemas con mi esposo...

Estábamos a punto de separarnos...

Yo luchaba por salvar mi matrimonio, tanto por mis hijos como por nosotros... Yo le quería...

La verdad es que ignoraba por qué había dejado de amarme... Fueron muchos años de casados... No comprendía la situación...

Una noche, ya en mi cuarto, con la lámpara del buró encendida, y sumida en mi pena, solicité a mi madre, ya fallecida, que me guiara en aquella angustiosa situación... Quería saber qué debía hacer. ¿Luchaba por mi matrimonio o dejaba que se hundiera?...

Apagué la luz y, en ese momento, apareció mi suegro...

Estaba al pie de la cama...

No podía creerlo. ¡Llevaba dos años muerto!...

Estaba aterrorizada...

¡Era transparente! Veía a través de su cuerpo. Veía el librero situado detrás...

Claudia y su suegro. (Gentileza de Luis Ramírez Reyes.)

Portaba su chamarra favorita...

Tenía las manos en los bolsillos...

Me miró, fijamente, y habló sin hablar...

No emitió sonido alguno, pero yo le escuché en mi cabeza...

Y respondió a la pregunta que tenía en la mente: «¡Déjalo ir! Él tiene otras cosas que hacer.»

Encendí la luz de inmediato y desapareció...

No podía creer lo que me había pasado...

Me puse histérica...

Después llegó mi esposo y me reprendió. Dijo que estaba loca...

Luis Ramírez Reyes insistió:

—¿Era tu suegro? ¿Cómo puedes estar segura?

—Lo conocía. ¡Era él! Vestía un pantalón color beige, igual que la chamarra. Tenía su misma altura y el bigote. Yo le apreciaba. Nos veíamos poco, pero fue el único de la familia de mi pareja que se portó correctamente conmigo.

—¿Te sirvió el mensaje? —preguntó Luis.

—Ya lo creo. Dejé que hiciera su vida. Estaba con otra mujer... Terminó marchándose. Nos divorciamos... Hoy agradezco muchísimo el consejo de mi difunto suegro. Soy muy feliz con mi nueva etapa...

Claudia, contando su experiencia al periodista e investigador Luis Ramírez Reyes.

LA BATA ROSA

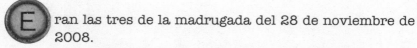

Eran las tres de la madrugada del 28 de noviembre de 2008.

Rebecca se despertó y se levantó de la cama. Fue al baño. Deambuló por la casa y terminó regresando al dormitorio. Larry, su marido, dormía profundamente.

—Entonces tuve un sueño...

Rebecca T. Wilkner es una ciudadana norteamericana a la que conozco desde hace años. Hemos colaborado en numerosas investigaciones a lo largo y ancho de Estados Unidos. Vive habitualmente en Fort Lauderdale (Florida), aunque es nacida en Saint Croix, en las islas Vírgenes. Allí, en Christiansted, vivían sus padres...

Pero sigamos con la narración de Rebecca.

—Una semana antes de ese 28 de noviembre de 2008 yo había visitado a mi madre, en Christiansted. Estaba muy mal. En julio le detectaron un cáncer de páncreas. Digo esto —añadió Rebecca—porque, en esas fechas, en noviembre, yo sabía que mi madre no duraría mucho... El caso es que tuve un sueño, y muy extraño. De pronto me vi en el balcón de la casa de mis padres. Lina, mi madre, estaba allí, conmigo. No hablamos. Yo la miraba y pensaba: «Qué bien que se ve...» No tenía aspecto de enferma. Todo lo contrario. Vestía una bata rosa...

Ahí terminó el sueño.

Rebecca se levantó de nuevo. El reloj marcaba las seis de la mañana. Ese 28 de noviembre de 2008, mi amiga debía tomar un vuelo a Saint Croix.

Rebecca, con su madre, Lina Herrera.
(Gentileza de la familia.)

—Quería visitar de nuevo a mi madre. Pero, al levantarme, me sentí confusa.

—¿Por qué?

—En el sueño había visto a mi madre sanísima. Y pregunté a Larry si mami estaba bien. El pobre me miró, atónito. «Tu madre —dijo— está muy enferma.» Pero no terminaba de creerlo. La acababa de ver, en el sueño, y estaba perfectamente. ¿Por qué tengo que volar a la isla —me decía— si ella está bien?

Y en mitad de la confusión sonó el teléfono.

—Era mi hermano. Él vive muy cerca de la casa de mis padres, en Saint Croix. Y me dio la noticia: «Mamá ha muer-

Rebecca Wilkner en noviembre de 2008. (Foto: Blanca.)

to.» El fallecimiento se produjo entre las tres y las tres y media de esa madrugada...

—La hora en que se registró el sueño...

—En efecto.

Y me interesé por los detalles de la ensoñación.

—La vi muy bien, como te digo. Aparecía con el pelo hacia atrás, como siempre, y sin maquillaje. La encontré pálida, eso sí... Vestía una bata rosa, de estar por casa. Era una bata con florecitas...

Rebecca voló a Saint Croix y esa tarde, hacia las 17.00 horas, le permitieron ver a Lina en la morgue.

—¡Dios mío!... Mi madre tenía puesta la bata rosa del sueño...

<<NO TOQUES A NADIE>>

ebecca contó la experiencia vivida con su madre el viernes, 19 de diciembre de 2008. Así consta en mi cuaderno de campo. Habían transcurrido veinte días desde el fallecimiento de Lina, su madre. Y Rebecca preguntó:

—¿Qué opinas?

Le dije lo que pensaba:

—Tu madre sigue viva. Más viva que nunca. Quizá se encuentre en MAT-1...

Y le proporcioné una breve explicación sobre los mundos MAT.[1]

Rebecca permaneció en silencio, observándome. Finalmente comentó:

—Me cuesta trabajo aceptar una cosa así...

Intervine de inmediato...

—Solicita una prueba.

—¿Una prueba?

—Es sencillo. Si tu madre está viva, como pienso, te lo hará saber...

—¿Así, tan fácil?

Sonreí.

—No pierdes nada. Pídele una señal...

Ahí terminó la conversación.

Al día siguiente, 20 de diciembre, volvimos a vernos. Rebec-

1. Amplia información sobre MAT en *Hermón. Caballo de Troya 6, Caná. Caballo de Troya 9* y *Al fin libre. (N. del e.)*

309

La distancia, en línea recta, entre Fot Lauderdale, en Florida, y la isla de Saint Croix es de 2000 kilómetros.

ca estaba emocionada. Esa noche había tenido otra ensoñación...

—En el sueño —explicó— me encontraba de nuevo en Saint Croix, frente a la casa de mi madre... Yo sabía que mi madre estaba muerta y que mi padre se encontraba en Puerto Rico, en un asunto de papeles... Entré en la casa y, de pronto, me vi en otro lugar... No sé cómo, pero supe que era un «lugar espiritual»... Había una especie de mostrador y, detrás, una mujer vestida de blanco... Tenía el cabello corto y rojizo... La piel era trigueña... Entraba y salía gente... Entonces me acerqué y pregunté: «¿Lina está aquí?...» La mujer respondió afirmativamente... Debía esperar... Entonces apareció mi madre... La acompañaban otras dos mujeres, a las que no conocía... Se quedaron quietas, a cierta distancia... Parecía feliz... Sonreía... «Estoy bien», me dijo... No debía preocuparme. Quise abrazarla pero la mujer del mostrador lo impidió: «No toques a nadie», exclamó... Entonces llegaron otras personas... Una de

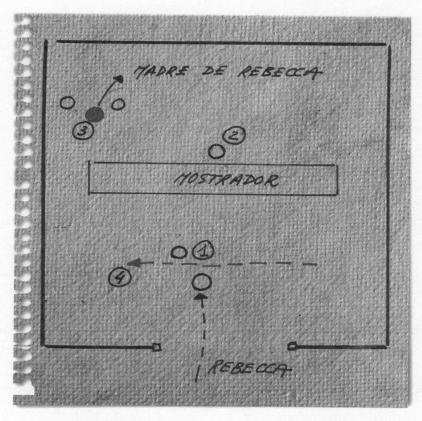

1. Rebecca (en el sueño) entra en un lugar espiritual. 2. Al otro lado de un mostrador la recibe una mujer con el pelo rojizo. 3. Lina, la madre, se presenta con otras dos mujeres y le habla. 4. Una persona cruza por delante de Rebecca. Mi amiga extiende la mano y comprueba que la persona no es sólida. Cuaderno de campo de J. J. Benítez.

ellas pasó por delante, muy cerca, y no pude resistir la tentación... Alargué la mano, disimuladamente, y quise tocarla... No fue posible... Mi mano se hundió en su brazo... ¡No era sólido!... ¡Lo traspasé!... En eso, la del pelo color cobre alzó la voz y me amonestó: «Te he dicho que no toques a nadie!»... «Me tengo que ir», dijo Lina, y desapareció... Entonces desperté.

Según Rebecca, en el sueño todos vestían de blanco.

Mi amiga tomó la ensoñación como la respuesta a su petición. Yo también me sentí feliz...

311

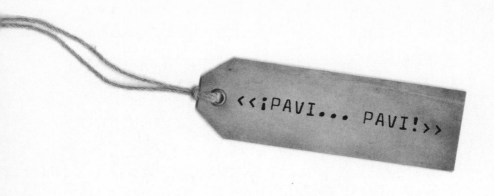

<<¡PAVI... PAVI!>>

La primera noticia sobre la experiencia vivida por Javier Martínez Pedrós me llegó por carta. Maite, hija de Javier, tuvo una feliz iniciativa y me puso sobre aviso. A su padre le había sucedido algo singular y consideró que dicha experiencia no debía perderse. «El suceso —me decía— puede ayudar a otras personas.»

Estuve de acuerdo.

Pero, siguiendo la costumbre, dejé reposar el asunto.

Algún tiempo después solicité nueva información a la hija de Martínez Pedrós.

Esta vez fue el protagonista quien respondió a mi petición. Y me proporcionó detalles. La carta de Javier decía así:

Alacuás 22/08/01

... Estimado amigo: Permíteme que te trate como un amigo, pues aunque no nos conocemos personalmente te considero un amigo, pues he leído prácticamente todos tus libros.

Me llamo Javier Martínez Pedrós (no me importa en absoluto la confidencialidad de lo que te voy a contar), pues no me avergüenzo de lo que me pasó con mi abuelo; muy al contrario: estoy muy orgulloso y me siento una persona privilegiada por haber vivido esta experiencia.

Ante todo quiero que sepas que sé diferenciar muy bien lo que es una ilusión de una alucinación, de lo que es real y lo que es irreal, de lo que es estar en estado de sueño y de vigilia, de la sensación y de la percepción. Con esto quiero decir que lo que vi o lo que viví era real...

Te digo todo esto sobre la ilusión y la alucinación porque es un tema que tengo muy estudiado, pues como te habrá contado mi hija soy licenciado en Psicología.

A continuación paso a contarte el suceso:

Todo ocurrió a finales de enero de 1975. Quizá el 22 o 23. Yo tenía trece años.

Mi abuelo se llamaba José Pedrós Florencio. Aparte de ser mi abuelo materno, también era mi padrino. Considero que teníamos una relación muy estrecha. Yo le quería mucho y él a mí.

El abuelo enfermó de bronquitis y, por lo que recuerdo, pasó bastantes semanas en cama. Un día, el médico nos comunicó que había pasado lo peor y que mi abuelo estaba en vías de recuperación. Al parecer, según el médico, durante todo ese tiempo estuvo en peligro de muerte.

Esa misma noche, el abuelo le dijo a mi madre que estuviera preparada «porque pensaba dar guerra». A mi madre le extrañó la actitud del abuelo. Yo, ahora, pienso que él sabía que se moría...

Y, efectivamente, esa noche falleció. Ocurrió el 20 de enero de 1975. Tenía setenta y nueve años de edad.

No recuerdo si había pasado un día o dos desde su fallecimiento... El caso es que estaba durmiendo en mi habitación (podían ser las cuatro o las cinco de la mañana) cuando escuché una voz. Alguien me llamaba: «¡Pavi... Pavi!» (En casa siempre me han llamado Pavi.)

Al oír repetidamente mi nombre terminé <u>despertando</u>.

Entonces vi a un hombre, junto a mi cama. No paraba de pronunciar mi nombre.

En un principio no reconocí al abuelo. Pensé que se trataba de alguien —quizá un ladrón— que se había colado en la casa.

Esta persona se hallaba de pie, a la izquierda de mi cama. Tenía los brazos cruzados, vestía un traje oscuro y llevaba puesta una boina. Presentaba una barba de dos o tres días.

Me asusté tanto que me incorporé y lo golpeé con varios puñetazos. Los golpes atravesaron el cuerpo de esta persona, aparentemente sin hacerle daño.

Después de golpearlo varias veces, y viendo cómo mis manos y brazos atravesaban su cuerpo, de repente me dijo: «Ahora que te he visto me puedo ir satisfecho.» (O sea, que aún no se había marchado.)

Fue en ese instante, al hablar, cuando me percaté: ¡era mi abuelo!

Y empecé a llamarlo: «¡Abuelo, abuelo, abuelo!»

Me miró, sonrió, y se desvaneció.

Intenté agarrarlo para que no se marchara. Fue como si abrazara a la nada...

Se marchó sonriendo, con gran satisfacción.

Y yo pasé del miedo y del terror a la alegría y a la esperanza. Acababa de ver a la persona que más quería en esos momentos.

Mi abuelo era una persona muy tozuda. Estoy seguro de que antes de marcharse pidió verme y despedirse de mí...

Javier Martínez Pedrós, a la edad de once años, con su abuelo, José Pedrós. (Gentileza de la familia.)

Estoy seguro de que cuando me llegue la hora, él vendrá para guiarme...

Y, como es habitual en mí, archivé la carta de Javier y adopté la técnica de la «nevera».

Así transcurrieron once años...

Finalmente, «alguien» tocó en mi hombro y viajé a Valencia, en España.

Fue el 17 de octubre de 2012.

Javier Martínez Pedrós —gentil y paciente— me recibió y volvió a contar la experiencia (con detalle). No hubo una sola contradicción. Como ya mencioné, si el testigo inventa, o miente, es muy difícil que sostenga la versión original, y mucho menos después de tantos años...

No era el caso.

Y hablamos —cómo no— de los detalles del suceso.

—El abuelo fue enterrado en Ribarroja del Turia, aunque falleció en Alacuás...

Javier es un hombre despierto y con una excelente memoria.

Me interesé mucho por el «cuerpo» del abuelo.

—La figura que vi parecía normal. Era idéntica a la que conocí en vida. Lo único anormal es que, al golpearlo, los puños lo atravesaban.

—¿Era traslúcido?

—Aparentemente era un cuerpo sólido. No veía a través...

—Dices que llevaba barba de dos o tres días.

—Sí, y me sorprendió.

—¿Por qué?

—El abuelo se afeitaba a diario. Era muy cuidadoso.

—¿Vestía la ropa habitual?

—Sí, de negro. Pantalón y chaqueta de pana y una faja en la cintura.

—¿Había luz en la habitación?

—Por la ventana entraba la luminosidad de la calle.

El hecho tuvo lugar en la calle Bandera Valenciana, patio cuatro, tercer piso, en el referido pueblo de Alacuás.

—¿Cómo desapareció?

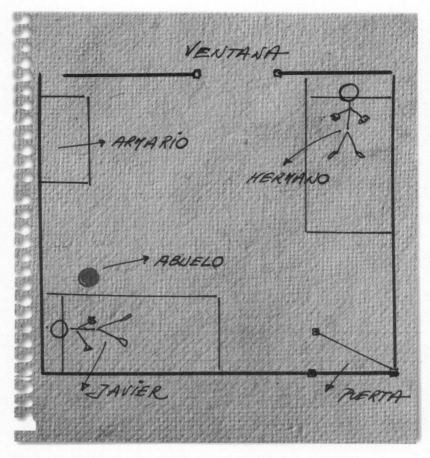

El abuelo, fallecido días antes, se presentó junto a la cama del nieto. Cuaderno de campo de J. J. Benítez.

—Noté una vibración y empezó a difuminarse.

—¿Por partes?

—No, el cuerpo se borró poco a poco, pero de manera uniforme.

—Háblame de la voz...

—Era la suya. La reconocí perfectamente. Pronunció mi nombre varias veces...

—¿Cuántas?

—Siete u ocho. «¡Pavi... Pavi!»

—¿Por qué lo golpeaste?

Javier me observó, perplejo.

—Me asusté. Pensé que había entrado un extraño.

—¿En qué momento dejas de «golpearlo»?

—Al escuchar la voz. Entonces comprendí que era el abuelo...

—¿Sabías que estaba muerto?

—Claro. Llevaba dos días enterrado.

—¿Dormías solo en la habitación?

—No, con mi hermano. Pero no se enteró de nada.

—Dices que te incorporaste en la cama...

—Sí, y empecé con los puñetazos. Entonces fue cuando reconocí la voz y me fijé en la cara. Sonreía. Los ojos estaban llenos de vida... Fue en lo que más me fijé.

—¿A qué distancia estaba de la cama?

—A medio metro.

—Dices que trataste de abrazarlo...

—Sí, pero abracé a la nada. Entonces se difuminó.

—¿Era religioso?

—Creía en Dios, pero era anticlerical.

EL TRANSPARENTÓN

El presente caso parece un chiste. No lo es.

Sucedió en la ciudad norteamericana de Weston, en Florida.

La experiencia fue vivida por una mujer con una capacidad paranormal fuera de lo común.

La llamaré MA.

Fue en 2003. No recuerdo la fecha exacta...

Una mañana, tras dejar a los niños en el colegio, me fui a correr...

MA es una mujer joven.

Me dirigí al parque de la Paz, uno de los más populares de la ciudad...

Serían las nueve cuando empecé a trotar...

Y al correr por la zona de la laguna la vi...

Era una señora de unos setenta o setenta y cinco años...

Se hallaba sentada en un banco y daba de comer a los patos...

MA aclaró:

Los patos de Weston son muy cómicos. Saben quién les va a dar de comer y quién no...

La anciana sacaba migas de pan de una bolsa de papel y las arrojaba a los patos...

MA, una mujer excepcional.
(Gentileza de la familia.)

Nunca la había visto en el parque. Yo acudía a diario...

Entonces, al acercarme, vi a un señor muy próximo al banco. Permanecía de pie, a la izquierda de la anciana...

Casi se me paró el corazón...

¡Era medio transparentón! Se veía a través del cuerpo...

Era mayor, de unos ochenta años de edad. Era de piel blanca...

Lo miré, asombrada. Vestía un traje impecable, con corbata...

«Qué raro», me dije...

Conforme me aproximaba ratifiqué la primera impresión: era transparente. Parecía un holograma...

Frené la marcha y él se dio cuenta de que lo había visto...

Nos miramos...

Yo seguí corriendo...

Pasé por delante del banco. La señora ni me miró. Seguía con los patos...

Instintivamente aceleré...

Entonces escuché una voz...

Era el señor transparente. Me hablaba...

Yo no me volví. Continué trotando, asustada...

Pero él insistió. Yo oía su voz en mi cabeza...

Me decía: «Por favor, dile que estoy bien... Dile que estoy con ella todo el tiempo... Dile que no se sienta sola...»

Era muy educado. Me hablaba con delicadeza...

Pero yo, temerosa, busqué una excusa: «¿Y si no habla español?»...

«Sí habla español —replicaba el transparentón—. Dile que estoy con ella...»

Lo sé. Fueron excusas, pero él insistió...

Oh, my God!...

Terminé parando. Di media vuelta y caminé hacia el banco...

El transparentón había desaparecido. Ya no lo vi más...

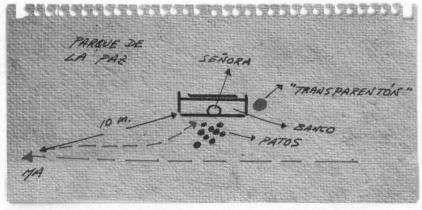

Parque de la Paz, en Weston (Florida). MA pasa por delante del banco y ve al «transparentón». Se detiene a 10 metros y regresa para hablar con la anciana. Cuaderno de campo de J. J. Benítez.

Y yo pensaba: «La señora dirá que estoy loca...»

Los patos continuaban a los pies de la anciana, como si nada...

Llegué hasta ella e improvisé:

—Señora —le dije—. Hay un señor con usted...

—No, mija —respondió—. Vine sola...

—Mire, señora —proseguí con no poco esfuerzo—. Es que hay un señor aquí... Un señor que murió...

Yo no sabía qué decir. Me sentía ridícula...

Pero continué...

—Él está aquí a su lado... Es un espíritu...

Yo no sabía por dónde seguir...

—Es un espíritu que está a su lado... Y me dice que le diga que usted no está sola... Él está bien... Dice que usted no debe sentirse sola... Él está con usted todo el tiempo...

La señora me miraba, perpleja...

Entonces pregunté:

—¿Por qué se siente sola?...

Ella empezó a reír y se tapaba la boca con la mano...

Al final respondió, siempre entre risas:

—¡Ah!, sí, ése es mi esposo.

Y dijo que había muerto, no sé cuándo...

Y añadió:

—Sí, me he sentido sola porque me están arreglando la dentadura y no salgo casi...

Entonces se le saltaron las lágrimas y me dio las gracias...

Antes de despedirme le dije:

—Háblele en voz alta... Él está muy cerca y le escucha...

Yo seguí trotando...

Nunca más volví a ver a la anciana de los patos...

EL HOMBRE
DE LA SONRISA
ESPECTACULAR

onozco a Ezequiel Rodríguez Ruiz desde 1976. Puede que antes...

Es hombre de pocas palabras y especialmente valiente.

Durante años se ocupó de las obras de albañilería en «Cantora», la finca que fue de Francisco Rivera, *Paquirri*, en el término de Medina Sidonia, en Cádiz (España).

El torero, como es sabido, perdió la vida el 26 de septiembre de 1984 en la plaza de toros de Pozoblanco, en Córdoba. A pesar de su juventud —treinta y seis años—, el Destino se lo llevó.

Pues bien, a las pocas semanas de su muerte, cuando Ezequiel se encontraba en «Cantora», trabajando, sucedió algo inusual.

De pronto —manifestó Ezequiel—, cuando entré en el gimnasio, lo vi...

Era Paco, el torero...

Lo vi con claridad. Estaba montado en su moto...

Sonreía...

Ezequiel salió del gimnasio, pálido. No quiere recordar el incidente. Es más: si alguien pregunta sobre el particular, él lo niega.

Seguramente fue un reflejo, afirmó.

Seguramente...

Dieciséis años después de la trágica muerte de Paquirri, en la referida finca de «Cantora», se registró otro suceso, relativamente parecido al anterior.

Paquirri, el hombre de la sonrisa espectacular. (Foto: © Agustín Arjona / Archivo Arjona.)

En esta ocasión también lo protagonizó el torero. La testigo fue Isabelita, hija adoptiva de Isabel Pantoja, viuda de Paquirri.

La niña contaba cuatro años de edad.

Así lo narró Isabel Pantoja:

Isabelita llegó un día hasta la puerta del cuarto en el que se guardan las pertenencias del torero...

Nadie entra en esa habitación...

Pues bien, al rato, la niña bajó diciendo que había visto a un hombre que le sonreía...

Nos sorprendimos...

Ezequiel (derecha) y Juanjo Benítez.
(Foto: Blanca.)

Sabíamos que en la casa, en esos momentos, no había nadie, y menos en la planta de arriba...

Cuando preguntamos quién era el señor, la niña nos llevó al salón. Se situó frente al cuadro, al óleo, de Paco, y lo señaló con el dedo...

—Ése es el señor que he visto...

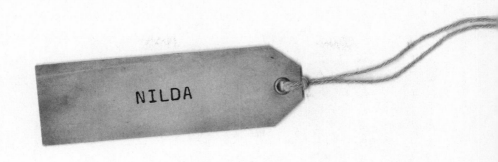

NILDA

El 27 de octubre de 2007 conocí a otra mujer excepcional: Nilda Ochoa de Rigual, profesora de la Universidad de Carabobo, en Valencia (Venezuela).

Hablamos de muchos temas pero, sobre todo, del mágico universo de las señales.

Nilda contó varias experiencias...

En cierta ocasión, a raíz del fallecimiento de su madre, la profesora retó a Dios: «¿Por qué se la había llevado?»

No lo comprendía...

Y sucedió que una mañana, al entrar a la universidad, un alumno le preguntó si había viajado sola desde la ciudad. Nilda, para salir del paso, dijo que había llegado con su madre...

—Fue una broma inocente —confesó—, pero no terminó ahí la cosa...

Al finalizar la clase, Nilda permaneció en el aula, corrigiendo.

Entonces entró el alumno que la había interrogado y preguntó si deseaba que le llevara un café a su madre.

—Está en el hall —dijo—, muy sola...

Nilda pensó que era un adulador y no le prestó atención. La madre, como digo, hacía tiempo que había muerto.

Pero el muchacho insistió...

—Su madre está ahí.

Nilda, sorprendida, terminó interrogando al alumno:

—¿Cómo va vestida?

El joven la describió. Llevaba un vestido rosa con bordados en los brazos.

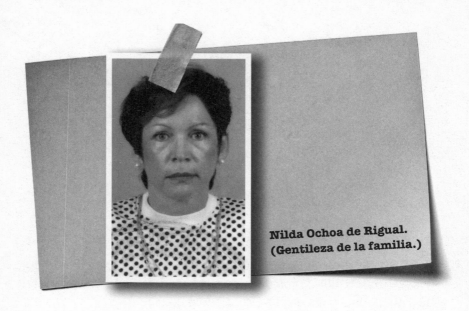

—¡Dios mío!... Era una prenda que mi madre usaba habitualmente.

Cuando Nilda se apresuró a salir al hall, allí no había nadie.

La segunda experiencia me dejó más desconcertado, si cabe.

Yo tuve una maestra a la que quise mucho. Se llamaba Ana Josefina Figueroa de Ojeda...

Nilda disfruta de una espléndida memoria.

Pues bien, un día tuve que coger un avión. Fue el 6 de marzo de 1988...

Me acompañaba mi marido. Volamos de Maracaibo a Valencia...

Y coincidimos con Josefina en el avión. Estaba sentada al fondo, en el lado izquierdo...

Levanté el brazo y nos saludamos...

—¿A quién saludas? —preguntó mi esposo. Le dije que a mi maestra, Josefina—. Viaja ahí atrás...

Entonces comenté con mi marido el buen aspecto que presentaba. Llevaba meses luchando contra el cáncer...

Carlos escuchó atentamente y preguntó:

—¿Vas a ir allí atrás? Le dije que sí, en cuanto lo autorizasen...

Y al apagarse las señales de los cinturones acudí a la zona trasera del avión. Deseaba volver a conversar con ella...

Pero, al llegar al asiento, comprobé que estaba vacío...

Pregunté al pasajero que se sentaba al lado y, gentilmente, respondió que quizá estaba en el baño...

Esperé y esperé, pero no apareció...

Al llegar a casa me telefonearon. Hacía dos horas que Josefina había muerto... Por supuesto, jamás montó en ese avión...

C oincidí con Emanuela Spinetta el 4 de noviembre de 2000. Era una alta ejecutiva de la Editorial Planeta. Trabajamos juntos un tiempo.

En cierta ocasión, en un alto en el rodaje de la serie *Planeta encantado*, Emanuela me contó lo siguiente:

Emanuela.
(Foto: J. J.
Benítez.)

Sucedió en Mónaco...

Todavía estoy asustada...

Yo tenía un novio. Se llama Máximo...

Una mañana lo vi por la calle...

Yo me dirigía a la peluquería...

Caminaba por la acera de enfrente, a cosa de ocho o diez metros, y en dirección contraria a la mía...

Lo llamé:

—¡Máximo... Máximo!...

Pero no me miró...

Vestía camisa blanca, con un cuello ancho, pantalón, también blanco, y unas zapatillas con los cordones sueltos...

Quedé perpleja...

Siguió su camino, con la vista fija...

Esa misma mañana, mi madre también lo vio, pero en un supermercado. Lo llamó, pero tampoco respondió...

Por la tarde, cuando me reuní con Máximo, dijo que había permanecido todo el día en la oficina. Además vestía de azul...

Y Emanuela aclaró:

Máximo tuvo un hermano gemelo, pero falleció años antes...

Estoy segura: a quien vi por la calle fue al gemelo muerto...

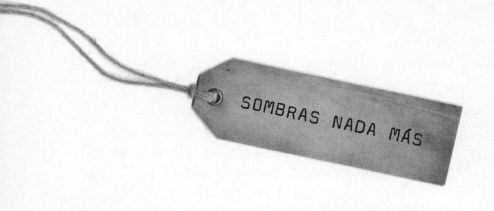

SOMBRAS NADA MÁS

La gran afición de Armando Vivas fueron las rancheras, al estilo de Javier Solís.[1] Y bien que lo demostró...

La experiencia con Armando me la contó Milagro de Luz Arriaga, ya mencionada en páginas anteriores.

En enero de 2012 —explicó Milagro— mi tío Armando pasó unos días con nosotros, en Estados Unidos...

Fueron cinco días inolvidables. Se pasaba el día cantando al estilo de Solís. *Sombras nada más* era una de sus favoritas...

Tenía una voz espectacular...

Cantaba 25 horas al día...

La cuestión es que tío Armando regresó a Venezuela y falleció al poco, en febrero de ese mismo año...

Murió de un infarto...

Pasaron unas semanas y un buen día coincidimos en la calle con el cartero de la zona...

—¿Son ustedes del apartamento 109? —preguntó...

Le dijimos que sí...

Y el cartero comentó:

—¡Qué hermoso canta ese señor del 109! Lo he oído estos días... Cantaba rancheras.

—Ése es mi tío Armando —respondimos—. Lástima que se fue...

1. Javier Solís nació en México. Se llamaba Gabriel Siria Levario. Fue el rey del bolero ranchero. Falleció en 1966. Entre sus canciones más populares destacan *Sombras nada más* y *En mi viejo San Juan.*

El tío Armando. (Gentileza de la familia.)

—¿Se ha ido? —preguntó el cartero...
—Sí, para siempre...
—¡Qué pena! ¿Volverá?...
Nos miramos, atónitas...
—No —aclaramos—. El tío Armando murió...
—¿Cuándo murió?...
—En febrero...

Javier Solís. Hasta los muertos le imitan.

El cartero palideció y dijo:
—Eso es imposible... Yo le oí cantar la semana pasada.
Esta vez palidecimos nosotras...

UN CARDENAL HUESUDO

En un reciente viaje a Finlandia conocí a una mujer cuya identidad no debo desvelar. La llamaré Ulla.

Al hablarle de mis investigaciones —sobre «resucitados»— confesó algo que le había ocurrido en 1978, cuando residía en Londres.

Sucedió el 28 de septiembre.

Ulla tuvo un sueño; mejor dicho, una pesadilla.

Me encontraba en el Vaticano —manifestó— y vi cómo asesinaban a Juan Pablo I...

Vi a un cardenal huesudo que decía «¡Hay que asesinarle!»

Fue una sensación horrible...

Lo mataron por un asunto económico...

Le proporcionaron un líquido —lo vi en el sueño— y el corazón se paró...

Al día siguiente, 29, se dio la noticia de la súbita muerte del papa. Reinó 33 días. Tenía sesenta y seis años.

Comunicación oficial del Vaticano: paro cardíaco.[1]

1. La versión oficial sobre la muerte del papa Juan Pablo I sigue sometida a sospecha. No fue el irlandés John Magee quien encontró el cadáver, sino una religiosa, sor Vicenza Taffarel. Según declaración de la monja, el papa había vomitado. Sus gafas y las zapatillas estaban llenas de vómitos. Ambas fueron retiradas, no siendo sometidas a los análisis periciales.

Juan Pablo I pretendía clarificar las oscuras finanzas vaticanas. En esas fechas, los beneficios del Banco Vaticano rondaban los 10.000 millones de dólares. El Vaticano tenía acciones e intereses en la industria ar-

Juan Pablo I gozaba de buena salud.
(Foto: RBA / EFE.)

mamentística, en la farmacéutica (incluida la fabricación de preservativos y píldoras anticonceptivas), en el sector inmobiliario, en la venta de diamantes y en el blanqueo de capitales, entre otras actividades. Juan Pablo I lo descubrió y trató de sacarlo a la luz. Calvi, Sindona y Marcinkus, entre otros, no lo consintieron. «Le fallaron las fuerzas», explicaron las fuentes oficiales del Vaticano. Y tanto... *(N. del a.)*

En 1982, Manuel Osuna, destacado investigador del tema ovni, me ponía en la pista de un suceso protagonizado por Claudio Sánchez-Albornoz y Menduiña, eminente historiador español.[1]

El 3 de abril de ese año (1982), Sánchez-Albornoz escribía lo siguiente en el desaparecido *Diario 16*:

... Temo escandalizar a mis lectores, pero no invento nada, ni nada desfiguro. Me limito a referir un para mí inexplicable suceso del que doy fe...

Estaba en la cama con las luces de la araña central encendidas. Me hallaba distraído, sin pensar en nada. Ignoro hoy, al cabo de tres meses, si enfermo o fatigado. De pronto levanté la vista hacia la lámpara de cuatro brazos que iluminaba la alcoba y vi, sí, vi claramente a la derecha de la araña y junto a ella la cara de un hombre ni joven ni viejo, de rostro rasu-

1. Sánchez-Albornoz fue licenciado en Filosofía y Letras (1913) con premio extraordinario. Se doctoró por la Universidad de Madrid y fue número uno en las oposiciones al Cuerpo de Archivos y Bibliotecas. Ejerció como catedrático numerario en las universidades de Madrid, Barcelona, Valladolid y Valencia. En 1926 fue designado académico de la Historia y entre 1923 y 1934 ocupó el cargo de rector de la Universidad Central. Fue diputado por Ávila y ministro de Estado en 1933. Al estallar la guerra civil española se exilió a Argentina. Entre 1962 y 1971 fue presidente del Gobierno de la República Española en el exilio. En 1976 regresó a España.

rado que emergía de una indumentaria nada moderna; la cara de un hombre que me miraba fija y escrutadoramente. Cuando sus ojos tropezaron con los míos, el misterioso visitante se esfumó lentamente comenzando por el pecho varonil. Yo estaba perfectamente lúcido y recuerdo muy bien cómo fue nublándose lentamente la visión de su conjunto y de abajo arriba.

Pueden mis lectores imaginar mi sorpresa y la catarata de ideas que vino a mi mente. Desconocía el rostro de mi extraño visitante: no era de ningún familiar por mí conocido o cuyo retrato hubiese a veces contemplado. Había yo pedido a Archivo Militar de Segovia noticias de un lejano antepasado, general del Ejército Español en las primeras décadas del siglo XIX. Tenía yo recuerdos del mismo por su nieta, mi bisabuela, y había yo poseído un retrato al óleo de su mujer, que me lo robaron. ¿Sería el rostro aparecido junto a la araña de mi alcoba el de ese lejanísimo ancestro que, conocedor de mis gestiones en busca de su hoja de servicios, venía a conocer al lejano y curioso nieto?

Como estaba y estoy perfectamente cuerdo y no soy frecuentador de espíritus ni creyente en sus andanzas terrenales, no puede atribuirse la extraña visión a hábitos o frecuentaciones de mi mente. Pero por mi absoluta lucidez en el momento de la extraña aparición, tampoco puedo atribuirla a una enfermiza tensión psíquica. He procurado atraer a una nueva entrevista a la extraña visión que podría pintar si supiese manejar los pinceles. Mis invocaciones han sido vanas.

Quizá el lejanísimo abuelo satisfizo su deseo de conocer al curioso descendiente que indagaba noticias suyas y no ha sentido nueva tentación de visitarme...

El preclaro republicano murió el 8 de julio de 1984, en Ávila (España). No alcancé a interrogarlo sobre el misterioso suceso.

ELLOS

L as dos cartas me impactaron.

Inma, con seguridad, es una mujer audaz.

Las recibí en 2007.

He aquí una síntesis de las mismas:

Murcia, 21 de febrero de 2007.

Amigo Juanjo:

He sentido la necesidad de escribir esta carta de agradecimiento porque, ahora, a estas alturas de mi vida, he conseguido ver la vida y la muerte con otros ojos, todo para mí ha adquirido un sentido nuevo, como si lo viera con los ojos de una niña, a mis cuarenta y siete años...

Pero voy a empezar por el principio. Me llamo Inmaculada Arcos. Hace tres años (2004) mi padre, enfermo de Alzheimer, nos dejó un regalo, aunque no fui consciente de ello hasta algún tiempo después. Él era un consumado lector, afición que yo heredé.

El libro que siempre llevaba consigo, y que leía y releía sin cesar, era *El testamento de san Juan*. Cuando la enfermedad se encontraba en un estado avanzado (ya no podía leer), y durante una visita a casa de mi hermana, se empeñó en llevar el libro. Mi madre intentó que entendiera el absurdo de «cargar» con un libro que no iba a leer, pero tanto insistió que se salió con la suya. Tras finalizar la velada, *El testamento de san Juan* quedó allí, «olvidado», en casa de mi hermana.

He de decirte, antes de continuar, que mis padres son muy

338

**Antonio Arcos, padre de Inma.
(Gentileza de la familia.)**

religiosos, están muy vinculados a la iglesia católica; entusiasmo que no comparto en absoluto (aunque sí, y desde muy pequeña, por la figura de Jesús de Nazaret; intuía que ocultaba una riqueza no desvelada, un mensaje mal explicado). Por ello nunca pensé que el tan traído y llevado libro me fuera a interesar en absoluto.

Poco tiempo después, el 9 de mayo de 2004, mi padre falleció. Yo estuve presente cuando ocurrió, y sentí, tuve la sensación de que abandonaba ese cuerpo que se había convertido en una cárcel. Esa noche tuve un extraño sueño. En él, yo observaba cómo mi padre, a pesar de haber muerto, seguía atrapado en su cuerpo enfermo, sentado en su silla de ruedas. Alguien —de espaldas a mí— le limpiaba la saliva que caía

por la barba (algo que yo hacía a menudo). Estaba desconcertada, no entendía que después de fallecido siguiera padeciendo y, abiertamente, le pregunté que cómo era posible que no se hubiera liberado. En ese momento, la persona que le limpiaba se volvió hacia mí, sonriendo, con una dulzura, una paz y un agradecimiento que no puedo transmitir con palabras. Era mi padre, mucho más joven, antes de que la enfermedad se cebara en él. El impacto que recibí fue tan fuerte que me desperté en ese instante...

Algún tiempo después —en marzo— Inma me proporcionó nuevos detalles:

... En dicho sueño, «ellos» se encontraban en una habitación. Yo miraba la escena. Mi padre, enfermo y extremadamente delgado, estaba sentado, ausente. No me miraba. Mientras, un hombre robusto (de espaldas a mí) le limpiaba la saliva. Yo estaba pendiente de mi padre. Y le pregunté por qué seguía enfermo, por qué después de fallecido no se había liberado. En ese instante se volvió hacia mí el hombre que estaba de espaldas. Era mi padre, más joven. Representaba entre cincuenta y sesenta años (quizá más cerca de los cincuenta). Cuando murió, mi padre contaba ochenta años (con apariencia de noventa). El contraste era impresionante. También recuerdo que, a pesar de que él usaba gafas, en el sueño no llevaba.

Pero lo que más llamó mi atención fue verlo cuidar a un enfermo. Algo impropio en él, que recibió una educación machista. Y también me impactó su cara, su expresividad (él no era tan expresivo, ni mucho menos) lo decía todo. Una sonrisa, una mirada que transmitía tanto: paz, gratitud, alegría.

Inmaculada Arcos. (Gentileza de la familia.)

Parecía que me decía: «Tranquila... Estoy bien... He comprendido todo.»

Fue un sueño irritantemente breve, pero intenso (no consigo olvidarlo). Lamenté despertarme tan pronto. El despertar fue brusco, producido por la intensa emoción. No he vuelto a soñar nada igual o parecido. Ni siquiera sueño con mi padre...

E Inma Arcos recuperó también el asunto de *El testamento de san Juan*:

... Al recordarme mi hermana que tenía en su casa el último libro que había leído nuestro padre, y que tanto estimaba, le pedí que me lo dejara. Lo leí y, por supuesto, no era lo que imaginaba. Nada de libro beato, nada de doctrina oficial católica; aquello me impresionó e hizo que comenzara a interesarme por el autor de dicho libro... Pero lo que llegaba a mis oídos era contradictorio. A unos les gustaba y otros comentaban: «¡Ah, sí, el de los ovnis!»

He comentado que soy aficionada a la lectura. Siempre estoy comprando libros o sacándolos de la biblioteca. Llevaba tiempo buscando un libro que tratara la figura de Jesús de Nazaret desde un punto de vista distinto. Libro que caía en mis manos sobre el tema sólo conseguía desilusionarme. Tengo que confesar humildemente que no conocía los *Caballo de Troya*, ni nadie de mi familia o entorno me habían hablado de ellos. También es cierto que yo no solía comentar mi admiración por Jesús. El caso es que, en una de esas visitas a la biblioteca, me quedé inmóvil ante una estantería repleta de libros de J. J. Benítez. Me lancé como una loba a ver los libros del autor del último libro leído por mi padre, y atrapé, cómo no, *Caballo de Troya 1*. Al leer la sinopsis no podía creerlo. Era el libro que estaba buscando. Quedé enganchada con los «Caballos» porque me han mostrado a un Jesús que yo intuía y que nadie me daba a conocer. Pero eso fue sólo el principio. El principio de un cambio que ha ido operando en mí; un cambio paulatino que he ido descubriendo poco a poco, casi sin darme cuenta...

LA FALLECIDA PRENDIÓ EL TELEVISOR

El 15 de febrero de 2008 llegó a mi página web un correo electrónico que me impresionó. Procedía de Argentina. Lo firmaba Irma G. Dahbar. Hice las oportunas averiguaciones y comprobé que el hecho era auténtico.

En esencia, la comunicación decía así:

... Mi marido lee y relee todos sus libros y yo los conozco a través de lo que él me va contando...

Son muy interesantes, pero quiero contarle algo extraño que sucedió en nuestra casa mientras nos hallábamos ausentes...

Resulta que nos fuimos de vacaciones y al cuidado de la casa quedó la señora que nos ayuda habitualmente con las tareas del hogar...

Trajo a sus hijitas para que le hicieran compañía durante nuestra ausencia...

Pues bien, al regresar, Eli, la mayor de las niñas, de nueve años, me contó lo siguiente: Serían las diez de la mañana... Estaba en la cocina, preparándose una taza de té cuando, de repente, vio a una mujer mayor, de cabellos blancos, que manipulaba el televisor...

La niña sintió miedo y bajó la cabeza...

Pero volvió a mirar...

La señora, a la que no conocía de nada, continuaba atareada con el televisor...

El aparato estaba apagado...

La niña permaneció quieta, sin moverse...

Quiso llamar a su madre, pero no se atrevió...

Y, súbitamente, el televisor se encendió...

La señora de los cabellos blancos —dice la niña— se asustó mucho y terminó marchando. Desapareció...

Entonces le mostré una fotografía. En ella aparecen mi madre y mi suegra, ambas con el pelo blanco...

Y solicité que me dijera si las conocía...

Eli no dudó...

Y señaló a mi suegra...

Era la persona que había visto junto al aparato de televisión...

¿Cómo era posible? Mi suegra falleció mucho antes, el 29 de abril de 2003...

Si esto es así —y la niña no miente—, ¿cree usted que podré ponerme en contacto con ella?...

Más aún: ¿por qué mi suegra se manifestó delante de una niña a la que no conocía?...

¿Por qué se asustó tanto al conseguir que el aparato de televisión echara a andar?...

Por supuesto, no tengo las respuestas, y así se lo hice ver.

La investigación sigue abierta.

EL REY Y SABINO

A la vista de lo expuesto sobre el carácter mágico de los sueños, entiendo que debo ser valiente y publicar también los míos; lo que me tocó vivir en la noche del 23 de mayo de 1995 y en la madrugada del 4 de enero de 1996.

Fue tan impactante que lo escribí nada más despertar.

He aquí el contenido del primer sueño (?), tal y como lo recuerdo:

El Rey Juan Carlos I. Detrás, Sabino Fernández Campo. (Foto: EFE.)

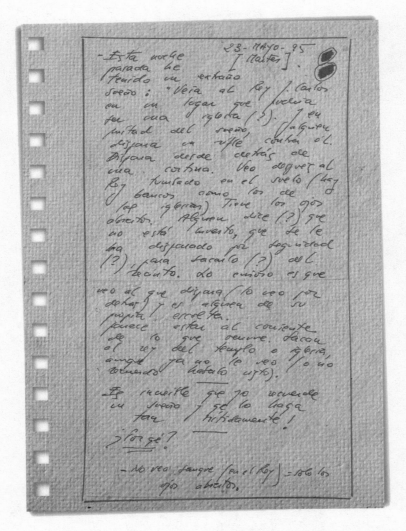

Texto del primer sueño de J. J. Benítez. (Archivo J. J. Benítez.)

Veía al Rey Juan Carlos en un lugar que podría ser una iglesia (?)...

Y en mitad del sueño, alguien dispara un rifle contra él...

Dispara desde detrás de una cortina...

Veo después al Rey tumbado en el suelo (hay bancos como los de las iglesias)...

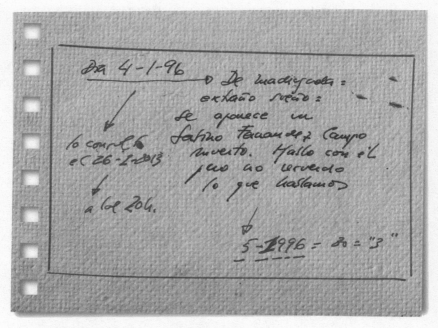

Texto del segundo sueño. (Archivo J. J. Benítez.)

Tiene los ojos abiertos...

Alguien dice (?) que no está muerto, que se le ha disparado por seguridad (?), para sacarlo del recinto...

Lo curioso es que veo al que dispara (lo veo por detrás) y es alguien de su propia escolta...

... (Nombre censurado) parece estar al corriente de lo que ocurre...

Sacan al Rey del templo o de la iglesia, aunque ya no lo veo (o no recuerdo haberlo visto).

Es increíble que recuerde un sueño y que lo haga tan nítidamente...

¿Por qué?...

No veo sangre en el Rey: sólo los ojos abiertos...

El segundo sueño se produjo 225 días después.

Esto fue lo que escribí, nada más despertar:

Día 4-1-96. De madrugada: extraño sueño...
Se aparece un Sabino Fernández Campo muerto...[1]
Hablo con él pero no recuerdo lo que hablamos...
Fin de la ensoñación...

Sinceramente, no encuentro una explicación coherente, aunque sé que el Maestro hablaba de «la perla que se oculta en los sueños».

Hice cálculos, por supuesto, pero los resultados son endebles, o a mí me lo parece...

Sabino falleció el 26 de octubre de 2009; es decir, trece años después del sueño. No le encuentro sentido, aunque también es cierto que no logro recordar lo que me dijo o lo que hablamos.

Lo que sí me parece extraño es que los papeles en los que escribí los respectivos sueños hayan aparecido cuando estoy inmerso en la redacción de *Estoy bien*. Eso sucedió en la tarde del 26 de febrero de 2013. Los papeles en cuestión se hallaban en el fondo de mis archivos (más hundidos en el olvido que el *Titanic*). Y, ¡oh, casualidad!: surgen en el momento justo...

Eché mano de la Kábala y esto fue lo que hallé: la fecha del primer sueño (23 de mayo de 1995), sumando los dígitos, equivale a 23 más 5 más 1 más 9 más 9 más 5 = «7». En Kábala, el «7» tiene el mismo valor numérico que «morir» o «perecer» (!).

Por su parte, «225» equivale a «señal» o «indicio».

«225», reducido a un solo número (2 más 2 más 5), proporciona «9», que en Kábala equivale a «adivino».

Dicho queda...

---

1. El general Sabino Fernández Campo fue jefe de la Casa del Rey desde el 22 de enero de 1990 hasta el 8 de enero de 1993. Fue amigo personal de J. J. Benítez. (*N. del e.*)

<<MIRA QUÉ HABITACIÓN MÁS GUAPA...>>

U n día de junio de 2006 recibí una carta procedente de una escondida y bella población asturiana. La remitía María de los Ángeles Martínez Vior. Reproduciré la misiva íntegramente:

J. J. Benítez
Apdo. 141
Barbate 11160-Cádiz

Señor Benítez, me atrevo a dirigirme a usted y robarle unos minutos de su precioso tiempo porque, casualmente, encontré su dirección en uno de sus libros, y me decidí a escribirle para hacerle saber un hecho para mí maravilloso.

Me explico:

Soy una persona escéptica en cuanto a la religión, aunque tengo que decirle que siempre me intrigó Jesús de Nazaret, y he leído todo lo que pude sobre Él. También que soy (para mi desgracia) una de esas personas un poco «raras» que tienen «presentimientos» sobre cosas que aún no han pasado, pero para mi «desesperación» pasan.

Bueno, voy al grano.

Cuando enfermó mi padre (al que adoraba) lo llevé terriblemente mal. No lo aceptaba y por eso me rebelaba (tengo un carácter bastante fuerte). Durante un año fui la sombra de mi padre, de médico en médico, siempre esperando que nos dieran alguna esperanza, cuando no la había. Cuando, inexorablemente, llegó el fin, me enfadé tanto con el Jefe que estuve nueve meses sin hablarme con Él.

María
de los Ángeles
Martínez Vior.
(Gentileza de la
familia.)

Mientras, en mi interior, necesitaba saber que mi padre estaba bien. Sólo necesitaba eso; tan poco, pero tanto para mí.

Cuando tenía esta lucha conmigo misma empecé a leer su libro *Caballo de Troya*. Me impresionó tanto que leí la serie completa. Usted me presentó a un Dios humano, accesible y sincero. Todo lo que yo, sin saberlo, probablemente buscaba. Eso me dio un poco de paz, y entonces se obró el milagro.

Una noche, mientras dormía, tuve un «sueño» que no fue normal. No sé explicarlo. Fue como si hubiese sido llevada al lado de mi padre, y él me dijo: «No estés triste... Estoy bien.»

Nunca recuerdo lo que sueño, pero, a la mañana siguiente, yo era otra persona. Empecé a recapacitar y me di cuenta de que Él siempre había estado ahí, conmigo, aunque estaba tan enfadada que no era capaz de verlo. Recordé cierto aroma a rosas, cierto roce de labios en mi frente (Esto ya me había pasado antes). Él trataba de consolarme pero yo no le dejaba. El Jefe, como un padre paciente, que sabe que su hijo tiene una rabieta, esperó a que yo me tranquilizara para abrirme sus brazos y decirme: «Aquí estoy. Te comprendo y te acepto como eres.»

Usted, señor Benítez, me devolvió a Jesús de Nazaret, al que siempre busqué...

Dejé reposar el asunto y seis años después interrogué a Marian sobre el sueño que había esbozado. La carta de respuesta llegó en septiembre de 2012. Entre otras cosas decía lo siguiente:

... En mi «sueño» estaba jugando con mi madre y mi hermana, que es disminuida psíquica... Jugábamos al «pilla-pilla»... Por un gran pasillo de hotel con puertas a izquierda y derecha, ellas corrían, riendo y mirando hacia atrás... Yo también corría, para cogerlas, cuando se acabó el pasillo... Estaba a punto de cogerlas cuando, de pronto, «salió» mi padre de la pared y, colocándose entre ellas y yo, poniendo los brazos en jarras (cosa que hacía cuando regañaba), mirándo-

Magdalena y Valentín, padres de Marian y de Elena. (Gentileza de la familia.)

me a los ojos, sonrió y dijo: «¿Por qué estás tan cabreada y triste?... Yo estoy bien.» Y desapareció.

Como ya le dije, yo tenía una gran depresión. Mi padre murió de cáncer... Tuvimos que sufrir un peregrinaje por hospitales y médicos... Hubo lucha y decepción... Terminé desesperanzada. Pero, sobre todo, necesitaba saber que estaba bien...

Y el Jefe lo puso delante de mí... En el sueño, mi padre presentaba un aspecto joven, como cuando tenía cuarenta o cuarenta y cinco años. Aparecía sonriente... Se presentó a los ocho meses de su muerte, ocurrida el 27 de diciembre de 1999...

A los siete años de la muerte de mi padre falleció también mi madre... Pero yo tenía aprendida la lección... Esta vez no sentí odio ni rencor. Sólo un inmenso dolor por su partida, pero algo me decía que los dos estaban juntos... Esta vez no recibí noticias de su llegada pero sí mi hermana, que le recuerdo es disminuida psíquica. Pero ése es otro sueño que, quizá, en otra ocasión le contaré.

Por supuesto me interesé por el sueño de la hermana. Marian contestó en octubre. Decía, entre otras cosas:

... Mi hermana se llama M. Elena y tiene una discapacidad, reconocida oficialmente, del 68 por ciento... Es como tener en la casa a una niña que no crece, aunque tiene cuarenta y dos años... Es una *border line* (por sufrimiento fetal durante el parto). Desde que nació, mis padres trataron de protegerla más que a los otros (somos tres) y siempre su preocupación era su futuro. Al morir papá se quedó con mamá e iban juntas a todas partes.

Llegado a este punto tengo que aclarar que yo vivo en otro pueblo, a una hora de viaje.

Entonces mamá enfermó de cáncer y todos sus esfuerzos por curarse eran por mi hermana. Sin embargo, poco a poco, su estado fue deteriorándose hasta que murió el 22 de mayo de 2006.

Trasladamos a Elena a mi pueblo, para vivir con noso-

Elena (izquierda) escuchó a sus padres, muertos, en la habitación. Vanesa, hija de Marian, también los presintió, pero se asustó. (Gentileza de la familia.)

tros, y la conmoción en su vida fue total. Pero, con amor, paciencia y buena voluntad, superamos todas las dificultades...

Así, casi sin darme cuenta, llegó el primer aniversario de la muerte de mamá. Una mañana se levantó Vanesa, mi hija, para irse al trabajo y, llorando, me contó que se sentía triste porque había «presentido» a los abuelos... Fue esa noche, pero sintió miedo y los abuelos retrocedieron y se fueron... La consolé y se marchó. Poco después se levantó Elena, mi hermana, y durante el desayuno me dijo:

—Esta noche estuvieron en mi habitación papá y mamá.

La sangre se me paró en las venas. Sólo pude responder:

—Cuéntamelo.

Y Elena siguió:

—Yo estaba en mi cama, pero no estaba dormida... Por eso sé que no fue un sueño... Además no los vi... Sólo los oí hablar... Primero oí la puerta de mi habitación y creí que eras tú para darme las buenas noches... Luego escuché las puertas de mi armario y pensé que estarías guardando mi ropa, pero entonces oí la voz de papá que decía:

353

»—Mira qué habitación más "guapa" tiene María Elena... Está muy bien...

»Y al otro lado de mi cama mamá le contestó:

»—Sí, pero yo la dejé sola...

»Y papá le dijo:

»—Anda, ven conmigo. Vámonos...

»Se movieron las persianas, se escucharon unos golpes y todo acabó... No tuve miedo... Me sentía muy bien.

Sencillamente, asombroso...

EL CASO PAN

¿Qué haría usted si, al entrar en un determinado lugar, viera con vida a un familiar o a un amigo, fallecido años antes?

Yo tampoco lo sé...

Pues bien, más o menos, eso fue lo que le ocurrió a una mujer cuya identidad no debo desvelar y a la que llamaré PAN.

Esa tarde, sin duda, fue distinta para ella...

Sucedió el 16 de noviembre de 2012. Era viernes...

A la conversación asistió también mi buen amigo Víctor López García-Aranda, eminente cardiólogo, y veterano investigador de experiencias cercanas a la muerte. Él levantó la liebre sobre el caso PAN.

Y la mujer prosiguió:

Una sobrina de mi marido había sido intervenida quirúrgicamente. Tenía problemas de corazón. Fue una operación laboriosa y difícil. Total: se produjeron varias paradas cardiorrespiratorias... La niña (sólo tenía catorce años) estaba a punto de morir...

Me avisaron y llamé a mi marido, dándole la noticia...

Y me fui para el hospital. La niña estaba casi muerta...

Serían las siete de la tarde cuando entré en la sala de espera de la UCI...

Había mucha gente. Quizá veinte o treinta personas. Eran familiares y amigos de la niña...

Algunos estaban sentados. Otros permanecían de pie. Lloraban o hablaban en voz baja...

Al fondo, frente a la puerta de entrada, se hallaban las dos abuelas de la niña...

Y hacia ellas me dirigí...

Fue entonces, al cruzar la sala, cuando lo vi...

Estaba sentado a mi izquierda...

En un primer momento quedé perpleja. No podía ser...

Pero continué caminando...

¡Era él! Estoy segura...

Yo lo conocía. Lo había visto seis o siete veces, en distintas reuniones familiares...

¡Era el abuelo de la niña!...

Pero eso no era posible. El señor había muerto un año y medio antes...

Permanecía sentado, con la vista fija en el suelo...

Nadie reparaba en él. Nadie le hablaba...

Tenía las manos sobre las rodillas. No se movía...

Y volví a repetirme: «Es el abuelo. Pero ¿qué hace aquí? Está muerto...»

«¿Y por qué no está con su mujer?», pensaba yo...

Caminé hasta las dos abuelas. Hablé con ellas y después me moví por el centro de la sala, departiendo con unos y con otros...

En este tiempo —quizá durante diez minutos— no le quité la vista de encima. Lo miraba con disimulo. Allí seguía, en la misma postura. Nadie le hablaba. Era como si no estuviera...

Una media hora después decidí salir de la sala y subir a la UCI. Allí se quedó el abuelo sentado y en la misma postura...

Quince o veinte minutos después —siendo las 19.45 o las 20.00 horas— la niña falleció...

Bajé de nuevo a la sala de espera, pero el abuelo ya no estaba en la silla, ni en ninguna otra parte...

No volví a verlo...

La gente seguía allí, consternada...

PAN no dijo nada. Al regresar a su casa lo comentó con el marido pero éste no la creyó.

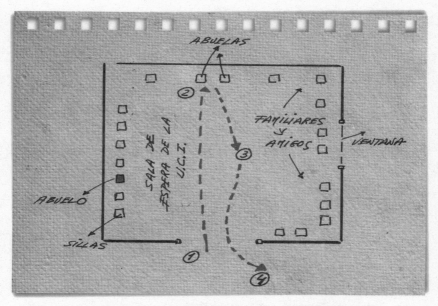

1. **PAN llega a la sala de espera de la UCI. 2. Cruza la sala y se dirige hacia las abuelas de la niña. En el camino ve al abuelo por primera vez (sentado a la izquierda). 3. PAN habla con otros familiares y amigos (sigue observando al abuelo). 4. Finalmente abandona la sala de la UCI. Cuaderno de campo de J. J. Benítez.**

Dos días después, sin saber por qué, me senté frente al ordenador y piqué una carpeta de mi marido. No tenía por qué hacerlo. Allí sólo guarda fotos...

¡Sorpresa! Lo primero que apareció fue una fotografía de la niña, de primera comunión, con el abuelo...

Víctor preguntó:

—¿Por qué no me lo comentaste en la sala de la UCI?

—Pensé que nadie me creería o que me tomarían por loca.

—¿Cómo iba vestido el abuelo?

—Llevaba un *cardigan* o chaqueta de punto azul marino y un pantalón gris marengo.

—¿Qué edad aparentaba?

—Unos setenta y cinco años.

—Descríbelo...

—Pelo blanco, peinado hacia atrás, arrugas, cara grandota, bien afeitado...

Víctor insistió:

—Tenías que haberlo comentado en la sala de espera...

PAN se encogió de hombros. Y yo apunté algo en su defensa:

—Obviamente sólo lo vio ella. Tiene razón: nadie lo hubiera tomado en serio.

—Dices que caminaste cerca de él...

PAN asintió y añadió:

—A metro y medio, o menos.

—¿Levantó la vista del suelo?

—En ningún momento.

—¿Qué expresión tenía?

—Compungido. Triste. Como el que espera una mala noticia.

—¿Tenía los ojos húmedos?

—No lo recuerdo, pero creo que no.

—¿Cómo era la respiración?

PAN no comprendió.

—¿Era agitada?

—No.

—¿De qué color eran los zapatos?

PAN pensó unos instantes.

—No lo recuerdo.

—Al salir de la sala de espera, camino de la UCI, ¿te volviste hacia el abuelo?

—Sí. Allí seguía, inmóvil.

—¿Estás segura de que no habló con nadie?

—Mientras estuve observándolo, sí... Fue lo que más me llamó la atención: todos lo ignoraban.

—Sumando tiempos, ¿cuántos minutos pudiste contemplarlo?

—No menos de cinco.

—Eso es mucho...

PAN asintió.

Víctor preguntó de nuevo:

—¿Estás segura? ¿Era él?

—Era él...

onocí a Luis Pérez Aguilar un 23 de mayo de 1997, aparentemente por casualidad.

Ahora sé que no fue así.

El Destino lo tiene todo atado..., y bien atado.

En esas fechas andaba por el Yucatán, enfrascado en la búsqueda de personas que hubieran conocido a la bella Ricky. Pues bien, como digo, aquel viernes, 23 de mayo, el Destino me salió al encuentro. Después de muchas vueltas fui a «tropezar» con el taxista adecuado. Y tan adecuado...

Según indagaciones posteriores, en esos momentos, en la ciudad de Cancún se hallaban registrados 6.080 taxistas. Pues bien, fui a dar con el que más me interesaba...

Y me explico.

Luis había conocido a Ricky.

Luis era hermano de Miguel, uno de los cinco pasajeros fallecidos en el accidente del bus en el que viajaba la norteamericana que, supuestamente, «resucitó».[1]

Luis, además, había visto a su hermano, fallecido veintidós años antes...

Y durante varios días conversé con el amable taxista.

---

1. En diciembre de 1975 —como cuento en *Ricky B*—, un autobús sufrió un aparatoso accidente entre las poblaciones de Holactún y Ticopó, en el Yucatán. Resultado: cinco pasajeros muertos y seis heridos. Entre los fallecidos se hallaba la mujer que yo investigaba en esos momentos. *(N. del a.)*

Luis Pérez Aguilar, en la playa en la que se presentó su hermano Miguel. (Foto: Blanca.)

Luis tuvo dos experiencias con Miguel Ángel Pérez Aguilar, su hermano.

La primera se registró en diciembre de 1995...

Viajaba de Valladolid a Cancún —explicó Luis—. Regresaba con dos clientes...

Y hacia las nueve de la noche lo vi...

Era mi hermano Miguel...

Estaba sentado en el asiento del copiloto...

Sonrió y me hizo una señal con el dedo. Se lo llevó a los labios e indicó silencio...

Me acompañó durante cinco o seis minutos...

Llevaba la ropa del día del accidente...

Miraba al frente y, de vez en cuando, se reía...

Después dejé de verlo...

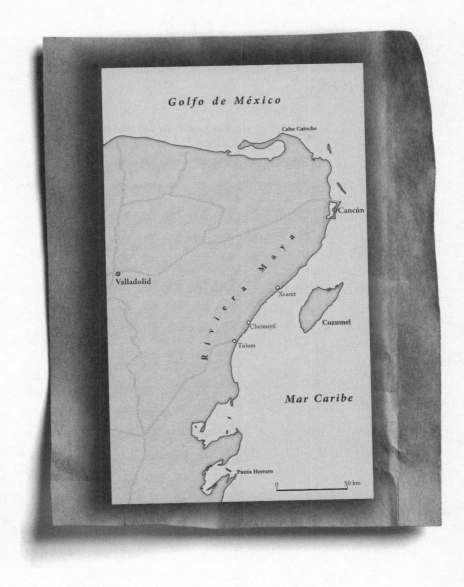

La segunda experiencia tuvo lugar un año después, en diciembre de 1996. Miguel llevaba muerto veintiún años.

Me encontraba en la playa de Chemuyil...
Podían ser las cinco de la tarde...
Acababa de dejar a unos turistas...

Yo estaba en la orilla, contemplando la mar...

Me agaché y, al poco, noté cómo me tocaban en la espalda...

En esa zona de la playa no había nadie...

Al volverme lo vi...

Era mi hermano, otra vez...

Permanecía de pie, con la ropa del día del accidente...

Entonces habló y me dijo:

—Gasta cuidado al regresar...

Y dejé de verlo...

Quedé atónito...

En la arena aparecían mis huellas y las de unos pies, descalzos...

Opté por regresar a Cancún y hacia las seis y media de la tarde, cuando me encontraba a treinta o treinta y cinco kilómetros de Xcaret, escuché el ruido de una de las llantas...

Había pinchado...

Detuve el vehículo y me orillé en la carretera...

En eso me rebasó un carro azul. Creo que era un «Neón»......

Fue visto y no visto...

Al frente, saliendo de una curva, se presentó un camión...

«Invadió el carril contrario y se estrelló, de frente, con el "Neón"...

¡Dios mío! Murieron los tres ocupantes del carro azul...

Fue mi hermano el que provocó el pinchazo, lo sé...

Él me salvó la vida...

LA ESCALERA
DE JACOB

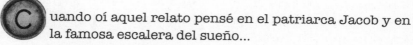

Cuando oí aquel relato pensé en el patriarca Jacob y en la famosa escalera del sueño...

Pero debo ir por partes.

Fue en uno de los últimos viajes al Levante español cuando tuve conocimiento del caso vivido por Inés Jiménez Gómez.

Me lo contó Juan Antonio Ros, investigador y pariente de Inés.

La mujer, al parecer, había visto una extraña escalera en el momento de su muerte.

Rogué al investigador que indagara y Juan Antonio —como es habitual en él— llevó a cabo una minuciosa reconstrucción de los hechos.

He aquí un resumen de la doble experiencia de Inés:

En Murcia, a 18 de febrero de 2013.

Estimado Juanjo:

Me alegra que la narración de mi última carta haya sido de tu interés. Ahora que he conseguido reunir toda la información necesaria para que el caso de la aparición de la escalera quede lo más completo y documentado posible, me dispongo, de nuevo, a relatar todo, desde el principio...

Inés Jiménez Gómez nació en abril de 1920 en la localidad murciana de Alumbres (Cartagena), aunque más tarde se marcharía a vivir a La Unión, lugar donde residió hasta el día de su muerte. Inés vivió una extraordinaria experiencia antes de fallecer el martes, 7 de febrero de 2012, a los noventa y un años de edad. Pese a su delicado estado de salud, su mente siempre estuvo lúcida hasta el final, por lo que la visión que presenció no fue obra de su imaginación, ni tampoco de ningún sueño, ni siquiera fruto de una alucinación. La vivencia que tuvo Inés Jiménez antes de morir fue tan real como la vida misma.

5 de febrero (2012)

Aparición de la primera escalera.

Inés fue ingresada en el Hospital Universitario Santa Lucía, en Cartagena, aquejada de un fallo renal. Tras su paso por distintos centros sanitarios, fue trasladada, finalmente, al Hospital Santa María de Rosell, también en la ciudad de Cartagena. A consecuencia de estos continuos desplazamientos, de hospital en hospital, Inés cogió un virus que los médicos no supieron curar. Aquel virus, sumado a su avanzada edad y a su delicado estado de salud, acabaría con su vida tan sólo unos días después...

El mencionado domingo, 5 de febrero, los hijos de Inés acudieron al hospital, con el fin de hacerle una visita...

La jornada discurrió con normalidad, hasta que sucedió algo...

La descripción de los sorprendentes hechos me fue narrada por Dolores Escobar (Loli), mi madrina, e hija de Inés.

He aquí parte de la conversación:

—Pocos días antes de morir —comentó Loli—, mi madre tuvo una visión maravillosa... Estábamos todos juntos cuando, de pronto, sin venir a cuento, exclamó: «¡Estoy viendo una escalera muy alta!»... Entonces, una de mis hermanas, Angelita, y Mari Carmen, mi cuñada, la animaron a que subiera por dicha escalera... Pero mi madre contestó que no podía... Dijo que los escalones eran muy altos... Y no subió.

—¿Vio a alguien en la escalera?

—Dijo que vio a muchos seres queridos... Sobre todo a familiares, ya fallecidos... La esperaban...

—¿En qué parte de la escalera?

—Arriba, al final. Ella los veía desde abajo, al pie de la escalera...

—¿Cómo era la escalera?

—No la describió. No dijo cómo era...

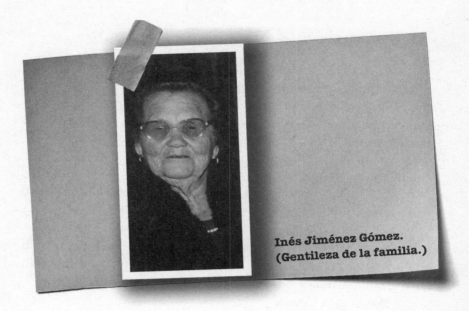

**Inés Jiménez Gómez.
(Gentileza de la familia.)**

—¿Y qué sucedió?

—Entonces se le apareció alguien más... Ella dijo que no lo conocía... Traía dos vestidos de color blanco... Eran para mi madre... Tenía que ponérselos...

—¿Ella lo iba describiendo?

—Sí, paso a paso...

—¿Era un hombre o una mujer?

—Lo ignoramos. Nadie lo preguntó.

—¿Y qué pasó?

—La visión de la escalera se fue desvaneciendo y desapareció.

7 de febrero (2012)

Aparición de la segunda escalera.

A las pocas horas de haber tenido esta increíble visión —prosigue Juan Antonio Ros—, el estado de Inés empeoró.

El martes, 7 de febrero, dos de sus hijas estaban con ella (Loli y Angelita). La primera se marchó a su casa, con el fin de descansar un rato. Pasado un tiempo, Inés empezó a ver algo. He aquí lo narrado por Angelita:

—Mi madre parecía saber que su hora estaba próxima... Así que empezó a nombrar a sus familiares y amigos... Quería que les diéramos recuerdos... Loli se había ido y mi madre me pidió algo extraño: una sábana...

—¿Para qué?

—Sus palabras fueron: «Angelita, quiero que me traigas una sábana blanca y que hagas con ella una túnica.» Busqué, pero sólo encontré una almohada... Llamé entonces a mi cuñada Mari Carmen y le dije que trajera una sábana de su casa... Así lo hizo... Practicamos un agujero en la tela y mi madre se la puso, como si fuera una túnica...

—¿Por qué solicitó la sábana?

—Ella lo interpretó como una seña de la libertad... Pensó que así, vestida de blanco, conseguiría la ansiada libertad...

Y Angelita prosiguió:

—Pusimos algo de tierra santa a los pies de la cama y la ayudamos a incorporarse... Mi madre pisó la tierra y se sintió feliz... Fue entonces cuando volvió a ver la escalera...

—¿Por segunda vez?

—Así es. Y esta vez —según dijo— sí pudo poner el pie en el primer peldaño... Y empezó a subir... Mari Carmen le dijo: «¡Sube!... ¡Sube!»... Y ella siguió subiendo...

—¿Vio a sus familiares muertos?

—Sí, eso decía. Vio a sus consuegros, a los padres de Mari Carmen, a mi padre... Y nosotras insistimos: «¡Sube!... ¡Ve hacia la luz!»... Ella continuó ascendiendo y, al llegar al último escalón, murió...

Eran las 17.20 horas del 7 de febrero de 2012.

La experiencia, como decía, me trajo a la mente lo relatado por el Génesis (28, 10-14): «... Jacob salió de Berŝeba y fue a Jarán. Llegando a cierto lugar, se dispuso a hacer noche allí, porque ya se había puesto el sol. Tomó una de las piedras del lugar, se la puso por cabezal, y acostose en aquel lugar. Y tuvo un sueño; soñó con una escalera apoyada en tierra, y cuya cima tocaba los cielos, y he aquí que los ángeles de Dios subían y bajaban por ella...»

La pregunta es: ¿Fueron ángeles lo que soñó el bueno de Jacob hace 3.763 años?

Como decía el Maestro, quien tenga oídos que oiga...

EL HOMBRE DEL BOTE

quella mañana de agosto, en Águilas (España), fue tranquila (aparentemente).

La mar se presentó azul y serena.

Todo invitaba a un baño.

Y las hermanas Purificación y Carmen Flores decidieron entrar en el agua y nadar un rato. La madre —también llamada Carmen— se sumó a la idea y nadó con las hijas en dirección a unas boyas señalizadoras.

Las mujeres no sospechaban lo que estaba a punto de suceder...

Supe de este suceso en julio del año 2000, en un inolvidable viaje por Egipto. Las hermanas Flores formaban parte del grupo. Lo pasamos francamente bien...

Y una tarde —no recuerdo por qué— Mari Puri y Mari Carmen contaron lo ocurrido en aquella calurosa mañana de agosto, en la playa murciana de Águilas:

Era mediodía...

La familia, al completo, se encontraba en la playa...

Era lo habitual en agosto...

La mar estaba muy tranquila y decidimos tomar un baño...

Mi madre se unió a nosotras...

No éramos buenas nadadoras, pero el agua aparecía preciosa y calmada...

Y nadamos...

Una imagen oportunísima: Carmen, con gorro, y las hermanas Flores, en aguas de Águilas. (Gentileza de la familia.)

Y lo hicimos sin problemas, hasta el lugar fijado...

Calculo que nadamos unos cien metros, o poco más...

Fue entonces, al decidir que debíamos regresar, cuando empezaron los problemas...

La orilla estaba lejos y nuestra madre no se sintió con fuerzas para volver...

No hacíamos pie y le indicamos que se colocara boca arriba, con el fin de que descansase...

Tratamos de animarla y de tranquilizarla...

No teníamos prisa. Podíamos llegar poco a poco...

Pero nuestra madre, cada vez más nerviosa, lo único que decía es que no nos acercáramos a ella...

Todo su afán era que la dejáramos y que no la tocásemos...

Imagina los nervios...

Mi hermana y yo —prosiguió Mari Puri— no sabíamos qué hacer ni cómo reaccionar...

Obviamente no podíamos dejarla allí. Se hubiera hundido...

Pero tampoco debíamos aproximarnos e intentar ayudar. Si nos hubiéramos acercado, dado su nerviosismo, lo más probable es que las tres habríamos corrido peligro...

Fueron momentos horribles...

No sabíamos qué hacer...

Y en eso, por nuestra derecha, apareció un bote...

Mi hermana Mari Carmen levantó el brazo...

Ahora, en frío, no consigo entender —comentó Mari Puri—. Estábamos solas en el agua. ¿De dónde salió la barca?...

Era un bote a remos...

Y la barquita se aproximó a nosotras...

El hombre que la manejaba no dijo nada. No preguntó. Y continuó sentado a popa, con las manos sobre los remos...

Nos limitamos a ayudar a nuestra madre...

No sabemos cómo, pero conseguimos empujar a mamá hasta lo alto del pequeño bote...

El hombre seguía sentado y mudo...

Mari Carmen (izquierda) y Mari Puri, durante el viaje a Egipto (julio del año 2000). (Foto: Blanca.)

Carmen Cano. (Gentileza de la familia.)

Una vez que nuestra madre subió a la embarcación, el hombre empezó a remar y el bote se alejó hacia la orilla...

Y allí quedamos...

Fue desconcertante. El hombre no se preocupó de nosotras. Ni siquiera preguntó si necesitábamos ayuda...

Pero lo increíble es que nuestra madre tampoco se interesó por nosotras...

Continuó en la barca, silenciosa, hasta que el hombre la dejó en la orilla...

Permanecimos en el agua, boca arriba, tratando de recuperarnos del susto, y comentando la suerte que habíamos tenido...

Después comprendimos: ¿De dónde salió el bote? Estábamos solas...

Tres años después del viaje a Egipto pude entrevistarme de nuevo con las hermanas Flores y Carmen Cano, la madre.

El relato de Carmen fue idéntico al ya referido. Y añadió algunos detalles:

—Estaba muerta de miedo. Permanecí acurrucada en la barca, sin moverme...

—¿Cómo era el hombre?

Carmen no recordaba. El aspecto del «pescador» se había borrado en la memoria.

—El hombre remó cinco o diez minutos —prosiguió— y lo hizo en silencio. De pronto habló y dijo: «La próxima vez no te vayas tan lejos»...

Alberto Cano, fallecido un año antes del incidente en aguas de Águilas (Murcia). (Gentileza de la familia.)

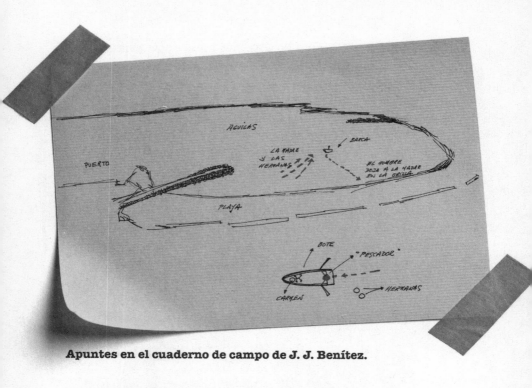

Apuntes en el cuaderno de campo de J. J. Benítez.

—¿Tuviste la sensación de que te conocía?

—No lo sé... Todo fue confuso...

Entonces, a cierta distancia de la orilla, el hombre habló por segunda vez.

—«Ya te dejo aquí», manifestó. Comprobé que estábamos retirados de la playa y rogué que me dejara más cerca. Tenía miedo...

Y el hombre siguió remando...

Al saltar al agua, allí estaban los familiares y amigos, alertados. Habían observado la escena desde tierra, pero no se fijaron en el «pescador».

—Al día siguiente, o a los dos días —añadió Carmen—, fui a ver a un tal Felipe, un curandero. Fui por otro asunto... Y, nada más verme, habló del susto y del hombre de la barca... Dijo que era familiar mío, ya muerto, y que se llamaba Alberto...

Yo, torpe, como siempre, seguí interrogándola sobre la barca:

—¿Era nueva?

—No lo sé...

—¿Qué objetos aparecían en el bote?

Carmen negó con la cabeza. No recordaba nada de nada.

—¿Cómo vestía el «pescador»?

—Creo que llevaba una chaqueta, o un traje, pero no estoy segura...

—¿Un pescador con traje?

Carmen se encogió de hombros.

No conseguí nuevos datos. No recordaba el rostro, ni el tono de la voz. Nada.

Mari Puri llevó a cabo algunas gestiones y confirmó que un familiar de su madre, llamado Alberto Cano, había fallecido el 31 de julio de 1978. Está enterrado en Baza (Granada). Carmen tenía relación con él. Se escribían y ella, a veces, le ayudaba con algo de dinero.

El incidente en aguas de Águilas, por tanto, tuvo que suceder en agosto de 1979. El «pescador» llevaba un año fallecido.

Esto explicaría, en parte, la singular actitud del hombre del bote...

Explicaría por qué se presentó de repente, como salido de la nada...

Explicaría por qué se mantuvo a popa, con las manos en los remos...

Explicaría por qué no preguntó y por qué no mostró interés por las hermanas...

Ningún pescador de verdad se comporta como lo hizo Alberto Cano, el tío de Carmen...

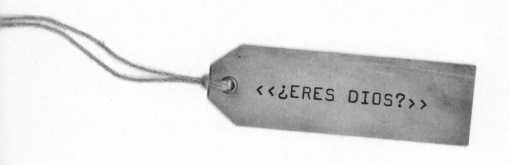

Nieves tenía esa costumbre. Le gustaba dormir con una pistola bajo el colchón.

Esa madrugada pensó en la pistola. ¿La utilizaba? Pero se contuvo.

En realidad no fue necesario...

La primera vez que Nieves Cruz me relató aquella desconcertante y dura experiencia fue en agosto de 1986. Así consta en el cuaderno de campo correspondiente.

—En aquel tiempo —contó Nieves—, mayo de 1969, nos encontrábamos en Antigua, en el Caribe. Mi marido había sido destinado a la estación de seguimiento de NASA en la referida isla.

»Esa noche estábamos ya acostados... Serían las doce o la una... Todo se hallaba tranquilo, a excepción del perro...

—¿Qué le sucedía?

—En esos momentos no lo supimos... Ladraba con furia... Se hallaba en el exterior y corría de un lado para otro... Estaba muy inquieto... Después comprendimos...

Y Nieves prosiguió con el relato:

—Alexis, nuestro hijo, tenía entonces dieciocho meses. Dormía en una habitación contigua a la nuestra. La costumbre era dejar una luz encendida, en el pasillo, por si lloraba... Recuerdo que la tata del niño tenía descanso esa noche... Entonces sentí que alguien me tocaba el pie derecho...

Nieves rectificó:

—Mejor dicho, no me tocó: me zarandeó... Desperté, asus-

Nieves Cruz. (Foto: Blanca.)

tada... Lo primero que pensé es que había entrado un ladrón... Y recordé la pistola...

»Era alguien alto... Se hallaba a los pies de la cama... Pero el mosquitero no permitía verlo con claridad...

»Me incorporé y pregunté en inglés: "¿Qué quieres? ¿Qué quieres?"

—¿Y tu marido?

—Seguía dormido, como un bendito... El bulto, entonces, contestó en español: «No te asustes.»

—¿En español?

—Sí, y yo pregunté, aterrorizada: «¿Eres Dios?» Y el bulto replicó: «No, soy tu padrino...»

La mujer hizo una matización:

Blanca, ante la casa en la que se presentó el padrino de Nieves. (Foto: J. J. Benítez.)

—Entonces reconocí la voz de Juan Martín, mi tío y padrino... Era una voz especial. Inconfundible... Era una voz sucia y rota... La distinguiría entre diez mil...

»Y pregunté de nuevo: "¿Qué quieres?"... "Que me hagas una misa", respondió...

Nieves hizo otra aclaración:

—Yo era escéptica... A decir verdad, no creía en nada...

—¿Y qué sucedió?

—La sombra o el bulto desapareció... Y yo quedé petrificada...

—¿Dónde vivía tu padrino?

—En Isla Cristina, en Huelva (España).

—¿Qué noticias tenías de él?

—Ninguna. Hacía años que no le veía.

—¿Sabías que estaba muerto?

—No.

—¿Y qué hiciste?

—Esa mañana me fui a la iglesia católica y traté de encargar una misa...

—Pero, si no creías en nada...

Iglesia católica de
S. Joseph, en la isla
de Antigua.
(Foto: Blanca.)

Nieves sonrió, maliciosa, y aclaró:

—Por si acaso... Pero no tuve suerte. Todas las horas estaban ocupadas... Insistí... Pagaría lo que fuera necesario... Y se hizo el milagro... Pude encargar una misa, esa misma tarde, y otra en el mes siguiente, el 27 de junio...

Y regresé tranquila a casa.

Esa noche me acosté y, poco más o menos a la misma hora, alguien tocó en mi hombro...

—¿El perro continuaba alterado?

—Sí, muy agitado. Quería entrar en la casa...

—¿Te zarandearon?

—Sí, como la primera vez, pero en el hombro derecho... Me incorporé y vi aquella sombra o bulto... En esta ocasión se hallaba a la derecha de la cama, muy cerca...

—¿Observaste algún detalle?

—Ninguno. El mosquitero no permitía ver con claridad... Era un bulto alto... Tenía 1,80 metros de estatura, como poco...

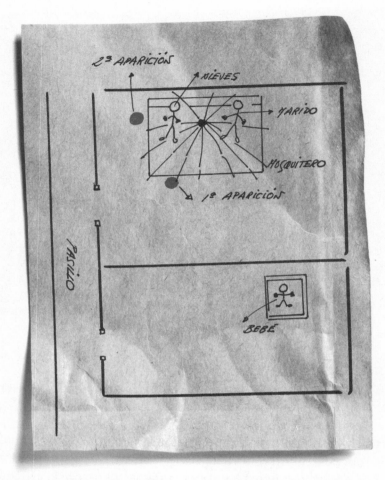

Apariciones de Juan Martín a su ahijada, Nieves Cruz, en la casa de la isla de Antigua, en el Caribe. Cuaderno de campo de J. J. Benítez.

—¿Qué altura tenía tu tío?

—Era más bajo.

—¿Y qué sucedió?

—¿Qué quieres? —volví a preguntar—. «No te asustes —respondió—. Soy yo... Gracias»... Y desapareció nuevamente.

Al cabo de quince días, Nieves recibió una carta procedente de Isla Cristina. En ella le comunicaban el fallecimiento de su padrino. La muerte tuvo lugar, justamente, al registrarse la

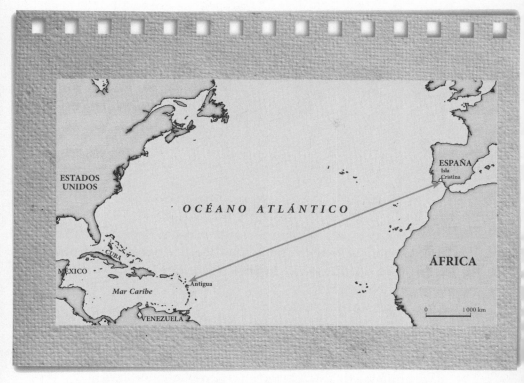

Algo más de 6.000 kilometros separan Antigua de Isla Cristina, en Huelva (España).

primera presencia. Se da la circunstancia de que Juan Martín, primo hermano de la madre de Nieves, había sido un hombre muy religioso. Fue hermano mayor de la cofradía de la Virgen del Carmen y enterrado con el hábito de Jesús del Gran Poder. En Huelva le dedicaron numerosas misas.

EL REGRESO
DEL GUERRERO DEL
ANTIFAZ

on la historia de Manuel Gago sucedió como en otras
ocasiones. Primero recibí una carta. Aparecía fechada
el 16 de enero del año 2000. Esperé. Practiqué la técnica de la
«nevera» y dio resultado.

Aquella primera misiva decía así:

Querido amigo:

No te conozco sino a través de tus libros y, sin embargo, el
encabezamiento de esta carta es totalmente sincero...

Te escribo porque hoy he sentido una intuición que me ha
llevado a ello...

Acabo de «devorar» *Hermón. Caballo de Troya 6*. Fabuloso,
en especial las cuatro semanas de convivencia con el Maestro, las palabras de Éste a Jasón y Eliseo...

No voy a preguntar por las fuentes que inspiran tu trabajo. Esto te pertenece sólo a ti, pero... ¿y la documentación
científica? ¿Cómo es posible abarcar tanto?

He leído los seis libros de *Caballo de Troya* y en muchas
ocasiones, al aparecer el Maestro, he sentido escalofríos..., de
cariño hacia Él.

No quiero cansarte o aburrirte, sino hacerte partícipe de
una experiencia que, hasta ahora, no he podido compartir
con nadie, ni siquiera con mis familiares más directos. He
aquí, muy sintetizada, la «historia»:

Nací el 20 de febrero de 1949 (estoy nervioso y la pluma se
me «va») y desde que tuve conciencia fui raro, excesivamente

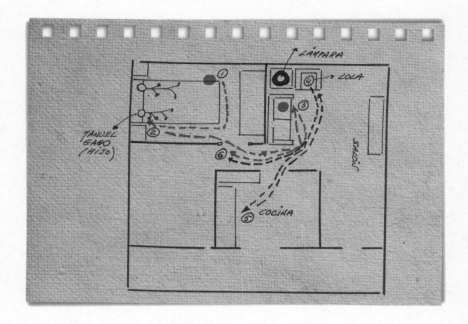

1. El padre de Manuel Gago se presenta en el dormitorio. 2. Besa al hijo y en compañía de su nuera se retira al salón. 3. Conversan por espacio de dos horas. 4 y 5. Lola acude a la cocina y proporciona un vaso de agua al «resucitado». 6. Caminan hasta la puerta del dormitorio y ahí se despide y desaparece. Cuaderno de campo de J. J. Benítez.

«delicado», asustadizo y asustado... Bueno, no. Esto sucedió cuando vino al mundo mi hermano Miguel; todo cambió para mí. El mundo que había sido de radiantes colores pasó a ser blanco y negro... Y así siguió durante muchos años.

En el colegio de los Hermanos Maristas de Valencia oí hablar, por primera vez, de Jesús de Nazaret (sigo nervioso) y cuáles fueron mis primeros razonamientos al respecto... Éstos: ¿cómo era posible que aquellos «hermanos» predicasen las maravillas de Jesús y ellos fueran tan malos?

Las respuestas vendrían con los años, la experiencia y la inteligencia que me fue concedida.

El caso es que, al nacer mi hermano, con el que me llevo tres años y medio, mi madre se desentendió emocionalmente de mí y me convertí en un niño deprimido, vergonzoso y apático. Ese «despojo» lo recogió mi padre, que trabajaba en casa y en su estudio (habitación-estudio) pasaba yo mi tiempo cuando no estaba en compañía de los terroríficos HH. Maristas... En definitiva, busqué refugio en él y él me acogió. Y así pasaron muchos años.

Cuando era ya una ruina, en cuanto a mi grado de adaptación social y a la capacidad laboral se refiere, mi padre falleció. Fue el 29 de diciembre de 1980.[1]

El mundo se hundió.

Estaba solo.

Mi soporte se había ido para siempre.

Me llamaron de la editorial para la que mi padre había trabajado y me encomendaron que continuara las *Nuevas aventuras del guerrero del antifaz*, que mi padre dejó inacabadas.

Acepté y escribí y dibujé seis horrorosos episodios que vieron la luz en 1995...

El 2 de julio de 1981 me casé con una persona que, como yo, aunque por otras razones, era desgraciada.

Pues bien, la noche del 12 de febrero de 1982 me acosté junto a ella con la firme determinación de que al día siguiente, nada más salir a la calle, buscaría un abogado para tramitar la separación y el divorcio.

Pero, nada más despertar, mi esposa, a mi lado, me dijo textualmente:

—He pasado la noche hablando con tu padre.

Pensé que había sido un sueño, pero no...

Y ella prosiguió:

1. Manuel Gago García, padre de mi comunicante, fue el creador y dibujante de la popular serie *El guerrero del antifaz*, de gran éxito tras la guerra civil española. A esta serie le siguieron *Purk, el hombre de piedra*, *El pequeño luchador*, *El espadachín enmascarado* y *Piel de lobo*, entre otras. En total creó 52 colecciones. Durante 22 años (1944 a 1966) dibujó 16 horas diarias. A lo largo de su carrera artística dibujó 27.000 páginas. Fue un hombre sencillo, de ética intachable y de una bondad innata. Fue un «santo ateo». Falleció en Valencia a los cincuenta y cinco años de edad cuando se hallaba dibujando el número 111 de las *Nuevas aventuras del guerrero del antifaz*.

Manuel Gago, creador del guerrero del antifaz. (Gentileza de la familia.)

—Me desperté y lo vi sentado al pie de la cama...

»Sonreía y preguntó:

»—Sabes quién soy, ¿verdad?

»—Sí —respondí—, el padre de Manolo...

»Entonces rodeó la cama, se agachó y te dio un beso...

»Después me dijo que saliéramos, para no despertarte...

»Y nos fuimos al salón...

»Allí hablamos...

Lola, mi esposa, continuó así:

—Le pregunté si quería un café y contestó que no, pero que sí bebería un vaso de agua...

»Fui a la cocina y se lo llevé...

»Bebió y estuvimos conversando...

»Parecía cansado. Se quitaba las gafas y se las volvía a poner. Se frotaba mucho los ojos...

»Pregunté que cómo estaba y dijo que bien (mejor que antes), pero que aún le faltaban cosas...

»—¿Qué cosas?

»Él me miró y respondió:

»—Algún día todos estaremos muy bien...

»Esto lo dijo riéndose, como si no pudiera decir nada más...

El mensaje —prosigue Manuel Gago en su carta— era para mí. Lola sólo hacía de receptora-transmisora. Ella casi no entendió lo que mi padre terrenal le transmitió, pero yo sentí escalofríos porque las cosas que dijo sólo las conocía yo...

El temblor y la alegría me inundaron. Y pregunté a mi mujer:

—¿Y cómo es que no me he despertado? ¿No habéis encendido la luz?

—No hacía falta —respondió Lola—. Él llevaba su propia luz...

Al estar implicadas otras personas en este «suceso» no puedo (por el momento) relatar el contenido íntimo del mismo. Tan sólo expresaré ya, para finalizar, la «despedida». Fue así:

—Bueno, se me ha hecho muy tarde y me tengo que ir —manifestó mi padre.

»En cuanto te despiertes, dile a Manolo todo lo que te he dicho. Tú lo vas a olvidar muy pronto, pero él se acordará toda la vida.

—¿Quieres que te acompañe hasta la puerta? —preguntó Lola.

—No, no hace falta. Conozco el camino... Acuéstate. Ahora va a venir tu abuela.

Sonrió. Dijo adiós con la mano y desapareció.

Lola me dijo que, poco después, llegó su abuela, pero que no le dijo casi nada; que conocía a mi padre, que había tardado más porque ella estaba más lejos..., y que hay quien nace con estrella y quien nace estrellado.

A partir de ahí, mi vida cambió...

Lola no quiere oír hablar de «aquello»...

O sea, de divorcio nada. Sigo casado con ella. La quiero y he aprendido a tener paciencia (casi infinita). Dejé de ser una ruina social. Estudié Magisterio, a pesar de mis treinta y tres años...

Aquella aparición, los incompletísimos evangelios, tus libros, otros libros que hablan del Maestro, de nuestro Maestro, el cariño que me tienen mis alumnos, el que yo les tengo a ellos, y la «chispa» de Ab-bā, me sostienen y animan y dan sentido a mi vida...

Manuel Gago, hijo, junto al retrato de su padre. (Gentileza de la familia.)

A esta carta le siguieron otras.

Finalmente, en octubre de 2012, cuando estimé que había transcurrido el tiempo adecuado, me trasladé a Valencia y sostuve una larga conversación con Lola y Manuel Gago.

La esposa confirmó la experiencia y aportó algunos valiosos detalles. A saber:

1. La aparición no fue un sueño. Fue real.

2. Lo que despertó a la mujer fue una luz en la habitación. La luz partía del cuerpo del fallecido.

3. Tras besar al hijo se dirigieron al salón.

4. Ella fumó sin cesar. A la mañana siguiente contaron las colillas: siete. Eso significaba unas dos horas, en tiempo real. El cenicero debería estar vacío (lo limpiaban antes de acostarse).

5. El padre de Manuel Gago bebía el agua a pequeños sorbos. Después depositaba el vaso en la mesita. Las posibles huellas dactilares no fueron analizadas.

6. La luz que emitía el personaje se reflejaba en los cristales de sus lentes.

7. Al despedirse, el «resucitado» dio unas palmaditas en el brazo de la mujer. Lola lo sintió como algo físico.

8. La mujer conocía a su suegro por fotografías. Las gafas que portaba en esta ocasión eran distintas a las que había visto.

EL AVENTÓN

En el DF mexicano, cualquier cosa que uno pueda imaginar, ya ha sucedido.

Tampoco es de extrañar. La capital de México es la más populosa del mundo: 28 millones de habitantes...

La doctora Sobrado, sin embargo, al referir su experiencia, sigue estremeciéndose. No es para menos...

Me reuní con ella el 28 de noviembre del año 2000. Hacía tiempo que sabía de su caso, pero el Destino decidió cuándo y de qué manera...

Éste fue su testimonio:

—Sucedió poco antes de la Navidad de 1980.

Oscurecía...

Terminé las clases, en la universidad, y monté en mi auto, dispuesta a regresar a casa...

Era un día desapacible. Llovía...

Yo, entonces, vivía cerca de la universidad —la UIA—. A cosa de veinte minutos...

Pero, al entrar en la avenida de las Torres, el carro falló...

Lo orillé, me bajé, e intenté ponerlo en marcha. Fue inútil...

El carro estaba descompuesto...

Pasaron quince o veinte minutos...

Me estaba mojando...

Sobrado, entrevistada por J. J. Benítez. (Foto: Blanca.)

Así que decidí pedir un aventón...[1]

Me situé en la isleta central de la avenida e intenté que alguien parara...

Al poco se detuvo un auto. Viajaban cinco hombres, mayores...

Prometieron regresar en cinco minutos...

Y en eso paró otro vehículo...

Se detuvo en el carril de alta velocidad...

Manejaba una mujer...

Bajó la ventanilla y ordenó:

—¡Súbete!...

1. En México, un aventón equivale a hacer autostop.

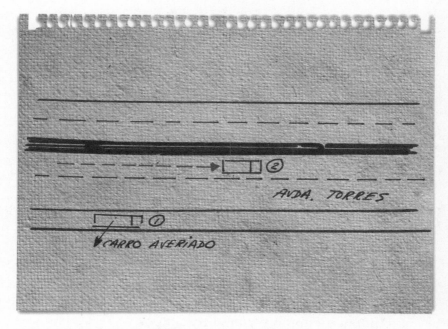

1. El carro de Sobrado se avería y queda orillado en la avenida de Las Torres, en la ciudad de México. 2. Sobrado entra en el segundo carro. Cuaderno de campo de J. J. Benítez.

Le dije que esperaba al otro carro, pero la señora insistió, y muy autoritariamente:

—¡Sube de una vez!...

No sé por qué, la situación me pareció rara...

Pero hice caso y me acomodé en el asiento de atrás...

La mujer manejaba, como te digo, pero, al lado, en el asiento del copiloto, viajaba un hombre mayor...

Arrancó y la mujer empezó a regañarme...

Yo estaba asombrada...

¿Cómo sabía que se me había estropeado el auto? Yo no dije nada...

Era la primera vez que los veía...

Me regañó también por haber parado al auto con los cinco hombres...

Entonces dijo:

—Yo te llevo a tu casa...

Preguntó dónde vivía y yo se lo dije...

Después pregunté yo. La señora dijo que era médico...

Y hablamos un rato...

Le dije que estaba estudiando en la universidad y, en un momento determinado, quise darle la mano...

Sencillamente, quería ser cortés...

Ella respondió con cierta brusquedad:

—¡No me toques!

Y no la toqué, por supuesto...

La doctora me miraba por el espejo retrovisor...

El señor mayor no decía nada...

Entonces traté de hacer algunas preguntas, pero se negó a contestar...

Nos detuvimos en varios semáforos y, finalmente, llegamos a mi casa...

Le pedí una tarjeta, pero dijo que no tenía...

Y exclamó:

—Apunta mi nombre y mi dirección...

Así lo hice...

Me bajé del coche y nos despedimos...

Ella arrancó y se perdió en la noche...

Al día siguiente, por puro agradecimiento, acudí a la dirección que me había proporcionado...

En la casa no respondía nadie...

Al insistir abrió una vecina...

Le dije que buscaba a la doctora y la señora se quedó muy extrañada...

—¿Para qué la quiere? —preguntó...

Le expliqué lo sucedido la noche anterior y la mujer, perpleja, comentó:

—La doctora murió hace siete años...

A pesar del susto hice averiguaciones...

La médico, en efecto, había fallecido años atrás...

UN MUERTO
EN DIRECCIÓN
PROHIBIDA

E l 23 de febrero de 1983 falleció en Madrid el padre de unos niños a los que llamaré Carlos y Richard. El padre se llamaba Ángel y murió como consecuencia de un cáncer de hígado. Tenía treinta y tres años de edad.

Nueve meses después —en noviembre de 1983—, los niños se hallaban en la ciudad de Castro, al norte de España.

Así me lo relató Carlos:

Yo tenía ocho años. Mi hermano siete...

Caminábamos por la calle La Correría hacia una zona peatonal, en la calle La Mar...

Y, de pronto, cuando nos disponíamos a cruzar un paso de cebra, Richard lo vio...

¡Era el coche de mi padre! ¡Un 124 Sport azul metalizado!...

Pero eso era imposible...

El coche estaba en Madrid y él fue enterrado en Castro...

El coche lo conducía mi padre...

Nos quedamos mudos...

El auto pasó por delante nuestro. Si hubiera extendido el brazo lo habría tocado...

Tenía el cristal del conductor totalmente bajado...

Pudimos ver la tapicería...

Mi padre nos miró...

Llevaba una camisa de manga corta con un águila bordada. Era una de sus camisas favoritas...

Tenía buen color, bien afeitado, y perfectamente peinado...

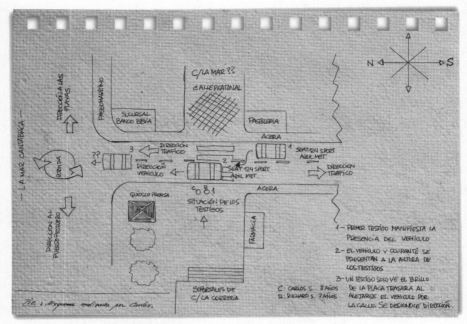

Esquema realizado por Carlos.

La visión pudo durar cuatro segundos...

Después se dirigió al frente y siguió la conducción...

Y el coche se perdió... No sabemos qué pasó...

Recuerdo que me llamó la atención el brillo de la matrícula de la parte trasera. No vimos los números, pero sí aquel destello...

No escuchamos ningún ruido. Fue muy extraño. Ese coche hacía un ruido muy característico...

Tampoco vimos sombras. El auto no producía sombras. Eso era imposible...

El automóvil podía circular a veinte o cuarenta kilómetros por hora; no más...

Aparecía muy limpio...

Al principio nos quedamos callados. Después comentamos:

—¿Has visto lo que he visto?

—Sí —dijo mi hermano...

Es curioso. A pesar de ser domingo no había tráfico, ni gente. Era un día soleado. ¿Dónde estaban los coches y las personas?...

Me llamó la atención otra cosa —prosiguió Carlos—. Mi

padre tenía la costumbre de manejar con la mano derecha en el volante. En esta ocasión lo sujetaba con las dos...

En ningún momento sonrió, pero era una mirada llena de paz...

Sé que nos vio...

Por eso pasó por delante...

Y otra cosa extraña: el coche marchaba en dirección prohibida...

No me dio la sensación de que estuviera muerto. Todo lo contrario...

Llamamos a mi madre y confirmamos que el «124», en esos momentos, estaba encerrado en un garaje, en Madrid...

La distancia entre Castro y la capital de España es de 400 kilómetros.

Por supuesto, nadie nos creyó...

Al mes siguiente (diciembre de 1983), Carlos volvió a ver a su padre.

Esta vez ocurrió frente a la casa de mi abuela, también en Castro, en lo que era la antigua carretera general...

Vi de nuevo el «124», y ¡en dirección prohibida otra vez!...

Yo iba solo...

Serían las once de la mañana...

En esta ocasión no me miró...

Siguió y me llamaron la atención dos cosas: el cristal trasero aparecía empañado. Se notaban las «líneas» de la instalación eléctrica. No se veía a nadie en el interior, pero tuve la sensación de que iba con más gente. ¿Pudo ser el vaho lo que empañó el cristal? Lo segundo que me pareció raro fue el cristal del reloj de pulsera de mi padre. También aparecía empañado. Llevaba la mano fuera del coche...

Fue raro, sí, porque hacía sol y la temperatura no era baja. No entiendo por qué el reloj y la luneta trasera estaban empañados...

Conducía normal, mirando a la carretera...

Tampoco oí el ruido, ni pasaron coches...

Ignoro cómo desapareció el «124»...

EL CADILLAC

Me he propuesto no hacer comentarios sobre los casos aquí expuestos, al menos hasta el final, pero, en ocasiones, como en el sueño de Verónica, resulta difícil.

Resistiré...

Verónica González vive en USA. Tenía veintiséis años cuando sucedió.

Esto fue lo que me contó:

—Soñé lo siguiente: era un sábado por la noche... Toda la familia estaba reunida en casa de mis padres... No recuerdo el mes, pero creo que era verano... Hacía calor... Mis hijos —Alexander y Brianna— jugaban en un cuarto con sus primos Nicholas, Crhistopher y Kevin... Sentados frente a mí se hallaban mi hermana, Normita, y mi cuñado, Ángel... A mi izquierda se encontraba Francisco, mi papá... A mi derecha, mi esposo, Óscar... Norma, mi mamá, trajinaba en la cocina... Creo que colaba su café... Estábamos todos felices...

»Fue al terminar el postre cuando llamaron a la puerta... Mami acudió a abrir... ¡Sorpresa!: allí estaba mi abuela, Floralia Alonso... "¿Cómo era posible?", me dije en el sueño... La abuela había muerto dos años atrás... Con ella, a su izquierda, se presentó un sacerdote o un monje...

»Yo no lo conocía.

»Mi mamá, llorando, la abrazó y la llevó hasta el comedor... Nadie podía creer que estuviera allí... Y la abuela abrazó y saludó a todos...

»Cuando terminó se sentó a mi lado... Estaba feliz... Yo la

Verónica. (Gentileza de la familia.)

miraba y lloraba... La abracé... Trataba, incluso, de olerla... Le toqué en la cara para confirmar que era ella...

»¡Era ella!... ¡Tenía un cuerpo físico!... La abuela sonreía y me abrazaba...

»—Macorina (así me llamaba) —me dijo—, ¿cómo te sientes?...

»Yo había sufrido recientemente una intervención quirúrgica y respondí:

»—Abuela, estaba tan nerviosa y preocupada durante la cirugía...

»Ella sonrió de nuevo y replicó:

»—Lo sé, pero todo salió bien... Yo estaba allí desde que te durmieron... Sentí tu preocupación...

»Y empecé a decirle que la quería mucho... No deseaba que se fuera...

—¿Y el monje?, pregunté sin poder contenerme.

**Flora, abuela de Verónica.
(Gentileza de la familia.)**

—Allí seguía, en silencio.

—Pero ¿quién era?

—No lo sabía, y se lo pregunté a mi abuela... Ella respondió:

»—¿No lo conoces?

»Le dije que no...

»—Es el padre Pío...

—¿Sabías quién era?

—Ni idea... Y la abuela añadió:

»—Él estaba conmigo cuando te operaron... Él hace milagros...

»Y al cabo de un rato, Floralia anunció:

»—Bueno, ya me tengo que ir... Los quiero mucho a todos y nos veremos pronto...

»Yo no quería que se fuera...Tenía tantas cosas que preguntar... Los seguí hasta el exterior de la casa... Allí me encontré un carro, un viejo Cadillac de color amarillo claro... Estaba estacionado en la calle...

—¿Conocías el vehículo?

—No.

—¿Y qué hiciste en el sueño?

—Corrí hacia el carro... No quería que se fuera... Miré por una de las ventanillas... Estaba abierta... En el asiento de atrás se hallaban mi abuela Flora, mi bisabuelo Felipe Fiallo y unos tíos de Miami que no conocía... El que manejaba era mi abuelo Rubén Alonso... Con el conductor iba el tío Filiberto...

—¿Muertos?

—Todos...

Y Verónica prosiguió, tan perpleja como yo:

—No podía creer lo que veía... Todos eran jóvenes... Mi abuela aparentaba veinticinco años... Todos estaban felices y

El padre Pío. (Foto: © Sergio Gaudenti / Corbis Kipa.)

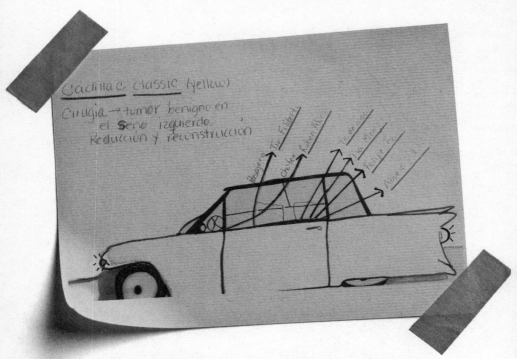

Dibujo de Verónica, con la distribución de los «pasajeros» en el Cadillac.

pletóricos. Parecían llenos de vida... La abuela, entonces, me dijo:

»—Nos tenemos que ir... Vamos a bailar.

»Se despidieron, arrancaron, y se fueron...

Ahí terminó el sueño.

Algún tiempo después, en septiembre de 2006, Norma, la madre de Verónica, mostró una fotografía del padre Pío a su hija.

—Sentí un escalofrío... Era el sacerdote que había visto en el sueño...[1]

1. El padre Pío (Francisco Forgione de Nuncio) nació en mayo de 1887 en Pietrelcina (Nápoles), al sur de Italia. Fue monje capuchino. Se le atribuyen numerosas curaciones milagrosas, así como fenómenos de bilocación y telepatía. Fue famoso también por los estigmas de sus manos. Falleció en septiembre de 1968, a los ochenta y un años de edad.

LA MONJA
DE LA CURVA

Conocí a Jessica en diciembre de 2012, en uno de mis viajes a Estados Unidos de Norteamérica.

Cuando tenía dieciocho años vivió una experiencia que no olvidará mientras viva. Y después tampoco...

He aquí una síntesis de los hechos:

—Yo vivía en 1996 en la ciudad de Pereira (Colombia)... Un día me asaltaron en plena calle... Trataron de robarme, pero me resistí... Una chica, entonces, me apuñaló por la espalda... Me metieron en una ambulancia y perdí el conocimiento... Entonces me vi en el techo de la ambulancia... Mi mejor amiga y el paramédico hablaban... Noté un intenso olor a flores... Finalmente me operaron y salí adelante... Y permanecí una semana en el hospital San Jorge... Al día siguiente de la operación empecé a verla...

Jessica me miró, algo aturdida. La tranquilicé. Llevaba cuarenta años escuchando experiencias similares.

—El caso es que todos los días —prosiguió—, y a la misma hora, a eso de las dos de la tarde, aparecía en la sala una monja... Caminaba hacia la ventana... Después giraba y se dirigía a los pies de mi cama... Allí permanecía una hora... Rezaba el rosario y me miraba... Después hacía el camino inverso y salía de la sala...

—¿Conocías a la monja?

—No. Pensé que podía tratarse de una monja del hospital... Pero había algo raro en aquellas «visitas».

—¿Por qué?

Jessica, con la imagen de la monja que la visitó en 1996. (Foto: Blanca.)

—En varias ocasiones, la monja coincidió con mi familia, pero nadie le prestaba atención... Sólo mi padre la vio.

—¿Te dijo algo?

—No. Llevaba un rosario en las manos y se limitaba a rezar y a mirarme... Bajaba los ojos hacia el rosario, rezaba, y después levantaba la vista, observándome... Así permanecía por espacio de una hora... A las tres se iba...

Solicité que hiciera una descripción de la monja.

—No era muy alta...

Jessica miró a Blanca y comentó:

—Algo más alta que ella...

Blanca mide 1,65 metros.

—Aparecía pálida, con ojeras, como si tuviera anemia...

Estampa entregada a Jessica en 2005.

El rostro era ovalado... Tenía los ojos de color café... La mirada era muy apacible... Era delgada... Llevaba un hábito marrón y una toca negra, hacia atrás... El hábito subía hasta el cuello...

—¿Cómo era el rosario?

—Blanco, con una cruz metálica. Parecía nácar...

—¿Movía las cuentas?

—Sí. En la hora que permanecía a los pies de la cama le daba la vuelta completa al rosario...

—¿La viste mover los labios?

Retrato de Teresita del Niño Jesús.

—Sí.

—Una hora es mucho tiempo. ¿Hizo algún gesto?

—De vez en cuando descargaba el peso del cuerpo de un pie a otro. Eso era todo.

—¿Se despedía al marchar?

—Tampoco. Caminaba en dirección a la ventana, giraba, y se dirigía a la puerta.

Solicité a Jessica que dibujara un plano de la habitación y que trazara el recorrido de la monja. Había entendido perfectamente. La monja, tanto al entrar en la sala, como al salir, llevaba a cabo una curva absurda e innecesaria. Pero guardé silencio.

—¿Cómo caminaba?

—Con pasos cortos y muy despacio.

—En la sala había otros enfermos. ¿La viste hablar con alguien?

—Con nadie.

—¿Era joven o mayor?

—De unos treinta y cinco años.

—¿Te llamó la atención algún otro detalle?

—Sí, ´cada vez que aparecía olía a flores. Era el mismo olor que noté en la ambulancia...

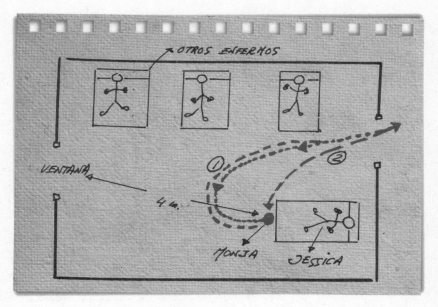

1. La monja caminaba en dirección a la ventana. Trazaba una curva innecesaria y se dirigía a los pies de la cama de Jessica. 2. Lo lógico es que hubiera caminado directamente hacia la cama. ¿Se trataba de un holograma o de una proyección? Cuaderno de campo de J. J. Benítez.

—¿Recuerdas si se colocó en otro lugar que no fuera a los pies de la cama?

—Siempre hacía el mismo recorrido y terminaba en el mismo punto. Nunca cambió de lugar.

—¿Bajó las manos en algún momento?

—Nunca. Siempre las llevaba a la altura del pecho, con el rosario entre los dedos.

—¿Parpadeaba?

—Sí.

Años después, en 2005, cuando Jessica residía en USA, sucedió algo que la dejó perpleja.

—Fui a una conferencia. Alguien hablaba sobre ángeles... Entonces se aproximó una señora y preguntó si creía en los santos... Señaló a mis espaldas y manifestó: «Tienes una monja a tu lado. Es tu protectora.» Sacó una estampita y me la mostró... Quedé petrificada... ¡Era la monja que había visto en el hospital, en Colombia!...

Jessica me mostró la estampita. Era la imagen de Teresa Pazelli, también conocida como Teresita del Niño Jesús.[1]

—¿Estás segura de que es la monja que te visitaba?

—Al cien por cien...

1. Teresa Pazelli nació en Alençon (Francia) en 1873. Falleció el 30 de septiembre de 1897. Fue proclamada Doctora de la iglesia católica en 1997. Es conocida como Doctora del Amor. Su obra más importante es *Historia de un alma*. Se le atribuyen numerosas curaciones y prodigios. Cuando Jessica la vio hacía 99 años que había fallecido.

EL TRAJE
DE LOS VIAJES

Conocí a Mariluz Barasorda en Algorta (Vizcaya), aparentemente por casualidad. Hoy sé que aquel encuentro estaba minuciosamente programado...

El marido de Mariluz falleció el 12 de septiembre de 1986, a los setenta y ocho años de edad. Era abogado. Se llamaba Francisco José Eguillor. Todo el mundo lo conocía por Patxo. Está enterrado en Derio, muy cerca de Bilbao (España).

Pues bien, en mayo de 1987, cuando el marido llevaba ocho meses muerto, Mariluz vivió una experiencia que le hizo suponer que Patxo estaba en el cielo.

Esto fue lo que me contó el 15 de noviembre de 1990, ratificado en otras conversaciones y en sucesivas cartas:

Me hallaba en Madrid...

Aquel día me acosté tarde. Podían ser las cuatro de la madrugada. Es una de mis costumbres. Duermo poco...

Miré el reloj. Dormí una hora...

A las cinco desperté...

Empecé a sentirme intranquila...

No soy una persona miedosa, pero me sentí rara. Como si alguien me observara...

Noté frío. Mucho frío. Me tapé hasta la nariz...

Después lo he pensado. Estábamos en el mes de mayo. Aquel frío —helador— no era normal...

Me volví a dormir...

Francisco José Eguillor.
(Gentileza de la familia.)

Y desperté a las seis...

El frío se colaba hasta los huesos...

Me dormí de nuevo y fui a despertar cuando faltaban pocos minutos para las ocho menos veinte...

Tengo la costumbre de cerrar bien las ventanas, pero esa noche me descuidé. Entraba luz...

«Un nuevo día sin él», pensé...

Entonces lo vi...

¡Era Patxo!...

Estaba de pie, a mi izquierda, junto a la cama, cerca de mis rodillas...

Te juro que no sentí miedo...

Lo encontré muy guapo...

Aparentaba unos treinta años...

Vestía un traje marrón, de rayas, con una camisa blanca y una corbata...

Reconocí el traje al instante. Era el que usaba en los viajes... (!)

Se lo ponía cada vez que marchaba a Guinea. Allí lo compró...

Tenía el pelo corto...

Entonces habló:

—*Chiquitxu* —«Pequeñita»...

Así me llamaba en vida...

Alzó la mano izquierda y añadió:

—No te preocupes...

Me llamó la atención el gesto. No era habitual en él...

Entonces se quedó callado y bajó la mano...

Así pasaron unos minutos...

Nos mirábamos, sin más...

Y al rato dijo:

—Bueno, *Chiquitxu*, tendré que irme...

Y yo repliqué:

—¿Tan pronto?... ¡Qué poco tiempo has estado!

Y él contestó:

—Sí, pero...

Y miró hacia arriba, como si preguntase si podía continuar allí...

Era como si alguien estuviera hablándole...

Yo estaba desconcertada...

Patxo siempre hacía su santa voluntad. No admitía consejos de nadie...

Entonces bajó la mirada y me dijo:

—Bueno, tengo que marcharme...

—¿Volverás otra vez? —pregunté...

—No sé —replicó...

Era como si él no mandase...

Volvió a mirar hacia arriba y repitió:

—Bueno, tengo que marcharme... Cuídate mucho...

Y desapareció en medio de una neblina blanca...

Lo vi ascender...

Mariluz y Patxo.
(Gentileza de la familia.)

Mariluz contó que su marido era creyente, pero que no creía en esta clase de presencias o apariciones. En cierta ocasión, una abuela de Mariluz prometió que regresaría después de muerta y que la avisaría sobre la existencia del más allá.

Patxo me tomaba el pelo —comentó Mariluz—. «¡Que viene la abuela!», bromeaba...

Pregunté entonces por qué consideraba que Patxo se encontraba en el cielo. Mariluz respondió:

En el colegio nos enseñaron que los que mueren sin pecado viven eternamente, y con la edad de Cristo: treinta y tres años...

Ésa era la edad que aparentaba mi marido. Por eso sé que está en la gloria...

No me entretuve en explicarle que el Maestro no murió a los treinta y tres años, sino a los treinta y cinco. Y tampoco hablé del absurdo asunto de los pecados. Nadie puede ofender al buen Dios, aunque quiera...

Mariluz era feliz con estas creencias, y yo lo respeté, por supuesto.

Lo importante era lo que había visto y lo que había sentido.

A dela Naranjo es ecuatoriana. Actualmente trabaja en España.

La madrugada del 14 de julio de 2007 se despertó de pronto. Serían las tres o las cuatro.

No supo por qué, pero terminó levantándose. Su marido dormía a su lado.

Adela caminó hacia la puerta del dormitorio y, de pronto, lo vio...

Julio Marín. (Gentileza de la familia.)

410

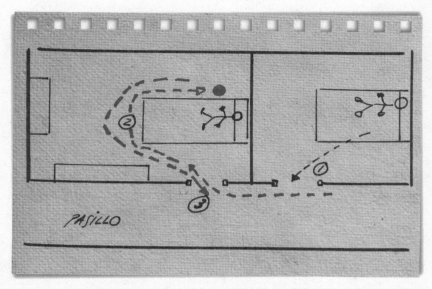

1. Adela se despierta súbitamente y se dirige a la puerta del dormitorio. Entonces ve al joven del maletín. Lo sigue y entran en la habitación de Concepción, la señora a la que cuida. 2. Adela se sitúa a los pies de la cama y observa lo que hace el joven. 3. El hombre del maletín sale de la habitación y desaparece. Cuaderno de campo de J. J. Benítez.

Era una persona joven...

Yo no lo conocía...

Me fui tras él y le llamé la atención, preguntándole quién era...

Lo hice varias veces, pero no respondió...

Ni siquiera se volvió...

Aparentaba veinte años...

Tenía la piel blanca y los cabellos rubios...

Era un hombre...

Vestía camisón (guayabera) de color blanco y pantalones, también blancos...

En la mano derecha cargaba un maletín negro...

Se dirigió al dormitorio de la señora...

¿Quién era? ¿Cómo entró en la casa? ¿Qué hacía allí?...

Entró en el dormitorio de la señora, que se encontraba durmiendo, y dejó el maletín en el suelo...

Se inclinó sobre ella y le cogió la cara con las manos...

Adela, con su esposo.
(Gentileza de la familia.)

Después le dio un beso en la frente...

La señora no se despertó...

A continuación tomó de nuevo el maletín y salió de la habitación...

Al pasar por detrás de mí sentí un frío helador. Era como un viento helado...

Lo seguí con la vista y desapareció...

En ese momento desperté. Me hallaba en el dormitorio de mi señora, de pie, y agarrada a la barandilla de la cama...

No sé qué había sucedido...

Salí al pasillo, pero no encontré a nadie...

Entré en mi alcoba y desperté a mi marido, contándole lo ocurrido...

Él pensó que todo había sido un sueño y me dijo que me acostase. Así lo hice...

No conseguía entender...

Para mí todo fue muy vívido...

No soy sonámbula y, curiosamente, no tuve miedo...

El presente caso me fue relatado por Evaristo Alcaraz, un buen amigo al que conozco desde hace mucho. Él amplió detalles:

—Adela cuida de mi madre, aquejada de Alzheimer desde hace tiempo. Duerme en una habitación contigua. Al escuchar el relato quedé sorprendido y tuve una intuición: la visión era mi sobrino Julio. En esos momentos se debatía entre la vida y la muerte, como consecuencia de una enfermedad. La intuición no falló. Julio falleció treinta y seis horas después del «sueño» (?) de Adela. Tenía veintiocho años de edad.

Y Evaristo prosiguió:

—Todo esto habría quedado en nada, y sin significado para mí, si no hubiera sucedido lo del libro de mi cuñado...

Y procedió a explicarse:

—Cuatro años y siete meses después del «sueño», es decir, el 13 de enero de 2012, mi cuñado presentó un libro titulado

Adela, a los pies de la cama de la señora. El hombre del maletín se situó a la izquierda. (Gentileza de la familia.)

Concepción García, madre de Evaristo. (Gentileza de la familia.)

Casi al desnudo, en el que narra las peripecias de su vida. Es un libro editado por él mismo y lleno de fotografías de amigos y familiares.

»Pues bien, al día siguiente de la presentación llevé un libro a casa de mi madre. Era el día libre de Adela y la sustituí, aprovechando para leer dicho libro.

»Cuando regresó le dejé el libro y volví dos días más tarde.

»Entonces comentó que había reconocido en las imágenes a la persona que vio en el sueño o la visión.

»—¿Estás segura —pregunté.

»Y fue señalando, una por una, las fotos en las que aparecía mi sobrino Julio.

Quedé asombrado...

414

—¿Pudo verlo en vida?

—Nunca. Desde que Adela se hizo cargo de mi madre, en 2005, mi sobrino jamás pisó la casa, ni tampoco hay fotografías suyas en la vivienda. Mejor dicho, hay dos: una en la que tiene meses y otra con dos o tres años. Era imposible que pudiera reconocerlo.

—¿Y qué me dices del maletín?

—Lo pregunté pero nadie supo darme la razón. Mi sobrino no usaba maletín.

Evaristo recordó otro detalle interesante:

—Unos días antes del suceso, mi madre había cogido un resfriado muy fuerte. La tos provocaba la consiguiente flema, pero ella no podía expulsarla. Carecía de fuerzas. Había que estar muy pendiente... Pues bien, a la mañana siguiente del «suceso», mi madre se hallaba perfectamente. La flema desapareció. ¿Quién la curó? ¿Fue Julio?

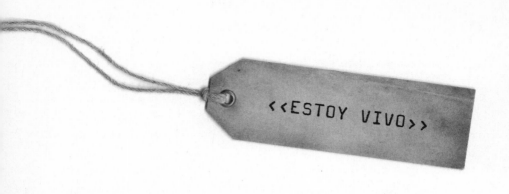

<<ESTOY VIVO>>

Y regreso a la magia de los sueños...

El 5 de diciembre de 2012 fuimos invitados a almorzar en la casa de Sophía y Juan Ribot, en la ciudad de Miami. Sophía es una eminente física y matemática.

Aurora. (Gentileza de la familia.)

Aurora y su hermano, Nené, poco antes de morir. (Gentileza de la familia.)

Conversamos sobre muchos temas. Uno de ellos me fascinó.

Sophía habló de su amiga Aurora G. Cruz, cantante de ópera. Actualmente reside en Cliffside Park, en Nueva Jersey (USA).

Aurora tenía dos hermanos. Ambos vivían en Cuba.

Uno, llamado Godo, falleció en 1950.

El otro —Nené— residía en el oriente de la isla, en la ciudad de Santiago. Era afortunado. Tenía dinero, vivienda propia y una familia. Se veían con frecuencia.

En 1996, Aurora tuvo un sueño.

Sophía siguió con el relato:

Se le presentó Godo y le dijo:

—Aurorita, estoy vivo y muy bien... Pero mira, Nené está enfermo, muy enfermo... Está herido de muerte... Morirá pronto.

Eso sucedió en invierno.

Ella no entendió el significado del sueño y me llamó, alarmada...

La escuché...

Gloria decía:

—Esto es un disparate... El que está muerto es Godo, no Nené...

Y tenía razón en algo, pero no en lo principal...

Nené estaba vivo. Tenía setenta años. Su hermano, Godo, en cambio, llevaba 46 años muerto...

Y Aurora repetía:

—Esto es un disparate...

Reflexioné y le dije:

—No, tu hermano Godo te está avisando... Debes viajar a Cuba cuanto antes... Nené está muy enfermo y te necesita...

Pero Aurora no lo aceptaba...

—Nené —decía— está bien.

Y en ésas recibió una llamada telefónica de Cuba...

Era su cuñada. Y le dijo:

—Me da mucha pena decirte esto... Te lo hemos ocultado, para que no sufras, pero ha llegado el momento de decírtelo... Nené tiene cáncer... Está muy mal...

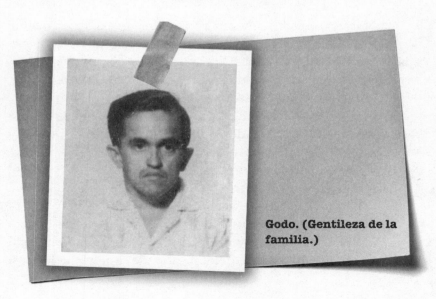

Godo. (Gentileza de la familia.)

Sophía. (Foto: Blanca.)

Aurora quedó desconcertada...

Y viajó a Santiago, ayudando a su hermano en lo que pudo...

Un día antes de fallecer, Nené exclamó, moviendo la cabeza:

—¡Dios mío!... ¡Dios mío!...

Debo aclarar que Nené era un descreído...

En esos momentos, Aurora vio un hilo de humo blanco que escapaba de los pies de Nené. Y supo que le quedaba poco...

Murió al día siguiente...

Al establecer contacto con Aurora, en Nueva Jersey, la mujer ratificó lo expuesto por Sophía.

De nuevo la «perla» en el sueño...

EN EL BALCÓN Y EN CALZONCILLO

En uno de mis viajes a Panamá (mayo de 1997) coincidí con Álvaro Marcos Menéndez Franco, escritor y filósofo panameño.[1]

Charlamos mucho y —no sé por qué— fue a narrar dos experiencias con «resucitados», a cual más singular.

He aquí la primera:

Durante la huelga de los conductores de transportes de uso público, en 1965, me vi obligado a caminar desde el Corregimiento de Río Abajo, en la ciudad de Panamá, hasta el de San Francisco de la Caleta...

Para llegar a la calle 92 (antigua calle 70) atravesé La Carrasquilla a pie...

Pues bien, al pasar por la calle transversal anterior al sitio donde ha funcionado el Departamento de Acueductos y Alcantarillados miré hacia el balcón del primer piso de una vieja casa de madera, pintada de verde y con fondo blanco...

¡Oh, sorpresa!...

Inclinado sobre el balcón, y mirándome fijamente, se ha-

1. Álvaro nació en la ciudad de Panamá en 1933. Es hijo de español y panameña. Ha publicado doce títulos sobre poesía, relato, teatro, periodismo y literatura infantil. Ganó el Premio Nacional de Historia en 1964. En la actualidad es director de Educación y Cultura de la Alcaldía de Panamá. Ha sido postulado al Premio Nobel de Literatura.

Álvaro Marcos Menéndez fue diplomático antes de la invasión de Panamá. (Foto: Blanca.)

llaba un tío político, esposo de mi tía materna Elva Ticiola Franco...

¡Era el licenciado Carlos Alvarado Alemán, fallecido en octubre del año anterior (1964)!...

Alvarado fue un abogado que destacó en asuntos de educación...

Estuvo casado con mi tía treinta y cinco años...

Yo viví con ellos en el interior del país entre 1946 y 1948...

Lo conocía muy bien...

Estaba desnudo, en ropa interior. Lo que aquí llamamos «franela blanca»...

Tenía los anteojos —similares a los de Gandhi— sobre la punta de la nariz y, como te digo, me miraba con atención...

Sentí cómo los vellos se erizaban y seguí andando...

En realidad corrí, hasta que lo perdí de vista en la vía Belisario Porras...

No tengo la menor duda: ¡Era él!...

Días después comenté el hecho con su viuda...

Elva me miró fijamente y manifestó:

—En 1936, mi esposo Carlos trabajaba en la Comandancia de la Policía Nacional, aquí, en Panamá, y una noche, en esa casa donde dices haberlo visto, se enfrentó a unos malhechores... Mi esposo resultó herido en la cabeza.

La segunda vivencia de Álvaro se registró años más tarde. Tampoco la olvidará...

Sucedió en 1970...
En esa fecha se produjo en Panamá una amnistía política y pude salir de la cárcel...
Cierto día decidí subir a un pequeño ómnibus, de los que hacían la ruta Plaza 5 de Mayo a Balboa...
Mi intención era dirigirme al popular café de los políticos, el Coca-Cola...

Teodoro Palacios, muerto en el penal de Coiba, en el Pacífico, a 30 horas de Panamá. (Gentileza de la familia.)

Y al disponerme a subir al ómnibus, de cara, bajando del vehículo, fui a topar con un viejo y excelente amigo...

Era Teodoro Palacios, líder sindical y oriundo de la ciudad de Colón...

Teodoro fue uno de los líderes de la Marcha del Hambre y la Desesperación...

Fuimos arrestados por las autoridades de Panamá en 1963, cuando ambos regresábamos de La Habana...

Este suceso nos unió mucho. Éramos buenos amigos...

Lo saludé afablemente. Hacía mucho que no le veía...

Quise abrazarlo, pero me esquivó...

Y me miró con una mirada rara, como si le recordara a alguien que él odiaba...

Y desapareció...

Entré al ómnibus seriamente preocupado...

¿Qué le había hecho?...

Días después fui a hablar con un sacerdote, amigo mío, y le conté lo ocurrido en el ómnibus...

El hombre me miró con incredulidad y manifestó:

—No es posible... Palacios murió en junio, en el penal de la isla de Coiba... Lo colgaron cabeza abajo y lo golpearon con un bate de béisbol.

¡Estábamos en octubre!... ¡Él murió en junio!... ¿Cómo pude verlo bajando del ómnibus?...

Teodoro vestía guayabera azul clara y un pantalón oscuro. No recuerdo los pies...

PLÁTANOS MADUROS FRITOS

Norma Alonso Padrón tenía nueve años cuando le tocó vivir aquel suceso. Ahora tiene sesenta y tres y sigue recordándolo a la perfección.

Esto fue lo que me contó:

—Sucedió en Cuba, en la localidad de Camagüey...

»Aquel año (1958) fuimos de vacaciones a un pueblecito de Matanzas. Se llama Pedro Betancourt. Era la costumbre. Mi hermana Lina y yo pasábamos allí el verano, de julio a septiembre...

»Lina se quedaba en la casa de la abuela y yo me alojaba en la de mi madrina...

»Pues bien, frente a la casa de la madrina, en la calle Colón, vivía una señora mayor, de unos setenta años, a la que llamábamos Mamita. Su apellido era Echezabal...

»Mamita tenía tres hijos, pero eran mayores...

»Y me cogió cariño...

»Me trataba como a una hija...

»Yo pasaba constantemente a su casa, o ella venía a la mía, y me obsequiaba con uno de mis postres favoritos: plátanos maduros fritos...

»Yo le contaba cosas sobre los chicos que me gustaban y ella se reía...

»Y al terminar las vacaciones regresamos a Camagüey...

»Tres meses más tarde, en diciembre, no recuerdo la fecha exacta, ocurrió "aquello"...

»Vivíamos en la calle San Rafael, en el número 648...

»Una noche, a eso de las nueve, desperté de pronto...

»Mi hermana Lina dormía conmigo...

»Empecé a llorar, pero no sabía por qué...

»Lina dormía profundamente...

»Todo estaba oscuro...

»Y, muy asustada, me dirigí al cuarto de mis padres...

»No estaban...

»Entonces corrí a la puerta de la calle y empecé a gritar...

»Vi aparecer a Otilio Rodríguez, compadre de mis padres, y preguntó qué pasaba...

»Expliqué que me hallaba sola y trató de consolarme...

»Otilio dijo que mis padres habían acudido a la casa de Elda, una vecina, porque no se encontraba bien...

»Después comprendí...

»Mis padres y Elda preparaban los regalos de Reyes...

»Y en ésas estábamos cuando algo —no sé explicarlo— me obligó a mirar hacia atrás, al interior de la casa...

»Entonces la vi...

»¡Era Mamita, la de los plátanos!...

»Estaba allí, a cosa de tres metros, con su ropa habitual...

La interrumpí:

—¿Qué ropa?

—Llevaba un vestido blanco, de manga corta, por debajo de las rodillas. Usaba el cinturón de siempre...

—¿Viste los pies?

—Sí. Calzaba sus zapatitos de vieja...

Y Norma continuó el relato:

—Tenía luz alrededor...

»Sonreía...

»Levantó la mano derecha y me saludó...

»Bueno, eso fue lo que pensé en ese momento...

Volví a interrumpirla:

—¿Cómo era esa luz?

—Blanca...

Norma dudó.

—Yo diría que Mamita, toda ella, era luz. Resplandecía pero se distinguían las facciones.

Insistí en el asunto de la luz. Y Norma matizó:

Norma Alonso Padrón.
(Foto: Blanca.)

—La luz sobresalía del cuerpo como medio metro.

—¿Partía del propio cuerpo?

—Así es.

—¿Y se proyectaba medio metro?

—Correcto.

—¿Qué aspecto presentaba?

—El de siempre: delgada y con un moño. Era una persona muy humilde... La sonrisa era distinta...

—¿Por qué?

Norma no supo explicarlo. Se limitó a decir:

—Era una sonrisa espectacular...

La dejé continuar.

—Mamita estaba en el aire. A cosa de treinta centímetros del piso...

—¿Estás segura?

—Completamente.

Y recordé el caso de Medina, el guardia civil. Su difunto abuelo también flotaba. ¿Cómo era posible semejante coincidencia? Medina no conoce a Norma, ni ésta al guardia...

—La luz destellaba...

—¿La casa seguía a oscuras?

—Totalmente.

—¿Dirías que era un cuerpo con volumen?

—Sí.

Y Norma prosiguió:

—Al verla le comenté a Otilio:

»—¡Mira, Mamita está ahí!...

»Pero él no la veía. Miraba y miraba y preguntaba:

»—¿Dónde?...

»Yo, entonces, caminé hacia ella...

»Pero nunca la alcanzaba...

»Mamita retrocedía...

»Y se fue apartando, hacia la cocina...

»Seguía con la mano derecha alzada, saludando...

»Entonces desapareció...

—¿Caminaba?

—Sólo la vi deslizarse, hacia atrás.

—¿Cuánto tiempo pudiste verla?

—Segundos. Como mucho, un minuto.

—¿Y qué sucedió?

—Esa noche nada. Me despedí de Otilio, le dije que ya no tenía miedo, y me fui a la cama.

—¿Alguien más vio a Mamita?

—Nadie, que yo sepa. Mi hermana no se despertó.

Norma continuó la narración:

—Al otro día, a eso de las cuatro de la tarde, Lina y yo regresamos del colegio...

»Volvíamos a pie...

»Y al llegar cerca de la casa vimos a mami, lavando...

»Nos acercamos, para saludarla, y mami echó mano a uno de los bolsillos del delantal...

»Sacó un papel azul...

»Era un telegrama...

»Y dijo:

»—Mira, lee esto...

»—¿Qué? —repliqué—. ¿Que Mamita murió?

»Mi madre me miró, desconcertada. Y preguntó:

»—¿Cómo tú lo sabes?...

»Y respondí:

»—Porque anoche vino a despedirse...

»Entonces comprendí que Mamita no saludó. Al levantar la mano se estaba despidiendo...

»Eso fue lo que sucedió: Mamita se despidió de mí...

»Después leí el telegrama. Decía: "Mamita murió." Y mencionaba la hora; la misma en la que la había visto...

»El telegrama lo enviaba Cari, una de las hijas de Mamita...

»Me quedé triste pero, al mismo tiempo, sentí paz...

»Mamita está viva...

Consulté el mapa de Cuba.

De Pedro Betancourt, cerca de Matanzas, a Camagüey, don-

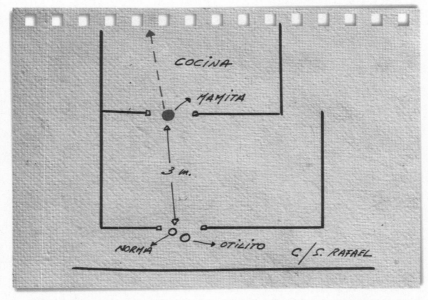

Aparición de Mamita en la casa de Camagüey. Cuaderno de campo de J. J. Benítez.

de tuvieron lugar los hechos, hay más de seiscientos kilómetros (en línea recta).

Y quedé nuevamente maravillado...

Pero la experiencia de Norma Alonso no terminó ahí.

Veinte años después, en 1978, cuando residía en Miami, sucedió algo igualmente inexplicable (para la razón).

—Me hallaba en el hospital, trabajando. Preparábamos unos electros...

»Conmigo estaba Elena Montano, una mujer muy especial...

»Y, de pronto, mi compañera hizo un comentario:

»—¡Ay, qué olor a plátanos maduros fritos!...

»Yo no olía a nada...

»Nos encontrábamos en el primer piso. La cocina estaba en la novena planta. Aquello no podía ser. En los hospitales norteamericanos, además, no se cocina comida latina...

»Pasaron unos minutos y Elena preguntó:

»—¿Quién es Mamita?...

»Me quedé de piedra...

»No dije nada y ella la describió:

»—Es una mujer alta, delgada, vestida de blanco, con medias y zapatos de vieja...

»Yo estaba desconcertada...

»Y continuó:

—... Tiene el pelo hacia atrás, con moño...

»¡Era Mamita! Me la estaba describiendo...

»Y Elena dijo:

»—Está a tu lado... Me dice que ella siempre está contigo.

Meses después de la conversación con Norma, en Miami, pude entrar en contacto con Elena Montano.

Es psicóloga.

Vive en Tennessee (USA).

Le pregunté sobre el caso «Mamita» y confirmó lo expuesto por Norma, añadiendo lo siguiente:

—Yo había visto a la señora una semana antes del suceso ocurrido en el hospital... Deambulaba por mi casa... Mi mamá también la vio, pero, asustada, se tapaba con la sábana... Vestía de blanco... Se quedaba de pie, en mi dormitorio, contemplándome... Hasta que un día me cansé... Me senté en la cama y le pregunté: «¿Qué quiere usted?»... Y ella respondió: «Soy Mamita. Conozco a Norma y quiero que le digas que rece por mí y que me ponga las flores blancas que tanto me gustan»... Y desapareció... El resto ya lo conoce usted.

—¿Dice que la veía en su casa?

—Sí, al menos durante una semana...

—Pero ¿cómo puede ser eso? Mamita estaba muerta...

—Tengo esa facultad —respondió Elena—. Veo cosas que los demás no ven...

Elena, en efecto, por lo que pude averiguar, es una persona especialísima.

—¿Habló Mamita con su madre?

—Sí, y le dijo lo mismo: lo de las flores...

—Dice que ese día, cuando trabajaba con Norma en el hospital, sintió el olor a plátanos maduros fritos...

—En efecto. Y Mamita estaba allí, al lado de Norma.

—¿Cómo vestía?

—Igual que en la casa: de blanco y con el pelo hacia atrás, con moño. Fue entonces cuando Norma me contó la historia. Yo no sabía nada de lo ocurrido en Cuba...

Respecto a las flores blancas, Norma aclaró el misterio: Mamita tenía la costumbre de adornar la mesa de su casa con un búcaro lleno de flores. Lo hacía cada semana.

LA ROPA EMITÍA LUZ

a llamaré Odalis...

Es una mujer austera, de pocas palabras.

Un día, en USA, me contó la siguiente experiencia:

Yo vivía entonces en North Planfield, en Nueva Jersey...

Estaba divorciada...

Y en la madrugada del 23 de octubre de 2009 sucedió algo maravilloso...

Yo dormía plácidamente...

Lo hago siempre muy bien, sin despertar para nada...

Y hacia las cinco de la madrugada lo vi...

Era mi ex suegro...

Estaba sentado en el filo derecho de mi cama...

«Pero ¿cómo puede ser?», me dije. Silvio Morales, mi ex suegro, al que yo llamaba «tío», se encontraba en esos momentos en la ciudad de Miami, a muchas millas...

Vestía de blanco...

Era una especie de túnica, con capucha...

Las manos aparecían en el regazo...

Me miraba con una sonrisa muy dulce...

Había mucha paz en él...

—¡Hola! —me dijo...

Yo tenía los ojos entornados. Sabía que si los abría, y hablaba, desaparecería. Y no deseaba que se fuera...

Hacía seis meses que no lo veía...

Lo ingresaron por un cáncer en Miami...

Odalis. (Foto: Blanca.)

Yo, entonces, lo visitaba casi a diario. Nos llevábamos muy bien. Nos conocíamos desde que era una niña...

Lo hospitalizaron cuatro o cinco veces, pero siempre se recuperaba...

Tenía un halo de luz a su alrededor...

¡Era físico! ¡Tenía un cuerpo material! O eso me pareció. Estaba a medio metro. Lo hubiera podido tocar, pero me contuve...

Y al cabo de uno o dos minutos desapareció...

Te juro que no fue un sueño. Yo no suelo recordarlos...

Volví a quedarme dormida y, al despertar, me sentí muy bien. Fue un despertar dulce...

Y hacia las siete de la mañana le conté lo ocurrido a mi compañera de casa. Ella dormía en la tercera planta y yo en el sótano...

Y recuerdo que le dije: «En cuanto pueda viajaré a Miami y lo visitaré»...

Pues bien, a las doce del mediodía llamó la hija de Silvio. El «tío» había muerto esa mañana...

Dejé hablar a Odalis y, posteriormente, la interrogué:
—Háblame de la luz que emitía...

—Era tenue, pero suficiente para verlo. La habitación se hallaba en el sótano y no había amanecido. Todo se encontraba a oscuras.

—Dices que llevaba una capucha...

—Le cubría la cabeza, pero podía ver el rostro y parte del pelo.

—¿Usaba gafas?

—Sí, pero en ese momento no las llevaba. Eso me llamó la atención.

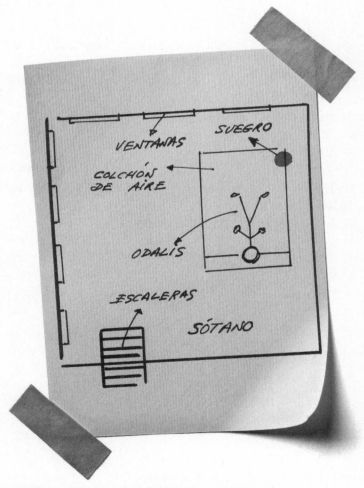

Caso Odalis. Cuaderno de campo de J. J. Benítez.

—¿Te dijo algo más?

—No, pero interpreté su maravillosa sonrisa como que estaba bien y que se alegraba de volver a verme.

—¿Cómo era la túnica?

—Presentaba mangas largas. La ropa parecía emitir luz.

—¿Qué sensación te produjo?

—De vida. Estaba vivo. E interpreté que dijo: «Estoy bien.»

—Volvamos a la ropa. ¿Te pareció bien planchada?

Odalis me miró, perpleja. Hizo memoria y replicó:

—Sí, muy bien planchada. Tanto la túnica como la capucha.

—¿Observaste si respiraba?

—No me fijé en eso, francamente. No sé decirte...

—¿Cuánto tiempo podía llevar sentado en el filo de la cama?

—Tampoco lo sé. Puede que bastante. Lo vi al entronar los ojos pero, probablemente, llevaba allí un rato.

—¿Notaste el peso del cuerpo en la cama?

—No. Y es igualmente extraño...

—¿Por qué?

—El colchón era de aire. Tendría que haber percibido el peso. Lo lógico es que se hubiera deformado. Y no fue así.

—¿Qué aspecto tenía?

—El de siempre, pero lleno de vida...

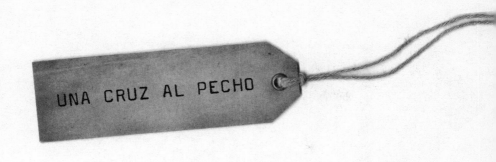

UNA CRUZ AL PECHO

Y de nuevo el fenómeno de la luz...
        ¡Los cuerpos radiantes!

El presente caso me fue relatado por Jesús Antonio Pano Dorado.

Vive en Madrid.

Mi hermano Juan Carlos (Aco) y yo —manifestó— dormimos en la misma habitación, en dos camas separadas por una mesilla... Frente a las camas se alza un armario...

A la conversación asistieron María Teresa, madre de Jesús Antonio, y Juan Carlos, su hermano.

Nuestro padre había fallecido el 10 de septiembre de 2010... Tenía setenta y siete años de edad...
Pues bien, a los dos o tres días de su muerte, lo vi...
Sucedió en mitad de la noche...
Podían ser las dos o las tres de la madrugada...
No sé si estaba despierto o dormido. No lo recuerdo...
El caso es que oí una voz...
Más que una voz, un susurro...
Y escuché mi nombre: «¡Nono!... ¡Nono!»...
Así me llaman en casa...
Lo repitió varias veces, como si quisiera despertarme...
Cuando abrí los ojos (insisto: no sé si fue un sueño o la realidad) vi a una persona, de pie, junto a la cama de mi hermano. Exactamente a los pies de la misma...

435

Jesús Antonio, padre de Nono y de Aco. (Gentileza de la familia.)

Yo tenía la cabeza recta y tuve que inclinarla ligeramente hacia la derecha...

¡Era mi padre! ¡Era él!...

Vestía una túnica de paño, muy blanca, con una cruz en el tórax, en relieve...

La cruz abarcaba todo el pecho y se perdía hacia abajo...

Aunque tenía volumen corporal, todo él era de luz; una luz muy blanca, similar a la que emite una linterna «led», pero con una diferencia muy importante: no molestaba a la vista...

Curiosamente no sentí miedo...

¡Era él, con el aspecto de una persona mayor!...

Las partes visibles del cuerpo (cabeza y manos), ya que el resto lo ocultaba la citada túnica, eran transparentes, pero con esa luz blanca y maravillosa en el interior...

No es fácil describirlo...

También la túnica, de un blanco impoluto, resplandecía como consecuencia de la luz que nacía del interior...

436

Insisto: toda la luz manaba de él...

Estaba de pie, como te decía, con los brazos ligeramente extendidos y las palmas de las manos abiertas y hacia arriba...

Pude observarlo durante unos instantes...

No dijo nada...

Ahí concluye la visión...

No recuerdo nada más. No le vi marchar...

Cuando he soñado posteriormente con él, la ensoñación

Jesús Antonio Pano (Nono).
(Foto: Blanca.)

ha sido diferente y sujeta a los cánones habituales de los sueños. Nada que ver con lo que «vi» aquella noche...

Nono se prestó, gentil, a todas mis preguntas.
Empecé por el asunto de la voz.
—¿Era la de tu padre?
—Fue un susurro, pero el timbre no tenía nada que ver con la voz de mi padre.
Nono trató de recordar y terminó moviendo la cabeza, negativamente, al tiempo que declaraba:
—No puedo asegurar que fuera la voz de mi padre, en vida, pero era él...
—¿Por qué estás tan seguro?
—Porque reconocí sus rasgos. ¡Era él! Presentaba el mismo aspecto que cuando murió.
—Háblame de la cruz que viste en el pecho...
—Aparecía en relieve, como si estuviera bordada. Abarcaba todo el tórax y se perdía hacia abajo...
—¿Viste los pies?
—La cama de mi hermano lo impedía.
—¿De qué color era la cruz?
—También blanca, de unos seis u ocho centímetros de ancho.
—¿Portaba capucha y cinturón?
—No.
—¿Te miró en algún momento?
—No. Se mantuvo con la vista fija en mi hermano.
—¿Cuál era su semblante?
—Grave, como preocupado.
—Dices que tenía las manos abiertas...
—En efecto.
—¿A qué distancia estaba de ti?
—Aproximadamente, a un metro.
—Es decir, lo contemplaste con claridad...
—Total claridad.
—¿Observaste si presentaba las típicas rayas en las palmas de las manos?
Nono hizo memoria.

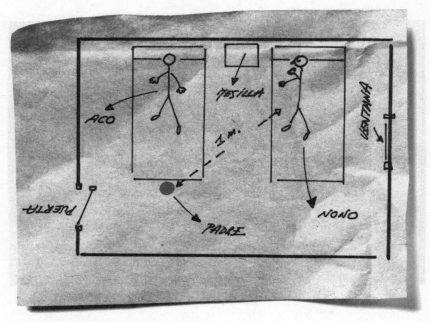

Cuaderno de campo de J. J. Benítez.

—No tenía rayas en las manos, pero se distinguían los dedos a la perfección. Insisto: todo era luz.

—Háblame de la luz que partía del interior...

—No es fácil de explicar. El cuerpo tenía volumen pero yo diría que no era materia, como nosotros la conocemos.

Nono se detuvo unos instantes, tratando de hallar las palabras exactas. No sé si lo consiguió.

—Todo era luz —redondeó—. El color de la piel, por ejemplo, no existía.

—¿Dirías que se trataba de un holograma?

—Podría ser...

—¿Recuerdas si la luz irradiaba fuera del perímetro del cuerpo?

—No iba más allá de la superficie, salvo en la zona de la nuca. Ahí había más luz.

—¿Observaste joyas o alianzas?

—No llevaba nada.

—Lo curioso —intervino Juan Carlos— es que lo enterramos con dos alianzas: la de la boda y la del cincuenta aniversario.

María Teresa, la madre, también portaba dos alianzas de oro. Y me las mostró, feliz.

—¿Cuánto duró la visión?

—Alrededor de cinco segundos.

—¿Tienes idea de cómo desapareció?

—Sinceramente, lo ignoro. Quizá estaba despierto y terminé durmiéndome. No lo sé...

Y Nono apuntó otro hecho inexplicable:

—Soy una persona extrovertida y siempre cuento en casa lo que me ha sucedido a lo largo del día. Pues bien, el suceso de la presencia de mi padre no fue comentado con nadie. Lo recordaba, pero era como si alguien o algo me obligara a guardar silencio. Hasta que un día, al ver a mi madre apenada por la ausencia de mi padre, decidí contar la experiencia. Y le dije que no se preocupara. Él está bien. Yo lo había visto.

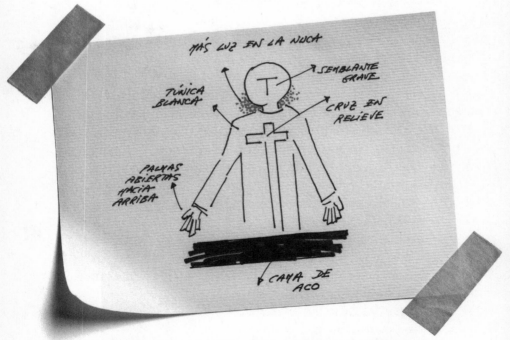

Todo el «cuerpo» era luz. Cuaderno de campo de J. J. Benítez.

A las dos o tres semanas de la visión, ambos hermanos tuvieron una experiencia común. Fue Juan Carlos quien pasó a relatarla:

—Una mañana, al poco de experimentar Jesús Antonio lo que acaba de detallar, ocurrió otro hecho extraordinario para el que no hemos encontrado una explicación lógica.

»Nos habíamos levantado para ir al trabajo. Era un día normal, como tantos...

»Siempre, cuando ya estamos arreglados y dispuestos a salir, nuestra costumbre es revisar minuciosamente la casa. Y eso hicimos.

»Pues bien, cuando nos encontrábamos en el salón, listos para marchar, escuchamos algo que nos hizo retroceder. Caminamos hasta el pasillo que comunica con las habitaciones.

»Ambos lo habíamos oído: eran pasos...

»¡Los pasos de mi padre! ¡Eran inconfundibles!

»Estábamos habituados a ellos. Eran los pasos de mi padre cuando se levantaba y se dirigía al baño.

»Pensamos que podía ser nuestra madre. Pero no...

»Ella estaba en su cuarto, dormida.

Al preguntar sobre ambas experiencias, los hermanos Pano Dorado coincidieron:

—Nuestro padre vive y es feliz.

ANTOÑITO

E n 1944 Mo tenía cuatro años.

No estoy autorizado a desvelar su identidad. Es un hombre muy popular en Sevilla (España).

Él recuerda a Antoñito.

Fue su madre —a la que llamaré Luisa Barrado— quien le contó la singular experiencia.

Conocí a Mo en agosto de 1983 en la localidad de Conil, en Cádiz. Allí me contó lo sucedido en 1944 por primera vez. Me acompañaba un añorado amigo, hoy fallecido: Rafael Vite, de Vejer. Tres años después, en 1986, volvimos a coincidir y relató la experiencia por segunda vez. No observé ninguna contradicción.

Finalmente, en septiembre de 2012, lo visité de nuevo. Esta vez en su casa, en la ciudad de Sevilla. Su mujer estaba presente.

Esta tercera narración fue idéntica a las anteriores.

No había duda.

El caso era auténtico.

En síntesis, esto fue lo ocurrido:

Vivíamos en la calle María de Pineda, 14, en Sevilla...

Eran tiempos de suma pobreza...

Antoñito era un hombre mayor...

Mo sonrió y matizó:

Tenía cuarenta y pocos años, pero a mí, con cuatro, me parecía mayor...

Venía por la casa y ayudaba. A veces pintaba...

Mi familia le tenía en gran estima...

Mi madre me dijo que estaba enfermo del pecho...

Un día se presentó en la casa y le pidió a mi madre un traje usado. Le dio uno de mi padre...

Lo necesitaba, al parecer, para ingresar en el hospital...

Y estuvo dos o tres días sin aparecer...

Mi familia se enteró después...

Antoñito había ingresado en lo que entonces se conocía como el Hospital de la Sangre, hoy desaparecido...

Una noche, ya de madrugada, mi madre lo vio en el dormitorio...

Mi padre no se despertó...

Antoñito vestía el traje que mi madre le había regalado...

Me dijo que presentaba el cuerpo iluminado...

Le dio las gracias por el traje y se despidió...

Al día siguiente, hacia las nueve de la mañana, llamaron a la puerta y dieron la noticia: Antoñito falleció esa madrugada, como a las tres...

Fue la hora en la que se presentó en el dormitorio...

Interrogué a Mo sobre la luminosidad que emitía Antoñito. Contó lo que le contaron:

Presentaba la mitad superior del cuerpo con luz...

El resto no era visible...

Lamentablemente, Luisa, la madre de Mo, falleció en julio de 1970. No tuve oportunidad de interrogarla y profundizar en el caso.

Pero Mo ha tenido otras experiencias...

Una de ellas lo marcaría de por vida.

La contó cuando le conocí, en el verano de 1983. Vite fue testigo.

Ese mismo año de 1983, Mo tuvo un sueño que no supo explicar:

443

He visto un árbol —relató—. Y, en el árbol, subidos a las ramas, estaban mis dos hijos...

No sé qué hacían allí...

Uno de ellos, de pronto, cayó...

Se reía al caer...

Vestía de forma rara...

Pensé en esos momentos de la ensoñación que vestía de soldado, pero no...

Le di muchas vueltas, pero no hallaba una explicación...

Quizá no la tenía...

Mo se equivocó.

En los sueños siempre hay una «perla»...

Durante un tiempo pensé que la ensoñación hacía referencia a mi árbol genealógico...

Pero no daba con la clave...

Tres años más tarde, en agosto de 1986, uno de los hijos de Mo perdió la vida cuando hacía submarinismo en aguas de Trafalgar, en Cádiz.

De la tercera experiencia —no menos insólita— me ocuparé más adelante.

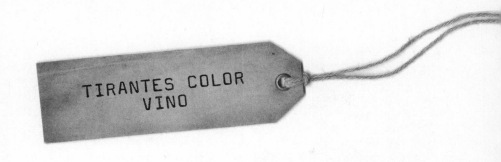

TIRANTES COLOR
VINO

Puede que esté equivocado. No sé...

En el asunto de los «resucitados», los testimonios de los médicos siempre me han parecido especialmente atractivos. Veamos uno que me impactó.

José Aldrich es un reconocido reumatólogo.

Vive en Estados Unidos de Norteamérica.

He sostenido con él numerosas conversaciones.

He aquí una síntesis de su especialísima vivencia:

—Mi padre —relató José— se llamaba José Joaquín Aldrich Fábregas. También era médico...

»Falleció el 6 de septiembre de 1998 a las cinco y media de la madrugada...

»Yo estaba con él...

»La causa de la muerte fue una arritmia cardíaca...

»Ese día, más o menos hacia las doce de la mañana, cuando acompañábamos a mi madre en su casa, él, mi padre, se presentó...

»Mi madre se sintió cansada y decidió sentarse en un banco...

»Nos hallábamos en un corredor acristalado...

»Entonces, en la calle, vi una gran luminosidad...

»Era una especie de media naranja de color blanco, muy intenso...

»Se hallaba en el suelo...

»Podía medir cuatro o cinco metros de diámetro y tres de alto...

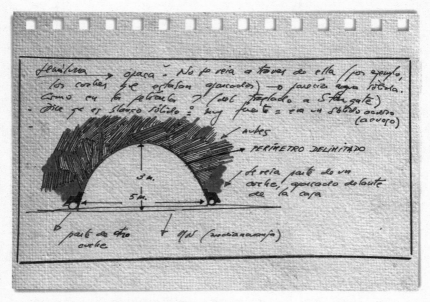

Cuaderno de campo de J. J. Benítez.

»Estaba muy cerca del corredor...

»Y allí descubrí a mi padre, entre la semiesfera y los cristales del corredor...

»Me miraba...

»Yo quedé perplejo. Hacía siete horas que había muerto...

»Se le veía feliz...

»Levantó el brazo izquierdo y me lanzó un beso...

»Yo me froté los ojos, pensando que veía visiones, pero no. Aquello era real...

»Después alzó el brazo derecho, despidiéndose...

»Dio media vuelta y se dirigió hacia la cúpula luminosa...

»Ahí desapareció...

—Vayamos por partes —le interrumpí—. ¿Cómo era la media naranja?

—Luminosa, de un blanco fuerte, pero se podía mirar sin que lastimase los ojos.

Solicité de nuevo las dimensiones y Aldrich repitió lo ya dicho: cuatro o cinco metros de diámetro y otros tres de altura, aproximadamente. El padre se hallaba a cinco metros de José.

Le pedí que dibujara el corredor y la posición de la «media luna», así como la ubicación del padre. Como ya he dicho, sólo comprendo lo que puedo dibujar...

—Era una cúpula (?) muy singular —añadió Aldrich—. Era opaca. No se veía a través de ella. Detrás había coches aparcados, pero no se distinguían.

El médico buscó un símil.

—Parecía agua sólida. ¿Recuerdas la película *Stargate*?

—Sí.

—Pues eso... Era como un sólido acuoso.

—¿Qué impresión te produjo?

—No lo interpreté como un vehículo. Más bien me pareció una «puerta»... Una forma de pasar de un lado a otro.

El doctor Aldrich (izquierda), con su padre. (Gentileza de la familia.)

—¿Estás pensando en otra dimensión?

—Sí.

—Empecemos de nuevo. Tu padre había fallecido y tú te encontrabas en la casa de tu madre...

—En efecto. Mami sufría un severo Alzheimer. Mis hermanos y yo estábamos acompañándola. Y a eso de las doce o doce y media, cuando cruzábamos por el referido pasillo acristalado, mi madre se sintió cansada y optó por sentarse en un banco.

—¿Llovía?

—No, pero el cielo presentaba nubes altas, de tormenta. Fue en esos momentos, al sentarse, cuando vi la seminaranja. Estaba muy cerca de la casa. Y allí, entre la cúpula luminosa y el corredor, se presentó mi padre...

—Murió a las cinco y media de la madrugada...

—Así es. Yo estaba con él. Y lo acompañé hasta las ocho de la mañana.

—Y dices que tu padre estaba feliz...

Cuaderno de campo de J. J. Benítez.

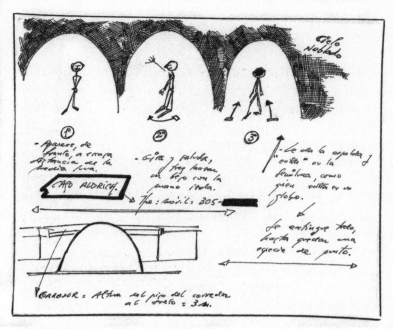

Cuaderno de campo de J. J. Benítez.

—Tenía una sonrisa enorme, como si fuera el día más feliz de su vida.

Aldrich pensó lo que iba a decir y lo manifestó con total seguridad:

—Si algo me ha dado tranquilidad fue esa cara de felicidad. Lo tenía todo: belleza, amor, paz... Lo siento: no sé describírtelo.

—¿En qué momento lo viste por primera vez?

—Cuando ayudaba a mi madre a sentarse. Como te digo, me froté los ojos. Allí estaba, al otro lado de los cristales, mirándome. Tenía los brazos caídos y la mano izquierda sobre la derecha. La sonrisa era pícara, como el que sabe que va a dar una sorpresa...

—Háblame de su aspecto.

—Representaba unos cuarenta y cinco años. Mi padre tenía ochenta y dos cuando falleció. Lo vi en plena forma. Pelo negro, con algunas canas, bigote, ligeramente blanco, y la dentadura perfecta; la suya...

—No entiendo.

—Al morir, mi padre usaba dentadura postiza. No había separación entre los dientes. Cuando lo vi, después de muerto, sí existían esas separaciones. La dentadura, por tanto, era la suya.

—¿Cómo vestía?

—Llevaba un polo blanco, de manga corta, con cuello y botones. El pantalón era beige, con tirantes. Eran los tirantes habituales, muy llamativos: rojos (color vino), de cuatro o cinco centímetros de anchura, y bandas exteriores también color beige.

—¿Usaba tirantes a los cuarenta y cinco años?

—No. Eso me extrañó. Empezó a utilizarlos a los setenta, cuando empezó a perder peso.

—¿Y los zapatos?

—Negros, tipo mocasín, con calcetines blancos.

—¿Hubo algo en la indumentaria que te llamara la atención?

—Además de los tirantes, el polo. Él no usaba prendas que no tuvieran bolsillos. Le gustaba cargar una pluma... Y otro detalle: la ropa aparecía muy bien planchada. Eso no era habitual en él. Era muy descuidado.

—¿Dirías que, físicamente, estaba en lo mejor?

—Sin lugar a dudas. Y también mentalmente.

—¿Llevaba alguna joya?

—No vi la cadena que colgaba habitualmente de su cuello. Era una imagen de la Virgen del Carmen. Sí observé el reloj de pulsera en la muñeca izquierda, como siempre.

—¿Alianza?

—Creo que no la tenía.

—¿Cómo era la textura de la piel?

—La que corresponde a una edad de cuarenta y cinco años.

Aldrich recordó otro dato; algo que consideró interesante:

—No daban sombras...

—¿Quién?

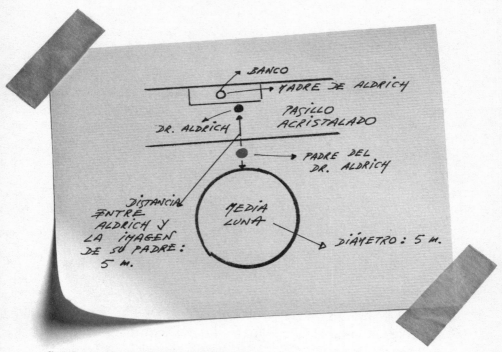

Cuaderno de campo de J. J. Benítez.

—Él y la cúpula. Ninguno de los dos daba sombra.

—¿Y qué pasó?

—Mientras yo me frotaba los ojos, él giró ligeramente hacia su derecha, levantó la mano izquierda y me lanzó un beso.

—¿Era un gesto habitual en él?

—No. Conmigo sólo lo hizo una vez: cuando yo marchaba de Cuba. Después, como te dije, alzó el brazo derecho y se despidió. Dio media vuelta y caminó hacia la media naranja luminosa. Y desapareció.

—¿Se introdujo en la cúpula luminosa?

El doctor dudó.

—No estoy seguro. Al entrar (?), él desapareció, y la media luna se hizo más pequeña o se fue tras mi padre. No sé concretarlo.

—Tus hermanos estaban allí. Y también tu madre. ¿Alguien vio algo?

—Que yo sepa no. Nadie dijo nada, y yo tampoco. Mi hermano sí recuerda que le llamó la atención la manera de frotarme los ojos.

—¿Cuánto pudo durar la visión?

Alrededor de veinte segundos.

—¿Dirías que tu padre sigue vivo?

—Con absoluta certeza.

A las dos semanas de la muerte de su padre, el doctor Aldrich regresó a su clínica. Y sucedió algo no menos sorprendente:

—Recibí a una paciente —resumió el doctor—. La atendí y, al marcharse, observé que lloraba...

»Me dejó preocupado...

»Esa misma tarde la llamé por teléfono y pregunté qué le sucedía...

»La mujer explicó que, durante la consulta, había visto a un hombre junto a mí...

»En la consulta estaba solo. Nadie me acompañaba...

»Pero ella insistió...

»Y le pedí que lo describiera...

»Dibujó a mi padre, tal y como yo lo había visto desde la casa de mi madre...

»Habló, incluso, de los tirantes color vino...

»Casi se me cayó el teléfono...

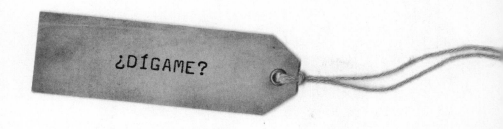

¿DÍGAME?

o estudié durante años...

Sobre todo en la década de los ochenta.

¿Pueden los muertos comunicarse por teléfono con los vivos?[1]

Las investigaciones de Rogo y Bayless, en el siglo pasado, me fascinaron. Quedé tan sorprendido como ellos. Lograron reunir 400 casos.

Lo habitual es una llamada telefónica, breve, y una conversación con alguien que está muerto. Después, al chequear en la compañía telefónica correspondiente, dicha llamada no existe. Nunca quedó registrada.

Durante cuarenta años he prestado especial atención a estos casos de «resucitados». Las sorpresas han sido importantes...

Me limitaré a exponer algunas de estas vivencias, sencillamente imposibles.

En diciembre de 1997 andaba yo investigando ovnis (como siempre). Pues bien, de pronto, alguien me habló de Ea (nombre supuesto). Había tenido una curiosa experiencia...

Me faltó tiempo para presentarme en su domicilio, en Murcia.

Esto fue lo que manifestó Ea:

1. A la vista de lo expuesto en *Estoy bien* entiendo que el concepto «vivo» debería ser reconsiderado. ¿Quién está más vivo: el vivo o el muerto? (*N. del a.*)

El objeto salió de la nube blanca (izquierda) y se introdujo en la negra. Entre ambas podía haber cien metros. Las nubes se hallaban a quinientos metros de altura. Un «caza» se presentó en segundos.

Sucedió en marzo de este mismo año (1997)...

Mi padre falleció en octubre de 1996...

Yo me encontraba en casa de mi madre...

Y hacia las cuatro o las cinco de la tarde me senté en la misma silla en la que solía hacerlo mi padre...

Deseaba ver un vídeo sobre el fenómeno ovni...

Me lo entregaron al comprar la revista *OVNI*...

Mi aparato estaba roto y opté por ver dicho vídeo en la casa de mi madre...

Me levanté, para activarlo, y en eso sonó el teléfono fijo...

Lo descolgué y pregunté:

—¿Dígame?... ¿Diga?...

Nadie respondió.

Durante unos segundos sólo escuché silencio. Era como un vacío...

Y terminé colgando...

No le di mayor importancia y me dediqué a contemplar el vídeo...

Fueron 35 o 40 minutos...

Al terminar, nada más concluir el documental, volvió a sonar el teléfono...

Y pregunté de nuevo:

—¿Dígame...?

La respuesta fue la misma: silencio...

Colgué y, casi de inmediato, sin saber por qué, miré por la ventana...

En el cielo, no muy lejos, había una nube blanca y algodonosa...

De pronto vi salir un objeto de dicha nube...

Era alargado y estrecho como un boomerang...

Lentamente se fue acercando a otra nube, mucho más negra...

Entró en esta segunda nube y desapareció...

Al poco de ocultarse el «boomerang» en la nube oscura vi aparecer un avión militar, un «caza»...

Voló por encima de la nube blanca y terminó desapareciendo de mi vista...

José A. Melgarejo, padre de Ea. (Gentileza de la familia.)

Me quedé allí un rato, perplejo, pero el objeto no se presentó...

Presumiblemente se quedó dentro de la nube negra...

Por supuesto, el objeto en forma de boomerang no era nada conocido...

Era un ovni, sencillamente...

Al principio, aunque sorprendido, no relacioné la visión del ovni con las llamadas telefónicas...

Fue después, al hablar con mi mujer sobre lo sucedido, cuando ella recordó algo importante y que yo había olvidado: mi padre y yo teníamos una costumbre. Nos avisábamos cuando sabíamos de algún programa de ovnis. Usábamos el teléfono. No importaba que fuera en la radio, en televisión, o una noticia o un reportaje en un periódico o en una revista...

El primero que se enteraba llamaba al otro...

Ahora pienso que las llamadas telefónicas fueron un aviso de mi padre...

Él quería que yo viera aquel objeto...

De esta forma, él me dio a entender que sigue en «otra parte»...

Y yo me pregunto: ¿pudo ser también una forma de decirle a su hijo «Estoy bien»?

Quién sabe...

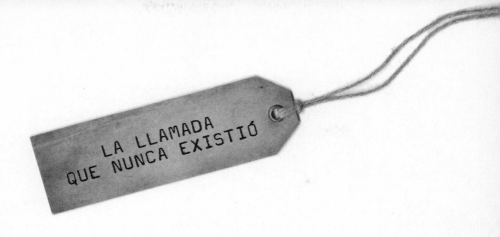

LA LLAMADA QUE NUNCA EXISTIÓ

La siguiente historia me fue relatada en el verano de 2012. El protagonista, al que llamaré Raúl, contó lo siguiente:

Sucedió en julio de 2000...

Yo tenía una abuela. En realidad, tía abuela...

Se llamaba Celia...

Vivía en México, en la capital...

Teníamos una conexión especial...

Desde niño yo iba todas las tardes a su casa. Me enseñaba...

En 1994 me marché de México. Llegué a Europa y perdí el contacto con ella...

Tal y como prometí fui enviándole postales desde los lugares que visité...

Fueron más de trescientas...

Pero el contacto, como te digo, se fue rompiendo...

No volví a hablar con ella...

Y llegó julio de 2000...

Un viernes, día 28, mi pareja y yo nos fuimos de fin de semana...

Permanecimos fuera de París hasta el 30 de julio, domingo...

Y al regresar a casa observamos que el contestador automático parpadeaba...

Alguien había dejado un mensaje en el teléfono...

Al principio no reconocí la voz...

Sonaba con eco y de forma extraña...

457

Celia, con su marido y dos de sus hijos.
(Gentileza de la familia.)

La grabación duraba media hora...

Finalmente supe que era mi tía abuela Celia...

Me decía mil cosas: «¡Hola, hijito!... Hace tiempo que pienso en ti»...

Me recordaba las muchas postales recibidas y cómo se las mostraba, orgullosa, a sus parientes...

Escuché el mensaje varias veces..

Era increíble...

Llevaba seis años en Europa y nunca habíamos hablado. Y me pregunté: «¿Cómo ha conseguido mi teléfono?»...

Llamé a mi madre, al DF, y aseguró que eso no podía ser...

«Celia —dijo— murió la semana pasada.»

Mi tía abuela había fallecido el 27 de julio, jueves. Es decir, un día antes de nuestra partida...

El mensaje, por tanto, tuvo que ser grabado a partir de la noche del viernes, 28, y antes de nuestro regreso, el domingo, 30...

Cuando hice las averiguaciones pertinentes en la compañía telefónica TELMEX, en México, la llamada en cuestión no figuraba. Nunca existió. Nadie llamó esos días desde el DF mexicano al número de Raúl, en París.

Misterio.

Raúl buscó la cinta, con la grabación de Celia, pero no pudo hallarla.

ÑICA ROQUE

El suceso que me dispongo a narrar tuvo lugar en Miami. Corría el año 1980.

Protagonistas: Gloria Carballo (fallecida), la señorita Quesada y, por supuesto, Ñica Roque.

En mayo de 1980, la señorita Quesada llegó a Miami...

—Venía huyendo del régimen castrista... Mi tía Gloria me acogió en su casa... Era en la calle 111 con la 52... Fue allí donde se recibió la increíble llamada telefónica...

Le rogué que procediera con orden.

—Esos días —prosiguió— me hallaba ocupada en los trámites burocráticos para conseguir la residencia en USA...

Hizo otra pausa y aclaró:

—Mi tía Gloria era una mujer fuera de serie, con una memoria prodigiosa. Recordaba nombres y fechas del siglo anterior. Murió con noventa y dos años...

Quesada simplificó:

—No tenía cabeza: tenía un vídeo...

Y continuó, a su aire:

—No sé si fue ese mismo mes de mayo (1980) cuando, al regresar a la casa, mi tía me dijo:

»—Ha llamado una tal Ñica Roque... Ha preguntado por ti... Debajo del teléfono está la dirección y su número... Llámala.

»—¿Ñica Roque? No sé quién es.

»—Eso ha dicho... Ñica Roque. Está grabado.

Entonces pensé en Antonia Rodríguez, una compañera de lucha en Cuba.

Gloria Carballo (en el televisor). A su lado, la señorita Quesada. (Foto: Blanca.)

—¿Y qué tiene que ver Antonia Rodríguez con Ñica Roque? Quesada me miró con espanto. Y bramó:

—En mi tierra, a las Antonias se les llama Ñica...

Comprendí.

—Me fui para el teléfono y leí lo escrito por mi tía:

»"Ñica Roque. 3024 S. W. 8 Street. A-142 Mobil Home. Teléfono: 643-2966."

»—¿No será que te equivocaste y ha llamado Ñica Rodríguez?

»—No —contestó mi tía con santísima paciencia—. Fue Ñica Roque.

»—No conozco a ninguna Ñica Roque.

»—Pues llámala, carajo...

»Llamé en ese momento, pero no respondió nadie. Y lo dejé.

Me atreví a interrumpirla:

—¿Ñica dejó un mensaje grabado?

—En efecto.

Y la señorita continuó:

—Así pasó un mes. El papelico en el que mi tía escribió los datos de Ñica Roque se extravió.

—¿Qué sucedió?

—Se lo llevó el viento, supongo... Y al mes, poco más o menos, cuando pasaba la aspiradora, encontré el dichoso papelico. Entonces se lo comenté a Gloria:

»—He encontrado el teléfono y la dirección de Ñica Rodríguez.

»Ella reaccionó y clamó:

»—Nica Rodríguez no... Ñica Roque.

»Llamé de nuevo. Esta vez se puso un señor. Parecía mayor.

»Le expliqué que estaba buscando a Antonia Rodríguez...

»—¡Ñica Roque! —susurraba mi tía por detrás.

»—No, ella no vive aquí —respondió el señor.

»—Es que llamó a mi tía y dejó su nombre y la dirección.

»Y le di los datos...

»—Sí, efectivamente —comentó—, yo vivo en una casa móvil.

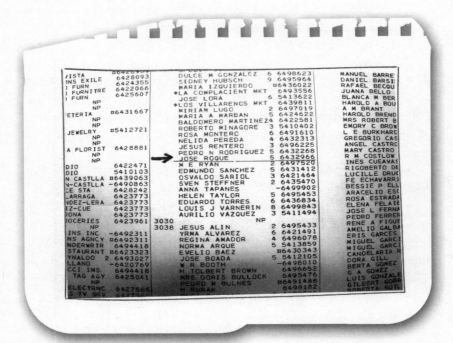

Señalados con una flecha, el nombre del viudo y su teléfono, según consta en el directorio de 1978 en Miami. (Foto: Virgilio Sánchez-Ocejo.)

»Me adelanté y le dije:

»—No se trata de una broma, señor...

»—Lo sé —replicó—, lo sé...

»—Le voy a ser sincera —añadí—. Ella fue una presa política, como yo. Por eso tengo interés en localizarla. Si ella ha llamado es porque está en Miami...

»—Yo vivo solo... Y desde hace tiempo.

»—Bueno, señor, ¿cómo hago para localizar a Ñica?

»Fíjate: fue la primera vez que yo mencionaba la palabra "Ñica" en la conversación. Y el hombre preguntó, alarmado:

»—¿Usted dijo Ñica?

»—Sí —contesté—, usted sabe que a las Antoñicas les llaman Ñica...

»—Un momento... Mi esposa se llamaba Ñica.

»—Pero no es la Ñica que busco —respondí—. Yo quiero ubicar a Ñica Rodríguez.

»—Tiene razón. Mi esposa se llamaba Ñica Roque, pero murió hace dos años...

»Quedé paralizada.

»Llamé a mi tía:

»—¡Gloria, este señor es el viudo de Ñica Roque! ¿Cómo es que tú dices que hablaste con la esposa? ¡Está muerta!

»—Sí —replicó la tía—, fue Ñica Roque la que llamó. Ahí está la grabación...

»Gloria habló con el viudo y explicó lo sucedido.

—Veamos si lo he entendido —interrumpí—. Ñica Roque había muerto en 1978...

—Ñica Roque llevaba dos años enterrada.

»Y volví a hablar con el viudo...

»—¡Qué raro es todo esto! —comentó.

»—Ya lo creo —le dije. Y pregunté—: ¿Usted cree en el más allá?

»—No señora... Yo soy testigo de Jehová.

Algún tiempo después, la señorita Quesada visitó el lugar desde el que había llamado Ñica Roque. Todo había sido demolido.

—No pude localizar al viudo, pero grabé en un vídeo a mi tía, narrando lo ocurrido.

Colección en la que fueron hallados el nombre y teléfono de José Roque. (Foto: Virgilio Sánchez-Ocejo.)

—¿Qué edad podía tener el señor?

—Alrededor de setenta años.

En 2012, Nelly González y Virgilio Sánchez-Ocejo llevaron a cabo algunas investigaciones y confirmaron lo expuesto por Gloria Carballo y por la señorita Quesada. Y encontraron, incluso, el nombre y el teléfono del viudo: José Roque.

Lamentablemente, dicho teléfono aparece desconectado. Eso puede significar que José Roque haya fallecido, y no hace mucho. Ello explicaría que el número telefónico no haya sido adjudicado a otro usuario. También puede ocurrir que viva en otro lugar. Según los cálculos de la señorita Quesada, José Roque podría tener hoy alrededor de cien años...

Y me hago algunas preguntas:

¿Por qué Ñica Roque utilizó el apellido de su marido?

La respuesta es obvia. Si hubiera usado el suyo, Nelly y Virgilio no habrían tenido éxito en sus pesquisas. Sencillamente, no habría constado en los directorios.

¿Por qué la difunta Ñica llamó a una desconocida y le proporcionó su dirección y teléfono?

Sólo se me ocurre algo, aparentemente absurdo: «Alguien» está por encima del tiempo y del espacio. «Alguien» sabía que, treinta y dos años más tarde, un investigador se reuniría con la señorita Quesada. «Alguien» sabe que este libro está ahora en sus manos...

Lo dicho: todo medido.

<<QUE SE PONGA TU PADRE, RÁPIDO>>

A quél prometía ser un sábado apacible, pero no...

Leyre, la protagonista de este suceso, tenía entonces quince años.

Supe de la historia, en primer lugar, por Pepe Azpiroz, veterano periodista español y padre de Leyre.

Después pude conversar con ella:

Esto fue lo que me contó:

Sucedió en la primavera de 1990...

Vivíamos en la sierra de Madrid...

Era un sábado (no recuerdo la fecha exacta)...

Hacia las diez de la mañana yo me encontraba en la planta baja de la casa...

Acababa de desayunar...

Mis padres seguían en el piso de arriba, en su habitación...

Ander, mi hermano, estaba en el salón. Veía la tele...

Y en eso sonó el teléfono...

En casa teníamos un solo teléfono fijo. Estaba en el hall, cerca de las escaleras por las que se accedía a las habitaciones...

Yo volvía de la cocina al salón...

En esos instantes, al pasar junto al teléfono, sonó...

Me hice con el auricular y pregunté:

—¿Diga?

Y alguien contestó:

—Que se ponga tu padre, rápido...

En ese momento reconocí la voz de mi abuelo Miguel...

Era una voz difícil de olvidar...

Vocalizaba de una manera especial, balbuceando. En la guerra civil española le dispararon un tiro en el cuello y le afectó a la mandíbula...

Quedé paralizada, de puro miedo...

Miguel Azpiroz Garaicoetxea, mi abuelo, había fallecido en 1985...

Pepe Azpiroz. (Foto: Blanca.)

¡Estaba muerto!...

Y respondí, como pude:

—Está durmiendo...

—Dile que se ponga, rápido —contestó él...

Estaba segura de que era mi abuelo, pero pregunté:

—¿Quién eres?...

Y él replicó:

—Quién voy a ser... ¡El abuelo!...

—Un momento —le dije...

Ya estaba muerta de miedo...

Dejé el teléfono sobre la mesita y corrí al cuarto de mis padres...

Y me eché a llorar...

—¡Papá, papá!... ¡Te llama el abuelo!...

Mi padre se encontraba en la cama, medio dormido. No entendía nada...

E insistí, entre lágrimas:

—¡Que te llama el abuelo por teléfono!... ¡Te juro que es él!... ¡Date prisa!

Mi madre reaccionó y le dijo que bajara, a ver qué pasaba...

Mi padre bajó la escalera y atendió el teléfono...

Comunicaba. Habían colgado...

Mi madre me tranquilizó y, cuando mi padre volvió a la habitación, trataron de hacerme ver que quizá el autor de la llamada había sido un señor mayor. Quizá se equivocó al marcar...

Nunca hemos querido hablar del asunto...

Yo sé que fue cierto y que la voz era la del abuelo...

—Dices que tu abuelo Miguel falleció cinco años antes de la llamada...

—Sí. Yo tenía once, pero me acuerdo muy bien de él y, sobre todo, de su voz. Era inconfundible.

—¿Dónde está enterrado?

—En Puente de los Fierros, en lo alto del puerto de Pajares. Era el pueblo de su mujer. Él era navarro.

—¿Tenías buena relación con tu abuelo?

—Sí, aunque no teníamos mucho roce. Él vivía en Asturias y yo en Madrid.

—¿El tono, al llamar por teléfono, era cariñoso?

—No. De hecho me pareció un poco hostil y apurado.

—¿Como si tuviera prisa?

—Sí.

—¿Utilizaba la palabra «rápido» habitualmente?

—Te diría que no. Era un hombre bastante tranquilo y cariñoso. Lo recuerdo siempre de buen humor. El tono no era el habitual.

Pregunté a Leyre su opinión sobre el suceso.

—Durante años he preferido olvidarlo —respondió—. Probablemente se trata de un conjunto de casualidades y, si no es así, lo que siento es que no fuera mi padre el que descolgara ese teléfono. Estoy segura de que hubiera dado lo que fuera por haber podido hablar con él.

Angelina Portilla, alias *la Capitana*, no salió de Puerto Rico en los últimos ocho años de su vida. No tenía teléfono móvil (celular) y, sin embargo, aquel 19 de marzo de 2000...

Pero bueno será que empiece por el principio en esta no menos asombrosa historia.

Angelina Portilla, *la Capitana*.
(Gentileza de la familia.)

Magaly y Luis. (Foto: Blanca.)

Me fue relatada por Luis Carrazona, hijo de la Capitana, y por Magaly, esposa de Luis. El matrimonio vivía en Miami.

—Mi madre —aclaró Luis— tenía noventa y cuatro años, pero su cabeza era un lujo...

»Ella vivía en San Juan, en Puerto Rico...

»Hablaba con ella todos los domingos...

»No tenía celular. Usaba siempre el teléfono fijo...

»Pero el 17 de marzo del año 2000, tras hablar con ella, falleció...

—Acudimos a Puerto Rico —intervino Magaly— y asistimos al funeral y al entierro...

»Le dieron tierra en el cementerio de Portacoeli, en Bayamón, cerca de San Juan...

»Y regresamos al hotel...

»Era el 19 de marzo. Calculo que habían dado las siete de la tarde...

»Subí a la habitación. Me hallaba cansada...

»Estaba sola...

La llamada telefónica desde Miami al celular de Magaly no consta.

»Y, de pronto, sonó mi celular...

»Pensé que era mi hija, la que vive en Miami. No pudo viajar a Puerto Rico porque tenía que cuidar a su bebe...

»Estaba haciendo otras cosas y tardé como un minuto en llegar al teléfono...

»Ya habían colgado...

»Miré el número y, en efecto, era el de mi hija...

»Pulsé para escuchar y me quedé de piedra...

»Había un mensaje. Decía así: "Magaly... Es Angelina... Yo sé que ustedes están preocupados porque no se pueden comunicar conmigo, pero quiero que sepan que estoy bien."

»¡Dios mío! ¡Era Angelina, mi suegra!...

»Y la grabación, no sé cómo ni por qué, se perdió...

»Un mes después, afortunadamente, conseguí recuperarla...

»Y mi marido pudo escuchar la voz de su madre...

»Después desapareció definitivamente...

—Veamos si lo he entendido —comenté—. Tu madre falleció el 17 de marzo de 2000.

Luis y Magaly asintieron.

—Dos días después, el 19 por la tarde, Magaly recibe una llamada en su móvil...

—Correcto —respondió Magaly—. Pero no era el número de la Capitana. El que apareció en el celular era el teléfono fijo de mi hija, la de Miami.

—La Capitana no tenía móvil...

—No, utilizaba siempre el fijo de su casa. Yo hice algunas comprobaciones —añadió Luis— y pude verificar que el teléfono de mi madre no se averió.

Por supuesto, la hija de Magaly, la que vive en Miami, nunca llamó al celular de su madre...

 a primera vez que tuve noticia de esta historia fue hace
mucho, muchísimo...

La leí en la revista *Enigmas*.

Años después, el 27 de septiembre de 2003, de visita en
Cantabria (España), Mariano Fernández Urresti, veterano investigador y mejor persona, autor del reportaje de *Enigmas*,
volvió a comentarme el suceso.

La historia, básicamente, es la siguiente:

Visité varias veces a aquellos monjes —cuenta Mariano—
y allí conocí al hermano Rafael...

Era un otoño diferente en Cantabria. No llovía...

El mes de septiembre de 1989 se recordará por la sequía
que padeció la región...

Pero aquel día 29 de septiembre será también recordado
por otro motivo...

El amigo Rafael es amigo de quien esto escribe. Le conocí
por casualidad cuando visitaba su comunidad...

El motivo de mi visita era ajeno a lo que después me con-
taría...

Los monjes se dedican a la oración y al trabajo...

Rafael, natural de Alicante, es monje desde hace veintiocho años...

La tranquilidad del monasterio se quebró aquel mes de
septiembre...

La oficina en la que trabajaba el hermano Rafael reci-

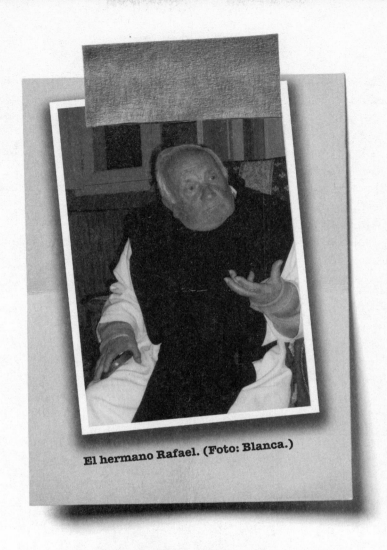

El hermano Rafael. (Foto: Blanca.)

bió una serie de llamadas telefónicas de origen misterioso...

—Al descolgar el auricular se sentía la presencia de alguien al otro lado. —Eso refirió el hermano Rafael...

Incluso se escuchaba cómo colgaban el aparato...

Los hermanos preguntaban, pero nadie respondía...

Esto ocurrió por la mañana y por la tarde...

Y así durante varios días...

Fue la comidilla del convento...

Y llegó el día 29 de septiembre...

Anochecía cuando sonó el teléfono una vez más...

Respondió el hermano Rafael y escuchó una voz metálica y lejana...

Parecía la voz de los que han sido intervenidos quirúrgicamente de la laringe...

Y la «voz» se identificó. Dijo ser el abuelo y felicitó al hermano Rafael...

La voz, según Rafael, era la de su padre, fallecido años antes...

Al padre le llamaban «abuelo»...

—No cabe duda —manifestó el hermano Rafael—. Era mi padre...

Luis Mira llamó después de muerto. (Gentileza de la familia.)

Abadía císter de Viaceli, en Cóbreces (España). (Foto: Blanca.)

Y todos creyeron entender el motivo de las misteriosas llamadas telefónicas...

El padre de Rafael —el abuelo— falleció un 12 de septiembre. Incomprensiblemente, la fecha había sido olvidada por el religioso...

—Mi padre —dijo Rafael— quiso recordármelo...

En noviembre de 2012, con las pistas proporcionadas por Mariano, me trasladé a la abadía cisterciense de Cóbreces, en Cantabria. Deseaba saber si el hermano Rafael continuaba en el mundo de los vivos.

¡Sorpresa!

El monje —Rafael Mira—, de setenta y ocho años, estaba vivo...

Nos recibió y confirmó lo expuesto en la revista *Enigmas*, añadiendo algunos detalles nuevos.

Por ejemplo:

Ese día le tocaba trabajar en la quesería de la abadía...

Los monjes se turnaban en el trabajo...

Bajó por la tarde para recoger el dinero de la recaudación...

Fue entonces cuando vio la luz roja del teléfono...

Descolgó el aparato y preguntó: «¿Diga?»...

Y alguien respondió: «Soy yo, el abuelo...»

Era una voz ronca, como operado de la garganta...

El hermano Rafael se asustó...

La «voz» continuó hablando, pero Rafael no entendió...

Huyó y se lo contó al abad...

El padre de Rafael —Luis Mira Chinchilla— había fallecido el 12 de septiembre de 1985. Está sepultado en Almoradí (Alicante). Tenía ochenta y un años de edad.

La llamada, por tanto, se produjo cuatro años después del fallecimiento.

ALGUIEN MIENTE
DESDE EL OTRO LADO

Manuel Romero Hume fue un amante de la aviación.

El Destino, sin embargo, quiso que fuera marino.

Llegó a capitán de fragata.

En 1960, en Sevilla, vivió una experiencia —cómo decir-lo—..., que modificó su forma de pensar.

Liana, su hija, me narró lo sucedido:

Mi padre era marino por vocación y aviador por afición...

Lo suyo era navegar, pero le atraía irresistiblemente volar...

Había surcado los mares con toda suerte de embarcaciones: a vela, a máquina, sobre cubiertas de madera o de hierro...

Nunca consultaba los partes meteorológicos. Le bastaba mirar el horizonte o respirar hondo...

Pero volar le alucinaba...

Se hizo piloto en la escuela de Alcantarilla, en Murcia...

Y consiguió el título y las alas durante la guerra civil española...

Entonces era capitán de la Marina Mercante...

Al terminar la contienda escogió la reserva naval, haciendo de ello su carrera...

Lo destinaron a la comandancia de Marina de Sevilla...

Fue capitán de Puerto. Su trabajo era despachar buques...

Hizo buenos amigos. Disfrutó de una existencia ordenada...

Él se consideraba dichoso...

Entre sus más allegados amigos figuraba Guillermo Cala Pina, un excelente piloto...

Manuel Romero.
(Gentileza de la
familia.)

Un día, 12 de agosto de 1960, Guillermo visitó a mi padre en su despacho...

Y lo invitó a volar esa misma mañana...

Había adquirido una avioneta y un piloto francés lo entrenaría en el manejo del «juguete»...

Mi padre no cabía en sí de gozo...

Pero Guillermo puntualizó:

—Manuel, tienes que estar dispuesto a las doce y media. Pasaré a recogerte. El piloto que va a enseñarme regresará a Francia esta misma tarde.

E insistió:

—Seamos puntuales...

—De acuerdo —respondió mi padre—. Estaré esperándote.

Guillermo partió, prometiendo volver un poco más tarde...

Manuel miró su reloj. Marcaba las once y veinte...

Y se enfrascó en el despacho de documentos...

De pronto sonó el teléfono...

Mi padre cogió el auricular y escuchó una voz que no acertó a identificar...

La voz le dijo:

—Manuel... ¿Sabes que tu amigo Alberto Fernández acaba de morir de un infarto?...

—¿Alberto?... ¿Fallecido?

Mi padre estaba desconcertado.

—¿Quién habla? —preguntó...

En ese instante la comunicación se cortó...

—¡Caramba! —exclamó Manuel, dirigiéndose a Carmen Valari, su secretaria—, no somos nada...

Y añadió:

—Ayer mismo consulté con Alberto un asunto relacionado con un barco ruso que está a punto de recalar en Sevilla. Y parecía tan vital...

Se levantó del asiento y comentó:

—Carmen, hazte cargo del despacho. Tengo que ir a casa de Alberto. Está cerca. Regresaré pronto.

Alcanzó la gorra y le recordó a la secretaria:

—Si viene el señor Cala Pina comunícale lo ocurrido... Por favor, que espere...

Y salió precipitadamente...

Llegó a la vivienda del «finado» y subió las escaleras con los pensamientos en desorden...

—¡Pobre Alberto! —murmuró para sí—. No sé qué voy a decirle a su mujer...

Llamó a la puerta sin energía y esperó...

Al abrirse la hoja encontró a su amigo Alberto con una cerveza en la mano...

Mi padre casi perdió el equilibrio...

—¡Hombre, Manolo! —y le invitó a entrar—. ¿Más problemas con el barco ruso?

—¡Déjate de barco ruso, Alberto! ¿Estás bien? —preguntó mi padre con sigilo...

—¿No me ves con una cerveza fresca en la mano? Pasa, pasa. Luisa está cortando queso. Toma algo...

—Verás, Alberto —comentó mi padre como Dios le dio a entender—. Acaban de llamarme por teléfono y me han comunicado que habías sufrido un infarto...

Alberto rompió a reír...

—¿Era un amigo o un enemigo?

—Ahora que lo preguntas, no lo sé... Se cortó la comunicación...

Nota del *ABC* de Sevilla, informando del accidente en el que pereció Guillermo Cala Pina, de cuarenta y un años de edad.

—Tú sí que eres un buen amigo —manifestó Alberto—. Te ha faltado tiempo para acudir... ¡Luisa!... ¡Trae una copa!... ¡Tenemos que brindar por mi resurrección!...

—Me alegra verte así —replicó mi padre—, pero tengo que regresar al despacho. A las doce y media me recogerá Guillermo Cala Pina... Va a probar una avioneta que acaba de comprarse...

Alberto alzó la vista hacia un reloj de pared...

—Tenemos tiempo... Son las doce menos diez. Tomamos una copa y te dejo ir...

Comenzaron a bromear, más relajados, especulando sobre la misteriosa llamada telefónica...

Y terminaron enfrascados en el asunto del buque ruso...

Y el tiempo pasó, inexorable...

Mi padre, de pronto, consultó el reloj...

—¡Dios mío!... ¡Son las doce y cuarenta!...

Alcanzó la gorra, besó a Luisa, abrazó a su amigo y, precipitadamente, salió de la casa...

Bajó los escalones de dos en dos...

482

Tomó un taxi y voló hacia la comandancia de Marina...

Al entrar en el despacho, Carmen, la secretaria, le dijo:

—Lo siento... El señor Cala Pina llegó puntual y esperó diez minutos... Terminó marchándose... El piloto tenía prisa... Dijo que le hablará por teléfono con el fin de quedar para volar... Quizá este próximo fin de semana...

Y mi padre, contrariado, se sumergió en el trabajo...

Por la tarde, a punto de finalizar la jornada, Ramos Izquierdo, jefe y amigo de mi padre, entró en el despacho de Manuel...

Y le dijo:

—Siento mucho lo de tu amigo Guillermo Cala Pina...

—No importa —replicó mi padre—. Volaremos este fin de semana.

—¿No te lo han dicho?...

Mi padre miró a su jefe sin comprender...

—Guillermo y su piloto —anunció Ramos— se han estrellado con la avioneta. Han muerto...

Manuel Romero nunca supo quién le había llamado esa mañana.

Lo cierto es que lo quitaron de en medio, salvándole de una muerte cierta.

DON MANUEL

Dane (nombre supuesto) no olvidará aquel viaje mientras viva; y después tampoco...

Esto fue lo narrado por ella en su día:

En agosto de 1998, tras graduarme como administradora de empresas, decidí viajar a la ciudad de Miami, a la casa de mi madre...

Mi esposo trabajaba desde hacía tiempo en Greenville, en Carolina del Sur...

Yo deseaba verlo, y también mi hija, de dos años de edad...

Así que lo planeamos todo...

Viviríamos, como le digo, en la casa de mi madre. Yo buscaría trabajo y ahorraría...

Después, cuando pudiéramos, mi esposo y yo nos reuniríamos en Miami y empezaríamos una nueva vida...

Fue una decisión compartida. Lo hablé muchas veces con él...

Pero el tiempo fue pasando y las esperanzas empezaron a desvanecerse...

Yo no encontraba trabajo y mi marido, aunque hablábamos todas las noches, tampoco ayudaba. No enviaba el dinero necesario para nuestro sustento y tampoco hacía por venir a vernos...

Greenville se encuentra a doce horas de carro de Miami...

Pasé unos meses horribles...

Mi esposo no actuaba limpiamente...

Lo único que tenía claro era que trabajaba en una determinada empresa...

Decía que vivía en un cuarto de alquiler, con una familia hispana, y que allí no había teléfono...

Tenía que llamarlo, forzosamente, al de la empresa...

Mi cabeza era un remolino...

Las dudas me devoraban...

Yo estaba muy enamorada...

Y en diciembre de ese año (1998) tomé una decisión...

Viajaría a Greenville por sorpresa...

Hice las maletas y le dije a mi madre que Abel, mi esposo, estaría esperándome...

Todo inventado...

Mi madre acudió a despedirnos a la estación de autobuses y yo hice cuanto pude por disimular...

Le dije que era muy feliz porque estaba a punto de reunirme con mi esposo. Mentira...

Las dudas me consumían...

Y ya en el bus creí morir. Le pedí a Dios que me acompañara y que dirigiera mis pasos en aquella aventura...

Y ya lo creo que lo hizo...

El autobús partió en la mañana del día 15...

Y fue parando en numerosos pueblos. Allí subía gente...

Empecé a desesperarme. Pensé que era un viaje expreso, pero no...

Y fue subiendo gente de diferentes edades y niveles sociales...

Yo, junto a mi hija, seguía asustada...

No dormí en toda la noche...

Cada vez que entraban pasajeros tomaba a mi hija y me desplazaba hacia la parte delantera del bus, cerca del conductor. Así me consideraba más segura...

Y vi amanecer...

El paisaje fue cambiando...

Vi ranchos y caballos y árboles...

Esto me distrajo un tiempo...

Siguieron las paradas y siguió subiendo gente...

Y yo pensaba: «Nos arreglaremos... Estaremos los tres

juntos... No importa que sea un pequeño cuarto, alquilado... Buscaré trabajo y ayudaré en los gastos»...

Y en una de las paradas subió un señor de edad madura...

Era alto, con canas...

Y se fue a sentar junto a mí, al otro lado del pasillo...

Al principio no le presté excesiva atención...

La mirada era pura bondad...

Él me sonrió...

Yo respondí con otra sonrisa y, sutilmente, se interesó por mi hija. Y preguntó su edad...

Así empezamos a conversar...

Y, sin darme cuenta, fui explicándole mi situación...

Le hablé de mis dudas y de la desconfianza hacia mi esposo...

Aún me pregunto por qué actué así. Yo no lo conocía de nada. Tampoco es mi forma habitual de ser...

Dijo que se llamaba Manuel...

Había algo en él que inspiraba seguridad...

Me sentía bien a su lado. Proporcionaba paz. Sabía escuchar...

Y seguimos conversando...

De pronto preguntó:

—¿Tiene lápiz y papel?...

Le dije que sí...

—Anote mi número de teléfono —comentó—, por si surgen desilusiones.

Así lo hice. Abrí la agenda y tomé nota de lo que dijo...

La verdad: lo tomé como un cumplido, sin más...

Y al llegar a Greenville bajamos del bus y procedí a sacar las maletas...

El hombre bajó conmigo y, cuando extendí la mano para despedirme, me dejó con la mano en el aire, y comentó:

—La esperaré aquí... Llame a su esposo... Yo cuidaré su equipaje.

No sé por qué, pero obedecí...

Respiré hondo. Había llegado el momento de la verdad...

Tomé a la niña de la mano y me dirigí a los teléfonos de la estación...

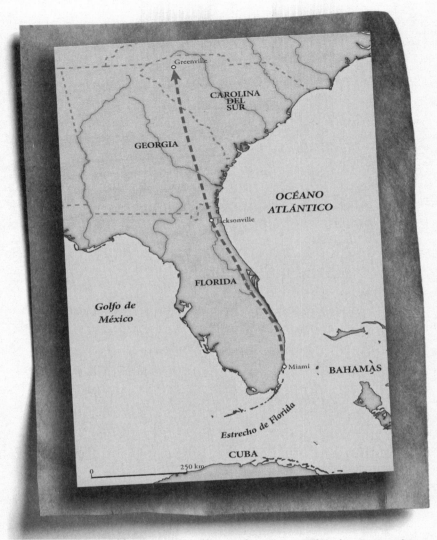

Don Manuel subió al bus a medio camino entre Miami y Greenville. Recorrió, en total, unos 500 o 600 kilómetros.

Allí se quedó don Manuel, con las manos en la espalda, muy erguido, y con las maletas a sus pies...

Podían ser las 13 horas cuando marqué el número de la empresa de mi esposo...

Se puso y yo, emocionada, lo saludé...

—Mi amor —respondió—, yo te llamo en la noche. Ahora estoy muy ocupado... Yo te llamo.

—No es necesario —contesté—. No me llames más...

—¿Por qué?...

Y respondí con mucho miedo:

—Porque estoy aquí, en Greenville...

Se produjo un largo silencio...

Y él preguntó de nuevo:

—¿De qué Greenville me hablas?

Le aclaré que estaba en la ciudad, en la estación de autobuses y que podía leer el cartel de la calle donde me encontraba: Greyhound, en McBee...

Nuevo silencio...

Y replicó que regresara de inmediato a Miami...

Se me partió el corazón...

Y comencé a llorar...

Le dije que sólo tenía 30 dólares y que si quería que volviera tenía que venir a la estación, dar la cara, y entregarme el dinero necesario para retornar a Miami...

Me sentía perdida, traicionada y abandonada...

Al mismo tiempo no entendía nada...

Colgué y caminé, despacio, hacia el lugar en el que aguardaba don Manuel...

Me aproximé y dijo:

—Mi pequeña niña... Eso forma parte de las desilusiones de la vida...

Yo, abrazada a mi hija, lloraba desconsoladamente...

Entonces, él intervino de nuevo y comentó:

—Vamos a sentarnos... Él vendrá... Démosle unos minutos... Esperaremos sentados...

Nos sentamos...

Don Manuel cruzó las piernas, tomó un periódico y se puso a leer...

Yo sentí que pasó una eternidad...

¡Dios mío! ¿Qué podía hacer en una ciudad extraña, sin dinero, y con una niña tan pequeña?...

Pasaron veinte minutos...

Y vi entrar a mi esposo en la estación de autobuses...

Me llené de alegría. El sufrimiento desapareció...

Nos abrazamos y le presenté a mi amigo...

Se dieron la mano y don Manuel, mirando a los ojos de Abel, le dijo:

—Jamás, nunca, haga sufrir a la mujer que Dios le ha dado por compañera. Ella es de buen corazón...

Mi esposo y yo volvimos a abrazarnos...

Entonces, cuando me di la vuelta para despedirme y darle las gracias, don Manuel había desaparecido...

Parecía como si se lo hubiera tragado la tierra...

Nunca logré explicar por dónde se fue...

Y allí empezó mi odisea...

La intuición nunca engaña...

Mi marido no era trigo limpio. Tenía otras mujeres...

Descubrí sus engaños e infidelidades...

Me sentí nuevamente sola y perdida...

Pero mi familia no sabía nada...

Pasaron los meses y la tristeza me conquistó por completo...

Fue entonces cuando recordé las palabras de don Manuel: «... por si surgen desilusiones»...

Marqué el número telefónico que me había proporcionado y se puso una señora...

Quería explicarle mi situación y que supiera que regresaba a Miami...

La mujer oyó mis explicaciones y pensó que estaba loca o que bromeaba...

Le dije que no era broma y pidió que lo describiera...

Así lo hice...

La señora, entonces, se echó a llorar...

Don Manuel, su esposo, había fallecido cinco años atrás...

Interrogué a Dane en diciembre de 2012 y confirmó lo expuesto:

El hombre era alto, con los cabellos ondulados...

Tenía algunas canas y bigote...

Era de tez clara, con las manos largas, como las de un pianista...

Vestía pantalón negro y una guayabera blanca...
Los zapatos eran oscuros...
Todo aparecía correctamente planchado...

Don Manuel —según Dane— entró en el bus en la mañana del día 16. No llevaba equipaje y permaneció en el vehículo por espacio de seis horas, aproximadamente. Recorrió quinientos kilómetros en la compañía de la mujer.

Dijo ser hondureño o salvadoreño. No lo recuerdo bien...
No he conservado el número de teléfono. Han pasado muchos años...
No sé por qué no quiso darme la mano. A mi esposo sí se la dio...

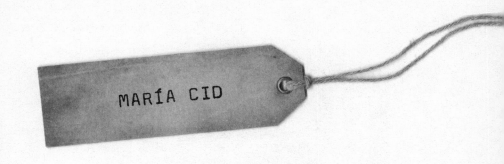

MARÍA CID

María Cid Domínguez nació en 1896.

Fue una barbateña como pocas. Su fuerza moral era inagotable.

Su voz era potente y clara.

Fue la mayor de cinco hermanos.

Supo tomar el rumbo de la familia y la sacó adelante.

Se hizo armadora de barcos.

Viajaba en tren hasta Barcelona, Alicante y otras ciudades, a la busca de proveedores de redes, corchos y demás menesteres para la pesca.

Nada la detenía.

Y sabía compartir el trabajo con la lectura. Cada tarde se sentaba a la puerta de la casa y leía en voz alta. Allí, con ella, se reunían amigos y parientes, y quien deseara escuchar sus historias.

Se casó a temprana edad y fue la cabeza pensante de su hogar.

Pero un día su felicidad terminó...

Se puso de parto. Era su sexto hijo. El niño murió y María Cid falleció a los pocos días. Tenía cuarenta y tres años de edad. Sucedió el 20 de noviembre de 1939.

Su espíritu, sin embargo, quedó presente en la familia. Cada vez que había que tomar una decisión, los hombres y las mujeres pensaban en ella. Seguía siendo el alma de la casa.

Y pasó el tiempo...

Once años después, en septiembre de 1950, la tripulación

María Cid. (Gentileza de la familia.)

de un pesquero con base en Barbate, al que bautizaron como *María Cid*, en recuerdo de la gran luchadora, vivió una experiencia grave e insólita.

Podrían ser las seis de la mañana...

El *María Cid* había estado pescando en los caladeros marroquíes, como era habitual...

Salió de Tánger, rumbo a Barbate, y se vio sorprendido por un fuerte temporal del sureste...

El barco era muy marinero y sabía de vendavales...

El patrón —Diego Varo— era uno de los hijos de la legendaria María Cid...

Y el motor falló...

El pesquero quedó a la deriva y a merced del temporal...

La tripulación se puso nerviosa...

Y, en eso, alguien dio aviso: un mercante se aproximaba al *María Cid* y en rumbo de colisión...

El pánico fue general...

El mercante podía echarlos al fondo...

El motor no respondía...

Y los marineros, desesperados, trataron de lanzarse al agua...

Fue entonces cuando Diego Varo contuvo a sus hombres...

—¡Mi madre está en el puente! —gritó, al tiempo que señalaba la cabina del timonel—. ¡Tranquilos!...

Así era. María Cid se hallaba al timón. Vestía un capote verde...

El barco, entonces, recuperó el motor y esquivó al carguero...

Cuando la tripulación reaccionó, la «timonel» había desaparecido...

Horas después entraban en Barbate, sanos y salvos...

La noticia corrió como la pólvora: la Virgen del Carmen y María Cid habían hecho el milagro...

El *María Cid*, saliendo del puerto de Barbate.
(Foto: Lemos.)

Diego Varo Cid, patrón del *María Cid* e hijo de María Cid. (Gentileza de la familia.)

El 2 de noviembre, día de los Difuntos, el padre López Benítez, párroco de la iglesia de San Paulino, celebró una misa, en agradecimiento por los favores recibidos.[1]

Lo que el pueblo no supo es que esa madrugada, a la misma hora en la que el *María Cid* se hallaba en apuros, en dicha localidad de Barbate se registraron otros dos sucesos, no menos misteriosos...

El primero lo vivió Antonia Varo, hija también de María Cid. Sucedió en la calle Vázquez Mella, cerca de la playa...

De pronto, hacia las seis de la madrugada, fue despertada por una mujer. Se encontraba al pie de la cama...

El marido de Antonia se hallaba en la panadería, trabajando...

1. La tripulación, en esos momentos, la componían 25 hombres.

494

La mujer hizo señas para que se levantase...

Antonia, alarmada, obedeció...

Y la mujer salió de la casa...

Antonia la vio bajar la cuesta...

Vestía de negro, con el pelo recogido. Pensó que era la señora de la limpieza...

Y la mujer de negro entró en la casa de su hermana Ana, en la misma calle de Vázquez Mella...

Y hacia allí se dirigió Antonia...

Al entrar en la vivienda descubrió que Ana estaba despierta.

—Una señora —dijo— acaba de despertarme.

Horas después, cuando se presentó Pepita, la verdadera mujer de la limpieza, las tres quedaron confusas. Pepita juró por lo más sagrado que ella no había despertado a nadie y que acababa de salir de su casa...

¿Quién era entonces la mujer de negro, y con el pelo recogido, que despertó a Antonia y a Ana?

Así vestía María Cid.

De izquierda a derecha Antonia Varo Cid, Juan Márquez (marido de Antonia), Ana y Pepa, hermanas de Antonia. (Gentileza de la familia.)

Esa misma madrugada, a la hora del suceso del pesquero, y de la misteriosa presencia de la mujer de negro, una tercera hermana Varo, Pepa, que residía en la ciudad de Sevilla, despertó sobresaltada...

Y pensó: «Algo le ha sucedido a mi familia»...

No se equivocó.

Barbate se encuentra a 180 kilómetros de Sevilla...

Esa mañana, como dije, el *María Cid* llegó a puerto.

Los hechos me fueron relatados por Pepa Varo, María José Reyes Cid y Cándida Márquez, hija y nietas de María Cid, respectivamente.

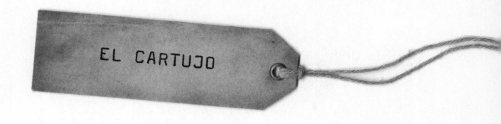

EL CARTUJO

La presente, y no menos desconcertante historia, nació, para mí, el 2 de junio de 1992 en La Coruña (España). Andaba, como siempre, tras la pista de los ovnis...

Leo lo escrito en el correspondiente cuaderno de campo:

... Día 2 de junio 92. Martes.

Llamadas a las 09.30 horas para localizar a Luis Saavedra. Quedo a las 13.00 horas en el «Cantón», un bar en la plaza de la Mina. Dice que recuerda el asunto.

Acto seguido, llamada a la Xunta de Galicia, a Santiago de Compostela, para intentar localizar el buque *Chilreu*, con base en Ferrol. Su comandante, Darío Lanza... Al parecer, después de pasarme de un teléfono a otro, nadie sabe nada del caso ovni. (!)

Llamada al teniente coronel Ángel Bastida, de Inteligencia, para concertar una cita en Madrid. No está. Debo volver a llamar...

Localizo, al fin, al comandante Darío Lanza, en Ferrol. Quedamos para mañana, miércoles, en el Arsenal del Ferrol.

Llamada a Joaquín Garat. Quedo en su casa (Ferrol) a las 12.30-13.00 horas.

Localizo (!) a Antonio Murga, en Pontevedra. Quedo en llamar esta noche para intentar entrevistarle mañana por la tarde.

No está mal. Toquemos madera...

Y esa mañana, como estaba previsto, a las 13 horas, me presenté en el bar «Cantón».

Don Pedro Soto y Domecq, en la compañía de don Juan, padre del Rey de España. Según consta en los Escalafones del Ministerio de Asuntos Exteriores español, don Pedro fue agregado diplomático en Londres (24 de noviembre de 1922). Ídem al Ministerio (20 de diciembre de 1924). No tomó posesión. Agregado diplomático en Washington (2 de marzo de 1925). Secretario de tercera clase en el Ministerio (29 de marzo de 1927). Ídem en comisión en la Secretaría particular del Rey (15 de septiembre de 1927). Secretario de segunda clase en La Paz (6 de abril de 1929). No tomó posesión. Excedente voluntario (6 de mayo de 1929). Licenciado en Derecho. (Gentileza de don Juan Pedro de Soto.)

Llovía, aunque la temperatura era agradable.

Luis Saavedra, especialista de IBM, es un hombre abierto y simpático. Hablamos mucho y hablamos sobre ovnis.

Y en mitad de la conversación, casi de pasada, mencionó la historia de un pariente suyo. Había tenido algún tipo de encuentro (?) con una extraña mujer, en una curva.

No concedí mayor importancia al asunto. De esos casos —la mujer de la curva— había investigado media docena. No me atraían especialmente.

Pero Luis insistió. Algo raro había sucedido...

Y tomé nota del nombre y del teléfono de la persona que podía orientarme. Se llamaba Pilar Maldonado y era madre de Luis.

Prometí llamar.

Y así lo hice.

Cinco días después, ya en Madrid, «algo» me obligó a telefonear a Pilar Maldonado.

Entonces no entendí (ahora sí). El caso de la «señora de la curva» no era prioritario. Y, sin embargo, llamé a Pilar. Me recibió ese mismo domingo, 7 de junio, a las doce del mediodía, en su casa, en Torrejón.

Pilar tenía entonces ochenta y cuatro años.

Y empezó la conversación con una advertencia que no supe evaluar:

—Estimado amigo: nunca miento y menos ahora, que me acerco al final...

Luis estaba en un error. La experiencia que relató su madre no guardaba relación con la célebre «señora de la curva». Era más apasionante, si cabe...

He aquí, en síntesis, lo narrado por Pilar Maldonado:

El protagonista —afirmó— era primo mío...

Era un Domecq. Se llamaba Jorge...

Domecq era marqués...

Y un día conoció en Málaga a una señorita preciosa...

La muchacha, muy joven, se llamaba María Luisa... María Luisa Treviña...

Ella era de Granada...

Estoy hablando de hace muchos años...

Y empezaron a salir...

Se gustaban...

La última vez que salieron, ella olvidó un pañolón...

Domecq volvió al día siguiente a la casa de María Luisa. Quería devolver el pañolón...

La muchacha había muerto años atrás...

Eso dijeron los familiares...

El marqués pudo ver fotos de María Luisa. No había duda. Era ella...

Y me contó que la última tarde que se vieron ella le dijo:

—Somos unos inútiles... Iremos al cielo con las manos vacías...

Eso sucedió en el verano de 1947...

Poco después, mi primo tomó la decisión de dejarlo todo y hacerse cartujo...

En aquella conversación, mientras tomaba notas, cometí varios errores:

A saber:

1. La historia del cartujo no me pareció urgente. Y la dejé reposar. Debí preguntar mucho más.

2. Escribí, equivocadamente, el apellido de la señorita. No era Treviña, sino Trevilla. Esto, llegado el momento, ralentizaría la investigación.

3. Al hablar de su primo, Pilar Maldonado también cometió un error. No se llamaba Jorge...

Y el Destino, como siempre, aguardó.

Así transcurrieron veinte años.

Y en 2012, cuando el Destino tocó en mi hombro, haciéndome saber que había llegado el momento de escribir *Estoy bien*, la historia del cartujo regresó a mí, pero verde, verdísima...

¡Dios mío!, ¡qué desastre!

El cartujo estaba muerto.

La señorita Trevilla, muertísima. Su familia también...

Y mi informante —Pilar Maldonado—, fallecida.

No tenía opción. Tenía que empezar de cero...

Y así lo hice.

María Luisa Trevilla, fallecida el 25 de noviembre de 1934. (Gentileza de la familia.)

Los que me conocen un poco saben que no me rindo fácilmente.

No soy muy inteligente, pero Dios me ha regalado la constancia.

Y eso hice: abrir tres frentes.

Investigaría entre los cartujos, cerca de los Domecq, y entre los familiares de María Luisa Trevilla, si quedaban...

Y puse manos a la obra, con la inestimable ayuda de Blanca, mi esposa, Lara, mi hija, y Fernando Sierra, su marido. Nos repartimos el trabajo.

El prior de Miraflores, fray Agustín María, con J. J. Benítez. (Foto: Agus P. Aguirre.)

Lara peinó las cartujas.

He aquí una síntesis de lo hallado:

Lara se dirigió a la de Montealegre y preguntó por el monje Jorge Domecq. La respuesta me dejó más confuso:

Valencia: Cartuja de Porta Coeli (Zaragoza está trasladada a Valencia). He hablado con el padre prior y el maestro de novicios...

Buenos días de nuevo.

Debe haber una confusión pues precisamente yo soy de los venidos de Aula Dei (Zaragoza) y conozco al padre al que hace referencia. Dicho padre (Jorge), que marchó a Argentina, tiene otro apellido, que no es Domecq.

Quizá nuestro P. Prior ha mezclado los nombres y apellidos de distintas personas.

El único Domecq que hemos tenido en los últimos años fue el famoso conde, pero ya han pasado unos veinte años de su fallecimiento y no se llamaba Jorge...

Éste fue el error de Pilar Maldonado.

En otro correo, la cartuja de Valencia decía lo siguiente:

Me queda ahora la duda del monje por el que se interesa, si el P. Jorge (no Domecq) que estuvo en Aula Dei y marchó a Argentina, o el P. Domecq (no Jorge) que nunca estuvo en Aula Dei y falleció hace bastantes años. En todo caso no se trata de Jorge Domecq...

Estaba hecho un lío, como digo.

Y pensé, seriamente, en trasladarme a Argentina. Hablaría

Cartuja de Miraflores, en la que ingresó el conde.
(Foto: Agus P. Aguirre.)

LA SEÑORITA

María Luisa Trevilla Jiménez

HA FALLECIDO EN MADRID

el día 25 de noviembre de 1934

A LOS VEINTIUN AÑOS DE EDAD

HABIENDO RECIBIDO LOS SANTOS SACRAMENTOS
Y LA BENDICION DE SU SANTIDAD

D. E. P.

Su director espiritual; sus padres, D. Diego Trevilla Paniza y doña María Luisa Jiménez-Lopera; su abuela, doña Marcela Paniza, viuda de Trevilla; sus tíos, D. José, doña Marcela y D. Federico Trevilla Paniza; D. Juan, doña Blanca y doña Hortensia Jiménez-Lopera; tíos políticos, doña Constanza Montero, doña Manuela Padial, doña María Alvarez, D. Matías F. Fígares y D. Joaquín García de la Serrana y Segura, primos y demás parientes

SUPLICAN a sus amistades la tengan presente en sus oraciones.

Las misas que se celebren el martes, 4 del actual, en las iglesias de San Fermín de los Navarros, Basílica de la Milagrosa y San Vicente de Paúl (García de Paredes, 45), de Madrid; el manifiesto y misas en la Basílica de Nuestra Señora de las Angustias, de Granada; las de las capillas de San Miguel, de Miramar, y del Limonar, de Málaga; las de las parroquias de Vélez-Benaudalla y Benalúa de Guadix (Granada); la de la iglesia parroquial de Villaviciosa de Odón (Madrid); la de la iglesia del Salvador, de Caravaca (Murcia), y las misas gregorianas que empezarán el día 4 del corriente, a las diez y media, en la Basílica de la Milagrosa, de Madrid; así como las que se celebren el día 25 en la parroquia de Santa Teresa y Santa Isabel (Chamberí), serán aplicadas por el eterno descanso de su alma.

Varios señores prelados tienen concedidas indulgencias en la forma acostumbrada. (5)

Esquela de María Luisa Trevilla. De ser cierta la historia de su relación con don Pedro Soto y Domecq, el «suceso extraordinario» tuvo lugar cuando María Luisa llevaba 13 años muerta.

con el padre Jorge. Pero algo me contuvo. Y fue otro correo de la cartuja de Valencia. Decía así:

He hablado con Pablo, de la cartuja de Burgos. Dice que él tiene constancia de un tal Agustín Soto Domecq. Me ha pedido que escriba al P. Prior...

Decidí arriesgarme. Lo dejé todo y viajé a la cartuja de Miraflores, en Burgos, en el norte de España. Tenía que despejar algunas de las muchas incógnitas. ¿Era Agustín Soto Domecq el cartujo de la historia?

El 11 de noviembre de 2012 fui recibido por el prior de Miraflores, Agustín María Royo.

El monje, amabilísimo, escuchó la historia hasta el final, pero dijo no saber nada de la misma.

Mi gozo en un pozo...

Pero no todo fue negativo...

El padre Agustín María confirmó la existencia de un Domecq en la cartuja...

Me asusté.

—De eso hace ya mucho tiempo —sonrió.

El Domecq en cuestión no se llamaba Agustín, sino Pedro.

Había entrado en Miraflores en 1947. Después llegó a ser prior de la cartuja de Évora, en Portugal. Falleció en Valencia en 1980. Allí está enterrado.

Pilar Maldonado, mi informante, estaba en lo cierto. El conde ingresó cartujo en 1947.

Y el prior de Miraflores prometió preguntar entre los mon-

María Luisa Trevilla murió en Madrid en noviembre de 1934. Allí está enterrada. Contaba veintiún años de edad. El «suceso extraordinario» se registró en Málaga, en 1947. (Foto: Fernando Sierra.)

jes veteranos de la cartuja, algunos de ellos compañeros de Pedro Soto Domecq, conde de Puerto Hermoso.

A los pocos días, como prometió, el prior de Miraflores me hizo llegar el currículum religioso de don Pedro.[1] En él confirmaba la fecha de ingreso en la orden (1947), así como la de su muerte: 28 de agosto en 1980 en Porta Coeli (cartuja de Valencia).

Fernando Sierra, por su parte, sacó a flote el currículum profesional del conde, hasta el momento de su ingreso en la cartuja. Don Pedro Soto Domecq había sido diplomático, tal y como adelantó el prior de Miraflores. Fue licenciado en Ciencias Económicas y abogado. Trabajó en la secretaría particular

1. El currículum dice así: «Don Pedro María... Apellido: de Soto Domecq... Nombre de bautismo: Pedro (Excmo. Sr. Conde de Puerto Hermoso)... Nacido el 15 de octubre de 1902 en Jerez de la Frontera... Diócesis de Sevilla... Provincia de Cádiz... Nombre y apellidos de los padres (indicar si han muerto): Excmos. Sres. Marqueses de Arienzo y Condes de Puerto Hermoso, D. Fernando Soto y Aguilar, y Dña. Carmen Domecq, difuntos...

> Estado antes de entrar en religión: diplomático.
> Postulante en Miraflores el 21 de noviembre de 1947
> Novicio ibíd. el 18 de marzo de 1948
> Profesión de votos simples en Miraflores el 25 de marzo de 1949
> Profesión de votos solemnes en ibíd. el 25 de marzo de 1953
> Tonsura en Miraflores el 18 de abril de 1953
> Órdenes menores en Miraflores el 19 y 26-IV-1953
> Subdiaconado en Miraflores el 30 de mayo de 1953
> Diácono en Miraflores el 19 de septiembre de 1953
> Ordenado sacerdote en Miraflores el 13 de marzo de 1954

Dirección de la persona a la que se debe escribir en caso de muerte: Al Excmo. Sr. Marqués de Santaella-Jerez de la Frontera...

Indicar los cambios de Casa con las fechas (si es posible), y haciendo mención, juntamente con las fechas, de los cargos que ha tenido en cada Casa.

El 22 de mayo de 1955 fue nombrado Procurador. En el Capítulo General de 1963 fue nombrado primer Prior de la Cartuja de Scala Coeli (Évora, Portugal). Le hizo misericordia la Visita Canónica el 3-VII-1972, y va a la Cartuja de Porta Coeli (Valencia). Murió el 28 de agosto de 1980 en Porta Coeli.»

del rey Alfonso XIII y, al llegar la República, «para no servirla», renunció a la carrera diplomática, colocándose al mando de los negocios y de las bodegas de las familias Domecq.

Era un millonario, soltero, que perseguía a Manolete allí donde torease. Viajaba siempre en Rolls-Royce.

La información proporcionada por Pilar Maldonado seguía siendo de «primera clase»...

Y siguieron llegando noticias de la cartuja de Miraflores, en Burgos.

Ese mismo mes de noviembre (2012), el padre prior me anunciaba lo siguiente:

Muy estimado D. Juan José:

Nuestro archivero ha buscado cuidadosamente y no ha encontrado nada referente al tema que usted investiga sobre Don Pedro Soto Domecq. Le envío la ficha de nuestro libro registro en la que encontrará, escuetamente reseñados, todos los datos de interés. No hemos encontrado ninguna foto suya; tan sólo un recorte de periódico de los años cincuenta en el que aparece acompañando al nuncio apostólico Mons. Antoniutti en su visita a nuestra cartuja. La calidad de la foto, como verá, es pésima, pero es lo único que tenemos.

En la Cartuja nadie ha escuchado el relato que usted me contó. Hay dos Hermanos que ya rondan los noventa años, los Hermanos Carlos y Luis, que le conocieron bien. El H. Carlos estuvo con Don Pedro en la Cartuja de Évora y nunca escuchó ese relato. El H. Luis nos dice que en el origen de su vocación hubo algún fenómeno extraordinario, pero no sabe en qué consistió. Desconocía completamente la historia que usted me refirió...

La frase de fray Agustín María (mejor dicho, del hermano Luis) me dejó perplejo: «... en el origen de su vocación hubo algún fenómeno extraordinario...»

¿A qué se refería el hermano Luis? ¿Qué entendía como «fenómeno extraordinario»?

El correo del prior finalizaba así:

... El archivero, que también conoció a Don Pedro, dice de él que era una persona extraordinariamente discreta. Nunca hablaba de su familia ni de su vida pasada. En cualquier caso, si la historia ocurrió realmente, parece ser que sólo la conocería su confesor, ya que nunca trascendió a la comunidad.

Esto es todo lo que he podido averiguar.

Pensé en regresar a Burgos e interrogar al hermano Luis. Y a punto estaba de emprender el viaje cuando llegó un nuevo mensaje del prior de Miraflores:

Si alguna vez para por Burgos —decía— no hay inconveniente en que hable con el H. Luis, pero no creo que vaya a aportar nada a su investigación ya que él mismo me ha dicho que nunca habló de este tema con Don Pedro. Este hermano estuvo bastantes años en nuestra cartuja de la Defensión de Jerez (que la Orden cerró hace unos pocos años) y cuando dice que en el origen de la inesperada decisión de Don Pedro de entrar en la cartuja hubo un hecho extraordinario, se hace eco de lo que se decía en Jerez y que por fuerza llegó también a la cartuja jerezana, pero sin saber exactamente en qué consistió ese hecho extraordinario...

Suspendí el viaje.

El prior tenía razón. No merecía la pena desplazarme hasta Burgos para eso.

Pero en mi mente quedó flotando la noticia del «suceso extraordinario».

Pilar Maldonado estaba en lo cierto...

Y el tenaz y riguroso fray Agustín, de Miraflores, continuó enviando información. La verdad es que me hizo un enorme favor. Removió las cartujas de Valencia y de Évora y el resultado fue interesante.

En Porta Coeli (Valencia) —escribía— hay dos monjes muy ancianos que fueron compañeros de Don Pedro. No sé si el Prior de aquella casa le permitiría hablar con ellos. En cualquier caso, yo he vivido once años con ellos en Porta Coeli y

Lara Benítez, junto a la tumba de la familia Trevilla. (Foto: Fernando Sierra.)

más de una vez les he oído contar anécdotas de Don Pedro: que el Maestro lo trató muy duramente durante los primeros años de novicio en Miraflores para probar su vocación. Que una vez llegó del paseo semanal con los pies ensangrentados por causa de los zapatos (se fabrican en la Cartuja y cada zapato valía tanto para el pie derecho como para el izquierdo), y le pidió al P. Maestro que le proporcionara unos zapatos apropiados para el paseo y que el P. Maestro le contestó: «¿A qué ha venido usted a la Cartuja, a vivir como un señorito o a hacer penitencia?» Nunca les oí hablar de la historia que usted me contó, ni siquiera les oí decir que en el origen de su vocación hubiera un hecho extraordinario. Por eso no creo que le puedan ayudar mucho en su investigación...

Finalmente, a petición mía, el prior de Burgos consultó al responsable de la cartuja de Évora, en Portugal.

¿Conocía la historia del pañolón?

Según el currículum, el conde fue prior de aquella casa. Quizá alguien escuchó o supo algo...

Las gestiones de fray Agustín dieron fruto.

El 22 de noviembre me remitía lo siguiente:

Mi muy estimado Juan José:

No sé si estará ya viajando a América. En cualquier caso le envío la respuesta del superior de la pequeña comunidad de la Cartuja de Scala Coeli (Évora), que conoció muy bien a Don Pedro. Incluso me envía una breve biografía de él (ver documento adjunto).

Me contesta lo siguiente: «Es la primera vez que oigo esa leyenda pero, por varios caminos, me llegó otra, que conté a D. Pedro aquí y se rió. Es la siguiente: Salían de una reunión de amigos y llovía. Acompañó a casa a una amiga (otros dicen novia), aristócrata como él, y para cruzar el jardín, del coche al palacete, le dejó su gabardina. Poco después supo de la muerte de la chica y fue al cementerio, a rezar en su tumba, y vio la tumba cubierta con su gabardina. La historia es superior a la leyenda. Él me contó que dejó, sí, un amor humano pero por amor a Dios. Anexo una vida escrita por mí, para sus sobrinos, donde aludo a esa leyenda.[1] Don Pedro no

---

1. Reproduzco, íntegramente, lo escrito por el prior de Évora:

«Algunos recuerdos de él o de lo que nos contaba»

Al terminar la carrera diplomática deseó obtener el número 1 para pedir Roma pero «sólo» consiguió el 2 y fue a Londres. De allí a Washington. Nueve años llevaba en las embajadas cuando vino la República y por no servirla pidió la excedencia. Como estaba soltero tomó a su cargo la dirección de la famosa empresa familiar de vinos. Se le ocurrió hacer de un color distinto las acciones de cada uno de sus hermanos.

escribió nada sobre sí mismo y rehuía a los periodistas que lo buscaban.»

La alusión del prior de Évora a una historia parecida a la que contó Pilar Maldonado me dejó pensativo. Ni Pilar ni yo estábamos desencaminados...

¿Y cuál fue la reacción del conde?

En esa ocupación fue sonando cada vez más fuerte la voz de Dios, llamándolo a la Cartuja. Y respondió generosamente.

Se cuentan leyendas sobre su vocación. Lo que sí es verdad es que no dijo nada a nadie. Para despistar encargó al ayuda de cámara sacar un billete de coche-cama a Irún. Al subir pidió al interventor que lo despertara en Burgos. El interventor abrió los ojos extrañado...

Sus primeros años fueron heroicos. Por primera vez se sentaba en asiento duro de madera... No digamos nada del hambre y del frío de Miraflores... Pero era la época del fervor de la postguerra. No fue el único escogido por Dios entre los ricos o famosos. Cada sábado, los novicios barrían el noviciado: coincidieron en fila por el claustro, llevando de broma la escoba al hombro, el Conde de Puertohermoso, el Marqués de Buniel, el Conde de Tobar, el decano de la Georgetown de Washington... A eso se refería Calvo Sotelo cuando, en su comedia *La muralla*, la suegra exclama: «¡No irás a meterte cartujo, que está de moda!»

En 1955 fue nombrado procurador de Miraflores. En ese momento Miraflores tenía dinero para vivir hasta mayo y el resto del año lo pagaba la Gran Cartuja. Don Pedro se decidió a abrir un criadero de pollos, para once mil aves. Con su administración, unos años después, la casa era autosuficiente.

Al mismo tiempo era el formador de los candidatos, igualmente numerosos para los Hermanos. Hasta veinte lo oían...

Preparado por toda esa experiencia fue nombrado en 1963 primer prior de la nueva fundación cartujana en Portugal, Santa Maria Scala Coeli en Évora. Enseguida llamó para colaboradores a dos jóvenes de Miraflores: un asturiano que había estudiado veterinaria, para ayudarlo a crear un gallinero y vaquería, y a mí para ayudarlo en la dirección de la comunidad como su vicario, su segundo de a bordo.

Scala Coeli estaba en ruinas y su propietario la reedificó y la devolvió a la Orden. Ese señor era Conde de Vil'alva, el segundo aristócrata portugués, como demuestra el hecho de que, invitadas las Casas Reales a la conclusión del Concilio, los Duques de Bragança, herederos de la corona, asistieron acompañados de los Condes de Vil'alva. La persona, la personalidad, de Don Pedro, otro Conde, facilitó enormemente las relaciones con el magnate restaurador.

No lo negó. Simplemente se echó a reír, según el monje.

Que cada cual saque sus propias conclusiones...

Naturalmente continuamos las pesquisas.

Interrogamos a 12 Domecq y a 41 Trevilla. Nadie sabía nada o no quisieron comprometerse.

La investigación sigue abierta...

En Badajoz me contaba que la gloria de su familia era el descubridor de la Florida pero que los títulos les venían de una Sánchez de Badajoz. Me comentaba que el título de Puertohermoso tenía la tradición de, por casualidades, no haber pasado de padre a hijo, lo que se había repetido pues a él se lo cedió su hermano Don Fernando y él, al profesar, lo dejó a su sobrino «Fernandito».

Don Pedro puso aquí (Cartuja de Évora) un gallinero de ocho mil ponedoras. Y formó una ganadería de vacas de raza pura charolesa que llegó a ser la mejor de la Península, con el mejor semental charolés del mundo, medalla de oro.

La finca, de ochenta hectáreas, estaba cruzada por un arroyo. Don Pedro lo cortó con un muro haciendo un bellísimo pantano de cinco metros de profundidad, que se puede ver en nuestras fotos. Ninguna cartuja tiene nada semejante. Así con la parte alta regaba la baja; así en vez de veinte cabezas podía alimentar cuarenta. El Conde de Vil'alva le dijo: «Padre, soy ingeniero agrónomo, soy el propietario y he crecido aquí, nunca se me ocurrió esto y viene un monje a mejorar mi finca.» «De algo tiene que servir la oración», le respondió.

Su principal preocupación y ocupación fue el noviciado. De los seis cartujos portugueses profesos o donados de Scala Coeli, cinco fueron admitidos y formados por él. Posteriormente la Orden puso nuestro noviciado en Miraflores.

Una fundación es trabajo pesado, cansa y desgasta. Basta leer las Fundaciones de Santa Teresa. Fatiga aumentada, además, porque él padecía insuficiencia tiroidal.

(A esa enfermedad se debían sus párpados hinchados y su corpulencia.) Por eso en 1972 se retiraba a Porta Coeli, en Valencia. Con un cáncer fallecería el 28 de agosto de 1980 y allí está enterrado.

EL MUERTO HABLABA ANDALUZ

a mañana del viernes, 3 de agosto de 1979, fue soleada y calurosa.

Yo acababa de llegar a Barbate.

Era tiempo de vacaciones.

Así consta en mi cuaderno de campo...

Por supuesto, esa mañana yo estaba ajeno a lo que sucedía en el centro del pueblo, a quinientos metros de mi casa.

Fue después, meses más tarde, cuando recibí la primera noticia del singular suceso ocurrido en Cristamar, una céntrica cristalería.

Quedé desconcertado.

Y se registró a plena luz del día...

He aquí un resumen de los hechos:

En realidad todo aconteció en poco más de cinco minutos. En un primer momento el hecho pasó desapercibido. Cristamar se encuentra en la avenida, en pleno centro de Barbate.

Esa soleada y apacible mañana, como digo, el encargado de la cristalería —Juan F. Benítez— vio entrar en el taller a un joven de mediana estatura. Juan supuso que se trataba de un cliente.

Y el recién llegado, tras un escueto saludo, fue directamente al grano.

Deseaba dejar un aviso.

Juan, que en esos momentos se encontraba solo en la cristalería, abandonó momentáneamente sus quehaceres y se dispuso a tomar nota.

Juan F. Benítez
recibió al joven,
muerto siete meses
antes. (Foto: J. J.
Benítez.)

La conversación tampoco se distinguió por nada fuera de lo común.

—Entiendo —aclaró el responsable del taller—, se trata de tomar medidas para la colocación de una cortina... ¿Dónde?

Y el joven respondió:

—En la casa del guarda forestal.

Juan cayó en la cuenta. En el pueblo había dos guardas forestales.

—¿En qué casa? —preguntó.

El joven precisó y Juan replicó:

—De acuerdo. Conozco el sitio. A la entrada del pueblo...

Y con un segundo, y no menos parco saludo, el cliente dio media vuelta y salvó los cinco metros que le separaban de la puerta. Juan lo vio alejarse y, sin más, retornó a su trabajo.

El asunto, en efecto, fue de lo más normal. Aquel tipo de avisos eran el pan nuestro de cada día...

El lunes, día 6, a eso de las trece horas, un segundo empleado de Cristamar —Antonio Alba— acudió a la casa del guarda forestal. Lo atendió una de las hijas.

Nadie sabía nada sobre el encargo.

Alba, confuso, recordó lo del viernes por la mañana.

Nadie había dado ningún aviso...

Cuando la señora de la casa regresó preguntó sobre la persona que hizo el encargo, pero Antonio no supo responder. Fue Juan, su compañero, quien recibió la petición.

Y la madre quedó en pasar por la cristalería para aclarar el asunto.

Así fue.

La esposa del guarda forestal acudió a Cristamar y Juan le dio toda clase de explicaciones sobre el joven que había hecho el encargo.

La señora tuvo un presentimiento.

Al cabo de unos días volvió a la cristalería, y lo hizo con varias fotografías de sus hijos varones.

Las mostró al empleado y Juan, sin dudarlo, reconoció una de las imágenes.

—Éste es el joven que dio el aviso.

—¿Estás seguro?

—Completamente —sentenció el cristalero.

A la señora se le saltaron las lágrimas. El joven en cuestión era su hijo, Miguel López Sepúlveda, de treinta años de edad...

Había muerto en accidente de tráfico el 22 de diciembre de 1978 en el kilómetro 64 de la carretera de Ubrique a Los Barrios, en Cádiz (España).

Hacía siete meses que se hallaba sepultado en Barbate...

Poco a poco fui interrogando a los protagonistas. Conversé con ellos por separado.

—Era un joven de 1,70 metros —manifestó Juan F. Benítez—. Llevaba una camisa clara y un pantalón vaquero...

—¿Lo conocías?

—No.

—¿Te dio la mano?

—No. Tampoco es la costumbre cuando se entra en una cristalería...

—¿Podrías reconstruir la conversación?

—Él saludó y yo respondí:

»—Qué hay...

»Entonces manifestó que deseaba dar un aviso...

»—Es para una cortina —dijo—. En la casa del guarda forestal.

»—¿Cuál de ellas? —pregunté.

»—La de allí arriba —y señaló la entrada del pueblo. Comprendí.

—¿Tenía acento andaluz?

—No lo recuerdo bien; creo que sí...

Juan se quedó dudando.

—Entonces tomé nota aquí mismo, sobre la mesa de corte...

—¿Qué hizo él mientras apuntabas?

—Guardó silencio y esperó. Al terminar se despidió, dio media vuelta, y se fue...

—¿Caminaba normalmente?

—Sí.

Alba, al interrogarle, confirmó lo que ya sabía.

—En la mañana del lunes, a eso de las 13.30 o 14.00 horas, me presenté en la casa. Y pregunté por la cortina en cuestión...

—¿Quién te recibió?

—Una de las hijas. La señora no estaba en esos momentos. Llegó después...

—¿Y qué sucedió?

—Que nadie sabía nada del aviso. Ni la hija ni la madre. Yo noté que se miraban con extrañeza. Total, ya que estaba allí, la señora pidió que midiera la cortina. Y así lo hice.

—¿Pasó algo más?

—La señora insistió. Quería saber quién había dado el aviso. No pude decírselo. El encargo lo recibió mi compañero. Y le dije que fuera a la cristalería y que preguntase.

Eso fue lo que hizo Isabel Castañeda González, la esposa del guarda forestal.

—Tuve un presentimiento —contó—. Dos días antes, el sábado, 4 de agosto, mientras almorzábamos, mi marido, mi hija y yo hicimos un comentario: «Entran muchas moscas en la cocina. Habría que colocar una cortina de palillo»... Pero no pensamos en esa cristalería, ni en ninguna.

—No entiendo...

—De haber dado el encargo, que no lo hicimos, lo hubiéramos hecho a Perea, un hombre que se dedica a estas cosas.

Eché mano de la memoria.

El aviso fue dado el viernes, 3 de agosto. La familia del

De izquierda a derecha: Alba, Paco Benítez, dueño de la cristalería, y Juan F. Benítez, que recibió el aviso. (Foto: J. J. Benítez.)

guarda forestal hizo el comentario el sábado, día 4, y el de las medidas, Alba, llegó a la casa el lunes, 6.

Asombroso.

Y la mujer prosiguió:

—Cuando el muchacho de la cristalería llegó a tomar las medidas, yo estaba ausente. Lo recibió mi hija Adela. Con ella estaban Carmen, *la Levante*, y una señora de Málaga. Mi hija pensó que el encargo lo había hecho yo. Pero, como le digo, yo no di ningún aviso. Se lo reproché a Antonio, mi marido, cuando llegó a almorzar. Pero él tampoco había avisado a nadie. Total, que el muchacho quedó en volver en cosa de dos o tres días, con la cortina.

Miguel López Sepúlveda, muerto siete meses antes de la aparición. (Gentileza de la familia.)

—¿Por qué dice que fue una intuición?

—No lo sé. Me vino de pronto. Y bajé a la cristalería y pregunté. Juan explicó cómo era el joven y cómo iba vestido. No tuve dudas. Era él, era Miguel... Volví a casa, tomé una foto de mi hijo, y regresé a la cristalería. Juan vio la foto, pero no reconoció al joven que le había visitado.

—¿No le reconoció?

—No, y tiene una explicación: la foto era de la época de la «mili»... Entonces dejé pasar unos días y al mes, más o menos, volví a Cristamar con tres fotos más modernas. Eran de mis hijos varones. Juan las miró y señaló una de ellas.

»—¿Estás seguro? —pregunté.

»—Completamente. Es éste el que entró en la cristalería.

»¡Era mi hijo Miguel!

—¿Cómo se mató?

—Conducía otro. Cayeron a un arroyo...

Miguel López Sepúlveda era ayudante de montes.

—Al entrar en la cristalería, ¿llevaba la misma ropa que el día del accidente?

—Según lo contado por Juan, no. El día de la cristalería vestía una camisa de manga corta, clara, con unas rayitas de color beige, y unos vaqueros. Esa ropa está colgada en mi casa.

Por supuesto verifiqué el accidente y la tumba donde está enterrado Miguel.

La cortina de palillo en la puerta de la cocina de la casa del guarda forestal. (Foto: J. J. Benítez.)

LOS INTOCABLES

a llamo capitán América...

La conocí en USA.

Su carácter es endiablado, pero tiene un corazón de oro macizo.

Su dureza se debe, en parte, a los horribles catorce años que pasó en las cárceles castristas.

Durante ese tiempo, América vivió una experiencia para la que no tiene explicación.

Así quedó registrado en mi grabadora:

—Mi mamá se llamaba Elisa Carballo...

»Era una dama muy espiritual...

»Yo fui encarcelada en enero de 1964 por conspirar contra el régimen de Castro...

»Chico —y me fulminó con la mirada—, estos datos son importantes para comprender lo que pasó...

Asentí. Y puse los cinco sentidos en las fechas dictadas por el capitán América.

—La vi viva, por última vez, el día de las Madres de ese año 1964...

»Yo me hallaba en el reclusorio nacional de mujeres, en Guanajay, en la provincia de Pinar del Río...

»En total, 4.000 presas...

»Y recuerdo que a mediados de mayo de 1965 alguien me trajo un regalo: cinco cajetillas de tabaco...

»Fueron los cigarrillos más importantes de mi vida...

»Los envió mi madre...

Elisa Carballo. (Gentileza de la familia.)

«La carátula de cada cajetilla aparecía firmada y con una dedicatoria: "Para América"...

»Los firmó mi madre...

»Yo los llamaba los "intocables"...

»Era el único recuerdo de mi madre. No tenía nada más...

»Y juré conservarlos. No los fumaría jamás...

»Dos meses antes de la muerte de mi madre, es decir, en abril de 1965, me trasladaron de pabellón...

»Era un lugar de máxima seguridad...

»Allí no tenía derecho a los cigarrillos habituales que proporcionaba la guarnición ni tampoco a visitas...

»Era una celda de tres metros por dos en la que convivíamos tres y cuatro prisioneras...

»Un sitio horrible...

»Y llegó el 4 de junio...

Pregunté, tímidamente:

—¿1965?

El capitán América me observó en silencio. Leí su pensamiento: «Este español es tonto...»

—Claro, chico...

Y continuó:

—Ese día, 4 de junio de 1965, murió mi madre...

»Aquellos malparidos castristas me trasladaron a la ciudad de Matanzas y permitieron que asistiera al velorio durante tres horas...

»Eso fue todo...

»Después me regresaron a la cárcel...

»Llegué destrozada...

América, en el momento de llegar a Estados Unidos. (Gentileza de la familia.)

»Y cometí un error...

»Terminé incumpliendo la promesa que le hice a mami...

»Examiné la jaba (bolsa) y encontré los "intocables"...

»Empecé a fumarlos allí mismo...

»Cada cajetilla duró cuatro o cinco días. Para el 20 de junio, si no recuerdo mal, había terminado...

»Fueron veinte días de calvario...

»Cada vez que fumaba me acordaba de mi madre y de la promesa incumplida...

»Pues bien, la vida siguió y en el mes de julio...

América hizo una pausa y me contempló, expectante.

Entendí y repliqué:

—1965...

Asintió y prosiguió:

—En julio de 1965 recibí la visita de mi hermana Andrea. Ella vivía en Matanzas, en la calle San Severino, esquina con Zaragoza...

»Y contó algo increíble...

»Teníamos una vecina. Se llamaba Nati. Éramos muy buenas amigas...

El capitán América con J. J. Benítez. (Foto: Blanca.)

Isla de Cuba.

»Nati vivía en otra cuadra...

»Ella me pelaba...

»Pues bien, días después de la muerte de mi madre...

El capitán América volvió a mirarme y esperó.

Me apresuré a contestar:

—El 4 de junio de 1965...

Se dio por satisfecha y prosiguió:

—Días después de ese 4 de junio, Nati tuvo un sueño. Fue un extraño sueño...

»Nati contó lo siguiente: Ella y Roberto, su marido, estaban en el sueño en el parque de la Libertad, en Matanzas...

»Se disponían a tomar un bus que los llevara a Pinar del Río...

»Allí, como sabes, está la prisión de mujeres...

»Y, de pronto, en el sueño, se presentó Elisa, mi madre...

»Y preguntó:

»—¿Tú vas para Pinar del Río?

»—Sí —respondió Nati—. ¿Qué desea, Elisa?

»Y mami explicó:

»—Quiero pedirte un favor... Que tú le hagas llegar a mi hija este paquetico.

»Nati tomó el paquete y contestó:

»—Claro, Elisa, cómo no... Con mucho gusto.

»Y mi madre añadió:

»—Dile que la quiero mucho...

»Se montaron en la guagua y Nati le dijo a su marido:

»—Yo lo voy a abrir porque ella (América) está presa... Yo no sé si esto puede traer complicaciones...

»Y Nati, en el sueño, abrió el paquetico...

Noté que el capitán América se emocionaba.

—¡Eran cinco cajetillas de cigarrillos!...

—¿La misma marca que los «intocables»?

—Idéntica.

—¿Alguien de tu familia, o Nati, sabían que, según tú, habías incumplido la promesa hecha a tu madre?

—Nadie lo sabía.

—¿Y cómo interpretas el sueño de Nati?

—Como un aviso del cielo... Al oírlo rompí a llorar. Mi hermana no sabía por qué. Era un mensaje de mi madre. Un mensaje profundo y espiritual. Ella quiso dar a entender que no debía preocuparme por esa nimiedad de la promesa incumplida. Lo importante es que está viva y me quiere.

<<¿POR QUÉ ME HA ENTERRADO AQUÍ?>>

Con aquella llamada, a las 23.30 horas del jueves, 30 de abril de 1992, empezó, para mí, una de las historias de «resucitados» más extraña que conozco.

Vivíamos entonces en el País Vasco (España).

Y, como digo, pasadas las once de la noche, sonó el teléfono.

Era Marian Restegi, una amiga.

Me extrañó que llamara tan tarde.

Algo sucedía...

Pero mejor será que transcriba lo anotado en dichas fechas en el correspondiente cuaderno de campo. Así evitaré errores.

Dice así:

Jueves, 30 de abril de 1992

Llama Marian. Se pone Blanca. Miro el reloj. ¿Qué pasa? Son casi las doce de la noche...

Blanca me pasa el teléfono y comenta: «Está muy nerviosa. No lo entiendo...»

Marian habla atropelladamente. De vez en cuando se detiene y llora.

¿Qué demonios sucede?

Dice algo sobre un caserío y un anciano muerto. Dice que ha escapado de la tumba y que ha llamado a la puerta de la casa del enterrador...

Marian sigue llorando.

Me pongo serio.

Quedamos en vernos al día siguiente.

Ángel, el enterrador.
(Foto: J. J. Benítez.)

Blanca y yo comentamos. No es normal que Marian llame a estas horas, tan nerviosa, y contando una historia que no tiene pies ni cabeza...

Viernes, 1 de mayo (92).

Tras recoger a mi hijo Iván en el autobús de Pamplona acudo al pueblo de Marian. Allí esperan Felipe (ATS), Mikel, Marian y Jose, su novio. Todos son amigos.

Nos encerramos en el despacho de Felipe y Marian, más sosegada, cuenta la siguiente historia:

El día anterior, jueves, se recibieron unas extrañas llamadas telefónicas en el caserío de unos tíos de Jose...

El caserío en cuestión es propiedad de Ángel Basarrate (nombre supuesto) y de su mujer, Begoña Gallastegui...

Begoña (izquierda) y su hija, testigos del suceso.
(Foto: J. J. Benítez.)

Ángel es el enterrador del pueblo...

El miércoles, 29, había fallecido un anciano en una de las residencias de la localidad...

Y fue enterrado al día siguiente, jueves, a eso de las cuatro de la tarde...

El anciano, al parecer, no tenía familia...

Los funcionarios entierran al hombre y, cuando está casi sepultado, se presenta un hijo del muerto...

Quiere que lo entierren en Santurce...

El enterrador le dice que acuda al Ayuntamiento y termina de sepultar al anciano...

Una señora, vecina del pueblo, asiste a la escena...

Terminado el enterramiento, Ángel, el sepulturero, regresa a su caserío y se dedica a cortar la hierba...

Marian permanece en dicho caserío hasta las 17.15 horas...

A las 17.30, aproximadamente, llaman a la puerta...

Abre Begoña. Le acompaña la hija pequeña...

En la puerta se halla un anciano...

Viste jersey rojo y pantalón oscuro...

Está lleno de tierra, desde la cabeza a los pies...

Es un hombre muy delgado...

El anciano pregunta por el enterrador...

Begoña, la mujer del sepulturero, le dice que está segando la hierba...

La mujer y la niña acuden al lugar donde está Ángel y le dan el aviso...

Cuando regresan los tres, el anciano pregunta al sepulturero: «¿Por qué me ha enterrado aquí?»...

Ahí termina la historia...

Fosa 58. El féretro, conteniendo los restos de J. Suárez, fue desenterrado horas antes de nuestra visita a la tumba. (Foto: J. J. Benítez.)

El anciano, no saben cómo, desaparece...

Begoña tenía previsto acudir esa tarde, hacia las siete, a Guernica. Quería comprar una cabra...

Cuando marché del caserío, hacia las cinco y cuarto de la tarde —prosiguió Marian—, Begoña se estaba arreglando...

A eso de las nueve de la noche llamé por teléfono al caserío. Se puso Begoña...

La noté mal, muy nerviosa, y asustada...

La niña lloraba...

Podía oírla por el teléfono...

Y Begoña contó la historia que acabo de relatar...

Ángel, el marido, estaba en la casa. Quise hablar con él pero, a pesar de las repetidas peticiones de la mujer, no quiso ponerse...

Al poco, Felipe, Mikel y yo misma nos presentamos en el caserío...

Yo sabía que había pasado algo, y grave...

El comportamiento de Begoña no era normal...

Pues bien, ante mi asombro, Begoña dijo que todo era una broma...

Esa noche, Felipe y Jose se presentaron en el cementerio y comprobaron que la tumba del anciano estaba vacía...

La tierra fue amontonada en el exterior...

Y hallaron, en el fondo de la fosa, un tornillo, intacto, y una esquirla de madera, presumiblemente del ataúd...

Hicieron fotos...

La historia —sigo leyendo en el cuaderno de campo— me parece cada vez más absurda.

Esa tarde acudimos al cementerio del pueblo y verifico lo que dice Marian. La sepultura número 58 está vacía. Hago fotos e inspecciono la fosa. Está claro que alguien —lógicamente el sepulturero— ha enterrado el ataúd y ha vuelto a sacarlo.

Estoy confuso.

Llueve.

Encuentro otra pequeña esquirla de madera. Es probable que se haya desprendido del féretro al cavar o al extraerlo.

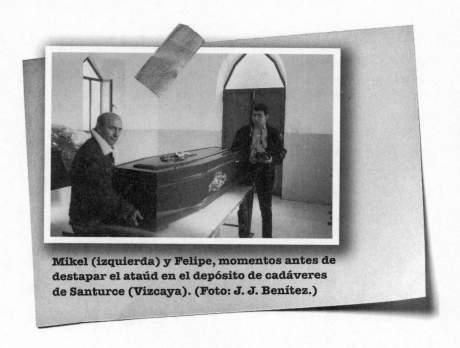

Mikel (izquierda) y Felipe, momentos antes de destapar el ataúd en el depósito de cadáveres de Santurce (Vizcaya). (Foto: J. J. Benítez.)

Y me pregunto: ¿Por qué han sacado el ataúd? Que yo sepa se necesita una orden judicial. Las exhumaciones no son cosa fácil. Tiene que existir una poderosa razón. Pero ¿cuál?

Felipe, Mikel y yo salimos del pueblo y nos dirigimos a la funeraria que se ha ocupado del enterramiento y del posterior traslado (?) del cadáver.

Nos muestran papeles. Creen que somos policías (!).

El fallecido se llamaba J. Suárez. Tenía setenta y ocho años de edad. Me dejan leer el certificado de defunción. Viudo. Natural de Sevilla. Falleció el 29 de abril (1992) a las seis (se supone que de la mañana). Parada cardiorrespiratoria.

La orden de exhumación no aparece.

El dueño de la funeraria desconfía (con razón).

Confirma que el cadáver está en la funeraria. Lo desenterraron ayer, día 30, «a petición de la familia» (!). Hoy, 1 de mayo, lo han trasladado al cementerio de Santurce, ubicado a 20 kilómetros del lugar donde fue sepultado inicialmente.

Enseñan el certificado de Sanidad y otros documentos. No veo la dichosa orden de exhumación.

Regreso a la casa de Jose, novio de Marian.

A las 21.00 horas, Jose y yo nos presentamos en el caserío de marras. Ángel es su tío.

Tengo que verle la cara al sepulturero y hablar con él.

Ángel es un tipo amable, pero desconfiado, como buen casero vasco.

Hablamos y hablamos. Le doy mil vueltas al asunto del anciano que llamó a la puerta del caserío.

Negativo.

Ángel lo niega todo. Dice que fue una broma.

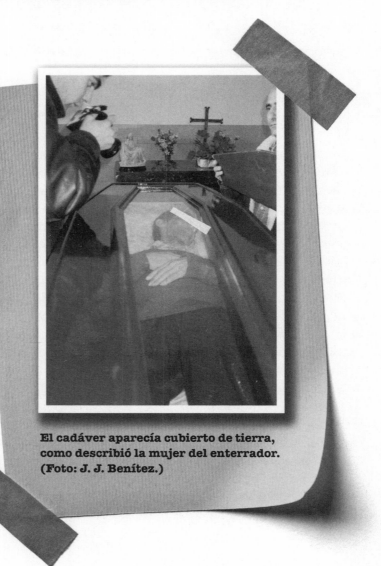

El cadáver aparecía cubierto de tierra, como describió la mujer del enterrador. (Foto: J. J. Benítez.)

Charlamos hasta las 22.10.

Explica que la funeraria llegó a eso de las 18.30 horas del jueves, 30, y que le ayudaron a sacar el féretro.

Insisto en el porqué de la exhumación. Repite y repite: «Fue cosa de la familia.»

Le veo preocupado y confuso.

No quiero tensar la cuerda. Creo que Ángel miente. Dejaré el asunto para más adelante...

Sábado. 2 de mayo.

A las nueve de la mañana nos reunimos en el puente colgante de Las Arenas. Felipe, Mikel y yo estamos dispuestos a llegar al fondo de este oscuro laberinto.

Entramos en el cementerio de Santurce.

A las diez de la mañana, sin ningún tipo de autorización, accedemos al depósito de cadáveres.

Allí está el ataúd de J. Suárez, tal y como anunciaron en la funeraria.

Hay que abrirlo...

Tengo que averiguar de qué color es la ropa.

Levantamos la tapa y aparecen los restos de un hombre muy delgado, con un jersey rojo vino y unos pantalones azules oscuros.

Me tiemblan las manos.

¡Dios santo! Es la descripción hecha por la mujer del enterrador.

Pero hay más.

Felipe indica el rostro, las manos y la ropa. ¡Están llenos de tierra!

También lo dijo Begoña.

Hacemos fotos. Es suficiente. Cerramos el ataúd y salimos del depósito. Estamos pálidos los tres.

Al poco se presenta la familia de J. Suárez.

Invento una excusa y hablo con ellos. Nadie solicitó el traslado del cuerpo, aunque reconocen que «él deseaba ser enterrado junto a su mujer, en Santurce».

Y recordé las palabras del anciano cuando se presentó —supuestamente— al enterrador y a su esposa e hija: «¿Por qué me ha enterrado aquí?»

La familia, naturalmente, no conoce lo sucedido en la tarde del 30 de abril en el caserío de Ángel y Begoña.

Estoy realmente confuso.

A las once de la mañana se procede al segundo enterramiento de J. Suárez. Deposito una rosa roja sobre el ataúd. El viento helado llega al corazón. ¿Qué misterio es éste?

La familia de J. Suárez llora.

A las doce me reúno, en secreto, con uno de mis contactos en la funeraria. La mujer cuenta lo ocurrido.

Ayer mintieron, como suponía.

Al parecer, y según Iris (nombre supuesto), todo se debió a una llamada de Ángel, el enterrador. Estaba agitadísimo. Y solicitó que tramitaran los permisos para sacar el féretro. Así lo hicieron (?):

A las 18.30 horas del jueves, 30, ayudaron a sacar el ataúd. A las 19.00 llegó el coche fúnebre y se llevó el cadáver.

Lo metieron en la nevera de la funeraria y al día siguiente, viernes, 1 de mayo, horas antes de nuestra visita, trasladaron el cuerpo al cementerio de Santurce.

El resto lo conozco, o casi...

Y llego a una conclusión (provisional): el matrimonio y la niña vieron realmente al anciano. Se asustaron y Ángel, temeroso de que pudiera sucederle algo a su familia, hizo lo posible y lo imposible para que el féretro fuera trasladado a Santurce. Ésa pudo ser la orden o petición del difunto J. Suárez al sepulturero.

La experiencia tuvo lugar, según todos los indicios, entre las 17.30 y las 18.00 horas del jueves, 30 de abril de 1992. El ataúd fue desenterrado a las 18.30 horas y trasladado a las 19.00.

Es evidente que Ángel tenía que estar muy alterado para solicitar lo que solicitó...

El cementerio se encuentra a 200 metros del caserío.

En diferentes ocasiones he intentado que Ángel y Begoña me cuenten lo sucedido. Hasta el día de hoy he fracasado. Pero la investigación —cómo no— sigue abierta...

Segundo entierro de J. Suárez, en Santurce. (Foto: J. J. Benítez.)

CRONOLOGÍA DEL SUCESO

- El 29 de abril de 1992, miércoles, a las seis de la mañana, fallece J. Suárez en una pequeña localidad del País Vasco, en España.
- Es enterrado el 30 de abril, jueves, a las 16.00 horas, en el cementerio de la población.
- Se registran unas extrañas llamadas telefónicas.
- Hacia las 17.30 llaman a la puerta del caserío y se presenta un anciano con la cara y la ropa llenas de tierra. Pregunta por el enterrador.
- A las 21.00 horas, Begoña cuenta lo sucedido a Marian, novia de su sobrino Jose.
- Esa noche del jueves, 30 de abril, Jose y Felipe comprueban que la tumba está vacía.
- A las 23.30 horas llama Marian a J. J. Benítez.
- El 1 de mayo, la funeraria traslada el cuerpo de J. Suárez al cementerio de Santurce.
- El 2 de mayo, sábado, segundo entierro de J. Suárez.

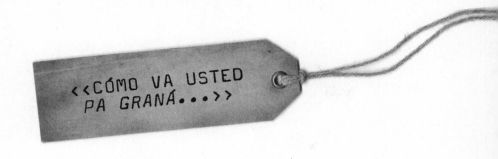

«CÓMO VA USTED PA GRANÁ...»

driano es un policía español. Un buen policía...

Lleva años en el servicio.

Creía que lo había visto todo, pero no...

Lo ocurrido en la noche del 1 de febrero de 1993 no tiene precedente para él.

Diez años después del suceso logré contactar con Adriano.

Las gestiones las hizo el doctor Moli, mi penúltimo amigo. Moli supo del caso y me avisó. Y se quedó corto al narrar la experiencia del policía.

He aquí, en síntesis, las palabras de Adriano:

Esa noche salí del bar Montoro hacia las doce...

El Montoro se encuentra en la plaza de Gracia, en el centro del pueblo de Albuñuelas, en Granada...

Me disponía a regresar a mi casa, en la ciudad de Granada...

Llegué al Patrol y allí estaba...

Lo vi en el asiento del copiloto...

Y pensé: «¿Cómo ha entrado? Juraría que el todoterreno estaba cerrado»...

Era el Sastre, mi compadre...

Entré en el vehículo y se produjo el siguiente diálogo:

—¿Qué hace usted aquí, *compare*?

—He visto el coche y como va usted *pa Graná*..., pues me deja en el cruce de Armilla.

José Jiménez Jiménez, *el Sastre*, vivía en Armilla, muy cerca de Granada...

José Jiménez Jiménez, con su bastón y la habitual «mascota» o sombrero. (Foto tomada de la tumba.)

Y yo le respondí:

—No, hombre... Le dejo en Armilla.

Pasaron algunos minutos en silencio...

Noté frío, mucho frío...

—¿Quiere tabaco? —pregunté. La verdad es que no sabía qué decir...

—No —respondió el Sastre—, yo fumo «Ducados»......

No hubo más conversación...

Y al llegar al stop, al pie de la antigua carretera nacional 323, detuve el Patrol...

Miré a la izquierda, por si venía algún vehículo...
Después a la derecha...
¡Dios, qué susto!...
¡El Sastre no estaba! ¡Había desaparecido!...
No supe explicármelo...
Nadie abrió la puerta. Lo hubiera oído...

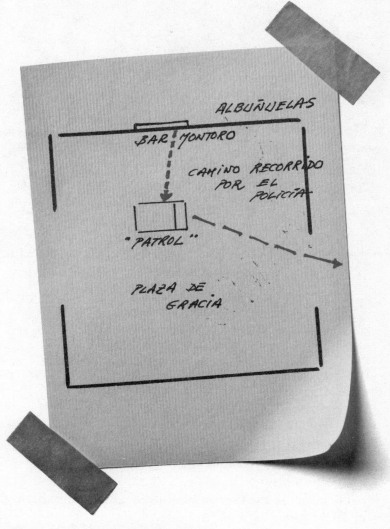

Cuaderno de campo de J. J. Benítez.

El doctor Moli frente a la tumba de José Jiménez *el Sastre*.
(Foto: J. J. Benítez.)

Los seguros, además, estaban activados. Todas las puertas aparecían cerradas...

En esos instantes no le di mayor importancia...

Pensé que el hombre había cambiado de opinión...

Quizá se bajó sin que yo me percatara...

Miré y remiré, pero no lo vi...

La carretera seguía desierta...

Al día siguiente me dieron la noticia: el Sastre había fallecido el 30 de enero...

Es decir, hablé con él 48 horas después de su muerte...

A la semana de aquella entrevista, el doctor Moli consiguió el certificado de defunción de José Jiménez Jiménez. El policía hablaba con razón. La muerte de su compadre tuvo lugar a las 22.00 horas del 30 de enero (1993), en la población de Armilla (Granada). Tenía ochenta y tres años de edad. Consta que fue sepultado en Armilla.

Y traté de atar cabos.

—¿Dónde se encontraba el Patrol?

—Muy cerca del bar —respondió el policía.

—¿Lo dejaste cerrado?

—Sinceramente, no lo recuerdo... Es posible que estuviera abierto.

—Cuando viste al Sastre, ¿llevaba puesto el cinturón de seguridad?

—No, y tampoco se lo puso después.

—Has hablado de frío...

—Sí, fue al entrar en el todoterreno. Sentí frío, mucho frío.

—¿Era el mismo frío de la calle?

—No. El del interior del Patrol era distinto; más intenso.

—¿Cuánto pudo durar ese frío?

—Hasta que el Sastre desaparece.

—¿Recuerdas la ropa de tu compadre?

—No, sólo la «mascota» negra. La llevaba siempre con él.

—¿Bastón?

—Lo utilizaba en vida, pero en esta ocasión no lo llevaba.

—¿Cuánto tiempo permaneció en el interior del Patrol?

—El trayecto, desde el pueblo hasta el stop, es de unos quince kilómetros. Calculo que necesité veinte minutos, más o menos.

—¿Qué clase de relación tenía contigo?

—Muy buena. Yo le quería mucho, y él a mí.

—¿Observaste alguna anomalía en el vehículo?

—Ninguna. Todo funcionó perfectamente.

—¿Llegó a fumar?

—No, rechazó mi tabaco.

—¿Dirías que era su voz?

—Sí. En realidad, salvo el extraño frío, todo fue normal.

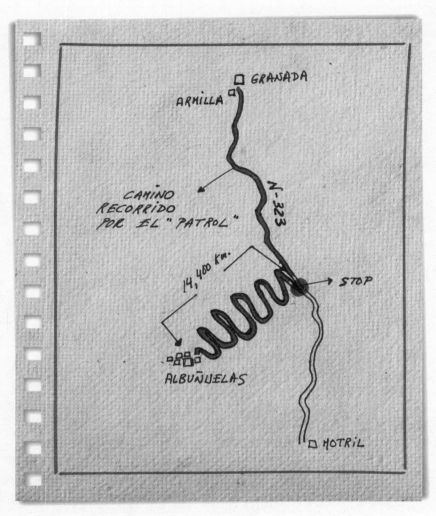

El Sastre, ya fallecido, «viajó» en el «Patrol» desde Albuñuelas al stop existente en la N. 323. En total, casi 15 kilómetros. Cuaderno de campo de J. J. Benítez.

Yo, en esos momentos, no sabía que había muerto. Me pareció raro que estuviera allí, a esas horas, pero tampoco pregunté. Él nació en Albuñuelas y había vivido en el barrio alto, a cosa de un kilómetro del bar Montoro.

—¿Cuánto tiempo podía llevar en el interior del Patrol?

—Ni idea.

—¿Se sujetaba al tomar las curvas?

—Sí...

Horas después de la conversación con Adriano, Moli y yo hicimos el recorrido que hiciera el policía con su todoterreno, desde el bar Montoro al referido stop. La carretera es endiablada, con decenas de curvas. A una velocidad prudencial necesitamos 18 minutos para salvar los 14 kilómetros y 400 metros. En otras palabras: el muerto permaneció en el interior del vehículo por espacio de 18 minutos, como mínimo. Probablemente más.

La distancia entre Armilla y la Albuñuela, en línea recta, es de 50 kilómetros.

EL TESTAMENTO

Mo (nombre supuesto), al que me he referido en páginas anteriores, vivió en 1976 una experiencia especialmente positiva.

Me lo contó varias veces.

He aquí sus palabras:

—Mi padre falleció el 28 de septiembre de 1976, en Sevilla...

»Allí residíamos...

»Teníamos una vieja casa, muy céntrica...

»Al morir mi padre quedó cerrada...

»Hizo testamento, pero no teníamos idea de dónde lo guardaba. Tampoco sabíamos de qué notario se trataba...

»Y un día llegó mi hermano y comentó que era necesario buscar los documentos...

»Tenía razón...

»Y así lo hicimos...

»Buscamos por toda la casa, y durante días...

»Pero el testamento no aparecía...

»En noviembre, dos meses después de la muerte de mi padre, estábamos como al principio. Los documentos seguían sin aparecer...

»Y recuerdo que una noche, después de una intensa búsqueda, me retiré a dormir...

»Tuve un sueño...

»Fue increíble y maravilloso...

»Vi a mi padre...

»Se hallaba en el despacho, sentado delante de su mesa...

Mo. (Gentileza de la familia.)

»Todo era tal y como recordaba...

»La madera, la sala, la ventana y la reja que la protegía: idéntico...

»Me llamó la atención mi padre: aparecía más alto de lo que fue en vida...

»Vestía su habitual traje, impecable...

»Y me dijo: "Atiende lo que voy a decirte... Esto hay que arreglarlo... El testamento que estáis buscando está en mi despacho... Tienes que mirar en la carpeta que está sobre la mesa... Recuerda: la carpeta verde... Rompe el forro y ahí está el sobre con los documentos... Arréglalo enseguida... Esto va a cambiar mucho."

»Ahí terminó el sueño...

»Desperté a las cinco de la madrugada, llamé a mi hermano, y me fui para la casa...

»El testamento, en efecto, estaba oculto en el forro de la carpeta verde, tal y como dijo mi padre en la ensoñación...

Le hice una sola pregunta:

—¿Era un testamento importante?

Mo asintió.

—Lo era. Y gracias al sueño resolvimos el problema.

<<NADIE ME CREYÓ>>

quel sábado, 1 de diciembre, yo había quedado en Madrid con Mayra al Shadily.

Era testigo de un interesante caso ovni ocurrido en América.

Y tuvimos una primera entrevista.

Al concluir, cuando nos despedíamos, Mayra, sabedora de mi interés por los «resucitados», señaló a su hermana Egta, que nos acompañaba en silencio, y comentó:

—Ella vio a un tío nuestro, muerto...

Y escuché otra experiencia, aparentemente imposible:

Egta. (Foto: Blanca.)

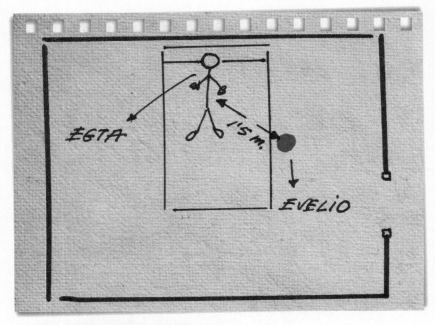

Cuaderno de campo de J. J. Benítez.

—Mi tío —explicó Egta— se llamaba Evelio Rivas...

»Falleció el 13 de diciembre del año 2000...

»Un microbús lo atropelló al salirse de la carretera...

»El vehículo volcó y cayó sobre mi tío, aplastándolo...

»No pudo hacerse nada por él...

»Murió camino del hospital...

»No pudimos hablar con él...

»El suceso tuvo lugar en Chinandega, en Nicaragua...

»Pues bien, durante diez días la familia buscó el testamento, pero no lo hallaron...

»Estaban desesperados. Sabían que Evelio guardaba dinero pero no tenían conocimiento de dónde...

»Pusieron la casa patas arriba, pero nada...

»Y un día, como a las dos semanas de su muerte, me acosté y me dispuse a dormir...

»Pero no llegué a dormirme...

»Entonces vi a mi tío Evelio...

»Estaba a mi izquierda, cerca de la cama...

»Llevaba la camisa con la que falleció...

»Y me llamó:

»—¡Egta!... ¡Egta!...

»Yo me asusté...

»Entonces habló y dijo:

»—Dile a Edelmira que vaya al banco y que saque ese dinero...

»Y me dio el nombre del banco y el número de la cuenta. Tenía seis dígitos. Edelmira era su esposa...

»Entonces desapareció...

Evelio. (Gentileza de la familia.)

»A la mañana siguiente lo conté en la casa, y a la familia, pero nadie me creyó...

—¿Recuerdas el número de cuenta?

Egta negó con la cabeza. Y añadió:

—Lo olvidé al poco.

—¿Fueron al banco?

—Que yo sepa, no.

—El dinero, entonces, sigue allí...

Egta y Mayra se encogieron de hombros.

—Quién sabe...

—¿Estás segura de que era tu tío?

—Por completo. Estaba de pie y vestía una camisa de manga larga y un pantalón claro.

—¿Era su voz?

—Sí, aunque no movía los labios. La voz, sin embargo, llegaba a mi cabeza.

—Dices que era la camisa con la que falleció. ¿Aparecía manchada de sangre?

—No, yo la vi limpia y planchada...

No hice más preguntas.

ORANGEL

Beatriz Teresa Borges tuvo más suerte que Egta y su familia.

Supe de la presente experiencia por Beatriz Margarita, hija de Beatriz Teresa. Después tuve la fortuna de conversar con la protagonista. La conversación, como suele ser mi costumbre, fue grabada.

Y no es casualidad que el caso de Beatriz Teresa haya quedado para el final de *Estoy bien*. El lector —lo sé— descubrirá el por qué...

He aquí, sintetizado, el diálogo con la señora Borges:

—Mi ex marido, Orangel, murió el 7 de septiembre de 1988 en Europa. Fue diplomático. Nos divorciamos en 1978, pero nos llevábamos bien. Meses antes de fallecer me visitó. Yo había vuelto a casarme. Creo que sabía que su final estaba cercano. Me pidió perdón. Yo también le rogué que perdonara mis defectos. Pues bien, en abril de 1989, siete meses después de su muerte, tuve una experiencia muy extraña...

Fui todo oídos.

—Me encontraba en casa, al norte de la ciudad de Santo Domingo, en la República Dominicana. Era por la tarde. Había terminado de almorzar y me senté en la sala.

—¿Te encontrabas sola?

—Sí. Estaba empezando a coser...

—¿Recuerdas si había animales en la casa?

—No los había... Y, de pronto, sentí algo raro.

Beatriz Teresa buscó las palabras.

Orangel y Beatriz Teresa. (Gentileza de la familia.)

—No es fácil de explicar. Fue como un imán. Algo me obligó a mirar hacia la pared de enfrente. Entonces vi una luz... Era muy bonita... Estaba a cosa de 1,70 metros del suelo... Permanecía junto a una lámpara de pie, cerca de la esquina del salón.

—¿Algo te obligó a mirar? ¿Puedes concretar?

—Fue como si me llamaran... Pero allí no había nadie. Miré a mi alrededor y hacia las ventanas. No vi nada, salvo la luz del rincón.

—¿Llevabas gafas?

—No.

La mujer continuó:

—Y en ese lugar, donde se hallaba la luz, empezó a formarse una niebla. Era blanca... Quedé desconcertada, pero me sentía inexplicablemente tranquila... Miré sin saber qué hacer... Era una niebla que se formaba de dentro hacia afuera... Se expandía... Y fue tomando consistencia...

—¿Tenías miedo?

—No. Estaba en paz y fascinada al mismo tiempo. Y pensé: «Algo bueno va a pasar.»

—¿Y la luz?

—Seguía allí, sobre la pared, muy cerca del rincón.

—¿Podrías describirla?

—No tengo palabras. No era una luz que yo conociera. Era brillante y transparente... Tenía cierta semejanza con la luz que uno ve a través de las nubes...

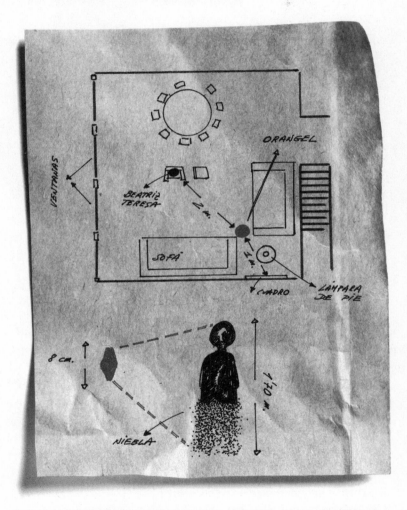

Aparicion de Orangel en la casa de su ex esposa, Beatriz Teresa, en la ciudad de Santo Domingo (República Dominicana). Al desaparecer (imagen inferior) la figura quedó convertida en una pequeña y brillante luz. Cuaderno de campo de J. J. Benítez.

Gustavo Matheus, con la documentación entregada a J. J. Benítez. (Foto: Blanca.)

—¿Hacía daño a los ojos?

—No, para nada. Al contrario. Era muy agradable.

—¿Estaba encendida la lámpara de pie?

—No.

—¿Entraba luz por las ventanas?

—Sí, mucha... Y me pregunté: «¿Qué es eso?»... No sabía qué pensar... Entonces, antes de que acertara a reaccionar, la niebla se fue convirtiendo en una persona...

Beatriz Teresa me miró y, supongo, esperó una reacción de escepticismo. No fue así. Y la mujer prosiguió, más tranquila:

—Se formaron los rasgos de mi ex marido... Arrancó por la cabeza y continuó hasta la cintura.

—¿Y de cintura hacia abajo?

—Niebla y luz, pero muy concentradas.

—¿Cómo supiste que era Orangel?

La pregunta era estúpida, pero tenía que hacerla.

—Viví con él muchos años. Lo conocía al detalle. La imagen se presentó como cubierta con un velo, pero se distinguían las facciones... Y empezó a hablar...

554

—Un momento —la interrumpí de nuevo—. ¿Cuánto tiempo pudo pasar desde que viste la luz hasta que se formó la figura?

Calculó y declaró con seguridad:

—Un minuto, aproximadamente.

—¿Cuál era su aspecto?

—Aparentaba cuarenta o cuarenta y cinco años, no más... Él murió a los setenta y uno... Se veía bien... Muy contento... Parecía en plenitud de facultades... Tenía todo el cabello y bien negro...

—¿Afeitado?

—Perfectamente.

—¿Hubo algo que te llamara la atención?

—Dos cosas: el lunar que presentaba en la mejilla derecha ya no estaba. Y segundo: la piel era más clara de lo normal.

—¿Observaste la dentadura?

—No me fijé, la verdad... Cuando hablaba no movía los labios, aunque yo escuchaba a la perfección.

—¿Sonreía?

—Sí, todo el tiempo. Era una sonrisa pícara.

—No entiendo...

Banco de Venezuela, en Caracas. (Foto: Blanca.)

—Era como si lo supiera todo...

—¿Y la ropa?

—Traía una guayabera de manga corta.

—¿Movió los brazos al hablar?

—No.

Y Beatriz Teresa se centró en lo más importante: el mensaje.

—Solicitó que prestara atención.

—¿En qué idioma?

—Español.

La animé a seguir.

—No tengo mucho tiempo —dijo—. Vengo porque quiero decirte algo muy importante... Alguien tiene que ir a Venezuela para resolver asuntos pendientes... Hay dinero en el banco que yo fui acumulando... Son ahorros que pertenecen a mis hijos... Yo me sacrifiqué y quiero que lo tengan... Beatriz o Alberto o tú deben ir... Pero no lo dejen...

Beatriz Teresa matizó:

—Las palabras son aproximadas. Hace mucho que pasó. No las recuerdo exactamente...

Y añadió:

—Después me dio el nombre del banco, en Caracas, el número de la cuenta, y el nombre de la señorita que lo había atendido en vida. Por último —antes de desaparecer— manifestó: «No estén tristes... Estoy bien... Dile a Beatriz que no llore... Nos volveremos a encontrar.»

—¿Cómo desapareció?

—Fue reduciéndose y concentrándose hacia el interior, muy despacio... Y quedó una luz, como cuando se apagaban los televisores antiguos... Era muy bonita; vertical y estrecha como un cigarrillo... Y desapareció.

—¿Era su voz?

—Sí, y conservaba el acento venezolano, inconfundible.

Beatriz Teresa volvió a matizar:

—Pero era la voz que tenía cuando joven. La oía con eco, como cuando se habla en una habitación vacía.

—¿Cómo era el tono?

—Percibí cierta urgencia, como si estuviera apurado.

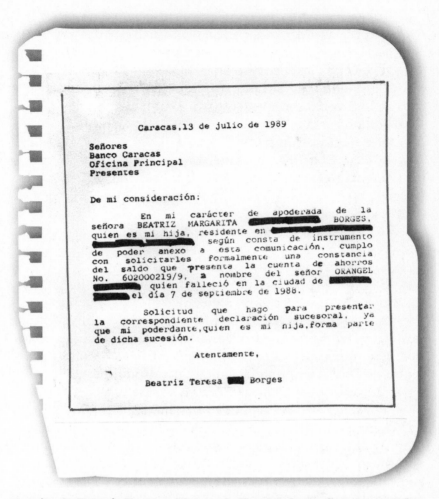

Caracas, 13 de julio de 1989

Señores
Banco Caracas
Oficina Principal
Presentes

De mi consideración:

En mi carácter de apoderada de la señora BEATRIZ MARGARITA ████████ BORGES, quien es mi hija, residente en ████████ según consta de instrumento de poder anexo a esta comunicación, cumplo con solicitarles formalmente una constancia del saldo que presenta la cuenta de ahorros No. 602000219/9, a nombre del señor ORANGEL ████████ quien falleció en la ciudad de ████████ el día 7 de septiembre de 1988.

Solicitud que hago para presentar la correspondiente declaración sucesoral, ya que mi poderdante, quien es mi hija, forma parte de dicha sucesión.

Atentamente,

Beatriz Teresa ██ Borges

Escrito de Beatriz Teresa al banco de Venezuela, en Caracas, en el que solicita el saldo de la cuenta «secreta», anunciada por Orangel después de muerto. (Archivo de J. J. Benítez.)

—Dices que no movía los labios...

—No, pero la voz sonaba cercana.

—¿La oías en tu cabeza?

—Entraba por los oídos. De eso estoy segura... Era una voz muy próxima.

—¿Cuánto duró la visión?

—Tres minutos, más o menos.

—¿Apreciaste algo anormal en los muebles?

Beatriz Teresa no entendió. Y aclaré:

—¿Manchas en el suelo o en la pared?

—La pantalla de la lámpara de pie apareció quemada. Y uno de los cuadros empezó a perder colorido.

—¿Dónde estaba el cuadro?

—Detrás de la lámpara; a cosa de un metro de la visión. Era un óleo. El azul se desvaneció.

Lamentablemente no he podido analizar ninguna de las dos piezas.

Y seguí preguntando:

—¿Orangel era religioso?

—A su manera...

—¿Le tenía miedo a la muerte?

—Sí.

Y Beatriz Teresa recordó algo:

—Al desaparecer, el salón se llenó de un olor muy particular... Era la colonia que utilizaba habitualmente mi ex marido... Era muy especial para eso: mezclaba Jean Marie Farina y otra de Dior... Era una fragancia inconfundible.

Y, durante horas, Beatriz Teresa se sintió desconcertada.

—Pensé que eran imaginaciones mías... No podía conciliar el sueño. El «mensaje» regresaba una y otra vez... Finalmente llamé a mi hija Beatriz y le conté lo que había visto.

En esos momentos —según Beatriz Margarita—, al oír lo sucedido, le temblaron las piernas. Ella sí creyó a su madre, y desde el primer instante.

—Y terminé haciendo averiguaciones —añadió Beatriz Teresa—. El banco en cuestión existía. Me trasladé a Caracas y hablé con la señorita que había mencionado Orangel en la aparición. Ella no sabía que estaba muerto y confirmó la existencia de la cuenta.

En la familia nadie sabía nada de dicha cuenta. Revolvieron Roma con Santiago, pero la cuenta no apareció en ningún papel.

—Mi padre —aclaró Beatriz Margarita— era el patrón de la familia. Era el único que sabía de los dineros y de las cuentas. Nunca habló de ese banco, en Caracas.

Y el asunto quedó en manos de Gustavo Matheus, abogado y primo hermano de Orangel.

Viajé a Venezuela y me entrevisté con Gustavo.

Era un hombre afable y práctico.

Me entregó la documentación y quedé tan asombrado como él y como la familia del diplomático. Allí leí el poder notarial otorgado por Beatriz Margarita (27 de junio de 1989) a su madre. Allí aparecían los certificados de defunción de Orangel, las gestiones efectuadas con el banco de Venezuela, el número de la cuenta «secreta» y el importe acumulado: casi trescientos mil dólares. La suma fue pagada el 7 de enero de 1991, según consta en el expediente número 1.012 del banco.

Curioso. La aparición de Orangel se registró cuando el bolívar se hallaba en uno de sus peores momentos. El control de cambio, respecto al dólar, en abril de 1989, estaba a 37,40. Ese año, la devaluación de la moneda venezolana fue del 15 por ciento, con una inflación del 81 por ciento.

Pero, como decía mi abuela, la contrabandista, bien está lo que bien acaba...

- Si una sola de estas experiencias fuera cierta (lo son todas) el «más allá» sería real.
- Tras la muerte existe una dimensión (física), no muy lejana. Quizá está aquí mismo...
- Esa dimensión, desconocida para la ciencia, sería como la América de Colón. Estaba ahí, pero sólo unos pocos lo intuyeron.
- En ese «nuevo mundo» se estudia y se trabaja, pero no por dinero.
- Al llegar al más allá se produce una especie de «reconversión» total del individuo.
- Algunos, muy pocos, son autorizados a presentarse a los humanos.
- En esa dimensión se trabaja en favor de la vida.
- Las genialidades de los humanos proceden, en realidad, de esa dimensión superior. Las ideas no son nuestras. Ni las buenas ni las malas.
- La muerte es un suceso único.
- La muerte es también un malentendido.
- En esa dimensión todo es (básicamente) distinto, sin serlo. Todo es gratificante. No hay enfermedad ni dolor. No existe la tristeza, ni el miedo, ni la incertidumbre, ni los lazos familiares que conocemos en la Tierra. No hay religiones.
- Esa nueva América sólo es detectable por la fe y por la bella intuición.

- A ese mundo llegan, únicamente, el alma inmortal y las memorias.
- En esa dimensión nadie juzga a nadie. El infierno es un invento de las religiones.
- Serás «despertado» del sueño de la muerte y comprenderás que has vuelto a la realidad.
- En esa dimensión, o mundo MAT, el tiempo no desaparece del todo, pero casi. Se necesita tiempo para alcanzar el NO TIEMPO.
- Morir es una mudanza, pero sin camión.
- Al morir, nadie se pierde. Todo ha sido medido por el buen Dios. No hay que seguir los carteles.
- Cabe la posibilidad (altísima) de que los «resucitados» (y sus mensajes) sean puro teatro.
- Los muertos —no sé por qué— proceden del frío.
- Todos los muertos se aparecen radiantes y felices.
- En el «más allá» todos se tutean.
- Casi todos inician el contacto con la expresión «Estoy bien».
- Los sueños son una forma de entrar y salir de esa dimensión desconocida, pero no lo sabemos.
- Tengo la sospecha de que el fenómeno ovni y los «resucitados» tienen mucho en común.
- Los muertos son más altos que en vida. Eso anima mucho...
- Los «resucitados» no tienen arrugas, pero sí prisa.
- Los «resucitados» han sido vistos por ateos y creyentes.
- ¿Por qué los muertos tienen esa obsesión con los electrodomésticos?
- Los muertos tienen sentido del humor. Menos mal.
- En los cielos también hay censura.
- Algunos muertos tienen malas pulgas.
- Los muertos no pagan la factura del teléfono.

- «Aquí no hay dinero.»
- «Aquí estudiamos.»
- «Aquí se trabaja.»
- «Estamos aquí, pero en otra dimensión.»
- «Las ideas no son vuestras.»
- «Todo está escrito.»
- «Aquí nadie juzga a nadie.»
- «Lo que tiene que pasar tiene que pasar.»
- «Dios es azul.»
- «No llores más. Estoy bien.»
- «Siempre estaré contigo.»
- «No me toques.»
- «No podemos volver. Lo tenemos prohibido.»
- «Ya no soy como era.»
- «¿Tú me ves muerto? Estoy vivo.»
- «Aún no he llegado donde tengo que llegar.»
- «No llores ni tengas pena... ¡Vive!»
- «Estoy aquí, con ustedes.»
- «Vengo de muy lejos.»
- «Sólo estoy autorizada a decirte que donde estoy es parecido a lo que conoces.»
- «La muerte es semejante a lo que leíste (*A 33.000 pies*), pero mejor.»
- «Las cosas siempre pasan por algo.»
- «Ni remotamente puedes imaginar cómo es esto.»
- «Ahora que te he visto me puedo ir satisfecho.»

- «Mira qué habitación más guapa tiene María Elena.»
- «Algún día todos estaremos muy bien.»
- «Estoy vivo y estoy bien.»
- «No estén tristes. Nos volveremos a encontrar.»

En Ab-bā, siendo las 10.10 horas del 9 de abril de 2013.

Y las investigaciones sobre «resucitados» continúan...

Si desea ponerse en contacto con J. J. Benítez puede hacerlo en el apartado de correos número 141, Barbate, 11160, Cádiz (España) o en su página web oficial: <www.jjbenitez.com>.

Existió otra humanidad, 1975. (Investigación)
Ovnis: S.O.S. a la humanidad, 1975. (Investigación)
Ovni: alto secreto, 1977. (Investigación)
Cien mil kilómetros tras los ovnis, 1978. (Investigación)
Tempestad en Bonanza, 1979. (Investigación)
El enviado, 1979. (Investigación)
Incidente en Manises, 1980. (Investigación)
Los astronautas de Yavé, 1980. (Ensayo e investigación)
Encuentro en Montaña Roja, 1981. (Investigación)
Los visitantes, 1982. (Investigación)
Terror en la luna, 1982. (Investigación)
La gran oleada, 1982. (Investigación)
Sueños, 1982. (Ensayo)
El ovni de Belén, 1983. (Ensayo e investigación)
Los espías del cosmos, 1983. (Investigación)
Los tripulantes no identificados, 1983. (Investigación)
Jerusalén. Caballo de Troya, 1984. (Investigación)
La rebelión de Lucifer, 1985. (Investigación)
La otra orilla, 1986. (Ensayo)
Masada. Caballo de Troya 2, 1986. (Investigación)
Saidan. Caballo de Troya 3, 1987. (Investigación)
Yo, Julio Verne, 1988. (Investigación)
Siete narraciones extraordinarias, 1989. (Investigación)
Nazaret. Caballo de Troya 4, 1989. (Investigación)
El testamento de san Juan, 1989. (Ensayo)
El misterio de la Virgen de Guadalupe, 1989. (Investigación)

La punta del iceberg, 1989. (Investigación)
La quinta columna, 1990. (Investigación)
A solas con la mar, 1990. (Poesía)
El papa rojo, 1992. (Narrativa)
Mis enigmas favoritos, 1993. (Investigación)
Materia reservada, 1993. (Investigación)
Mágica fe, 1994. (Ensayo)
Cesarea. Caballo de Troya 5, 1996. (Investigación)
Ricky-B, 1997. (Investigación)
A 33.000 pies, 1997. (Ensayo)
Hermón. Caballo de Troya 6, 1999. (Investigación)
Al fin libre, 2000. (Ensayo).
Mis ovnis favoritos, 2001. (Investigación)
Mi Dios favorito, 2002. (Ensayo)
Planeta encantado, 2003. (Investigación)
Planeta encantado 2, 2004. (Investigación)
Planeta encantado 3, 2004. (Investigación)
Planeta encantado 4, 2004. (Investigación)
Planeta encantado 5, 2004. (Investigación)
Planeta encantado 6, 2004. (Investigación)
Cartas a un idiota, 2004. (Ensayo)
Nahum. Caballo de Troya 7, 2005. (Investigación)
Jordán. Caballo de Troya 8, 2006. (Investigación)
El hombre que susurraba a los ummitas, 2007. (Investigación)
De la mano con Frasquito, 2008. (Ensayo)
Enigmas y misterios para dummies, 2011. (Investigación)
Caná. Caballo de Troya 9, 2011. (Investigación)
Jesús de Nazaret: nada es lo que parece, 2012. (Ensayo)
El día del relámpago, 2013. (Investigación)
Al sur de la razón, de próxima publicación en Editorial Planeta. (Ensayo)

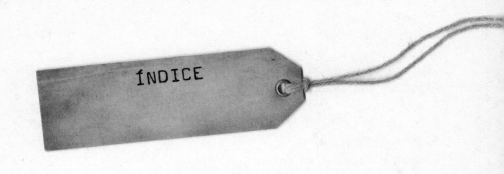

ÍNDICE